LILLI BECK

Liebe verlernt man nicht

Roman

aufbau taschenbuch

MIX
Papier aus verantwortungsvollen Quellen
FSC® C083411

ISBN 978-3-7466-2946-9

Aufbau Taschenbuch ist eine Marke
der Aufbau Verlag GmbH & Co. KG

3. Auflage 2014

Im Aufbau Taschenbuch erstmals 2013 erschienen
Umschlaggestaltung Mediabureau Di Stefano, Berlin
unter Verwendung einer Illustration von © Gerhard Glück
Druck und Binden CPI – Clausen & Bosse, Leck
Printed in Germany

www.aufbau-verlag.de

Liebe ist das charmanteste Unglück, das uns zustoßen kann!

Curt Goetz

1

»Lieber geh ich Blut spenden!«, grummle ich ungehalten.

Säßen wir bei mir zu Hause, würde ich laut werden, um hemmungslos Dampf abzulassen. Aber hier, in der Konditorei »Windbeutel«, einem angestaubten Tagescafé aus den späten sechziger Jahren, könnte undamenhaftem Benehmen ein Rauswurf folgen. Wo sollte ich mich dann mit meinen Freundinnen zum samstäglichen Cappuccino-Plausch treffen? Zurzeit der einzige Lichtblick meines öden Singlelebens. Der einzige Tag, an dem ich gutgelaunt aufstehe. Der einzige Tag, an dem ich mich aufbrezle, mir die Haare wasche, Make-up auflege und, wie heute, sogar die Zehennägel rot lackiere.

»Verstehe ich sehr gut.« Biggi gibt mir die silberbeschriftete Einladungskarte aus weißem Hochglanzkarton zurück. »Eine Feier mit den falschen Gästen kann einem den ganzen Abend versauen. Vielleicht sogar die Nacht.«

Traudl, die bisher noch nichts gesagt hat, außer um bei der Kellnerin einen Milchkaffee und ein Stück Mohnkuchen zu ordern, blickt mich mit großen Augen an. »Das ist hoffentlich nicht dein Ernst, Paula?« Es ist dieser geduldig-vorwurfsvolle Tonfall, der sanften Frauen wie Traudl zu eigen ist, die drei Kinder mit nichts als milden Worten großgezogen haben. »Das ist doch nicht irgendeine Veranstaltung. Es ist die Verlobung deines einzigen Sohnes!«, fügt sie noch an, als wäre ich komplett verkalkt.

»Daran musst du mich nicht er…« Ich breche ab, als ich die Bedienung mit unserer Bestellung kommen sehe.

Das blonde Mädchen setzt das Chromtablett auf dem Tisch ab. Wahllos verteilt sie Tassen und Kuchen. Wortlos beobachte ich ihr Tun. Auf junge blonde Frauen bin ich momentan nicht gut zu sprechen. Erst recht nicht, wenn sie so hübsch sind wie dieses Geschöpf. Bei denen steigt mir sofort die Galle hoch. Ja, ich bin ungerecht. *Sie* kann schließlich nichts dafür, dass mein Ex-Mann mit einer schönen jungen Blondine seinen zweiten Frühling genießt.

»Du wurdest unterbrochen«, sagt Traudl, als das Mädchen außer Hörweite ist und wir uns auf die Kuchenteller stürzen.

»Ich wollte bloß sagen, dass ich den Abend emotional nicht überleben würde«, erkläre ich zwischen zwei Bissen. »Nicht mal mit einer Überdosis Beruhigungspillen.«
Biggi kramt in ihrer monströsen geblümten Tasche, in der sie wie immer tausend Unnötigkeiten mit sich herumschleppt. Sekunden später drückt sie mir einen glatten rosa Stein in die Hand. »Hier, das hilft.«

»Huch, das nenne ich mal eine Riesenpille. Aber im Ganzen bekomme ich die niemals runter.« Ich unterdrücke ein Grinsen.

Biggi ist Heilpraktikerin, sie hält Edelsteine für DAS Allheilmittel schlechthin. So weit ich es beurteilen kann, helfen sie gar nicht. Leider. Schaden tun sie aber auch nicht. Es sei denn, man schluckt tatsächlich einen hinunter, der so groß ist wie ein Radieschen.

»Das ist ein Rosenquarz«, erklärt sie, meinen Einwand ignorierend, und legt ihre Hände auf meine. »Trage ihn bei dir, dann verleiht er dir innere Harmonie. Damit bist du gegen alles gewappnet.«

»Danke, das ist wirklich lieb von dir«, antworte ich und gebe ihr das Präsent zurück. »Aber in diesem speziellen Fall würden, wenn überhaupt, nur K. o.-Tropfen helfen. Allein die

Vorstellung, das neue Haus meines Ex-Mannes zu betreten, erzeugt bei mir heftigsten Brechreiz. Hab ich euch überhaupt schon erzählt, dass er ein Angeberhaus im Herzogpark gekauft hat? Münchens teuerste Gegend! Bäckermeister Wertheim unter den Millionären. Und wenn ich dieser ... dieser ... meiner Nachfolgerin nur die Hand schütteln muss, bekomme ich schon Ausschlag. Ich sehe sie genau vor mir, wie sie mich mitleidig ansehen und fragen wird, ob ich allein überhaupt zurechtkäme. Das Schlimme daran ist, dass es wirklich ehrlich gemeint ist. Fairerweise muss ich gestehen, dass sie einfach nur freundlich sein möchte. Trotzdem. *Ich* habe zwei Kinder groß gezogen, den Haushalt gewuppt, nebenbei den ganzen Schreibkram in der Firma erledigt und mich auch noch um das Personal gekümmert. *Gnä' Frau* hat eine Haushaltshilfe, eine Putzfrau fürs Grobe und noch nicht mal *ein* Kind in die Welt gesetzt. Wer weiß, ob sie dazu überhaupt in der Lage wäre. Die jungen Dinger sind heutzutage schließlich lieber auf Facebook unterwegs und klicken dort Babyfotos an als eigenen Nachwuchs zu gebären.«

Wie immer, wenn ich über diese Frau spreche, deretwegen ich verlassen wurde, fühle ich ein unangenehmes Jucken im Hals. Eilig bekämpfe ich es mit einem großen Schluck Kaffee. Vielleicht sollte ich es doch mal mit Edelsteinen versuchen.

»Du bist also fest entschlossen?«, hakt Traudl nach. Diesmal in erstaunlich strengem Ton.

»Bin ich!« Trotzig rühre ich in meinem Cappuccino.

»Du wirst es bis zu deinem letzten Atemzug bereuen«, prophezeit Traudl kopfschüttelnd.

Biggi hat erneut in ihrer Tasche gekramt und lässt jetzt kleine Rosenquarzsteine in ihr Wasserglas plumpsen. »Also ich würde ja hingehen – mit einem tollen Mann.«

»Ha!«, lache ich spöttisch auf und schlage mir dabei mit

der flachen Hand auf die Stirn. »Warum bin ich da nicht gleich drauf gekommen. Ich rufe einfach einen meiner zweiundsiebzig Liebhaber an, und schon ist die Kuh vom Eis. Falls es dir entgangen sein sollte, Biggi: Ich! Bin! Geschieden! Und seitdem ist mir erst bewusst geworden, dass eine achtundfünfzig Jahre alte Frau für die Männerwelt unsichtbar ist. Nicht mal gleichaltrige Männer gucken mich noch an. Von Verabredungen kann *ich* nur träumen.«

»Denk positiv«, rät die harmonisierte Biggi. »Manchmal begegnet einem das Glück ganz unverhofft. Neulich erst ist mir einer mit dem Rad gefolgt, der mich zum Kaffee einladen wollte.«

Mir entschlüpft ein genervter Seufzer. »Und mir kam neulich ein Geisterradler auf dem Bürgersteig entgegen, der mich beinahe umgefahren hätte. Das ist der Unterschied zwischen uns beiden, Biggi. Also, wo soll ich bitteschön einen Mann auftreiben?«, frage ich herausfordernd.

Traudl nickt verständnisvoll. »Ich werde auch ständig ignoriert. Sogar wenn ich den Männern das Wechselgeld direkt in die Hand drücke, gucken sie durch mich hindurch, als wäre ich Luft. Nur uralte Greise grinsen verschämt, weil ihnen die Kürbiskernpillen gegen Prostata peinlich sind.«

»Dabei bist du erst dreiundfünfzig«, erinnere ich sie, »hast kaum graue Haare und siehst überhaupt viel besser aus als ich.«

Das waren keine leeren Worte, um Traudl zu trösten. Vor zwei Jahren wurde sie nämlich Witwe. Noch dazu an ihrem Geburtstag. Versteht sich von selbst, dass ich es ihr nachfühlen kann. Aber solange sie ihre perfekte Figur in einen schwarzen Witwentalar hüllt und ihre rotblonden Traumhaare zu einem achtlosen Zopf bindet, wird sie unsichtbar bleiben. Dabei ist Traudl eine Naturschönheit mit klaren blauen Augen und zarter Sommersprossenhaut. Sie müsste nur etwas mehr Sorgfalt auf ihr Äußeres verwenden, und die Männer würden vor der Drogeriemarktkasse auf die Knie gehen.

»Graue Haare sind kein auswegloses Schicksal«, Biggi fährt sich demonstrativ durch die hennagefärbte rote Lockenmähne. »Und wenn schon grau auf dem Kopf, sollte man nicht auch noch wie eine graubraune Feldmaus rumlau…«

»Was willst du damit sagen?«, unterbreche ich sie angriffslustig, weil sie mich dabei angesehen hat. Seit ich weiß, dass die Verlobung meines Sohnes bei seinem Vater, respektive meinem Ex stattfindet, bin ich hochexplosiv wie eine Tretmine.

Biggis Harmoniesteinchen scheinen toll zu wirken, denn sie betrachtet mich weiter gleichmütig, als wäre sie ein Dalai Lama. Oder müsste es Dalai Lametta heißen, weil sie so gerne Glitzerschmuck trägt?

»Na ja, du trägst schließlich fast immer braune Klamotten, in Kombination mit den ergrauten Haaren wirkt das …« Sie bricht ab und spielt mit dem Stein, der verwaist auf dem Tisch liegt.

»Na, wie? Raus damit. Tu dir keinen Zwang an.«

»Vielleicht probierst du es einfach mal mit frischen Farben«, antwortet sie ausweichend.

»Würden mich die Radler dann nicht umfahren, sondern auch zum Käffchen einladen?«, frage ich spöttisch.

Sie nickt aufmunternd. »Deine Chancen steigen hundertprozentig. Mal davon abgesehen, dass Farben unsere Stimmung positiv beeinflussen, würdest du super aussehen.«

»Oder wie eine Tüte Smarties«, entgegne ich und widme mich wieder meiner Sachertorte. Braun ist auch bei Kuchen meine Lieblingsfarbe.

Traudl lacht verhalten. »Paula als Smarties.«

Wir stimmen laut lachend ein. Nicht wegen des gelungenen Smartie-Scherzes, sondern mit Traudl, die seit dem Unfalltod ihres geliebten Mannes kaum noch fröhlich ist.

»Von der Klamottenfrage mal abgesehen, Paula«, redet Biggi weiter. »An deiner Stelle würde ich mir für den Abend einen attraktiven Begleiter engagieren und mich so in Schale werfen, dass meinem Ex die Spucke wegbleibt. Vielleicht sogar einen jüngeren Mann.«

»Begleiter engagieren?«, wiederholt Traudl ungläubig und schnappt hörbar nach Luft. »Du meinst doch nicht etwa einen Callboy?«

Callboy oder nicht. Ich kann über so eine Schnapsidee nur schwach grinsen. »Nette Idee, wenn du mir noch den Laden verrätst, wo sogenannte Begleiter angeboten werden«, kontere ich dann. »Aber bitte zum Schnäppchenpreis, denn ich muss mich ja auch noch neu einkleiden, damit es meinem Ex auch wirklich die Sprache verschlägt.« Ich schiebe das halb aufgegessene Tortenstück weg. Seit der Scheidung habe ich zehn Kilo zugelegt. Mein Body-Mass-Index hat die Schallmauer längst durchbrochen. Meine Miederhose hat auch schlapp gemacht. Ich musste mir bereits die nächste Größe anschaffen. In bunt würde ich wie ein Knallbonbon kurz vor dem Platzen aussehen.

»Möchtest du eines meiner schwarzen Kleider ausleihen?«, meldet sich Traudl wieder. »Damit ist man auf solchen Feierlichkeiten doch immer gut angezogen. Etwas Schmuck dazu und fertig. Du hast doch diese wunderschöne goldene Gliederkette.«

»Ach ja, die Wurfprämie«, erinnere ich mich. »Ein Geschenk meines Ex-Mannes zu Bennys Geburt. Hmm ... die würde tatsächlich gut zu einem schwarzen Kleid passen ... Schwarz ließe mich vielleicht auch schlanker erscheinen ...

Aber mein Geschiedener bildet sich dann garantiert irgendwelchen Schwachsinn ein.«

Biggi nimmt einen großen Schluck harmonisiertes Wasser. Ich vermute, es war Traudls Bemerkung über das schwarze Kleid, die sie versucht unkommentiert hinunterzuschlucken. Wir haben uns schon oft gewünscht, ein Mittel zu finden, damit unsere Freundin endlich die schwarze Kluft ablegt. Zwei Jahre trauern ist mehr als genug. Da fällt mir etwas ein.

»Würdet ihr mich zum Klamottenkaufen begleiten?« Ich gucke mit Unschuldsmiene in die Runde.

Wie erwartet, antwortet Traudl nicht sofort. Biggi dagegen liebt Shoppen über alles. Sie strahlt begeistert.

»Du willst also doch zur Verlobungsfeier gehen?«, schließt Traudl dann aus meiner Frage.

Ich überlege gerade, ob ich tatsächlich hingehen soll, als mein Handy schrillt. Auf dem Display sehe ich *Benny ruft an*.

»Grüß dich, mein Schatz«, melde ich mich. »Na, genießt du die letzten Tage als freier Mann?«

»Hallo, Mama«, antwortet er. »Du hast die Einladung also erhalten?«

»Natürlich, ich freue mich schon sehr auf den Abend. Wie geht's Merle?«, erkundige ich mich nach meiner hübschen Schwiegertochter in spe, die ich längst ins Herz geschlossen habe.

»Warum hast du dann nicht geantwortet?«, fragt er vorwurfsvoll, ohne auf meine Frage nach seiner Verlobten einzugehen. »Die Einladung müsste seit mindestens einer Woche bei dir sein. Du bist doch hoffentlich nicht krank?«

»Ja … ähm … Ich meine, nein, ich bin nicht krank … Alles bestens«, stottere ich nach einer Ausrede suchend, die mir zum Glück auch gleich einfällt. »Ich dachte, wir hätten bereits alles ausführlich besprochen.«

»Hmm«, brummt mein Ältester einsilbig.

Er kennt mich gut genug, um meine Panik vor einem Zusammentreffen mit seinem Vater nebst neuer Schnepfe zu erahnen. Benny scheint zu befürchten, dass ich unter irgendeinem Vorwand nicht auftauche.

»Im Moment sitze ich mit Biggi und Traudl beim Cappuccino. Wir besprechen gerade, was ich anziehe«, plaudere ich fröhlich, um ihn zu beruhigen.

»Echt?«

»Ja, ganz in echt«, bestätige ich heiter. »Biggi meint, ich brauche Farbe. Sobald wir ausgetrunken haben, begeben wir uns auf die Jagd nach einem tollen Outfit für deine große Feier. Oder hast du umdisponiert, planst einen Gala-Abend in Frack und langen Roben? Bezüglich Kleiderordnung gab es keine Angaben auf der Karte.«

»Mama, du bist unmöglich«, brummelt er hörbar erleichtert. »Ich feiere doch nicht in einem Schloss. Es wird eine ganz normale Verlobung im engsten Familienkreis und mit ein paar Schulfreunden. Du musst dir also nicht unbedingt ein neues Outfit anschaffen.«

»Ah … Gut … Dann könnte ich also auch in Begleitung antanzen?«, frage ich so unverfänglich wie möglich.

Schweigen am anderen Ende, bevor ich ein erstauntes »Mama, hast du einen neuen Freund?« höre.

»Nein, nein. Woher auch?«

»Na, falls doch … klar, bring ihn einfach mit.« Benny verabschiedet sich lachend. »Bis nächsten Samstag, Muttchen.«

»Bis Samstag, Schatz«, sage ich und füge noch ein »Ich freu mich« hinzu, bevor ich auflege. »Zufrieden?«, wende ich mich wieder an meine Freundinnen. »Selbstverständlich lasse ich meinen Sohn nicht alleine Verlobung feiern. Aber ein Mann mit breiten Schultern, an die ich mich notfalls anlehnen könnte, wäre ein nettes Accessoire. Da würde meinem Ex garantiert die Luft weg bleiben, seiner Tusnelda sowieso.«

Traudl runzelt die Stirn. »Der Mietmann war doch nur ein Scherz von Biggi.«

»War es nicht!«, erwidert unsere farbenfrohe Freundin. »Ich an deiner Stelle, Paula, hätte da gar keine Hemmungen.«

»Habe ich auch nicht«, antworte ich zögerlich und überlege, ob ich mir tatsächlich einen Mann engagieren würde. Ja, warum eigentlich nicht? »Aber wo finde ich einen?«, frage ich Biggi. »Wäre ich jung und knackig, würde ich mir an einer Bar oder in einer Disco einen Aushilfsmann anlachen. Aber wo suchen Frauen unseres Alters? Mal abgesehen von der Tatsache, dass die meisten Männer in unserem Alter nicht gerade verrückt nach gleichaltrigen Frauen sind, wie wir vorhin festgestellt haben.«

»Im Internet findest du bestimmt seriöse Hostessagenturen«, sagt Biggi. »Mit Fotos, wo du eine Vorauswahl treffen kannst.«

Für einen Moment bleibt mir jetzt die Spucke weg. Logisch, dass ich auch schon von dieser Möglichkeit gehört habe. Aber mir tatsächlich einen Mann aus dem Netz zu fischen, ist eine absurde Vorstellung. Fehlt nur noch, dass frau einen bei eBay ersteigern kann wie Designer-Handtaschen. Drei, zwei, eins! Das »Schmuckstück« ist meins!

»Jetzt bist du komplett übergeschnappt«, kommentiert Traudl entrüstet. »Paula kann doch nicht mit einem … einem Online-Gigolo zur Verlobung ihres Sohnes erscheinen. Stell dir nur die peinliche Situation vor, wenn das rauskommt!«

Traudls schlimmster Albtraum ist üble Nachrede. Dass irgendjemand hinter ihrem Rücken über sie tuscheln oder sie schief ansehen könnte. Ziemlich spießig könnte man meinen, aber im Grunde denkt sie gar nicht so kleinbürgerlich. Es ist quasi der verstorbene Gatte, der da noch aus ihr spricht. Ihr Fritz war ein sehr liebevoller, aber auf den ersten Blick nicht besonders attraktiver Mann. Verständlich, dass er bei einer so schönen Frau extrem eifersüchtig war.

»Wie sollte es denn?«, fragt Biggi. »Willst du sie verpfeifen?«

Traudl verdreht empört die Augen. »Was denkst du denn von mir?«

»Na, also!«, trumpft Biggi auf. »Und von mir erfährt es auch niemand.«

»Moment, Moment«, gehe ich dazwischen. »So lustig ich die Idee auch finde, ich werde auf keinen Fall einen wildfremden Mann engagieren. Nicht mal, wenn es garantiert unser Geheimnis bliebe. Ich meine, spielen wir die Situation doch mal durch, spaßeshalber.«

»Dazu braucht man aber einen ganz speziellen Humor«, sagt Traudl. Prompt schießt ihr eine sanfte Röte ins Gesicht, als male sie sich die wildesten Schlüpfrigkeiten aus. Schnell schiebt sie sich das letzte Stück Mohnkuchen in den Mund und tupft sich dann die ungeschminkten Lippen mit der Serviette ab. Anschließend faltet sie das rosa Papier ordentlich zusammen, bevor sie es unter die Kuchengabel legt. »Also, ich finde die Idee absolut unmöglich. Das geht gar nicht, auf keinen Fall!«

Traudls Entrüstung bringt Biggi zum Kichern. »Nun sei doch nicht so engstirnig, wir sind emanzipierte, selbstbewusste Frauen des dritten Jahrtausends, wo vieles möglich ist. Und ich habe Paula schließlich keinen Swingerclub empfohlen. Es geht lediglich um männliche Begleitung. Ganz seriös.« Sie schaut mich gespannt an.

»Tja ...« Ich zögere. »Für diese besondere Gelegenheit wäre es mir dann doch zu ... Ach, ich weiß nicht ... Ich würde mich nicht wohlfühlen, meinen Kindern einen fremden Mann als Freund vorzustellen. Was ist, wenn ich nach Einzelheiten gefragt werde? Wie und wo ich ihn kennengelernt habe? Was er beruflich macht? Ob er verheiratet war? Oder Kinder hat?«

Biggi nimmt noch einen großen Schluck Harmoniewasser. »Dergleichen bespricht man natürlich vorher«, erklärt sie mit ruhiger Stimme.

»Alles kann man gar nicht besprechen und schon gar nicht vorhersehen«, seufzt die schicksalsgeprüfte Traudl. »Dazu müsste man vorher wissen, wer was fragt oder wie die Unterhaltung verläuft. Was vollkommen unmöglich ist. Das Leben ist schließlich kein Roman. Von einer Sekunde zur anderen kann etwas geschehen, dass alle Pläne über den Haufen wirft.«

»Was ist jetzt mit der Shoppingtour? Wenn ich schon ohne Mann dort antreten muss, dann wenigstens in einem scharfen Fummel«, wechsle ich eilig das Thema, bevor sie uns wieder vorjammert, wie ein Omnibus ihr Leben zerstört hat.

Biggi ist nach wie vor wild darauf, mich zu begleiten, Traudl zu müde.

»Ich nehme ein Taxi«, verkündet Trauertraudl dezent gähnend hinter vorgehaltener Hand. »Die Wäsche wartet seit einer Woche auf mich. Ich hab schon bald nichts mehr anzuziehen.«

Biggi und ich sehen uns an. Wir denken beide das gleiche. Von wegen Wäsche. Sie will auf den Friedhof. Jeden Tag besucht sie ihren toten Gatten. Was im Grunde nur von großer Liebe zeugt. Aber egal, wie oft sie dorthin pilgert, er wird nicht wieder von den Toten auferstehen, und es wird langsam Zeit, dass *sie* zu den Lebenden zurückkehrt. Aber das Thema ist tabu zwischen uns.

Ich drehe mich nach der hübschen Kellnerin um.

Als ich sie einige Tische weiter entdecke, hebe ich den Arm. Es dauert eine Weile, doch schließlich hat sie mich wahrgenommen.

»Darf ich noch etwas bringen?«, fragt sie freundlich lächelnd.

Nein, sie kann wirklich nichts für Herberts zweiten Frühling.

»Die Rechnung bitte, alles zusammen«, sage ich und wende mich an meine Freundinnen, die meine Einladung wie immer nicht annehmen möchten. »Keine Widerrede. Das ist mein einziges Vergnügen in der Woche, dafür lasse ich gerne etwas springen.« Die unschuldige Blondine bekommt einen Fünfer extra.

Vor dem Café verabschieden wir uns von Traudl, die Richtung Odeonsplatz zum Taxistand läuft. Seit dem Busdrama besteigt sie kein öffentliches Verkehrsmittel mehr. Schätzungsweise geht die Hälfte ihres Verdienstes für diese Angewohnheit drauf. Sie sollte ihr sauer verdientes Geld lieber in hübsche Klamotten oder einen Friseurbesuch investieren.

Biggi und ich schlendern in entgegengesetzter Richtung die Residenzstraße entlang.

»Im Grunde brauchen wir zwei Männer«, überlegt Biggi.

»Willst du dich wieder in die Beziehungsfluten stürzen?«, frage ich vorsichtig.

»Doch nicht für mich«, erklärt sie. »Für Traudl. Unsere trauernde Witwe bräuchte dringend eine richtig heiße Affäre. Damit sie endlich über ihren inzwischen fast heiligen Fritz hinwegkommt.«

»Was macht dich da so sicher, dass das helfen würde?«

»In der Homöopathie bekämpfen wir Gleiches mit Gleichem.«

»Haha, den Teufel mit dem Belzebub austreiben«, lache

ich. »Das wird nur schwierig. Hast du nicht gehört, was Traudl erzählt hat? An einer Drogeriemarktkasse lernt man keine heißen Männer kennen.«

»Zugegeben, die Chancen sind gering«, bestätigt sie. »Aber es hat schon Fälle gegeben, wo Amor sich auch mal verlaufen hat.«

»Ich glaube kaum, dass Amor Seife im Drogeriemarkt ersteht und bei der Gelegenheit schnell mal ein paar Pfeile Richtung Kasse verschießt. Aber du bist einfach eine hoffnungslose Romantikerin, die unablässig von großer Liebe und heiler Welt träumt«, entgegne ich und verkneife mir, auf ihre letzte heiße Affäre näher einzugehen.

Biggi war nie verheiratet, knabbert aber noch an einer großen Enttäuschung. Carlos, ein junger rassiger Tauchlehrer, hat ihr zu einem leeren Bankkonto nichts als heiße Tränen beschert. Für ihn hat sie ihre gutgehende Heilpraktikerpraxis verkauft, um zusammen nach Jamaika auszuwandern. Sonne, Strand und Sex. Und weil man in unserem Alter sehr gut weiß, dass man eben nicht nur von Luft und Liebe leben kann, nicht mal auf Jamaika, wollten sie eine kleine Strandbar eröffnen. Carlos sollte zusätzlich seinen Teil mit Unterwasserführungen beitragen. Leider musste Biggi herausfinden, dass er entgegen seiner Behauptung keinen Cent besaß, dafür eine schwangere Freundin sitzen gelassen hatte, die ihm schließlich nachreiste. Letzten Monat kam Biggi dann mit leeren Händen nebst einem gebrochenen Herzen zurück. Momentan ist sie bei ihrem Bruder Karl untergeschlüpft und arbeitet vorübergehend als Hundesitterin, bis ihr das Universum ein Zeichen sendet, ob sie in ihren alten Beruf zurückkehren oder etwas Neues beginnen soll.

»Was hast du gegen eine heile Welt? Es ist die einzige Welt, in der es sich zu leben lohnt …« Sie starrt ins Leere, als hoffe sie, dass sich augenblicklich der Zugang zur Heilen Welt vor ihr auftäte. Doch es dauert nicht lange, schon sprüht sie wieder vor Energie. »Aber du könntest doch einen Mann für Traudl finden!« Sie blickt mich mit glitzernden Augen an. »Du langweilst dich doch seit der Scheidung nur.«

Ich bleibe abrupt stehen. »Wie kommst du denn auf diese Schnapsidee? Ich bin doch keine Partnervermittlung. Langweile hin oder her.«

Biggi schüttelt die rote Mähne. »Nein, aber wie du mir selbst erzählt hast, warst du in der Großbäckerei für alle Personalangelegenheiten zuständig, es gab sogar einige Eheschließungen, an denen du nicht unschuldig warst.«

»Hmm«, bestätige ich schmunzelnd. »Angeblich hatte außer mir niemand so ein feines Gespür für Menschen, wenn ich das mal in aller Bescheidenheit bemerken darf. Man nannte mich sogar Kuppelmama!«

»Na also«, setzt Biggi nach. »Damit bist du schon eher überqualifiziert für diese Aufgabe. Aber es wäre eine sinnvolle Beschäftigung. Außerdem ein gutes Werk«, fügt sie an, als wäre ein solcher Schritt längst überfällig.

»Angenommen, ich nehme den Auftrag an«, sage ich, während wir zur Theatinerstraße hinüberlaufen. »Wie wir vorhin schon festgestellt haben, sind altersgemäße Männer Mangelware. Wo sollte ich deiner Meinung nach suchen? Es wird keiner an meiner Tür klingeln.«

»Apropos klingeln«, entgegnet sie. »Wie schaut denn dein Briefträger aus? Wäre der vielleicht was für Traudl?«

Ich erinnere mich nicht, wie der Postbote aussieht, weil er mir schon ewig nicht mehr begegnet ist. Mich verfolgen keine Radfahrer, und Liebesbriefe schickt mir auch keiner.

»Hey, guck mal, wer uns da entgegenkommt!«, unterbricht sie meine Überlegungen.

»Wer?«

»Da vorne, der Typ auf dem ollen Fahrrad im weißen Maleroverall.«

Ein großer, kräftiger Mann etwa in unserem Alter radelt auf uns zu. Am Lenker baumelt ein blauer Eimer, aus dem einige Pinsel ragen.

»Oh, ein Prinz, als Maler verkleidet. Vielleicht sucht er eine leere Wand, um darauf ein Luftschloss für seine Prinzessin zu pinseln«, kommentiere ich. »Den rostigen Drahtesel denken wir uns einfach als edles weißes Pferd.«

Sie winkt ihm mit beiden Armen zu. »Quatsch, das ist doch Karl.«

Schon hält er vor uns an. »Zwei schöne Münchnerinnen, direkt aus der Galerie des Königs entlaufen. Wohin des Wegs, edle Frauen?« Umständlich steigt er vom Rad.

»Shoppen«, lacht Biggi ihn an. Und zu mir: »Erinnerst du dich an meinen Bruder?«

»Selbstverständlich«, antworte ich. »Auch wenn unser letztes Zusammentreffen ewig her sein muss.«

»Stimmt«, antwortet Karl, wischt sich die farbverklecksten Hände am genauso verschmierten Overall ab und reicht sie mir. »Ich erinnere mich an eine Begegnung im Kindergarten, als ich Biggis Sohn abgeholt habe. Aber du hast dich überhaupt nicht verändert, Paula. Wie geht's dem reichen Zuckerbäcker?«

Mit Zuckerbäcker ist mein Ex-Mann Herbert Wertheim gemeint, Konditor, Bäckermeister und Inhaber jener Großbäckerei, die mir schnurzpiepegal ist. Jedenfalls so lange, bis mich jemand danach fragt. Herbert verdränge ich schnell aus meinen Gedanken, an die Begegnung mit Karl erinnere ich mich gern. Ihm dagegen scheint entfallen zu sein, dass er unser altes Ladengeschäft ausgeweißelt hat, als es mit seiner Kunst nicht so gut lief. »Alter Schmeichler …« Lächelnd ergreife ich seine Hand. »Ich bin seit einem Jahr geschieden. Aber du … derselbe Charmeur wie eh und je.«

Dass er mindestens zwanzig Kilo zugelegt hat, weshalb ich ihn nicht sofort erkannt habe, lasse ich unkommentiert. Sein ehemals dunkelblondes Haar ist fast weiß geworden und extrem kurz geschnitten. Auf seiner kräftigen Nase sitzt eine randlose Brille, die ihm einen seriösen Touch verleiht. Nur seine türkisblauen Augen sprühen im späten Sonnenlicht genauso vor Energie, wie ich sie in Erinnerung habe.

»So, so, geschieden!« Er blinzelt mir keck zu. »Dann stehen die Verehrer wohl Schlange vor deiner Tür?«

Ach, tut das gut, seufze ich still. Ganz egal, ob seine Komplimente ernst gemeint oder nur so dahin gesagt sind. Es muss Lichtjahre her sein, dass zuletzt ein Mann so freundlich zu mir war. Geschweige denn, mit mir geflirtet hätte. »Konnte noch keinen entdecken«, antworte ich fröhlich. »Vielleicht verstecken sie sich alle im Hinterhof.«

Karl hebt seinen Arm, um seine Muskel zu demonstrieren. »Wenn du einen Beschützer oder männlichen Beistand brauchst, jederzeit.«

»Paula, ich hab 'ne tolle Idee!« Biggi verpasst mir einen übermütigen Schubs in die Seite. »Karl könnte dich doch begleiten!«

2

Biggis Vorschlag lässt mich Karl stumm anstarren, als wäre er tatsächlich mein Traumprinz auf einem prächtigen Pferd.

Er wiederum blinzelt vergnügt. Anscheinend hält er meinen Blick für Flirtalarm. »Wohin auch immer, schönste Paula. Ich bin zu jeder Schandtat bereit. Hauptsache, es gibt etwas zu essen und zu trinken, dann begleite ich dich auch in die nächste Galaxie. Ich habe nämlich den ganzen Tag auf dem Bau geackert wie ein Muli und sterbe vor Hunger.«

Biggis großer Bruder ist Kunstmaler und von gewöhnlichen Baustellen so weit weg wie ich von der Gründung eines Puffs. Leider hat er trotz seines Talents nie den Durchbruch geschafft mit seinen Werken. Deshalb übernimmt er kleine Nebenjobs, wie unseren damaligen Bäckerladen auszuweißeln oder für Filmproduktionen Kulissen zu gestalten. Wegen seiner Schnelligkeit wurde er in der Branche scherzhaft *Salvatore Dalli* genannt. Scheinbar ist diese Geldquelle versiegt.

»Hast du der Filmbranche den Rücken gekehrt?«, frage ich neugierig.

Karl lässt sich auf der Querstange seines altersschwachen Fahrrads nieder und überkreuzt die Beine. »Zwangsweise«, antwortet er. »Niemand braucht heute noch reale Kulissen, das wird inzwischen alles per Computer, Blue Box oder was auch immer simuliert. Im Moment bessere ich eine desolate Stuckdecke aus, hier ganz in der Nähe. Saumäßig anstrengend dieses Überkopfarbeiten. Meine Arme fühlen sich an, als hätte ich den ganzen Tag Bierkisten in die fünfte Etage geschleppt.

Ich spüre meine zweiundsechzig Lenze bei jeder Bewegung.« Demonstrativ lässt er seine Arme fallen und den Oberkörper einsinken wie eine Marionette, deren Spieler die Fäden loslässt.

»Sobald ich zu Hause bin, koche ich dir Nudeln alla puttanesca«, verkündet Biggi fürsorglich. »Damit du wieder zu Kräften kommst.«

Karl blickt irritiert zwischen seiner Schwester und mir hin und her. »Du weißt, ich liebe *Hurennudeln,* aber vor zwei Minuten sollte ich doch Paula begleiten. Wohin eigentlich?« Er mustert mich gespannt. »Und vor allem, was wird da Feines serviert?«

»Zur Verlobungsfeier meines Sohnes. Die Speisekarte kenne ich leider noch nicht«, antworte ich.

Je länger ich darüber nachdenke, umso besser gefällt mir Biggis Vorschlag. Karl ist ein attraktiver Mann, hat Charme und er bringt mich zum Lachen. Er ist kein Fremder, auch für Benny nicht. Mit Karl an meiner Seite könnte der Abend sogar richtig amüsant werden. Seine paar Kilo zu viel auf den Rippen stören mich überhaupt nicht, die habe ich selbst auch.

»Na so was!« Karl klopft sich lachend auf die Schenkel. »Der kleine Benny? Ich glaub's ja nicht. Kaum die Pampers losgeworden, will er heiraten und selbst kleine Windelkacker in die Welt setzen. Mannomann, wie schnell die Zeit vergeht.« Nachdenklich kratzt er sich am Kopf. »Aber ich versteh nicht, wieso brauchst du Begleitung? Du hast doch wohl keine Angst vor deiner eigenen Familie?« Er lacht, als wäre das vollkommen absurd.

»Natürlich nicht«, versichere ich. »Aber mir passt ...« Ich suche nach einer netten Bezeichnung für die Neue an Herberts Seite. »Der *Familienzuwachs* gefällt mir nicht.«

»Zuwachs?«, wiederholt Karl.

»Die neue Schnepfe vom Zuckerbäcker, für die er sich von Paula hat scheiden lassen«, erklärt Biggi. »Du kannst dir sicher vorstellen, dass es kein Vergnügen ist, mit einer wesentlich jüngeren Nachfolgerin an einem Tisch zu sitzen. Noch dazu bei solch einer Gelegenheit. Deshalb habe ich Paula vorgeschlagen, sich an eine Begleitagentur zu wenden und für den Abend einen Aushilfsmann zu engagieren.«

Auf Karls Gesicht erscheint ein verschmitztes Grinsen, als kapiere er langsam die Situation in vollem Umfang. »Such nicht weiter, schönste Paula, in mir hast du den perfekten Ersatzmann gefunden. Ich kann dir sogar Referenzen bieten: habe einige Sommer als Gentleman-Host auf Kreuzfahrtschiffen gejobt! Ich war ein beliebter Tänzer bei den alleinreisenden Ladys. Für heute Abend müsste ich mich allerdings noch umziehen. In diesen Klamotten kannst du keinen Staat mit mir machen. Könnte aber eine Weile dauern, alter Mann ist kein D-Zug.«

»Keine Eile, Karl«, entgegne ich. »Die Verlobung findet erst nächsten Samstag statt, also heute in einer Woche.«

»Oooch, also doch Puttanesca.« Karl zieht die Brauen zusammen, als wären die Gerichte seiner Schwester ungenießbar. Dabei kocht sie prima. Um Längen besser als ich, die ich wegen der Firma nie genug Zeit hatte. An leckeren Broten oder Sandwiches unserer Firma konnten sich die Kinder natürlich satt essen. Ansonsten waren hübsch garnierte Tiefkühlprodukte meine Spezialität. Aufgetaut und zubereitet, versteht sich.

»Ich bin nicht scharf darauf, mich an den Herd zu stellen«, kommentiert Biggi seine versteckte Kritik. »Warum kehrst du nicht ins nächste Wirtshaus ein, zu einem Seniorensparmenü, alter Mann? Dann kann ich in Ruhe mit Paula ein neues Outfit besorgen.«

»Mach dir keine Gedanken um mich, ich komme schon zurecht«, sagt Karl und blickt mich verunsichert an. »Die Feier soll wohl in gehobenem Rahmen stattfinden?«

»Wieso fragst du?«

»Na ja, wenn du dich neu ausstaffieren willst. In diesem Fall wirst du leider auf meine Begleitung verzichten müssen.«

»Aber warum denn?«, frage ich erstaunt.

»Äh … weil …«, stottert er.

Irre ich mich, oder ist es ihm peinlich, mir den Grund zu verraten?

»Da bin ich aber auch neugierig«, mischt sich Biggi ein.

Er holt tief Luft, bevor er antwortet. »Weil ich … keinen passablen Anzug besitze … Der einzige, der mir noch passt, ist der Maleranzug.« Er klopft sich demonstrativ auf den Bauch. »Seit wir uns das letzte Mal gesehen haben, Paula, pro Jahr ein Kilo mehr, macht zwanzig.«

»Ach was, du bist eben stattlich«, winke ich ab. »Ein richtiger Mann muss einen Schatten werfen«, füge ich noch als plausible Bestätigung hinzu.

»Hahaha«, lacht Karl erleichtert. »Sehr charmant, Paula, vielen Dank. Leider ist damit das Problem nicht aus der Welt. In meinem Schrank hängt zwar eine dunkelblaue Hose, die *nicht* am Bauch spannt und ganz ordentlich sitzt, aber kein anständiges Sakko, das ich dazu tragen könnte.«

Ich seufze unauffällig. Am liebsten würde ich losheulen. Da läuft mir der ideale Aushilfsmann über den Weg und dann hat er nichts anzuziehen. Das ist doch sonst immer nur ein Frauending. Muss ich doch alleine bei der Verlobung antanzen und mich abschätzigen Blondinenblicken stellen? Es sei denn, Karl schafft sich einen neuen Anzug an. Die Hoffnung streiche ich sofort wieder. Ich weiß, dass er Biggi mit durchfüttert, und an lukrativen Aufträgen scheint es im Moment zu mangeln. Warum würde er sonst auf einer Baustelle arbeiten? Beim nächsten Atemzug kommt mir der rettende Blitzgedanke.

»Kein Problem, Karl, ich spendiere dir einen neuen Anzug plus Schuhen und was du sonst noch benötigst!«

Er mustert mich, als sei ich übergeschnappt. »Auf gar keinen ...«

»Warte, bevor du ablehnst«, unterbreche ich ihn. »Wurdest du auf dem Kreuzfahrtschiff bezahlt?«

»Nein, nicht direkt«, antwortet er. »Es gab Trinkgelder, Kabine und Verpflegung waren natürlich frei. Also kostenloser Urlaub auf einem Traumschiff.«

»Kostenloser Traumschiff-Urlaub *ist* Bezahlung«, trumpfe ich auf. »Und wenn du mich nächste Woche begleitest, bekommst du dafür eben eine Aushilfsmann-Uniform. Das läuft sozusagen unter Berufskleidung.«

Karl grinst mich an. »Hmm. Unter dieser Prämisse bin ich mit dem Deal einverstanden. Nur eine winzige Einschränkung.«

»Alles, was du willst, Karl, solange du nur mitkommst.«

»Ich hasse Krawatten. Mit so einem Kulturstrick um den Hals bekomme ich Platzangst«, erklärt er.

Ich atme erleichtert auf. »Wenn's weiter nichts ist, dann lass uns Anfang nächster Woche treffen. Wann hast du mal ein paar Stunden Zeit?«

Karls Gesichtsausdruck verdüstert sich. »An keinem einzigen Tag, nicht eine Minute. Die Stuckdecke muss bis Freitagabend fertig werden, Samstag ist Eröffnung. Im Moment sieht es aber leider so aus, als bräuchte ich eher zwei Wochen.«

»Wie wär's dann mit jetzt sofort?«, fragt Biggi. »Die Läden haben bis zwanzig Uhr geöffnet.«

»Hmm ...« Karl lässt den Kopf sinken und mustert sein verkleckertes Maleroutfit. »Verschwitzt wie ich bin, kann ich unmöglich neue Klamotten anprobieren. Ich muss erst unter die Dusche … und da wäre noch eine Winzigkeit …«

Biggi und ich sehen ihn gespannt an.

»Ach nichts«, winkt er dann ab. »Wo treffe ich euch?«

»Bei ›Lodenfrey‹«, antworte ich. »Kennst du, oder? Dort bekommen wir was Schickes für dich und für mich.«

Karl nickt. »Wenn der Laden nicht umgezogen ist, bei den Fünf Höfen, oder?«

»Ja«, bestätige ich. »Wie wär's, wenn wir uns dort in einer Stunde treffen?«

Er überlegt einen Moment. »Ins Lehel zu meinem Atelier brauche ich mit dem Rad nur ein paar Minuten … duschen … umziehen, losradeln … ja, wenn ich mich beeile, könnte es klappen.« Er steigt auf sein Stahlross, winkt uns im Davonfahren zu und ruft: »Biggi hat meine Handynummer.«

Auf dem Weg zu dem alteingesessenen Modehaus hake ich meine Freundin unter. »Dass wir ausgerechnet deinem Bruder begegnet sind, nenne ich mal einen glücklichen Zufall.«

»Nichts geschieht ohne einen Sinn«, doziert Biggi. »Wir alle stehen unter dem Schutz des Universums, das über uns wacht und uns aus jeder Not befreit.«

»Amen!«, entgegne ich lachend, wie immer, wenn sie die Esoterikerin heraushängen lässt. Dass sie nach der Jamaika-Pleite für mindestens drei Ewigkeiten stocksauer aufs Universum sein müsste, scheint sie nicht registriert oder verdrängt zu haben.

»Amen!«, wiederholt Biggi, die nie eingeschnappt ist, wenn man sie veralbert. »Aber ich glaube tatsächlich nicht an Zufälle. Das Universum hat uns Karl über den Weg geschickt.«

»Wer auch immer: Vielen Dank dafür«, entgegne ich und

denke im Stillen, dass ein Münchner keines Universums bedarf. Hier trifft man ständig Bekannte oder Freunde, weil es eben doch nur ein großes Dorf ist.

Ein Shoppingausflug zu »Lodenfrey« ist leider kein billiges Vergnügen. Deshalb umgehe ich dieses exklusive Modehaus auf einer normalen Einkaufstour. Aber manchmal muss es eben etwas Besonderes sein. Zumal man hier am ehesten etwas Stilvolles in XL findet. Dafür investiere ich gerne ein paar Euro mehr. Obendrein wird der Kunde mit einem überaus kompetenten Service verwöhnt. In anderen Häusern kann man sich schon glücklich schätzen, wenn die Kassiererin sich zu einem gnädigen Dankeschön herablässt. Ich jedenfalls gerate regelmäßig an eine, die mit der Kollegin ganz dringend die Pausenzeiten besprechen muss. Die dumme Kundin kann warten. Oder ich gerate an ein Knochengestell, die mich mitleidig mustert, weil ich ganz offensichtlich immer noch Kalorien zu mir nehme. Nein, hier wird auch der Moppel von aufmerksamen, freundlichen Fachkräften bedient, die den Unterschied zwischen Seide und Synthetik noch kennen. Ganz zu schweigen von den geräumigen Umkleidekabinen, deren schmeichelnde Beleuchtung einen nicht um noch mal zehn Kilo fetter und mit mehr Orangenhaut als eine Kiste Apfelsinen erscheinen lässt.

Über den dunkelroten Teppich schreiten wir die Treppe hoch in die erste Etage zu den Damenmoden. Eine Weile schlendern wir unschlüssig an den Abend- und Partykleidern vorbei. Seit meiner Scheidung vor einem Jahr war ich nicht mehr shoppen – als Speckrollenmonster macht es keinen Spaß –, weshalb ich auch keine Ahnung habe, was grade so en vogue ist. Biggi ist nach ihrem langen Inselaufenthalt auch nur bikinitechnisch modisch auf dem Laufenden.

Ich erspähe eine Verkäuferin in unserem Alter, die sofort auf meinen Augenkontakt reagiert und herbeieilt.

»Kann ich Ihnen helfen?«, fragt sie lächelnd.

»Sehr gerne.« Bevor ich weitersprechen kann, ergreift Biggi das Wort.

»Meine Freundin braucht etwas richtig Aufregendes für eine wichtige Feier. Aber bitte kein kleines Schwarzes. Braun interessiert uns auch nicht.«

Auf dem Gesicht der freundlichen Verkäuferin erscheint ein feines Schmunzeln. »Ich denke, es wird sich etwas Passendes finden lassen.« Sie mustert kurz meine Figur, ohne sich anmerken zu lassen, ob ihr mein schlichtes braunes Kleid missfällt. »Größe achtunddreißig?«

Das ist »Lodenfrey«! Hier fühlt man sich sofort schlanker, schöner, jünger. Und überhaupt nicht grauhaarig.

»Sehr freundlich«, grinse ich geschmeichelt. »Leider nur noch die Schuhgröße. Sonst eher vierzig bis zweiundvierzig.«

»Bitte, hier entlang«, sagt sie, dirigiert uns zu den Umkleidekabinen. »Ich bin in wenigen Minuten zurück.«

Das erste Modell – zu eng. Trotz der Größe zweiundvierzig! Unwillkürlich fällt mir das Märchen mit dem sprechenden Spiegel ein. Wie gut, dass die Zeiten längst vorbei sind, sonst würde der mir sagen, dass ich aussehe wie eine aufgeplatzte Weißwurst.

Daran ist nur dieses verdammte Gen schuld, das zum Kühlschrank-Geh'n. Trotzdem beschließe ich in diesem traumatischen Moment, unbedingt etwas dagegen zu tun. Zum Beispiel auf Erdnüsse verzichten. Die machen ja so *wahnsinnig* dick. In Zukunft werden Walnüsse gegessen. Walken wäre auch eine Möglichkeit. Der Englische Garten liegt ja fast vor meiner Tür. Ein flotter Spaziergang an der frischen Luft verbraucht doch Millionen von Kalorien. Gute Idee, klopfe ich mir selbst auf die

Schulter. Morgen ist Sonntag, da habe ich nichts weiter vor, dann werde ich beginnen. Sofort nach dem Aufstehen. Noch auf nüchternen Magen!

Motiviert und gleich viel weniger frustriert quetsche ich mich in das nächste Kleid: Größe vierundvierzig! Sieht ganz danach aus, als müsste ich die Walnüsse auch streichen. Eine gute Stunde später habe ich unzählige Kleider in diversen Farben anprobiert. Mein Traumkleid war nicht dabei.

»Wie wäre es, wenn wir den Stil wechseln?«, fragt die unermüdliche Verkäuferin kurz vor Ladenschluss. »Manchmal sollte man etwas wagen.«

»Ja, warum nicht«, antworte ich wild entschlossen, nicht ohne das absolute Hinguckerkleid nach Hause zu gehen.

Kurz darauf ist sie zurück und hält mir ein schmales Kleid entgegen. »Das Allerneueste. Damit würden Sie bestimmt Aufsehen erregen und es wäre wunderschön zu Ihrer Haarfarbe.«

»Das ist es!«, flüstert Biggi aufgeregt, als ich mich damit vor dem Spiegel drehe.

»Das ist es!«, wiederhole ich begeistert von dem leicht asiatischen Look. Leuchtend gelber Seidentaft, bestickt mit weißen Apfelblüten, kleine Ärmel, seitlicher Rockschlitz und statt des üblichen Stehkragens betont ein V-Ausschnitt das Dekolleté.

»Phantastisch!« Die Verkäuferin betrachtet mich zufrieden. »Es sitzt, wie für Sie gemacht. Der Sonnenscheintrend ist ultramodisch, lässt Ihre dunkelgrünen Augen strahlen. Als Schmuck würde ich dazu ein Paar schlichte Ohrringe empfehlen, und alle Gäste werden Sie bewundern.«

»Gekauft!«, hauche ich wunschlos glücklich. Ich kann kaum fassen, wie gut es mich kleidet, finde mich selbst schön und sogar um hundert Gramm schlanker. Dem Bäckermeister wird die Spucke wegbleiben. »Jetzt schnell in die zweite Etage zu den Anzügen. Hoffentlich taucht Karl bald auf, sonst wird's knapp. Ein bisschen Zeit werden wir benötigen, um auch für ihn das Richtige zu finden.«

Während ich wieder in meine braune Pelle steige, versucht Biggi ihren Bruder auf dem Handy zu erreichen. Ohne Erfolg.

»Wo kann er denn sein?«, frage ich besorgt.

»Schätze, er ist bereits unterwegs und hat sein Telefon im Atelier vergessen«, beruhigt sie mich. »Das passiert ihm öfter. Typisch Künstler, mit den Gedanken ständig in weit entfernten Sphären.«

Die Verkäuferin nimmt mein Traumkleid entgegen. »Ich bringe es an die Hauptkasse«, sagt sie. »Und wenn ich einen Vorschlag machen darf: Falls Ihnen die Konfektionsgröße des Herren bekannt ist, könnten Sie eine Vorauswahl treffen und die Ware gegen Hinterlegung eines Schecks mitnehmen.«

»Biggi, welche Anzuggröße trägt dein Bruder?«, frage ich.

Sie zuckt mit den Schultern. »Keinen Schimmer. Ich weiß lediglich, wie groß Karl ist.«

»Kein Problem«, lächelt die Verkäuferin. »Ich rufe gerne einen Kollegen für Sie an, der Ihnen weiterhilft.«

Wie gesagt, Superservice!

Der Kollege entpuppt sich als extrem gutaussehender Mittdreißiger mit Sehnsuchtsblick, der mich an Jude Law erinnert. Ein Mann, der ohne Weiteres als Model arbeiten könnte und dem Frauen in unserem Alter jede Arroganz verzeihen würden. Aber er strahlt uns so herzlich an, als habe er den ganzen Tag auf zwei in seinen Augen bestimmt olle Schachteln wie uns gewartet.

»Guten Abend, die Damen. Freut mich, Sie beraten zu dürfen«, begrüßt er uns. »Was genau benötigt der Herr, Abend- oder Tagesanzug?«

»Eher einen saloppen Tagesanzug, in dem er aber auch auf einer Party eine gute Figur macht«, informiere ich ihn.

Biggi versucht mit großer Geste Karls Figur zu beschreiben. »Also, Körpergröße einsfünfundachtzig. Breite Schultern, etwas Bauch. In Kilo würde ich sagen …« Sie betrachtet den Verkäufer, als wolle sie vergleichen. »Er wiegt … Blöd, das kann ich gar nicht einschätzen.«

»Ist im Moment nicht so wichtig«, beruhigt uns der attraktive Berater. »Ich zeige Ihnen verschiedene Modelle, sollte eines davon gefallen, suchen wir nach der richtigen Größe, sobald der Herr eingetroffen ist. Falls Änderungen nötig sein sollten, unsere Schneiderei erledigt das in kürzester Zeit.«

Ich will noch anmerken, dass Karl fast weiße Haare hat, als mein Handy klingelt. Karl, denke ich erleichtert, doch dann fällt mir ein, dass er meine Telefonnummer gar nicht kennt. Auf dem Display sehe ich: *Großbäckerei*! Was will denn mein Ex-Mann von mir, knurre ich vor mich hin und bin versucht, den Anruf zu ignorieren. Was immer er für ein Problem hat, es ist nicht meines. Doch das anhaltende Klingeln nervt.

»Herbert, so eine Überraschung«, melde ich mich mit gespielter Freundlichkeit. »Ist der Mann an der Brezelmaschine ausgefallen?«

»Immer zu Scherzen aufgelegt, mein Scherzkeks!« Er lacht so übertrieben laut, dass ich mir einbilde, er stünde nur ein paar Meter weit entfernt.

Scherzkekse stellt die Großbäckerei »Wertheim« tatsächlich her. Hübsch verpackt in einer Geschenkbox, waren und sind sie der Renner des Trockengebäcksortiments. Die Idee dazu stammt von mir, weil Herbert mich so nannte. Solange wir verheiratet waren, fand ich das lustig. Inzwischen tut er es gelegentlich immer noch, und dann nervt es nur. Aber seine Marotte, Frauen wie Backwerk zu benennen, ist manchmal auch niedlich. Als unsere Tochter noch klein war, trug sie mit Vorliebe Rosa, und Herbert nannte sie mein kleines rosa Marzipantörtchen oder mein rosiges Zuckerkringelchen. Wie er seine Tusse nennt, interessiert mich allerdings nicht.

»Paula, wo bist du denn gerade?«, dröhnt Herberts Organ in mein Ohr.

Was soll das werden?, überlege ich genervt und antworte mit einer Gegenfrage: »Warum ist das wichtig?«

»Nicht wichtig, eher lustig«, lacht er polternd. »Dreh dich mal um.«

Natürlich ist mir piepegal, worüber sich mein Ex amüsiert, doch weil er immer noch so unrealistisch laut klingt, drehe ich mich um – und erstarre.

Herbert! Höchstpersönlich, am anderen Ende der Abteilung, bei den Lederjacken. Wie gesagt, im Millionendorf braucht man kein Universum. Da steht also mein Ex in voller Pracht seiner vierundsechzig Jahre – die man ihm nicht ansehen würde, wie er gerne behauptet. Ja, seit er zehn Kilo abgespeckt hat, sieht er tatsächlich um ein paar Stunden jünger aus, aber nur, solange er sich nicht in Begleitung meiner Nachfolgerin befindet. Eine siebenundzwanzig Jahre jüngere Freundin am Arm lässt nämlich jeden Mann alt wirken, egal, wie sehr die Wampe geschrumpft ist. Über derart große Altersunterschiede täuscht weder eine jugendlich modische Jeans noch ein rosa Polo-Shirt und auch keine verspiegelte Pilotenbrille hinweg.

»Wähle du schon mal ein paar Anzüge aus«, bitte ich Biggi und laufe meinem Ex entgegen, um ein Zusammentreffen mit Karl zu vermeiden.

Herbert schiebt die coole Brille ins schüttere Fronthaar und mustert mich eingehend, als hätten wir uns ewig nicht gesehen. Dabei ist es keine drei Wochen her, dass ich ihm bei einer personellen Neueinstellung behilflich war.

»Es stimmt also doch?« Er schenkt mir ein anzügliches Grinsen.

»Was?«

»Wenn du dich in der Herrenabteilung rumtreibst, muss es einen neuen Mann in deinem Leben geben. Benny hat mir berichtet, du würdest ihn am Samstag mitbringen. Wo ist er?« Neugierig blickt er sich nach allen Seiten um. »In der Kabine?«

Mist. Wenn Karl ausgerechnet jetzt daherkommt, wird es nichts mit meinem großen Überraschungsauftritt am Samstag. Da hilft nur ein Ablenkungsmanöver in Richtung junge Geliebte. Im Krieg und in der Liebe wird scharf geschossen, oder so ähnlich.

»Grüß dich, liebe Pääämela«, schieße ich deshalb eine honigsüße Salve auf sie ab und strecke ihr beide Arme entgegen, als wäre sie meine engste Busenfreundin. »Du schaust umwerfend aus. Rattenscharf dein ... ähm ... Look.«

Wobei rattenscharf nicht zutrifft. Sie sieht einfach nur verdammt hübsch aus, in dem weißen Shirt und den roten Turnschuhen, die sie zu einer hellblauen Jeans trägt. Eine von der Sorte, die auf der Hüfte sitzen und für die eine perfekte Figur ohne jegliches Speckröllchen vonnöten ist. Die einen kleinen Po und superlange Beine erfordern. Und die Frauen wie mich ins tiefe Tal der Tränen schicken, weil wir vorgeführt bekommen, dass wir nie! – nie! – nie! wieder so aussehen werden, selbst wenn wir für den Rest unserer Tage eine strikte Null-Diät einhalten. Wir würden vielleicht abnehmen und irgendwann auch in Jeans-Größe null passen, aber irgendjemand würde sich vielleicht auch an das böse Sprichwort erinnern: Hinten Lyzeum, vorne Museum! Pämela ist jung, schön und ... Ach, es ist ein einziger Graus. Ich hasse sie!

Falls bisher der Eindruck entstand, ich könne Pamela nicht ausstehen: Bingo! Und weil sie zufällig denselben Vornamen wie Pamela Anderson hat, nenne ich sie Pämela und schleime sie jedes Mal zu, als wäre ich ihr in tiefer Freundschaft zugetan. Eine wichtige Strategie im Kampf gegen alle Pämelas dieser Welt lautet: Wer seine Feinde nicht besiegen kann, muss sich mit ihnen verbünden! Besonders wichtig, wenn Konfrontationen unvermeidbar sind.

»Du siehst auch wunderhübss aus«, erwidert sie freundlich und busselt mich auf beide Wangen. »Und, wo ist er?«

Habe ich ihr entzückendes Lispeln schon erwähnt? Dieser winzige Schönheitsfehler lässt mich hoffen, dass es doch eine ausgleichende Gerechtigkeit gibt.

»Wer?« Ich flehe inständig zum allmächtigen Universum, Karl möge sich noch so lange verspäten, bis ich das Turtelpärchen losgeworden bin. Auch wenn ich noch keinen blassen Schimmer habe, wie ich das anstellen soll.

»Dein neuer Lover!« Pämela spitzt den hübschen Mund, bereit, ihn abzuknutschen. »Probiert er Anzüge an? Ich freu mich ja so für dich, Paula. Du lebst sson viel zu lange allein. Ohne Mann ist eine Frau doch nur die Hälfte wert.«

Bei den letzten Worten hat sie sich bei Herbert eingehakt und ihren Kopf an seine Schulter gekuschelt. Was ziemlich albern aussieht, weil sie einen ganzen Kopf größer ist als er. Zudem strahlt sie ein so natürliches Selbstbewusstsein aus, dass ich ihr die schutzbedürftige Frau nicht abnehme.

»Wie lieb von dir, mein Sahnebaiser«, grunzt Herbert beglückt.

Sahnebaiser!? Ich muss mich verhört haben. Pämela hat nicht mal ansatzweise etwas von einem aufgeplusterten Baiser. Nicht mal was von einer zuckerreduzierten Light-Variante. Dazu ist sie viel zu schlank. Salzlette würde passen.

»Paula?«, tönt nun Biggis Stimme durch das inzwischen fast leere Modehaus.

Zu meiner Erleichterung fällt mir in diesem Moment die passende Ausrede ein. »Tut mir leid, ich muss los. Biggi sucht ein Geschenk für Karl und möchte meine Meinung hören. Servus, ihr beiden, bis nächsten Samstag.«

Herbert hält mich am Arm fest. »Moment. Meinst du Biggis Bruder Karl, der vor hundert Jahren mal unseren alten Bäckerladen ausgeweißelt hat? Ist das dein Neuer? Dieser erfolglose, windige Pinselschwinger?«

»Welcher Pinselsswinger, Herbert-Bärli?«, mischt Pämela sich ein.

Herbert-Bärli!? Lachhaft! »Er ist überhaupt nicht erfolglos«, gehe ich auf Angriff. »Wie kannst du so etwas behaupten? Dass er auch Wände anmalt, heißt gar nichts. Hast *du* auch schon getan.«

»Entschuldige, Paula«, höre ich jetzt Karls Stimme hinter mir. Als ich mich umdrehe, glaube ich zu phantasieren.

Karl kommt mit großen Schritten angerannt, ist aber weder umgezogen, noch sieht er frisch gewaschen aus. Er trägt immer noch den farbverschmierten Maleroverall, wirkt obendrein ziemlich verschlafen – und tatsächlich wie ein erfolgloser Pinselschwinger. Verdammter Mist!

»Ah, der verhinderte Picasso höchstpersönlich. Direkt von der Staffelei hergeeilt, nehme ich an?«, kommentiert Herbert Karls Aussehen und lacht vergnügt über seinen lahmen Scherz.

Karl stellt sich breitbeinig hin, reckt den Kopf etwas vor und sagt: »Ah, der Zuckerbäcker mit der Zuckerpuppe.«

Es klingt zwar lustig und ich muss grinsen. Doch die zwei stehen sich jetzt breitbeinig gegenüber wie zwei Kampfgockel in einem billigen Western, die gleich aufeinander einhacken.

»Sehr erfreut!« Pämela streckt Karl ihre schmale Hand mit den durchsichtig schimmernden Fingernägeln entgegen.

Das könnte ihr so passen. Karl kriegt sie nicht in ihre schlanken Krallen. Ich packe ihn am Ärmel, schnaufe: »Schönen Abend noch« und schleife ihn eilig mit mir, als wäre ein Monster hinter uns her. »Keine Zeit für schwachsinnige Männerrituale.«

»Der Zuckerbäcker hat angefangen«, verteidigt er sich und zieht dabei eine Grimasse wie ein frecher Schuljunge.

»Na, endlich«, empfängt uns Biggi. »Wo warst du denn? In fünfzehn Minuten ist hier Ladenschluss.«

Auch der nette Jude-Law-Verschnitt wirkt erleichtert, als er Karl erblickt. Ohne auch nur die geringste Bemerkung über Karls Schmuddellook fallen zu lassen, er hebt nicht einmal die schön geschwungenen Augenbrauen, bittet er ihn zur Anprobe.

Schnaufend lassen Biggi und ich uns in die bequemen Sessel fallen.

»Lustig, dass wir deinen Ex heute auch noch treffen«, sagt Biggi.

»Auf den hätte ich liebend gerne verz …«

Das Klingeln meines Handys unterbricht mich. Schon wieder die Großbäckerei.

»Was denn noch?«, melde ich mich ungehalten.

»Hör mal, Paula«, bellt er mir ins Ohr. »Es geht mich ja im Grunde nichts an, mit wem du … ähm … deine Zeit verbringst …«

»Ganz recht«, falle ich ihm ins Wort. »Es geht dich nichts an. Überhaupt nichts! Mir muss es ja auch egal sein, mit wem du … ähm, was auch immer …« Den Rest lasse ich ungesagt.

»Ich wollte nur wissen«, schnauzt er zurück, »ob du den verkappten Picasso tatsächlich zur Verlobung deines Sohnes mitbringen willst?«

»Und wenn er mich begleiten würde?«, frage ich provokant. »Dürfen wir dann nicht dein Haus betreten?«

Herbert schnauft unwillig, bevor er weiterfaucht: »Die Verlobung unseres Sohnes ist nicht irgendeine Party, wo Hinz und Kunz geladen sind.«

»Gut, dass du mich darüber unterrichtest«, erwidere ich frostig. »Dann bleibe ich vielleicht am besten zu Hause.«

3

Eine Woche später stehe ich vor dem Spiegel in meinem Badezimmer, um mich für den großen Auftritt anzupinseln. Die letzten Worte an meinen Ex waren natürlich nur eine leere Drohung wegen seines unverschämten Benehmens bei »Lodenfrey«.

Inzwischen kann ich über die Begegnung lachen. Da kamen sämtliche Katastrophen innerhalb einer Stunde zusammen. Zuerst war da ein doppelter Hamburger, den Karl wegen seines Kohldampfs auf dem Heimweg verspeist hat. Und Essen macht bekanntlich müde. Auch große Männer. Also hat er sich zu Hause nur ganz kurz hingelegt und war prompt eingeschlafen. Von wegen, wir stehen alle unter dem Schutz des Universums! Schnarchnase, kann ich da nur sagen. Statt ihn rechtzeitig zu wecken, hat das Universum eindeutig mit Karl auf der Couch gepennt und mich voll ins offene Messer laufen lassen. So empfand zumindest ich das Zusammentreffen von meinem Ex, Pämela und Karl. Doch jetzt freue ich mich auf den Abend. Darauf, meinen Sohn zu sehen. Merle, seine Verlobte. Und natürlich Antonia, meine Tochter, die in Frankfurt Geschichte studiert, weshalb ich sie nur selten zu Gesicht bekomme. Auch auf das neue Haus meines Ex-Mannes bin ich sehr gespannt. Versteht sich, dass ich es noch nicht betreten habe. Noch nicht einmal von außen gesehen. Wieso auch? Aber wenn Benny dort unbedingt feiern möchte, bleibt mir keine Wahl. »Es ist eine wunderschöne alte Villa, die Papa sehr geschmackvoll hat umbauen lassen«, hat er berichtet.

»Ich bin sicher, sie wird dir gefallen.« Selbst wenn ich die Hütte grottenhässlich finde, wen juckt es?

Noch etwas Puder, naturfarbener Lippenstift, braune Wimperntusche, fertig. Bis auf die grauen Haare bin ich ganz zufrieden mit meinem Aussehen. Ich habe ein rundes Gesicht und für mein Alter relativ wenig Falten – sogar im Schminkspiegel, der zehnfach vergrößert. Aber am liebsten mag ich meine dunkelgrünen Augen.

Die Türklingel reißt mich aus meiner Betrachtung. Huch, schon sieben. Das wird Karl sein. Vor zwanzig Minuten hat er angerufen und verkündet, dass er pünktlich bei mir aufkreuzen würde. Ich hatte vorgeschlagen, ihn abzuholen, schließlich fahren wir mit meinem Wagen zu Herberts Haus. Doch Karl bestand darauf, *mich* abzuholen. »Wenn ich schon den Begleit-Kavalier abgebe, dann formvollendet«, hat er gesagt.

Als ich die Tür geöffnet habe, bekomme ich nur ein kratziges »Hallo« heraus.

Der Jude-Law-Verschnitt hatte Recht. Hellgraues Leinen zu Karls ergrautem Schopf sieht klasse aus. Aber erst das brombeerfarbene Hemd mit dem kleinen Stehkragen, das ohne Krawatte getragen wird, und die rotbraunen Slipper machen daraus den italienisch-lässigen Look.

Karl starrt mich aber auch ziemlich verblüfft an, bevor er mir das kleine Blumenbouquet überreicht. »Wäre ich ein Maler, würde ich dich fragen, ob du mir Modell stehst«, flachst er dann. »Du siehst hinreißend aus.«

»Vielen Dank!« Ich spüre, wie ich rot anlaufe. »Auch für die Blumen, die sind wunderschön ... Komm rein ...«

Er bleibt in dem langen Flur stehen. Neugierig schaut er sich um. »Das ist doch die Wohnung, in der du mit deiner Familie ... Ähm ... Ich meine, in der du gelebt hast, als du noch verheiratet warst.«

»Stimmt. Nach meiner Heirat bin ich hier eingezogen, habe zwei Kinder großgezogen und mir eingebildet …« Ich stocke, bevor ich noch wehmütig werde. Mit der freien Hand dirigiere ich ihn in Richtung Küche. »Seit der Scheidung wohne ich allein, Benny und Antonia sind schon länger ausgezogen. Herbert hat mir angeboten, mietfrei wohnen zu bleiben. Solange ich lebe. Das Haus gehört ihm ja, er hat es von seinen Eltern geerbt. Aber die Wohnung mit dem angrenzenden Bäckerladen ist viel zu groß für mich allein.«

»Den Laden habe ich doch mal ausgeweißelt«, erinnert sich Karl nun. »Er ist an einen Architekten vermietet, wie ich an der Aufschrift an der Ladentür gesehen habe, richtig?«

»Nein, nein, er steht leer. Das ist ein Ablenkungsmanöver, eine leerstehende Immobilie in Schwabing lockt Makler an, als gäbe es Freibier. Mindestens einer pro Tag würde hier auftauchen und mir tausend solvente Mieter aus seiner Kartei anbieten. Ich möchte aber nicht vermieten, da der Laden direkt in die Wohnung übergeht. Für einen Fremdmieter müssten erst Heizungen und Toilette et cetera eingebaut sowie Telefonleitungen verlegt werden. Deshalb habe ich die Schaufenster mit Jalousien verkleiden und die Tür mit einem Phantasie-Firmenlogo beschriften lassen.«

»Ganz schön clever«, findet Karl.

»Not macht erfinderisch. Aber ich träume von einem kleinen Luxusappartement unterm Dach, mit schöner Aussicht, doppelt verglasten Fenstern und viel Licht. Hier, im Erdgeschoss, bekomme ich nur in den Sommermonaten etwas Sonne ab.« Ich öffne einen der Hängeschränke meiner Eiche brutal, doch ohne Leiter reiche ich nicht an die Vasen.

»Warte«, sagt Karl und angelt mir die gewünschte Vase herunter.

Ach ja, denke ich, während ich Wasser in das Gefäß fülle,

nicht unpraktisch, so ein Mann im Haus. Natürlich nur als Handlanger. Ansonsten habe ich mit dem Thema Männer längst abgeschlossen. Mit Beziehungen sowieso. Ich bin zu alt dafür. Und dann diese stressige Gewöhnungsphase, bis man sich an das jeweilige Leben des anderen angepasst hat. Männer und Frauen sind einfach zu unterschiedlich. Wie Sahnetorten und Salzheringe. Nein, nein, ich bin ganz zufrieden allein. In einer neuen Wohnung schaffe ich mir eine moderne Designerküche an. Ohne Oberschränke, und schon ist das Problem vom Tisch.

»Sag mal«, fragt Karl, als wir kurz darauf ins Auto steigen, »weiß dein Ex, dass du mich anschleppst?«

»Es ist Bennys Feier, und der weiß Bescheid«, weiche ich aus. »Er freut sich, dich nach so vielen Jahren wiederzusehen. Herbert überraschen wir einfach.«

»Na, dann hoffen wir mal, dass er diese Art Überraschungen liebt«, erwidert Karl mit zweifelndem Unterton.

»Donnerwetter«, murmele ich beeindruckt, als wir bei der angegebenen Adresse vorfahren.

Benny hat nicht übertrieben. Ein wahres Gründerzeit-Schloss, wie er es beschrieben hat. Der zart-lachsrosa Anstrich verleiht dem pompösen Stil mit den Erkern, Säulen und Türmchen etwas von einer mehrstöckigen Torte. Im Prinzip passt das hervorragend zu einem Zuckerbäcker. Allerdings kann ich mir den gemütlichen Herbert nicht wirklich in dem rosa Torten-Schlösschen vorstellen. Als junger Mann sah mein Ex aus wie der Schlagersänger Andy Borg und war eher der Eckbank-Typ mit rot-weiß-karierter Decke auf dem Küchentisch.

Noch während ich einparke, überlege ich, ob er sich Pämela zuliebe so verändert hat. Ich kenne sie ja nur flüchtig, eigentlich gar nicht. Warum sie sich in Herbert verliebt hat, ist mir sowieso ein Rätsel. Mein Ex-Mann ist ein sehr bodenständiger Mensch, dessen Eltern in den frühen 1950er Jahren mit einem kleinen Bäckerladen in der Ainmillerstraße angefangen haben. Jenem Laden, hinter dem ich wohne. Mit viel Fleiß wurde daraus der Betrieb, den Benny in ein paar Jahren übernehmen wird. Ob sich Pämela darüber im Klaren ist, dass sie dann einen Rentner an ihrer hübschen Backe hat?

Kurz nach meinem Klingeln öffnet eine dickliche Frau.

»Guten Abend«, begrüßt sie uns freundlich.

Mir entfährt ein überraschtes: »Oh!« Ungläubig starre ich sie an. Ich wusste von der Haushälterin, aber mit einer solchen Klischeefigur habe ich nicht gerechnet. Sie trägt ein glänzendes schwarzes Kleid mit weißer Schürze, was an sich noch nicht sooo erstaunlich wäre. Wenn da nicht die alberne weiße Schleife in ihrem Haar wäre, die sie wie eine Bedienstete aus dem *Haus am Eaton Place* aussehen lässt. Dann aber habe ich mich wieder unter Kontrolle. »Ich bin Bennys Mutter.«

»Sehr wohl«, knickst sie, öffnet die schwere Holztüre noch etwas weiter und bittet uns näher zu treten.

Karl und ich sehen uns irritiert an. Sie hat tatsächlich geknickst? In welchem Jahrhundert leben wir denn!

Der große leere Flur gleicht einer Halle. Ich glaube, in vornehmen Kreisen würde man näselnd Entree dazu sagen. Ein Zimmerspringbrunnen würde sich auf dem alten Intarsienparkett in hell-dunklem Schachbrettmuster gut machen. Ein leises Plätschern könnte etwas heimelige Stimmung verbreiten und die kahlen beige-lackierten Wände nicht mehr ganz so abweisend wirken lassen. Garderobenhaken wären ebenfalls von Nutzen. Gut, wir haben Frühsommer, es ist warm und wir sind ohne Mäntel angereist. Aber was machen Gäste im Winter mit ihren Mänteln? Ob sich hinter einer der Facettentüren ein extra Garderobenraum verbirgt?

»Mama!« Benny kommt mir freudestrahlend entgegen und reißt mich aus meinen albernen Überlegungen. »Endlich!«

Gut sieht mein Großer aus in dem leichten dunkelblauen Anzug. Darunter trägt er ein weißes Hemd, dessen Kragen offen steht. Mit einem Seitenblick sehe ich Karls erleichterten Gesichtsausdruck.

»Sind wir die letzten?«, frage ich, nachdem ich ihn an mich gedrückt und abgebusselt habe.

»Nein, nein.« Er grinst. »Aber ich freue mich, dich zu sehen. Papa hat so eine seltsame Bemerkung fallen lassen, von wegen, ich solle nicht mit deinem Erscheinen rechnen. Habt ihr euch wieder gestritten?« Er mustert mich streng, als wäre ich das Kind, sagt dann aber: »Tolles Kleid.«

»Dein Vater hat wohl schon ein paar Schnäpschen gekippt«, antworte ich ablenkend. »Ich bin hier, wie angekündigt in Begleitung.« Ich drehe mich halb um zu Karl, der hinter mir steht. »Na, was sagst du zu meinem feschen Sohn? Ich kann es selbst kaum fassen, dass er heiraten will.«

»Herzlichen Dank für die Einladung.« Karl streckt die Hand aus. »Wenn ich dir auf der Straße begegnet wäre, hätte ich dich nicht wiedererkannt.«

»Dito«, lacht Benny. »Ist ja auch schon eine halbe Ewigkeit her. Schön, dass Mama dich mitgebracht hat.«

»Wo ist Merle?«, frage ich. »Ich hab ein kleines Geschenk für sie.«

»Folgt mir«. Er schreitet auf eine Flügeltür zu.

Sie öffnet sich zu einem riesigen Raum, dem man mit der profanen Bezeichnung Wohnzimmer nicht gerecht würde. Es stehen zwar jede Menge Sofas, Stühle, Sessel und niedrige Tische herum, aber nichts passt zusammen und auf den ersten Blick wirkt das kunterbunte Sammelsurium, als wären wir auf einer Möbelmesse. Auch der weiße Flügel in einer Ecke, mit den silbernen Fotorahmen obendrauf, wirkt deplatziert. Ist da jemand im Kaufrausch durch alle Läden der Stadt gestolpert, konnte sich für keinen Stil entscheiden und hat von allem etwas bestellt? Ähnlich wie es mir bei »Dallmayr« geht, wenn ich vor den köstlichen hausgemachten Pralinen stehe. Da nehme ich dann einfach die fertig zusammengestellte Mischung. Also Herbert war's bestimmt nicht. Der mag keine Mischungen. Egal, ich bin schließlich nicht als engagierte Innenausstatterin hergekommen.

»Was wollt ihr trinken?«, fragt Benny. »Die Bar ist dort hinten.« Er zeigt an das Ende des Zimmers. »Lukas spielt den Barkeeper.«

Lukas ist Biggis hochintelligenter Sohn, der an ein Informatikstudium noch ein medizinisches dranhängt. Die Freunde aus Kindergartenzeiten haben sich trotz unterschiedlicher Zukunftspläne nie aus den Augen verloren.

»Ich könnte etwas Starkes vertragen.« Ich sehe mich um. »Anstandshalber müssen wir aber zuerst die Gastgeber begrüßen, oder?«

Doch ich kann Herbert und sein Sahnebaiser nirgendwo entdecken. Auch Antonia nicht. Merles Eltern fehlen ebenfalls.

»Papa ist in der Küche mit Pam«, sagt Benny. »Sie kümmern sich ums Essen.«

Jedes Mal, wenn Benny sie selbstverständlich Pam nennt, spüre ich einen kleinen Stich. Aber ich werde mich wohl daran gewöhnen. Müssen!

Ich atme kurz durch, bitte Karl, mir einen großen Drink zu organisieren. Normalerweise trinke ich lieber Weinschorle oder auch mal einen Cocktail. Aber gleich wird mir das Sahnebaiser auf die Pelle rücken, und konzentrierter Alkohol macht mich milde. Doch zuerst eile ich an Bennys Arm meiner zukünftigen Schwiegertochter entgegen, die auf einem breiten roten Samtsofa mit zwei Freundinnen plaudert.

Merle ist als studierte Ökotrophologin die ideale Frau für den Sohn eines Bäckermeisters. Kennengelernt haben sich die beiden auf einem Lehrgang über Ernährung in der Zukunft. Sie ist ein waschechtes Münchner Kindl, wie es so schön heißt. Südländische Einflüsse inklusive, wiederum nicht ungewöhnlich in Bayern. Als Benny seine Freundin zum ersten Mal nach Hause mitbrachte, habe ich sie mit offenem Mund angestarrt, so hübsch fand ich sie. Auch heute wieder. Sie trägt ein weißes Kleid mit roten Hibiskusblüten, das zu ihrer olivfarbenen Haut und den langen schwarzen Haaren einfach hinreißend aussieht.

»Herzlichen Glückwunsch, meine liebe Merle.« Ich überreiche ihr ein kleines weißes Ledersäckchen.

Sie bedankt sich mit einer liebevollen Umarmung. Gespannt öffnet sie dann ihr Geschenk. »Lauter Centmünzen«, stellt sie überrascht fest.

»Oh, wie cool«, kommentieren Merles Freundinnen.

»Für die Brautschuhe«, erkläre ich. »Früher haben wir komplett mit Pfennigen bezahlt. Das kann man heutzutage wahrscheinlich nicht mehr bringen. Deshalb nur ein kleiner symbolischer Betrag, der dir Glück bringen soll. Für ein paar tolle Schuhe genügt das natürlich nicht. Wenn du erlaubst, möchte ich dir die spendieren.«

»Was für ein schönes Geschenk, danke Paula, das Angebot nehme ich sehr gerne an«, strahlt sie mich an.

Benny drückt mir ein Küsschen auf die Wange. »Danke, Mama. Und vielen, vielen Dank auch für den Wochenendtrip nach New York.«

»Uiii, darf ich auch zum Ssuhekaufen mitkommen? Ich kenne die besten Läden der Sstadt.«

Das Sahnebaiser taucht unerwartet neben uns auf.

Heute in einem hochgeschlossenen eisblauen Kleid, das ihre perfekte Figur nur erahnen lässt. Vermutlich hat Herbert den Look angeordnet, damit den jungen Männern nicht die Augen herausfallen.

»Sshön, dass ihr da seid.« Pämela umarmt mich ohne Vorwarnung. »Tolles Kleid, Paula.« Dann streckt sie einen Fuß vor. »Guckt mal!« Sie zeigt uns einen Pumps mit Satinblume und hohem Absatz, der mit Strasssteinchen besetzt ist. »Himmliss, oder?«

»Hihi, Püppipuschen«, kichern die zwei Mädchen auf der roten Couch.

»Und gefährlich hoch«, wende ich ein. »Du wirst dir die Beine brechen.« Hoffentlich, füge ich in Gedanken hinzu.

Sie schenkt mir ein verzücktes Lächeln. »Dass ist ja so lieb von dir, Paula. Ich pass sson auf, verssprochen.«

Wie gesagt, sie glaubt tatsächlich, ich wäre ihre Freundin. »Ja, pass gut auf, Pääämela«, lächele ich freundlich.

Karl gesellt sich zu uns, zwei Gläser Wodka-Zitrone auf Eis in den Händen, von denen er mir eines reicht.

Ich nehme schnell einen Schluck zur Beruhigung, bevor ich Karl bekannt mache. »Darf ich euch Karl Brenner vorstellen? Ein sehr begabter und berühmter Kunstmaler.«

»Auf jeden Fall berüchtigt!«

Herberts unverkennbare dunkle Stimme. Eine Minisekunde später taucht er höchstpersönlich neben Pämela auf – in dunklen Hosen, weißem Hemd und roter Schürze, mit der Aufschrift: *Chefkoch*. In den Händen ein großes Tablett. Darauf Schnittchen in Herzform, die er wie ein Oberkellner herumreicht. »Appetithäppchen?«

Nein, er passt wirklich nicht in dieses Haus.

Karl scheint Herberts Bemerkung heute kalt zu lassen. Er blickt sich nur lächelnd um.

»Ist echt 'ne tolle Hütte, Herbert!«, lobe ich lächelnd.

Mein Ex schnappt mit zusammengekniffenen Augen nach Luft. Ah, mein Sonnenscheinkleid verschlägt ihm die Sprache. Oder war es die Bemerkung über seine Villa? Wird er jetzt hochgehen wie ein riesiger Klumpen Hefeteig und explodieren?

Ich habe Karl auf der Fahrt instruiert, dass er hauptsächlich auf mich achtgeben soll, damit ich nicht zu ausfallend werde oder Streit mit Herbert anfange. Mein Sohn soll seine Verlobung in schöner Erinnerung behalten können.

Ich greife nach einem Lachsherzchen. »Also ich finde ...« Ziemlich banal, einfach nur Schnittchen zu servieren. Noch bevor ich weitersprechen kann, wendet sich Karl an meinen Ex.

»Gratulation, zu diesem Traumhaus, Herr Wertheim«, sagt er. »Und die phantastischen Sofas und Sessel. Wo haben Sie die nur gefunden?«

Herberts rundes Gesicht entspannt sich. Ein glückliches Schmunzeln macht sich breit, als wäre Karl sein bester Freund. »Freut mich, dass es Ihnen gefällt.« Er stellt das Häppchentablett auf einem der Tischchen ab. »Wir müssen uns noch einleben, mit dem Möbeldurcheinander bin ich auch nicht glücklich.« Er blickt auf sein Sahnebaiser.

Aha! Ich dachte mir schon, dass dieses Chaos auf ihrem Mist gewachsen ist. Ja, zugegeben, ich bin gemein. Aber welche betrogene und verlassene Ehefrau würde sich nicht über kleine Makel einer optisch derart perfekten Nachfolgerin freuen?

»Bald sson wird es wunderssön aussehen, Herbert-Bärli«, zwitschert Pämela leicht angefressen. »Wir brauchen nur noch ...«

»Mehr Stühle und hübsche Bilder«, mische ich mich wieder ein. »Vielleicht was Postmodernes? Sprich mal mit einem Maler.« Ich weise mit einer lässigen Handbewegung auf Karl.

Pämela betrachtet Karl, als wäre er gerade ins Zimmer geschneit.

»Ach so, ja!« sagt sie mit leuchtenden Augen an Karl gerichtet. »Können Sie Blumen malen? Blumenbilder wären doch ssön, oder Herbert-Bärli?«

»Ja, wenn wir eine Gärtnerei wären«, grummelt Herbert wenig begeistert.

»Karl kann bestimmt auch Brez'n«, sage ich mit ernster Miene. »Wie wär's mit einer riesigen Biergartenbrez'n in bayrisch weiß-blauem Rautenmuster?«

Pämela guckt sparsam. Es dauert, bis es Klick macht. Aber dann kichert sie vergnügt. Fehlt nur, dass sie in die Hände klatscht wie ein kleines Mädchen. »Tolle Idee, Paula. Dass wär super! So wie der Mann, der immer nur Suppendosen gemalt hat. Super, einfach super!«

Tja, es hat doch nicht geklickt!

»Sie meinen Warhol?«, fragt Karl höflich.

Pämela schüttelt heftig den Kopf. »Nein, ich meine Suppendosen. Rot und weiße Ssrift. Wundert mich jetzt aber sson, dass Sie die nicht kennen. Die sind doch weltberühmt.«

Ich unterdrücke ein Lachen, nehme einen großen Schluck aus meinem Glas und muss schließlich doch laut losprusten.

Jemand klopft mir auf den Rücken.

»Nicht so hastig, Mama«, höre ich meine Tochter Antonia sagen.

»Hallo, Kind.« Glücklich schließe ich Antonia in die Arme und drücke ihr zwei innige Küsschen auf die Wangen. »Lass dich anschauen.« Ich trete einen Schritt zurück. Erstaunt stelle ich fest, dass sie sich nicht nur eine dieser großen schwarzen Brillen, sondern auch eine neue Frisur zugelegt hat. Raspelkurz. »Wie Frau Professor persönlich«, beurteile ich den neuen Stil. »Wie geht's dir, erzähl?«

»Danke, Mam, alles in bester Ordnung. Mit der Professur kann's aber noch etwas dauern …« Dann umarmt sie ihren Vater. »Deine Riesenvilla ist supercool für große Feste.«

»Wenn du dein Studium beendet hast, darfst du hier auch auf die Pauke hauen!« Liebevoll streicht Herbert seiner Tochter über den Stoppelkopf.

Benny, der inzwischen neben Merle auf dem roten Sofa sitzt und mit ihr die Centmünzen zählt, lacht. »Apropos, wann gibt es Essen, Papa? Wir haben Hunger.«

»Ich werde mal nachsehen, wie weit die Köchin ist.«

Mannomann, eine Köchin hat er auch engagiert. »Was wird denn Feines serviert?«, frage ich nach, aber er wendet sich einfach ab.

»Außer einer Vorspeise und einer Riesentorte gibt es eine Meeresfrüchteplatte«, antwortet Benny. »Wie Merle und ich sie auf unserem ersten gemeinsamen Urlaub in Griechenland gegessen haben.«

»Es werden auch Seeigel serviert«, erklärt Pämela. »Bin gesspannt, wie die ssmecken.«

»Wahnsinn!« Ich gucke sie an. »Weißt du, dass man die aufs Brot schmiert?«

»Du bist immer so lustig, Paula«, kichert sie begeistert.

Wenig später bittet Pämela zu Tisch. Entschuldigung, ich meine natürlich, sie bittet zur Tafel. Tisch wäre eine Beleidigung, das Möbelstück hat immerhin sechs Beine.

»Donnerwetter, wie bei Lilibeth Windsor«, entfährt es mir, als ich das Angeberarrangement auf weißem Damast erblicke. Teller mit Goldrand, blitzende Gläserparade aus geschliffenem Kristall, Silberbesteck mit Schnörkelgriffen. Nicht zu vergessen die prächtigen Blumengestecke. Drei an der Zahl. Dazwischen zwei antike fünfarmige Kandelaber, auf denen weiße Kerzen brennen.

»Eine Freundin von dir?«, erkundigt sich Pämela, ganz die aufmerksame Gastgeberin.

»Ja, aber sie lebt in England, wir sehen uns fast nie.« Durchschaut sie denn meinen Scherz nicht? Ich muss an mich halten, nicht laut loszulachen. Nach dem Wodka auf nüchternen Magen werde ich extrem albern.

Das Lachen vergeht mir schlagartig, als Pämela die Plätze verteilt. Vermutlich ist der Wodka schuld, dass ich zu spät bemerke, wo sie Karl platziert hat. An ihrer Seite! Mir weist sie den Platz ihm gegenüber an, direkt vor einem der Blumenpötte, von dem aus ich ihn nicht sehen kann. Es sei denn, ich springe vom Stuhl hoch oder verrenke mir den Hals. Ob das die Rache für meine Frechheiten ist? Karl zuckt hilflos die Schultern, als ich es schaffe, ihm durch die stark duftenden Rosen einen Blick zuzuwerfen. Rosenduft und Meeresfrüchte, man gönnt sich ja sonst nichts!

Herbert, der am Tischende neben den Verlobten sitzt, starrt konzentriert auf ein Blatt Papier. Upps, will er etwa eine Rede halten? Doch nachdem die Gläser mit Wein und Wasser gefüllt sind, erhebt sich Pämela von ihrem Stuhl und klopft mit dem Messerrücken an eines der Gläser.

Sie will?! Na, das kann ja lustig werden.

»Bitte, einen Moment Ruhe!«

Ein Satz ohne Sch! Donnerwetter.

Gespannt wenden sich alle Köpfe ihr zu. Aber Pämela setzt sich wieder auf ihren Stuhl und blickt Herbert an, der sich nun erhebt. Alle Köpfe drehen sich zu Herbert. Irgendwie erinnert mich das an ein Tennismatch. Es folgt eine von vielen Ähs unterbrochene Rede, dass er und Bennys Mutter, also ich, sich sehr über die Verlobung freuen, wir dem jungen Paar viel Glück, eine erfolgreiche Zukunft wünschen und so weiter, und so weiter. Ich höre nur mit halbem Ohr zu und süffle lieber den

Wein, der ausgesprochen köstlich schmeckt, wie ich neidlos zugebe.

Schließlich hat mein Ex seine Ansprache beendet, alle klatschen, Benny küsst Merle, die Vorspeise wird aufgetragen. Endlich. Wenn ich nämlich so richtig hungrig bin, werde ich schnell übermütig. In Kombination mit dem Mix aus Wodka und Wein wirkt das wie Dynamit. Hochgefährlich. Vor allem für Pämela.

Das Hummercremesüppchen in dem goldgerahmten Tässchen mit den Safranfäden obendrauf schmeckt delikat, geht aber höchstens als Kinderportion durch. Ein Blick auf Karls krause Stirn sagt mir, dass er ebenfalls *not amused* ist, um mit meiner englischen Freundin Lilibeth zu sprechen.

Dafür scheinen sich alle anderen Gäste gut zu unterhalten, es wird reichlich getrunken und dementsprechend viel gelacht. Ich plaudere mit meiner Nachbarin Ingrid, Merles Mutter, ob uns die Kinder bald zu Omas machen. Ingrid kann es kaum erwarten, ich dagegen hoffe, es dauert noch eine Weile. Babys sind zwar süß, machen aber mindestens genauso alt wie ein Sahnebaiser.

»Kunstmaler, wie interessant«, sagt Ingrid, nachdem ich ihr von Karl erzählt habe. »Welcher Stil?«

Mist. Darauf war ich nicht vorbereitet. Traudl hat recht. Man kann einfach nicht an alles denken. Zu blöd, dass in meiner angesüffelten Birne absoluter Erklärungsnotstand herrscht. Keine Ahnung, was ich sagen soll, ohne Karl in eine peinliche Situation zu bringen. Auf der Fahrt hat er mir von Skulpturen aus Schrottteilen erzählt, an denen er im Moment arbeitet. Vielleicht hat er schon ewig kein Bild mehr gemalt und käme ins Stottern, sollte er jetzt danach befragt werden, was Herbert dann bestimmt wieder negativ auslegen würde. In meiner Not schiebe ich den Blumentopf etwas zur Seite. »Karl, Merles Mutter interessiert sich für deine Malerei.«

»Sehr liebenswürdig.« Karl sieht nicht aus, als würde ihn meine Frage in Verlegenheit bringen. Im Gegenteil. »Zurzeit arbeite ich an einem weiblichen Akt«, verkündet er mit strahlender Miene.

Leises Raunen wabert über den Tisch, ähm, die Tafel.

»Und, wer ist Ihr Modell?«, erkundigt sich Ingrid.

»Das würde mich aber auch interessieren«, höre ich Herberts Stimme.

Pämela mischt sich ebenfalls ein. »Soll ich mich auch nackt malen lassen, Herbert-Bärli? Fürs Sslafzimmer, was meinst du?«

Ich presse mir die Hand auf den Mund, damit mir keine dumme Bemerkung herausrutscht. Karl sendet mir durch die Blumen einen mahnenden Blick. Er ist wirklich der beste Aushilfsmann, den ich finden konnte. Ich verkneife mir jeglichen Kommentar und nehme stattdessen noch einen Schluck Wein.

»Die Frage nach meinem Modell oder, besser gesagt, meiner Muse«, sagt Karl mit fester Stimme, »beantworte ich gerne.«

Die Gespräche verstummen. Alle blicken gespannt auf den Künstler.

»Paula steht mir Modell!«

Herbert reißt die Augen auf und schnappt nach Luft. Was mein sündhaft teurer Sonnenscheinlook nicht geschafft hat, schafft Karls Behauptung. Endlich! Mir bleibt aber auch der Mund offen stehen. Wie kommt Karl nur auf so eine wahnwitzige Idee?

»Meine Ex-Frau?«, vergewissert sich Herbert, als er sich gefangen hat. »Sie scherzen!«

»Mitnichten!« Karl lächelt mich durch die Blumen an. »Paula ist eine wunderschöne Frau, und als wir uns vor kurzem nach vielen Jahren zufällig über den Weg gelaufen sind, habe ich mich sofort in sie verliebt. Wieder verliebt, um genau zu sein, denn ich war schon immer hingerissen von ihrer Anmut und ihrem Witz. Leider war sie eine verheiratete Frau, da hatte ich keine Chance. Aber inzwischen …« Er sieht mir tief in die Augen.

Jetzt übertreibt er aber, dass sich die Villenbalken biegen, denke ich amüsiert und spüre, wie ich rot anlaufe. Komplimente in dieser Größenordnung bin ich einfach nicht mehr gewohnt.

»Paula als Malermodell, wer hätte das gedacht«, sagt Herbert mit süffisantem Grinsen. »Und wann bekommen wir das Kunstwerk zu Gesicht? Sie werden es doch bestimmt in einer Ausstellung präsentieren, oder?«

»Selbstverständlich«, antwortet Karl gelassen. »Am Ende einer Schaffensperiode präsentiere ich meine Werke in einer Vernissage.«

Das war jetzt aber nur ein Spruch, oder? Um den Anwesenden ein wenig Stoff für Klatsch und Tratsch zu liefern. Doch zu meinem Entsetzen verspricht Karl jetzt tatsächlich, Herbert und allen Anwesenden eine Einladung zu schicken.

4

»Dann hat Karl behauptet, ich wäre seine Muse, er würde mich nackt malen und wäre in mich verliebt!«, erzähle ich am nächsten Samstag.

Der Kaffeeklatsch findet heute bei Traudl statt, da sie einen wichtigen Boten erwartet. Ihr Sohn lässt durch einen Kollegen ein verspätetes Geburtstagsgeschenk überbringen.

Wir sitzen in dem dreißig Quadratmeter großen Ein-Zimmer-Appartement, das sie aus finanziellen Gründen nach Fritz' Tod bezogen hat. Eingerichtet mit alten Möbeln aus der ehelichen Wohnung. Besonders skurril wirkt das halbierte Doppelbett an der Wand. Natürlich ist es Fritz' ehemalige Seite. Aber sie würde sich nie von einem der Möbelstücke trennen. Als wäre es des toten Gatten wertvolles Vermächtnis. Dabei sind die Teile uralt, abgenutzt und im Grunde nur noch Sperrmüll – trotz der wöchentlichen Politurpflege. Alles in allem ist die Bude einfach nur vollgestellt. Mit Besuch total überfüllt. Zudem hat Biggi auch noch Franz-Josef mitgebracht, einen jungen Rauhaardackel, den sie übers Wochenende betreut.

Traudl reagiert mal wieder geschockt auf meinen Bericht. »Meine Güte, wie peinlich.«

»Dass er mich angeblich nackt gemalt hat oder in mich verliebt wäre?«, frage ich nach.

»Beides!«, antwortet sie. »Stell dir vor, wenn das rauskommt.«

Kopfschüttelnd sehe ich sie an.

»Traudl, er hat es mir nicht heimlich ins Ohr geflüstert, sondern vor allen Gästen verkündet. Es hängt also bereits an der ganz großen Glocke.«

»Ach so.« Nachdenklich zerteilt sie ihren Mohnkuchen. »Entschuldige, ich bin etwas unkonzentriert, vielleicht weil ich mich so auf den Geschenkboten freue. Ich kann es kaum erwarten, zu sehen, was Phillip für mich ausgesucht hat.«

Biggi streichelt Franz-Josef. »Ist es nicht wahnsinnig romantisch?« Verstohlen wischt sie sich mit der Serviette eine Träne aus dem Augenwinkel.

Ich mustere sie verwundert. »Ich kann an einem Aktbild nichts romantisch finden. Nicht mal an einem erfundenen.«

»Quatsch«, entgegnet Biggi. »Ich spreche von Karls Gefühlen für dich.«

»*Das* ist Quatsch. Karl übertreibt gerne, wie wir wissen, er ist doch nicht wirklich in mich verliebt. Es war nur eine Behauptung, quasi das Sahnehäubchen auf dem Nacktbild, um Herbert zu ärgern.«

»Ach, ja?« Sie mustert mich durchdringend, während sie genüsslich ihre Kuchengabel abschleckt.

Franz-Josef springt an ihr hoch, worauf er einen Klecks Sahne bekommt.

Ich kann das Fragezeichen auf Biggis Stirn deutlich erkennen. »Du spinnst ja komplett. Warum sollte Karl in mich verliebt sein?«, wehre ich entrüstet ab, spüre aber, wie mir das Blut ins Gesicht schießt.

»Wer spinnt?«, fragt unsere Gastgeberin, die inzwischen ihren Kuchen zu Brösel verarbeitet hat.

»Traudl … würdest du bitte zuhören, anstatt über Phillips Geschenk zu grübeln.«

Beleidigt verzieht sie den Mund. »Gönn mir doch den Spaß. Vorfreude ist bekanntlich die schönste Freude.«

Na gut, ich lasse ihr die spaßige Vorfreude. »Also, warum?«, wende ich mich wieder an Biggi.

Diesmal streichelt sie ihren Heilstein, heute ein violetter, passend zum T-Shirt. »Gefühle lassen sich nicht immer logisch erkl …«

Das laute Schrillen des Telefons lässt sie stocken.

Traudl stürmt zur Kommode, auf der der Apparat steht. Unfassbarerweise ist das noch einer mit Wählscheibe! Ich wollte ihr zum Geburtstag ein schnurloses Gerät schenken, doch sie möchte unbedingt das olle Wählscheibenteil behalten. Fritz hat es angeschafft! Tja, gegen den heiligen Fritz ist eben kein Kraut gewachsen.

Franz-Josef heult auf. »Nein, das ist nicht das Frauchen«, sagt Biggi und krault ihm tröstend hinterm Ohr.

Die Witwe führt ein kurzes Gespräch. Mit Trauermiene kehrt sie an den Kaffeetisch zurück.

»Was ist los?«, fragen wir.

»Phillips Kollege«, sagt sie. »Er schafft es heute nicht mehr. Vielleicht morgen.«

So viel zur Vorfreude.

Zu unserem Erstaunen strafft Traudl plötzlich die Schultern. »Ob ich was koche?«, murmelt sie vor sich hin.

»Kaffee ist noch da«, antworte ich.

Sie reagiert nicht auf meine Bemerkung. »Mmh, mal überlegen«, redet sie weiter ins Leere.

Biggi, ganz Heilpraktikerin, guckt besorgt. »Geht es dir gut, Traudl?«

»Ja, ja«, winkt sie lächelnd ab. »Ich überlege nur, ob ich Phillips Kollegen zum Essen einladen soll. Der junge Mann ist nach München versetzt worden und kennt hier niemanden. Die Jugend versorgt sich doch meist nur mit diesem ungesunden Fastfood …«

Traudl scheint es wirklich sehr zu vermissen, eine Familie umsorgen zu können. Im Gegensatz zu mir, ich setze mich lieber in ein Restaurant als mich an den Herd zu stellen.

»Darüber wird er sich bestimmt freuen« ermuntere ich sie. »Aber ich würde bei der Gelegenheit mal auf schwarze Kleidung verzichten, sonst glaubt er noch, auf einem Leichenschmaus eingeladen zu sein.«

Franz-Josef bestätigt meinen Vorschlag mit einem kurzen Fiepen. Traudl starrt weiter vor sich hin. Vermutlich kreierte sie in Gedanken bereits ein Fünf-Gänge-Menü.

Plötzlich guckt Traudl mich prüfend an. »Zurück zum Aktbild, Paula ... Willst du dich wirklich nackt malen lassen?«

Ihre Frage klingt, als wollte ich mich freiwillig einem Unhold ausliefern.

»Habe ich nicht vor. Aber wer weiß, man soll ja niemals nie sagen, stimmt's?«

Biggi trommelt aufgeregt auf ihren Stein. »Ich fände es super, wenn Karl dich malen würde.«

»Vergiss mal dieses doofe Bild«, entgegne ich unwirsch. Langsam wird mir das zu blöd. »Eigentlich wollte ich euch nur erzählen, wie toll der Abend war. In Karls Begleitung zu erscheinen, war eine geniale Entscheidung.«

Biggi stahlt. »Hab ich das nicht prophezeit?«

»Hast du, Biggilein, und dafür hast du was gut bei mir.«

»Geschenkt«, winkt sie großmütig ab. »Außerdem hat Karl jetzt einen neuen Anzug, damit kann er sich wieder als Gentleman Host bewerben.«

Keine Ahnung warum, aber die Vorstellung gefällt mir nicht. »Glaubst du, das Universum schickt Karl wieder aufs Schiff?«

»Wer weiß.«

»Hmm«, murmle ich. »Das fände ich schade, weil ...«

»Du auch in ihn verliebt bist?«, fällt Biggi mir ins Wort. Wie auf Knopfdruck blühen an ihrem Hals rote Flecken auf.

»Mitnichten! Karl ist Künstler, ich nur eine schlichte Hausfrau. Das passt beim besten Willen nicht zusammen. Wir würden nie ein gutes Team bilden, dafür habe ich ein Gespür …«

»Hach!«, unterbricht sie mich erneut. »Aber du hast *mitnichten* gesagt, ein typisches Karl-Wort. Und das ist ein deutliches Zeichen für gegenseitige …«

»Wenn du nicht sofort mit diesem Verliebt-sein-Quatsch aufhörst«, unterbreche ich sie »verlasse ich euch, noch bevor ich den Kuchen aufgegessen habe.«

Abwehrend hebt sie beide Hände. »Schon gut, schon gut. Also, was wolltest du sagen?«

»Dass ich Karl wieder als Aushilfsmann engagieren würde«, behaupte ich. »Bennys Hochzeit steht vor der Tür, auch sonst gäbe es vielleicht das eine oder andere Event … Wie auch immer, auf der Feier wurde mir erst richtig klar, wie viel einfacher das gesellschaftliche Leben in männlicher Begleitung ist. Egal, ob private Einladung oder öffentliches Event, überall begegnet man nur Pärchen. Auch unter Bennys und Merles Freunden war kein einziger Single. Damit ihr mich nicht falsch versteht, ich vermisse keinen Mann in meinem Leben, das Thema ist abgehakt. Aber es gibt eben Gelegenheiten, wo frau den Arm eines Mannes braucht. Selbst wenn's nur ein gemieteter ist. Armtechnisch macht das keinen Unterschied, wie ich festgestellt habe.«

Biggi guckt verträumt zur Decke. »Ach ja«, seufzt sie. »Vieles ist doof ohne Mann. Ich würde zum Beispiel gerne mal wieder tanzen … macht alleine auch keinen Spaß …«

»In den achtziger Jahren gab es eine Zeit, da hat es dir sehr wohl auch alleine Spaß gemacht«, sage ich.

Sie stutzt einen Augenblick, als müsse sie in den Tiefen der

Vergangenheit wühlen. Dann schüttelt sie kichernd ihre rote Mähne zurück. »Auweia, meine Zeit als Tänzerin bei dieser New-Age-Band, die hab ich ja total verdrängt. Aber du hast Recht, Paula. Es war irre lustig. Meine Güte ...« Sie guckt verträumt aus dem Fenster. »Diese exzessiven Tanzorgien auf der Bühne waren der absolute Wahnsinn. Und was hatte ich damals für eine tolle Figur. Durchtrainiert bis in die kleinen Zehen.« Sie steckt die Füße von sich und wippt mit den Schuhen.

»Du könntest dir Karl schnappen und mit ihm das Tanzbein schwingen«, schlage ich vor. »Als Gentleman Host ist er sozusagen promovierter Tänzer.«

»Och, nee.« Sie zieht eine Schnute. »Mit dem eigenen Bruder ist es doof. Das wäre genauso, als würdest du mit Herbert schwofen gehen.«

Bei dem Gedanken, mit Herbert übers Parkett zu schweben, stellen sich mir die Nackenhaare auf. »Na, vielen Dank. Das brauche ich so sehr wie einen Schuss ins Knie! Auch wenn es lustig war, ihn mit Karls Anwesenheit zu verärgern, vielleicht sogar eifersüchtig gemacht zu haben, träume ich auf keinen Fall davon, dass er zu mir zurückkehrt. Ich halte nichts davon, alte Semmeln aufzubacken. Vorbei ist vorbei.«

»Vorbei«, wiederholt Biggi mit sehnsüchtigem Blick aus dem Fenster. »Schreckliches Wort.«

»Ja«, stimmt nun auch Traudl ein.

Die zwei sehen sich an und seufzen ein paar Mal gemeinsam, im stummen Verständnis für Liebesqualen.

Na, super! Kaffeeklatsch mit trüben Tassen. Fehlt nicht viel, und sie fangen auch noch an zu heulen. Ich muss sie aufheitern. Aber womit?

Irgendwo läutet eine Kirchenglocke. Wie auf Kommando erhebt sich Traudl, geht zum Radio – eine braune Nussbaumholzkrücke aus den Achtzigern.

»Samstags um fünf hat Fritz die Sportnachrichten gehört«, erklärt sie verträumt beim Einschalten. »Jeden Samstag. Und dazu hat er ein Schnapserl getrunken. Wollt ihr einen?«

Zum Glück erwacht Biggi aus ihrer Erinnerungsstarre. »Och nee, Schnaps ist doof, Sport auch ...«

»Sonntags haben wir mit den Kindern immer die Sendung mit der Maus angesehen«, sinniert Traudl weiter. »Das tue ich immer noch, jeden ...«

»Schon gut«, schnauft Biggi genervt. »Mach lieber Musik an.«

»Musik macht gute Laune ...« Mir fällt ein Uralt-Schlager ein, den ich pfeifend anstimme ... *Wir machen Musik, da geht euch der Hut hoch ...*

Franz-Josef jault mit und Biggi hält sich die Ohren zu. »Hör sofort auf damit, das ist Tierquälerei ...«

Ich verstumme beleidigt und versuche mich an den Namen der Sängerin zu erinnern. »Ilse Werner!«

Biggi mustert mich fragend: »Was ist denn mit dir los?«

»So hieß die Sängerin, die konnte super pfeifen«, sage ich und nehme mir noch ein Stück Sachertorte, die ich im »Windbeutel« geholt habe.

»Ja, *die* konnte das!« Biggi wirft mir einen vorwurfsvollen Blick zu. »Was meinst du, wo finde ich einen schneidigen Tänzer? Kennst du nicht jemanden, der gerne tanzt?«

»Ich wünschte, ich könnte dir einen nennen«, antworte ich bedauernd. »Leider verfüge ich über keine Kartei, in der Aushilfsmänner, Tänzer oder wer auch immer zu finden wären.«

Franz-Josef macht »Wuff!« und wedelt heftig mit dem Schwanz. Was sehr lustig aussieht, weil sich sein gesamtes Hinterteil dabei mitbewegt.

»Schlauer Franzi-Bubi.« Biggi tätschelt ihm liebevoll den Strubbelkopf. »Mit solch einer Kartei wäre allen Frauen in unserem Alter geholfen.« Dann mustert sie mich mit glitzernden Augen, als hätte ich mich in eine gute Fee verwandelt. »Wäre das nicht was für dich, Paula?«

»Was?«

»Na, überleg doch mal ... Dein überdurchschnittlich gutes Gespür für Menschen ...« Sie zwinkert mir unauffällig zu.

Ich ahne, dass sie mich daran erinnern möchte, dass ich für Traudl einen Mann suche, stelle mich aber doof. »Was ist damit?« Ich gieße mir noch einen Kaffee ein, werde von dem schmusesüchtigen Franz-Josef abgelenkt und stoße die Tasse um. Noch ehe die braune Flüssigkeit auf den Teppich tropfen kann, hat Traudl, ganz perfekte Hausfrau, die Lache mit einer Serviette gestoppt. »Möchte Franzi-Bubi vielleicht ein Tröpfchen Kaffee in sein Wasser?«, frage ich albern und deute auf den Schlabbernapf, den Biggi neben der Kommode hingestellt hat. »Aber mit meinem angeblich so tollen Gespür kann ich auch keinen flotten Tänzer aus dem Handtäschchen zaubern«, sage ich zu Biggi. »Frag doch den Radfahrer, der dich neulich zum Kaffee eingeladen hat.«

»Ich habe natürlich abgelehnt«, entgegnet sie.

»Abgelehnt?« In gespieltem Entsetzen reiße ich die Augen auf. »Das war ein Fehler, Biggi. Ein großer Fehler. In unserem Alter muss man jede Einladung annehmen und jeder Versuchung nachgeben, wer weiß, ob es nicht die letzte war.«

Kichernd zuckt sie die Schultern. »Er war aber so gar nicht mein Typ.«

Traudl seufzt wehmütig und guckt dabei ins Leere. »Das versteh ich gut. So einen wie meinen Fritz gibt es auch kein zweites Mal, deshalb werde ich mich auch nie wieder ...«

»Typ hin oder her, Biggi«, unterbreche ich Traudl, bevor sie wieder den toten Gatten glorifiziert. »In unserem Alter kann man sich nicht leisten, wählerisch zu sein. Gemeinsam einen

Kaffee trinken bedeutet doch auch nichts weiter, als sich ein bisschen zu unterhalten. Deshalb muss du nicht gleich mit dem Kerl ins Bett springen.«

Biggi sieht mich herausfordernd an. »Wer sagt, dass wir nicht mehr wählerisch sein dürfen? Nur weil wir nicht mehr zwanzig sind?«

»Nein«, sage ich. »Weil die Auswahl nicht mehr so groß ist und täglich schrumpft. Mal abgesehen von dem Radler neulich, wann bist du zum letzten Mal angesprochen worden?«

»Heute morgen«, antwortet sie siegessicher schmunzelnd.

»Und?«

»Nichts und.« Sie streichelt Franz-Josef. »Er hat ihn verbellt.«

»Böser Franzi-Bubi«, schimpfe ich mit Schmusestimme, worauf der kleine Kläffer mit erfreutem Schwanzwedeln reagiert. »Du darfst der armen Biggi doch nicht die Verehrer vergraulen.«

»Wuff!«

»Tut er normalerweise auch nicht«, verteidigt Biggi ihren Pflegling. »Eigentlich ist Franz-Josef ein echter Aufreißer. Du siehst doch selbst, wie niedlich er ist, ich werde oft wegen ihm angesprochen.«

»Na, prima, dann benötigst du doch überhaupt keine Männerkartei. Den nächsten Kerl, der dich anspricht, fragst du einfach, ob er gerne tanzt«, schlage ich vor. »Wenn ja, lädst du ihn zum Kocherl-Ball in den Englischen Garten ein. Der findet bald wieder statt. Wenn nicht, geht er vielleicht gerne wandern, Eis essen, ins Kino oder was auch immer. Irgendwas Lustiges wird dir doch wohl einfallen.«

»Ja … schon …«, antwortet sie zögernd. »Aber es ist so verdammt mühsam … Eine Männerkartei wäre viel angenehmer. Da stünden die jeweiligen Interessen drin, die Sache wäre von vornherein eindeutig und frau wäre vor Betrügern sicher.«

Relativ sicher, denke ich bei mir, weil ich ahne, dass sie an den hinterhältigen Carlos denkt.

»Wieso eindeutig?«, fragt Traudl und läuft schon wieder rot an. Ihre Phantasie scheint ziemlich lebhaft zu sein. Seltsam, ob ihr Fritz so ein wilder Hengst war? Bei nächster Gelegenheit muss ich mal vorsichtig nachbohren.

»Eindeutig im seriösen Sinn, liebe Traudl.« Biggi wirft mir einen zweideutigen Blick zu. »Man weiß vorher, ob der andere nur an einer lockeren Bekanntschaft oder eben an einer ernsthaften Beziehung interessiert ist.«

Ich nicke zustimmend. »Hmm, das ist natürlich ein gutes Argument.«

Biggis Augen leuchten. »Also machst du es?« Sie umfasst fest ihren lila Heilstein.

»Logisch«, sage ich. »Ist doch ein Klacks. Ich könnte das Sonnenscheinkleid anziehen, mir vom Sahnebaiser ein Paar Püppipuschen leihen und mich an die nächste Straßenecke stellen. Dann frage ich jeden Passanten über fünfzig, ob er Single ist, und wenn ja, ob er nicht Lust hätte, in eine Vermittlungskartei aufgenommen zu werden.«

»Sei nicht albern«, entgegnet Biggi.

»Albern? Welche Strategie schlägst du denn vor? Soll ich Franz-Josef ausführen? Ich hätte sicher weniger Erfolg als du mit deiner roten Mähne. Abgesehen davon, dass du selber mit dem Hund auf Männerfang gehen kannst, wie wir soeben festgestellt haben …«

»Na gut«, sagt sie entschlossen. »Ich habe Franz-Josef auch morgen noch in Pflege, das bedeutet noch mindestens vier Mal Gassi gehen. Beim nächsten Mann, der mich anspricht, werde ich andeuten, einen Lebensgefährten zu suchen und deshalb in einer Partnerschaftsagentur angemeldet zu sein. Vorausgesetzt, er ist einigermaßen attraktiv.«

Bis jetzt habe ich die Unterhaltung nur für einen schrägen Spaß gehalten. Biggi anscheinend nicht. »Ist nicht dein Ernst?«, frage ich in der Hoffnung, dass sie verneint.

Doch sie nickt heftig. »Aber nur, wenn du auch mitmachst.«

»Kommt nicht in Frage.« Abwehrend verschränke ich die Arme. »Kein Mann spricht zwei Weiber an.«

»Du sollst nicht zusammen mit mir losziehen«, sagt Biggi. »Sondern allein aktiv werden.«

Ich schüttle den Kopf. »Ich stelle mich doch nicht auf die Straße wie eine Professionelle.«

»Wer redet denn von Straße«, sagt sie. »Du könntest online nach Freizeitpartnervermittlungen suchen, die persönliche Beratung anbieten. Dann lässt du dir einen Termin geben. Rein informativ. Feldstudien betreiben. Mal gucken, wie das so läuft in der Branche. Spionage in Sachen Liebe.«

Ich tippe mir an die Stirn. »Biggi Brenner, du hast 'ne Meise.«

»Hab ich nicht«, lacht sie. »Behaupte einfach, du möchtest einer Freundin zum Geburtstag einen Begleiter zu einem Tanzabend schenken. Sobald du genug gehört hast, bedankst du dich, sagst, es wäre keiner dabei, der in Frage käme. Oder du behauptest, die ganze Sache wäre dir doch zu teuer.«

»Stimmt, du hast ja bald Geburtstag«, erinnere ich mich.

»Wenn ich euch so zuhöre«, meldet sich Traudl plötzlich zu Wort, »habe ich den Eindruck, ihr wollt selber so eine Firma ... ähm ... Partnervermittlung gründen.«

Biggi und ich sehen uns grinsend an. »Wieso nicht«, sagen wir dann einstimmig. »Eine für knackige Oldies!«, füge ich noch an.

5

Als ich noch Mutter, Ehefrau, Hausfrau, Buchhalterin und Personalbeauftragte in einer Person war, habe ich immmer davon geträumt, jeden Sonntag im Bett zu frühstücken. Inzwischen könnte ich das natürlich täglich tun. Doch täglich Sahnetorte wäre auch langweilig. Deshalb genehmige ich mir pro Woche nur einen Faulenzertag. Wenn das Wetter so miserabel ist wie heute, macht Rumtrödeln natürlich doppelt Spaß, und laut Wetterbericht soll es den ganzen Tag so bleiben. Ja, schon gut, ich muss nicht daran erinnert werden, dass ich meine Speckrollen bekämpfen wollte. Aber es regnet! Genau wie letzten Sonntag. Demnach scheint das Universum anderer Meinung zu sein. Wie soll ich diese Schlechtwetterfront sonst verstehen? Jedenfalls wird's heute nix mit dem Abspeckprogramm. Herrlich!

Einen winzigen Nachteil hat das sonst so angenehme Singleleben: Ein Butler fehlt. Ich muss mich selbst bemühen. In der riesigen Wohnküche bereite ich mir ein englisches Frühstück aus Eiern, Speck und Cornflakes zu. Ich weiß, ich weiß, das ist kein Diätfutter, keiner muss betont die Augenbrauen hochziehen. Aber mir ist nach wie vor ernst damit. Deshalb habe ich gestern ein Buch erstanden: Schlank im Schlaf. Das liegt jetzt unter meinem Kopfkissen. Ich gehe mal davon aus, dass es so gemeint ist. Am Nachmittag ist Wohnung putzen eingeplant, inklusive der sieben Türrahmen. Dabei verbrenne ich doch locker das große Sonntagsfrühstück.

Mit allerlei Köstlichkeiten auf dem Tablett begebe ich mich

zurück ins Bett. Ich beiße gerade genüsslich in ein knuspriges Stück Speck, als das Telefon klingelt.

Biggi, wie ich auf dem Display sehe.

»Paula, bist du schon wach?«, fragt sie im Flüsterton.

»Nein … mpf …«, antworte ich kauend. »Hier ist das Haus am Eaton Place, der Butler spricht. Sie wünschen?«

»Aufwachen«, zischelt sie. »Ich bin es, Biggi, ich sitze im Café und …«

»Biggi«, unterbreche ich sie. »Heute ist Sonntag, hörst du? Sonntag! Unser Kaffeeklatsch findet erst nächsten Samstag wieder statt. Aber wenn dir langweilig ist, können wir uns später gern auf einen Cappu …«

»Du bist echt noch nicht wach, oder?«, fällt sie mir jetzt ins Wort. »Ich wollte fragen, ob wir auch Bärtige nehmen?«

»Was sind Bärige?«

»Bärtige, mit einem T«, schnauft sie genervt. »Ich spreche von Männern mit Bärten.«

»Wozu brauchen wir bärtige Männer?«

»Für unsere Kartei!«

Scheinbar bin ich tatsächlich noch nicht richtig wach, denn erst jetzt erinnere ich mich an unseren gestrigen Beschluss. »Verstehe … Hat Franz-Josef bereits das erste Opfer gebissen … ähm … aufgerissen?«

Sie kichert wie ein Teenager beim Lippenstiftklau im Kaufhaus. »Wir haben ihn beim Spaziergang im Englischen Garten kennengelernt. Er ist mit seinem Dackel unterwegs gewesen. Ein Mädchen, namens …«

»Sag jetzt nicht Sissi.«

»Nein«, lacht sie. »Sie heißt Lucy. Franz-Josef ist hin und weg. Die zwei liegen einträchtig unterm Tisch wie ein Liebespaar … die Hunde natürlich.«

»Und der Bärtige?«

»Der ist pinkeln gegangen, oder wie er es nennt: ›eben mal die Hände waschen‹. Der gestelzten Sprache nach zu urteilen, ist er ein ganz Vornehmer. Wer weiß, vielleicht bayrischer Landadel. Dem Bart nach zu urteilen, könnte er ein Nachfahre von König Ludwig sein …«

»Der bekanntlich schwul war und keine Nachkommen hatte«, werfe ich ein. »Wie ist er gekleidet? Klamotten verraten oft auch sehr viel.«

»Es sei denn, man trägt schwarz wie unsere Witwe«, ergänzt Biggi und erklärt, dass der Bärtige einen grauen Pulli über einem blau-weißen Hemd, Jeans und dazu graue Joggingschuhe trägt. »Alles sieht sauber aus. Er stinkt auch nicht nach altem Mann. Jetzt sag mir, was uns das verrät?«

»Dass er zumindest heute geduscht hat«, kontere ich. »Wie alt ist der Bartmann?«

»Wenn er rasiert wäre, könnte er mir gefallen und ich schätze ihn auf … bis später dann …«

»Willst du später bei mir vorbeikommen?«, frage ich noch, aber sie hat die Verbindung schon beendet.

Vermutlich kam der Bartmann vom Klo zurück. Ich schalte den Fernseher ein – den Herbert nie im Schlafzimmer gestattet hat – und amüsiere mich bei *Das Glück liegt auf dem Teller*, einer Dokumentation, in der Küchenchefs aus der ganzen Welt über die Zukunft unseres Essens nachdenken.

Zwanzig Minuten später wird es gerade richtig spannend, als die Türklingel ertönt. Ich beschließe, nicht zu öffnen. Doch es schrillt anhaltend, zusätzlich höre ich eine Stimme, die wie Biggi klingt.

»Paulaaa, ich bin's … Paulaaa …«

Eilig schlüpfe ich in den am Fußende liegenden Bademantel und sause barfuß durch den Flur.

Es ist tatsächlich Biggi, die aussieht, als hätte sie jemanden aus der Isar gefischt. Ihre Jeansjacke ist völlig durchgeweicht, der rotgeblümte Rock klebt klatschnass an ihren Beinen. Und von ihren roten Haaren tropft es direkt auf Franz-Josefs Kopf, der ebenfalls komplett durchgeweicht neben ihren Füßen sitzt.

»Er ist ein hinterhältiger Schuft …«, schimpft sie ohne lange Einleitung.

»Komm erst mal rein«, sage ich. »Wieso bist du denn so nass?«

»Schau mal aus dem Fenster, es gießt!«, antwortet sie patzig und zieht den Hund in den Flur.

Wie zum Beweis schüttelt sich Franz-Josef zwei, drei Liter Regenwasser aus dem Fell. Mindestens.

»Ich meinte eigentlich, wieso du ohne Schirm unterwegs bist?«, frage ich geduldig und schiebe sie Richtung Bad.

Sie schnauft verärgert. »Der wurde im Café geklaut.«

Wir sind im Badezimmer angekommen, wo sich Biggi erschöpft auf dem Wannenrand niederlässt.

»Los, erzähl schon.« Ich greife ein Handtuch aus dem Regal neben der Tür. »Hier, für deine Haare.«

»Hast du noch eines für Franz-Josef?«, fragt sie. »Ich … Ha-ha-hatschi … muss ihn trockenreiben, sonst kriegt er noch einen Schnupfen.«

In der Schmutzwäsche finde ich eines für den Hund. »Ich übernehme das«, sage ich. »Kümmere du dich um dein nasses Haupt.«

Franz-Josef lässt sich ohne zu Knurren von mir in das Handtuch einwickeln. Er scheint es richtig zu genießen. Eigentlich ganz niedlich so ein Tier, denke ich, und sicher pflegeleichter als ein Mann.

Als Biggi und Hund einigermaßen trocken sind, begeben wir uns in die Küche, wo ich Tee aufbrühe. Der Dackel bekommt einen Kauknochen, den sein Ersatzfrauchen aus der Flohmarkt-Handtasche zaubert.

»So, jetzt berichte mal von Anfang an«, fordere ich Biggi auf, nachdem sie die erste Tasse getrunken hat.

»Also ... Ha-ha-hatschi ... Hast du noch ein Taschentuch für mich?«

Ich reiche ihr eine Box mit Papiertüchern, sie schnäuzt sich kräftig und nimmt dann noch einen Schluck Tee.

»Wir sind uns beim ›Haus der Kunst‹ über den Weg gelaufen«, beginnt sie erneut. »Genauer gesagt, die Hunde haben sich ausgiebig beschnüffelt, dabei blieben wir natürlich stehen. Bis auf den Bart war er mir sofort sympathisch, deshalb habe ich ihn freundlich angelächelt, worauf er ein Gespräch anfing ... Sauwetter heute ... Jagt man keinen Hund vor die Tür ... So in etwa ... Nicht besonders geistreich, aber auch nicht unlustig.«

»Hmm ...« Ich sehe die Szene direkt vor mir. »Wie ging's dann weiter?«

»Er hat gefragt, ob ich Lust hätte, rüber in die Königinstraße zum ›Café Monopteros‹ zu spazieren, er würde mich gerne auf einen Kaffee einladen. Wie gesagt, ich stehe nicht auf Bart ... Aber weil es so scheußlich geschüttet hat, ich doch ständig pleite bin und großen Kaffeedurst hatte, habe ich zugestimmt. Ich dachte, das wäre eine gute Möglichkeit, ihn auszufragen. Wenn er sich als öder Langweiler entpuppt, werde ich ihn schon irgendwie loswerden.«

»Stimmt«, nicke ich. »Besondere Situationen erfordern Improvisation. Also weiter ...«

»Wir sind die Straße entlanggelaufen, er hat meinen Schirm getragen und wenig später saßen wir gemütlich im ...«

Ich unterbreche sie kurz. »Hast du nach seinem Namen gefragt?«

»Er hat sich mir als Bernhard Bauer vorgestellt. Garantiert ein falscher Name, aber der Reihe nach. Anfangs plauderten wir über die Hunde … Ich habe behauptet, Franz-Josef würde einer Freundin gehören, die krank sei …« Biggi nimmt noch einen großen Schluck Tee. »Später habe ich von meinem Beruf berichtet, ohne zu sagen, dass ich im Moment keine Praxis habe, und dass ich gerne Yoga mache. Dann ging er auf die Toilette …«

»Bei der Gelegenheit hast du mich angerufen?«

Der Hund hat genug von seinem Knochen und springt ohne Vorwarnung auf Biggis Schoß.

»Ja«, antwortet sie und umfasst den noch immer feuchten Franz-Josef – das muss wahre Hundeliebe sein –, damit er nicht herunterrutscht. »Als der Typ zurückkam, setzte er sich auf den Stuhl neben mich, legte einen Arm um mich und flüsterte mit heiserer Stimme: Lust auf Vaginalyoga?«

»Nein!«, rufe ich überrascht.

»Doch!«, schnauft Biggi. »Im ersten Moment war ich so perplex über die seltsame Anmache, dass ich nur doof gekichert habe wie ein Teenager. Derartig direkte Avancen sind in unserem Alter ja beinahe ein Kompliment. Wozu lange rumreden und Zeit verschwenden, hat er weitergesäuselt, lass uns gehen, du willst es doch auch. Dann habe ich gesehen, dass er ganz schrumplige Blumenkohlohren und Schuppen hat. Auf eine schnelle Nummer mit einem blumenkohlorigen, schuppigen Bartgesicht hatte ich echt keine Lust. Außerdem wäre ich falsch angezogen gewesen …«

»Wieso, was ist denn verkehrt an deinem Outfit?«, frage ich irritiert.

»Nichts, ich habe nur keine Reizwäsche an.« Sie zieht noch eines von den Papiertüchern aus der Box.

»Das ist natürlich ein triftiger Grund.« Ich unterdrücke ein Lachen. »Und, wie bist du ihn losgeworden?«

»Ich habe behauptet, erst den Hund nach Bogenhausen zurückbringen zu müssen. Ich würde mit der U-Bahn fahren und wir könnten uns anschließend treffen«, berichtet sie. »Worauf er die Rechnung bezahlt hat und meinte, er würde mich begleiten ... Hatschi ...«

»Scheibenkleister«, kommentiere ich. »Kavaliere können auch nerven.«

Sie schnieft. »Kleister trifft es genau. Der klebte an mir wie Kaugummi in den Haaren ... Wie auch immer ... Während wir also einträchtig Richtung U-Bahnstation Uni laufen, habe ich fieberhaft nach einer Ausrede gesucht. An der Rolltreppe sagt er plötzlich, dass er es sich anders überlegt habe und noch ein Fläschchen organisieren wolle. Er würde am Kaiserplatz Nummer drei wohnen, umarmte mich flüchtig und zog ab. Ich kann dir gar nicht sagen, wie ...«

»Die Adresse ist garantiert falsch«, unterbreche ich sie. »Das ist nämlich ein Ärztehaus. Meine Hausärztin hat dort ihre Praxis.«

»Hab ich mir schon gedacht ...« Sie schaut mich mit funkelnden Augen an. »Der Mistkerl hat mir nämlich die Geldbörse geklaut! Deshalb konnte ich nicht die U-Bahn nehmen und musste durch den Regen zu dir laufen.«

»Wann ist das denn passiert?«

Sie zuckt die Schultern. »Entweder im Café, als er sich neben mich gesetzt und mich umarmt hat, oder vor der U-Bahn.«

Mir fehlen erst mal die Worte. »Von Beischlafdiebstahl hat man ja schon mal gehört, aber Umarmungsdiebstahl ist mir neu«, sinniere ich. »Wie viel Geld hat er denn erbeutet?«

»Keine zehn Euro«, antwortet sie.

»Personalausweis, Scheckkarte?«

»Haha«, lacht Biggi kurz auf. »Ich habe zwar ein Konto, aber seit der Jamaika-Pleite ist es stillgelegt. Die Karte liegt irgendwo rum. Zu den Spaziergängen nehme ich nur die Kleingeldbörse für Notfälle mit, aber keine Papiere. Außerdem hatte ich verschlafen und der Hund musste dringend raus.«

»Aber du wirst diesen Mistkerl doch anzeigen?«, frage ich. »Wenn du nicht alleine zur Polizei gehen magst, begleite ich dich.«

Biggi schüttelt den Kopf. »Im Grunde ist ja nichts passiert, und ich will mich nicht blöd anreden lassen, bloß wegen einer Umarmung und ein paar Euro.«

»Zumindest bleibt dir die Genugtuung, dass er sich über die geringe Beute ziemlich ärgern wird«, versuche ich sie zu trösten.

Franz-Josef gibt einen leisen Laut von sich.

»Du kannst nichts dafür«, sagt Biggi und klopft dem kleinen Kerl liebevoll aufs Hinterteil. »Obwohl, wenn du nicht mit dieser Lucy geflirtet hättest, wäre das alles nicht passiert.«

»Quatsch«, widerspreche ich energisch. »Der eigentliche Verursacher war unsere Idee von der Männerkartei. Ohne die hättest du dich niemals zum Kaffee einladen lassen.«

»Stimmt auch wieder«, sie strafft die Schultern. »Ich glaube, Männer, die sich nicht rasieren, haben etwas zu verbergen.«

»Ja, meistens dünne Lippen«, behaupte ich schmunzelnd.

Biggi verzieht angewidert den Mund. »Igitt!«

»Genau genommen kannst du froh sein, dass er dir so unsympathisch war«, sage ich nachdenklich. »Wer weiß, was in seiner Wohnung passiert wäre.«

Sie atmet erleichtert auf und wirkt plötzlich überhaupt nicht mehr frustriert. »Das Universum hat mich beschützt!«

Bin gespannt, was geschehen muss, bis sie endlich mal wütend auf ihr deppertes Universum wird. »Hast du nach diesem Erlebnis überhaupt noch Lust, mitzumachen?«, frage ich. »Sonst vergessen wir das Ganze einfach.«

»Nichts da«, protestiert Biggi. »Ich finde die Idee nach wie vor super. Und von einem Idioten lassen wir uns doch nicht aufhalten.«

»Auch wieder wahr. Bärtige stehen ab sofort auf der schwarzen Liste. Wir wollen charmante, glatt rasierte Männer mit erstklassigen Manieren«, gebe ich die Richtung vor.

»Dann bist du jetzt an der Reihe«, entgegnet Biggi. »Die Losung lautet: Spionage in Sachen Liebe.«

»Okay!«, sage ich. »Forschen wir online, was dem einsamen Oldie so geboten wird.«

Gefolgt von Franz-Josef begeben wir uns in den Raum, der früher als Büro diente, direkt an den Laden anschließt und der über den einzigen Internetanschluss der Wohnung verfügt.

»Puh, ist das hier ungemütlich«, kommentiert Biggi das Zimmer, als sie die mit Aktenordnern vollgestopften Regale sieht. »Wem gehört denn der ganze Kram?«

»Dem britischen Geheimdienst«, flachse ich, setze mich an den alten Schreibtisch, der noch von Herberts Eltern stammt, und schalte den PC ein. »Lilibeth von Windsor hat angefragt, ob ich nicht einen Stapel streng geheimer Schriften für sie hüten könnte. Ein alter Bäckerladen ist ein prima Versteck. Das findet nicht mal Null-null-sieben.«

»Schon klar«, lacht Biggi. »Rechnungen über Verpackungen aus den Jahren zweitausendfünf bis zweitausendzehn sind hochbrisantes Material. Wenn das in falsche Hände gerät, ist die Monarchie dem Untergang geweiht. Dann kann Lilibeth ihre Kronjuwelen einpacken und auf Rentnerbällen tanzen.«

Froh, dass Biggi ihr morgendliches Erlebnis so gut verkraftet hat, steige ich vergnügt auf den Spaß ein. »Gut erkannt.«

»Jetzt mal ehrlich«, hakt Biggi nach. »Wieso steht das Zeug tatsächlich hier rum?«

»Das sind Steuerunterlagen der Großbäckerei, die bis 2015 verwahrt werden müssen«, erkläre ich, während ich in die Suchmaschine ›Begleitagentur‹ eingebe. »Im Moment benötige ich den Raum hier ja nicht.«

»Hmm.« Überlegend blickt sie sich um. »Das wäre ein perfektes Büro für unsere Agentur. Dein Ex soll den ganzen Kram mal schleunigst abholen. Dann bitten wir Karl, uns bei der Renovierung zu helfen. Mit ein paar kleinen Änderungen wird das richtig hübsch und dann legen …«

»Moment, Moment«, bremse ich ihren Eifer. »Bis jetzt ist es nichts weiter als eine Idee. Als provisorische Kommandozentrale genügt der Raum auch in diesem Zustand. Von professioneller Umsetzung kann noch lange keine Rede sein. Vorerst befinden wir uns in der Testphase. Wobei wir den ersten Test als Flop werten müssen.«

»Klick das mal an«, sagt sie meinen Einwand übergehend. Sie deutet auf den Link einer Eventagentur mit Filialen in allen großen deutschen Städten. »Seriöse Begleitung für alle Anlässe … Freizeitbegleitung, Businessbegleitung, Reisepartner, Alibibegleitung zum Beispiel zu Hochzeiten, Geburtstagen, Veranstaltungen, Messen, Seniorenbegleitung und mehr …«, liest sie.

»Anders ausgedrückt: Immer derselbe Kerl in verschiedenen Klamotten«, kommentiere ich die ellenlange Auflistung. »Aber wer angibt, hat mehr vom Leben, sagt man doch … Egal, schauen wir uns die Ware mal genauer an.«

Ich klicke auf *Gentleman* und lande in einer Bildergalerie mit erstaunlich attraktiven Herren, alle um die vierzig. Angeblich.

»Hier findet jeder Topf sein Deckelchen«, stellt Biggi fest.

»Der gefällt mir, und er hat keinen Bart.« Sie deutet auf einen gutaussehenden alten Glatzkopf.

»Nicht mein Typ«, entgegne ich, obwohl ich meinen Typ gar nicht beschreiben könnte.

Während wir uns weiter durch die Angebote klicken, leuchten einige Fragen in meinem Kopf auf: Ist diese Agentur nichts weiter als ein Online-Puff im seriösen Mäntelchen? Existieren die Supermänner tatsächlich? Könnten es nicht auch gekaufte Fotos von Models oder Schauspielern sein? Alibifotos, um Kunden anzulocken? Wie mehrstöckige Tortenattrappen in Konditoreien.

»Was meinst du, Biggi, ob wir die Testphase verlassen und aktiv werden sollten?«

»Was heißt wir. Mir reicht es für heute. Außerdem war es ausgemacht, dass du eine Agentur ausspionierst«, erinnert sie mich. »Klick mal auf *Kontakt,* vielleicht ist eine Telefonnummer angegeben.«

Nicht nur das. Selbst an Feiertagen, Samstagen und Sonntagen kann der Interessent anrufen.

»Dann such dir mal einen Mann aus«, sagt Biggi. »Ich hole das Telefon aus dem Wohnzimmer.«

Als sie mit dem Apparat zurückkommt und mir das Telefon überreicht, klingelt es im selben Moment laut. Sehr laut. Ich habe es so laut wie möglich eingestellt, damit ich es überall in der Wohnung höre. Aber das Schrillen direkt in der Hand erschreckt mich doch sehr, und ich lasse das Gerät fallen.

Erstaunlicherweise zerbricht es nicht in tausend Stücke. Nur der arme Franz-Josef heult auf, rennt weg und Biggi ihm nach. Der Anrufer ist noch dran. Es ist Karl.

»Hallo, Paula«, begrüßt er mich. »Was war das denn gerade für ein Knallen? Laut wie ein Feuerwerk.«

»Servus, Karl, ich habe dich fallen lassen«, scherze ich und schildere das Missgeschick.

Er lacht. »Na, hoffentlich erschrecke ich dich jetzt nicht noch mehr mit meiner Frage«, sagt er dann.

»Mach's nicht so spannend, Karl«, erwidere ich, neugierig zu erfahren, weshalb er anruft.

Biggi kommt mit Franz-Josef auf dem Arm zurück, setzt sich mit ihm auf das alte Sofa in der Ecke. »Frag ihn gleich, ob er uns hilft«, flüstert sie, auf die Wände deutend.

»Erinnerst du dich, was ich auf Bennys Feier gesagt habe?«, fragt Karl. »Ich überlege seit Tagen, ob du mir Modell für einen Akt sitzen würdest«, kommt er dann direkt zum Thema.

Natürlich erinnere ich mich, auch an die Wirkung seiner Behauptung. Aber wegen der ungewohnten Menge Alkohol weiß ich nicht mehr, wie meine Kinder das fanden. »Vielen Dank für das Angebot, Karl, ich fühle mich sehr geehrt. Dumm ist nur, ich kann überhaupt nicht still sitzen, du würdest keine Freude mit mir haben«, rede ich mich heraus, aus Angst, jemand könnte das fertige Bild zu Gesicht bekommen.

»Niemand würde dich erkennen«, entgegnet Karl, als erahne er meine Bedenken. »Und niemand würde die Wahrheit erfahren, es sei denn, du möchtest es.«

»Ach so ... Hmm ... Ja dann ...«, stottere ich nach einer weiteren Ausrede suchend.

Karl scheint die Untertöne zu hören. »Du musst nicht sofort zusagen. Überlege es dir in aller Ruhe und melde dich in den nächsten Tagen.«

Nachdem wir uns verabschiedet haben, und ich aufgelegt habe, wende ich mich schnell wieder dem Bildschirm zu.

»Was wollte Karl denn?«, fragt Biggi, deren Antennen nicht weniger sensibel sind als die ihres Bruders.

»Mich als Aktmodell.« Ich blicke sie fragend an. »Ob er sauer ist, wenn ich Nein sage?«

»Offensichtlich hat das Universum prickelnde Abenteuer für dich vorgesehen«, sagt sie mit zweideutigem Grinsen. »Ist doch spannend. Was meinst du, Franz-Josef?«

Der Hund gibt ein kurzes »Wuff« von sich.

Ob ich mich überhaupt in ein prickelndes Abenteuer stürzen möchte, muss ich mir noch überlegen. Immerhin bin ich keine knackige junge Frau mehr. Beine und Achselhaare rasiere ich mir nur noch zu besonderen Gelegenheiten. Ich sehe mich nicht mal mehr nackt im Spiegel an. Mich vor einem fremden Mann auszuziehen, würde mich enorme Überwindung kosten. Nein, ich glaube nicht, dass ich das könnte.

»Jetzt ruf endlich die Agentur an«, drängt sich Biggis Stimme in meine Gedanken. »Oder hast du noch keinen Mann ausgewählt?«

»Nein, aber ich bin bereits auf der Münchner-Männer-Seite.« Ich klicke wahllos auf eines der Fotos.

Es ist ein etwa vierzig Jahre alter Mann, der nicht dem Klischee entspricht, das frau sich im Allgemeinen von einem Callboy macht. Er heißt Tom und trägt Brille. Auf mich wirkt er eher wie der Filialleiter einer Bank, die noch Kredite an kleine Unternehmen vergibt. In Toms Bilderalbum kann ihn die interessierte Frau in voller Größe bewundern. Und ich stelle fest, dass er seinen BMI sicher auch nicht jedem auf die Nase bindet. Allein deshalb ist er mir schon sympathisch.

»Im Grunde ist es doch egal, wen ich wähle«, sage ich zu Biggi, die den Hund knuddelt. »Schließlich möchte ich ihn weder treffen noch heiraten. Es geht doch lediglich um die Information, wie viel ich für eine Verabredung hinblättern müsste.«

»Na, dann los!« Biggis Wangen färben sich rosarot vor Aufregung.

»Entspann dich, er wird nicht durchs Telefon erscheinen wie ein Flaschengeist«, sage ich, während ich die Nummer eintippe.

Eine Frauenstimme meldet sich mit dem Firmennamen. »Was kann ich für sie tun?«, fragt sie freundlich.

Im ersten Moment will ich »Hallo, Inge« sagen – sie klingt wie die Leiterin unserer Fahrerkolonne – und fragen, ob sie die Branche gewechselt hat. Aber wenn es tatsächlich Inge ist, wäre es ihr möglicherweise peinlich, also behaupte ich, mich für Tom als Begleitung zu interessieren.

»Herzlichen Glückwunsch!«, antwortet sie mit hörbarem Lächeln in der Stimme. »Sie sind heute unsere einhundertste Anruferin. Weshalb wir Ihnen einen Rabatt von fünfzig Prozent gewähren.«

»Ähm ... Wie bitte ...? Was für einen Rabatt?«, stottere ich überrascht. Schließlich habe ich noch nichts gekauft, ähm, ich meine, keinen Begleiter engagiert.

»Nun, es ist so«, antwortet sie, als spräche sie mit einer Freundin. »Unsere Telefonleitungen laufen über einen Zentralcomputer, der an den Sonntagen die weiblichen Anrufer zählt. Bei Zustandekommen einer Buchung gewähren wir dann eine Preisermäßigung von fünfzig Prozent.«

»Aha, wie erfreulich!« Ich verkneife mir ein Lachen.

Callboys zum Schnäppchenpreis! Wie ich es mir gewünscht hatte. Habe ich schon erwähnt, dass Rabatte, Sonderangebote und Schnäppchen meine schwächsten Stellen sind? Eine Schwäche aus der Zeit als Finanzjongleur bei der Großbäckerei. Als ich den Preis höre, werde ich euphorisch. Das Kleid von »Lodenfrey« war wesentlich teurer. Ich muss einfach zuschlagen!

»Das ist ein Angebot, dem ich nicht widerstehen kann«, sage ich und erfinde eilig einen Grund: »Ich bin geschäftlich in der Stadt. Wenn Tom für heute Abend frei ist, würde ich ihn gerne engagieren.«

Dreißig Minuten später sind die Zahlungsmodalitäten erledigt, die Verabredung steht.

»Tom wird Sie pünktlich um acht in der Bar erwarten. Sollten sie irgendwelche Extras wünschen, verhandeln Sie bitte direkt mit ihm«, sagt die Frau mit Inges Stimme. »Ich wünsche Ihnen einen vergnügten Abend.«

Extras! So, wie sie das betont hat, ist nicht unschwer zu erraten, was damit gemeint ist. Mit hochrotem Kopf beende ich das Gespräch.

Biggi hat mir staunend zugehört. »Geschäftsfrau auf Reisen, so, so.«

»Hmm«, brummle ich zustimmend. »Das erschien mir plausibler als für meine Freundin einen Galan zum Geburtstag zu suchen. Außerdem bekomme ich bei einem persönlichen Gespräch brauchbarere Informationen.«

6

Nervös betrete ich am Abend das »Hotel Hilton«. Am Telefon die coole Businessfrau zu mimen, war einfach. Sie überzeugend vorzuspielen, ist schon schwieriger. Die Parkplatzsuche hat auch ewig gedauert, weshalb ich mich fünfzehn Minuten verspätet habe. Obendrein werde ich das Gefühl nicht los, etwas Wichtiges vergessen zu haben. Zusätzlich nerven mich die halterlosen Strümpfe, die mir Biggi geliehen hat. Sie meinte, damit würde ich mich sexy fühlen. Von wegen. Die sind mindestens eine Nummer zu klein, der Spitzenbund kneift, und meine Oberschenkel quellen über den Rand wie Muffins aus den Papierförmchen. Was mich unangenehm an meine Diätabsichten erinnert. Im Moment ist es aber nicht zu ändern. Zumindest werden die Dinger zwei Stunden lang halten. Solange habe ich Tom gebucht. Das sollte ausreichen, um genügend Informationen zu erschleichen. Über den unbequemen Strümpfen trage ich Traudls bestes schwarzes Kleid, dazu schwarze Pumps. Im Ausschnitt hängt die goldene Wurfprämie. Wegen der schummrigen Barbeleuchtung habe ich etwas mehr Make-up aufgetragen, womit ich hoffentlich wie eine seriöse Geschäftsfrau wirke. Ein flüchtiger Beobachter könnte mich auch für eine zu stark geschminkte Witwe ohne Verschleierung halten. Ist mir aber schnuppe, in Hotels trifft man keine Bekannten oder Freunde.

Doch als ich mich im Foyer orientierend nach dem Weg zur Bar umsehe, entdecke ich einen korpulenten Grauhaarigen im Trachtenanzug, der mich an einen Getreidegroßhändler erinnert. Mist, er ist es tatsächlich! Und zu allem Übel hat er mich auch erkannt.

Mist. Mist. Obermist. Ich hätte Traudls Beerdigungshut mit dem Schleier ausborgen sollen statt des Kleides.

»Hallo, Frau Wertheim!« Die Hand ausstreckend, eilt er mir entgegen. »Das ist aber ein lustiger Zufall.«

»Guten Abend, Herr Gruber. Wie geht's, was machen die Geschäfte?« Ich grinse verlegen. Hoffentlich fragt er nicht, was ich in einem Hotel zu suchen habe. Paula an Universum: Hiiilfe! Ich bin eine verzweifelte Hausfrau, holt mich hier raus.

»Danke der Nachfrage. Und was machen Sie in einem Hotel, wenn man fragen darf?« Er grinst anzüglich. »Wohnung abgebrannt? Wasserschaden? Ungezieferbefall?«

Das könnte ich ihn auch fragen, schließlich wohnt er ebenfalls in der Stadt.

»Huhu!«, ertönt eine helle Stimme durchs Foyer.

Einen Augenblick später gesellt sich eine aufreizend gekleidete Dunkelhaarige in silbernen Püppipuschen zu uns. Seine Frau ist es nicht, die kenne ich. Seine Tochter aber auch nicht, er hat nämlich keine.

Ohne rot zu werden gibt er der jungen Frau einen Klaps auf den Po. »Hol schon mal die Zimmerschlüssel, Schnucki. Papa kommt gleich.«

Schnucki wackelt glucksend an die Rezeption.

»Der Herr Gemahl auch hier?«, wendet sich Gruber wieder an mich, als wäre das hier ein Branchentreffen zur Klärung der oft gestellten Frage, ob es Brez'n, Brezen oder Brezl heißt.

»Ähm … Nein, wir sind seit einem Jahr geschieden«, gebe ich freundlich Auskunft und überlege, wie ich mich am schnellsten verdrücken kann.

»Paula?«

Obwohl ich die Stimme nicht kenne, weiß ich, dass es Tom

sein muss. Es sei üblich, dass die Kunden nur die Vornamen erführen, bekam ich am Telefon gesagt, wobei Tom ein Pseudonym wäre. Als er unvermittelt neben mir steht, muss ich zwei Mal hinsehen. Er trägt einen Bart! Zum Glück sind es nur Drei-Tage-Stoppel. Die jucken mich aber auch nicht, ich möchte ihn ja nicht abknutschen, sondern nur etwas ausquetschen. Ansonsten sieht er genauso sympathisch aus wie auf seinen Fotos. Dunkler Anzug, blassrosa Hemd, rot-grau-getupfte Krawatte, randlose Brille. Er könnte wirklich als Bankfilialleiter durchgehen. Hoffentlich denkt Gruber ähnlich.

Getreide-Gruber mustert Tom kurz. »Verstehe. Scheidung feiern!« Er zwinkert mir zu.

Ich laufe rot an vor Peinlichkeit. »Nein, nein, Sie missverstehen die Situation.« Ich würde mich am liebsten in Luft auflösen. »Das ist ein ... ähm ... alter Bekannter. Wir nehmen nur einen Drink.«

Gruber übergeht meinen Protest. »Na dann, viel Spaß. Die Zimmer sind sehr zu empfehlen«, entgegnet er zwinkernd. »Man sieht sich. Vielleicht später auf einen Absacker?« Damit dreht er sich um und zieht ab.

Tom reicht mir die Hand. »Entschuldige die Verspätung.«

»Das war ein Geschäftsfreund, der mich aufgehalten hat«, erkläre ich beim Händeschütteln.

Er hat schöne, gepflegte Hände mit glänzenden Fingernägeln und duftet bodenständig nach Kernseife. Sein dunkelblondes Haar ist kurz geschnitten, an den Schläfen erkenne ich einen leichten Grauschimmer.

»Ich freue mich, dich kennenzulernen«, sagt er mit einem Lächeln, das tatsächlich ehrlich wirkt.

Aber vielleicht wünsche ich es mir auch nur, denn ich fühle mich so unwohl wie noch nie in meinem Leben. Die ganze Situation ist so unwirklich, dass ich nicht weiß, was ich sagen oder wie ich mich benehmen soll. Zur Mittagszeit nackt auf dem Marienplatz die Bayernhymne zu singen, kann auch nicht peinlicher sein. Dazu diese saudoofen Strümpfe, die einfach nur unangenehm sind und mich so sexy wie eine Scheibe trocken Brot fühlen lassen. Komisch, wieso muss ich ausgerechnet jetzt an Essen denken?

Tom scheint die Situation fest im Griff zu haben. »An die Bar oder lieber ins Café?«, fragt er, als wären wir uralte Freunde, die sich nach langer Zeit zu einem ausgiebigen Schwatz treffen.

Ich würde am liebsten wieder gehen, das Ganze ist doch eine total bescheuerte Idee. Wer braucht schon eine Partneragentur für Oldies? Andererseits musste ich im Voraus bezahlen, deshalb bleibe ich.

»Ich könnte etwas Starkes vertragen.« Kaum ausgesprochen, bedaure ich es sofort wieder. Tom muss mich für eine Schnapsdrossel halten.

Aber Tom entgegnet nur: »Da sind wir hier an der richtigen Adresse«, und legt mir wie selbstverständlich die Hand in die Taille, um mich sanft in Richtung Bar zu dirigieren.

Das milde Dämmerlicht, die leise Klaviermusik und der Barmann hinter dem Tresen wirken entspannend. Zudem fällt mir jetzt Biggis Spruch vom Universum ein, das prickelnde Abenteuer für mich vorgesehen habe. Also dann, hinein ins Prickelexperiment.

Zuvorkommend schiebt Tom die bequemen Ledersessel zurecht, wir setzen uns, der Barkeeper eilt mit der Getränkekarte herbei und serviert gleichzeitig eine Schale gesalzener Nüsse.

Nachdem wir die Karte ausgiebig studiert haben, fragt Tom im Plauderton, worauf ich Appetit habe. »Ein Glas Wein oder lieber einen Cocktail?«

Seine Leichtigkeit wirkt nicht aufgesetzt und ich nehme mir vor, ihn zu fragen, ob Begleitmänner Konversationskurse oder etwas in der Art absolviert haben müssen. Wenn ja, verrät er mir vielleicht, wo man die belegen kann.

Der Barkeeper balanciert ein Tablett mit mehreren Gläsern vorbei, die wie kleine Eisbecher aussehen. Sie heißen Grasshopper, wie wir erfahren, und die Getränke werden aus Sahne, Creme de Cacao und Pfefferminzlikör gemixt. Wenig später halte ich einen in Händen. Tom hat sich einen Martini bestellt. Ohne Olive.

Wir plaudern eine Weile über die Sehenswürdigkeiten der Stadt, wovon ich »einige« kenne, da ich öfter »hier zu tun habe«. Die Lügen kommen mir mit jedem Schluck des sahnigsüßen Getränks leichter über die Lippen. Die Begegnung mit Gruber hat mich auf die Idee gebracht, zu behaupten, weltweit im Getreidehandel tätig zu sein. Ich werde nicht einmal rot dabei, schließlich kenne ich mich aus in der Getreidebranche und muss mir keine Fakten zusammenreimen. Beim zweiten Grasshopper haben sogar die Strümpfe endlich aufgehört zu zwicken. Ich schicke ein stummes »Danke« ans Universum und verkünde: »Grasshopper ist mein neues Lieblingsgetränk.«

Tom ist inzwischen auf Wasser umgestiegen. »Auf dein Wohl, Paula, und auf erfolgreiche Geschäfte während deines Besuchs hier in München.«

Sein Toast erinnert mich an den Grund meines Abenteuers. Wenn ich ihn über seinen Job ausfragen will, sollte ich langsam anfangen, sonst ist die Zeit um und außer Spesen nix gewesen.

Gut. Dann mal los.

»Sag mal, Tom … ähm … darf ich dir eine Frage stellen?«, beginne ich etwas umständlich.

Er nickt lächelnd. »Selbstverständlich, Paula. Was darf ich für dich tun? Ich erfülle alle Wünsche.«

Oh nein, er denkt, ich hätte perverse Gelüste. »Ja, also …«, hasple ich verunsichert weiter und nehme noch einen Schluck Grasshopper. Dabei fällt mir endlich eine harmlose Einleitung ein. »Wonach wirst du am häufigsten gefragt?« Kaum ausgesprochen, wird mir bewusst, dass es eine total bekloppte Frage war, die absolut keine erhellenden Einblicke ins Gewerbe ergeben wird.

»Warum ich für eine Begleitagentur arbeite«, antwortet er ohne Zögern. »Ich sähe nicht aus, wie man sich einen Escortmann vorstellt, und weshalb ich so etwas in meinem Alter nötig hätte.«

»Das muss ich aber auch sagen«, platze ich heraus, um mich sofort zu entschuldigen. »Tut mir leid, war nicht so gemeint … Ich finde, du siehst sehr gut … ähm … attraktiv aus.«

Tom klopft sich lachend auf den Bauch. »Ich bin nicht jung und vor allem nicht schlank genug, um wirklich attraktiv zu sein. Es gibt andere Stars in der Agentur. Aber Danke, Paula.«

»Beim Thema Figur kann ich auch mitreden«, sage ich schmunzelnd und wechsle dann das Thema. »Verrätst du mir, warum du für so eine Agentur arbeitest?«

Tom greift nach seinem Glas und weicht meinem neugierigen Blick aus, als wäre ihm die Frage peinlich.

Obwohl ich den Alkohol deutlich spüre, merke ich, wie unangenehm ihm die Frage ist. »Entschuldige, ich wollte dich nicht in Verlegenheit bringen.«

»Nein, nein«, wehrt er ab und blickt mich direkt an. »Es hat … finanzielle Gründe.«

»Ja, wenn das so ist«, kichere ich übermütig. »Dann verlängern wir doch den Abend um ein paar Extras.«

»Sehr gern«, erwidert Tom. »Möchtest du, dass ich mich nach einem Zimmer erkundige?«

Upps! Das war mein Herz, das mir ins Miederhöschen gerutscht ist. Eigentlich dachte ich an einen ausgedehnten Besuch im Restaurant, langsam bekomme ich nämlich Hunger. Wegen der zeitraubenden Vorbereitungen, vor allem das Zupfen meiner Oberlippenhärchen dauerte ewig, musste ich das Abendessen ausfallen lassen. Mein Magen versteht das natürlich nicht und verlangt dringend nach der abendlichen Kalorienzufuhr. Übergewicht hin oder her. Deshalb musste ich vorhin auch schon an Brot denken. Aber jetzt einen Rückzieher zu machen, wäre peinlich. Erfolgreiche Geschäftsfrauen sind zielstrebig, haben reichlich Cash in der Handtasche und lassen sich nicht von Magenknurren aufhalten.

»Sehr gerne«, hauche ich mit hochroter Birne und krame in meiner Tasche nach der Geldbörse.

»Nicht nötig«, winkt Tom lässig ab, der meine Absicht zu erkennen scheint. »Ich bin mit dem Concierge gut bekannt. Wir regeln das später.« Er entschuldigt sich für einen Moment.

Ich genieße den Rest meines Getränks, winke dem Kellner und überlege, ob Tom hier Stammgast oder der Mann am Empfang ein privater Bekannter von ihm ist. Ich entschließe mich für Letzteres. Die Vorstellung, dass er regelmäßig Damen in irgendwelche Zimmer entführt, ist mir unangenehm. Ich fühle mich wohler, wenn ich mir einbilde, ich hätte ihn eben an der Bar kennengelernt und es habe sofort gefunkt. Ein klein wenig stimmt es auch. Auf jeden Fall ist er mir sehr sympathisch. Na ja, bis auf den Bart. Ich hoffe, eine Möglichkeit zu finden, den Abend ohne Tuchfühlung zu überstehen.

Tom hat ein Zimmer in der siebten Etage bekommen. Als wir schweigend mit dem Aufzug nach oben fahren, fühle ich mich wie eine uralte Jungfer, die kurz vor ihren dritten Zähnen doch noch das ›erste Mal‹ erleben soll. Ich schwanke zwischen Panik und Weglaufen, was aus einem fahrenden Lift meines Wissens noch niemandem gelungen ist.

Die Tür öffnet sich mit einem leisen *Pling* – als wolle sie das Abenteuer einläuten -, und wir prallen beim Hinausgehen beinahe mit einem stark angeheiterten Pärchen zusammen. Papa Gruber, mit hochrotem Kopf, und sein Schnucki, mit weit geöffneter Bluse.

»Willkommen im siebten Himmel«, lacht Getreide-Gruber überdreht, klatscht Schnucki auf den Po und schiebt sie in den Lift. »Empfehlung an Bollinger«, ruft er uns noch nach, bevor sich der Aufzug hinter ihnen schließt.

Siebter Himmel? Wie witzig. Herr Bollinger interessiert mich aber nicht, egal, was der für Kunststücke auf Lager hat. Dreier kämen nie für mich in Frage. Oder müsste es Dreifacher heißen? Ach nein, das wäre beim Eiskunstlaufen. Die ganze Nummer hier ist aber ähnlich gefährlich, wie ich finde. Und selbst wenn ich etwas für Drängeleien im Bett übrig hätte, wäre ich falsch gekleidet. Bis auf die sexy halterlosen Strümpfe – die blöden Dinger kneifen wieder –, bin ich unten drunter nicht ausziehtauglich. Striptease war nicht eingeplant. Also keine Spitze am Höschen, dafür achtzig Prozent Elasthan, das den Bauch platt drückt. Auch der BH ist keiner von der Wunderfraktion, eher von der bequemen Sorte. Biggi nervt bei jeder Shoppingtour, ich solle mir endlich zwei, drei Garnituren Reizwäsche zulegen. Aber wen sollte ich damit reizen? Den Sanitäter, der mir im Falle eines Unfalls die Bluse öffnet? Drauf gepfiffen. Wenn ich ohnmächtig bin, ist mir doch egal, ob ich hautfarbene Liebestöter oder schwarze Spitzendessous trage.

Tom hält vor einer der Türen an, die er mittels Chipkarte

öffnet. Und plötzlich sind wir allein in einem Hotelzimmer. Er greift zum Lichtschalter und dreht die Beleuchtung auf Stimmungsniveau. Das Kingsizebett, mit Platz für Gruppensex, fällt mir dennoch sofort auf. Vermutlich ein Modell aus der Kollektion *Lustwiesen*. Die vasenförmigen Lampen auf den beidseitigen Konsolen werfen sanftes Licht über weißbezogene Kopfkissen, die wenigstens einen winzigen Hauch Prüderie verströmen. Dennoch krabbelt mir leichtes Unbehagen den Rücken entlang wie gefährliche Spinnen.

»Alles in Ordnung?«

Toms Stimme holt mich zurück in die Realität.

»Ja, ja, alles bestens«, beteuere ich hektisch. »Ich habe nur überlegt, ob ich diesen Bollinger kenne.«

Er mustert mich einen Augenblick, bevor er schmunzelnd entgegnet: »Ich habe ›Empfehle den Bollinger‹ verstanden. Vermutlich hat dein Geschäftsfreund auf die Champagnermarke angespielt.«

Ich überlege kurz, laufe vor Peinlichkeit rot an und versuche, die Situation mit schallendem Gelächter zu retten. »Scheinbar höre ich schlecht. Ich sollte einen Termin beim HNO-Arzt vereinbaren.«

Tom tritt an mich heran, legt seine Hände um meine Taille und sagt mit rauer Stimme: »Aber nicht heute Abend.«

Oh, oh! Der Bart kitzelt … ach du meine Güte … er kommt noch näher … streichelt meinen Hals … Mist, ich weiß, was ich vergessen habe: Parfüm … Oh nein, jetzt dirigiert er mich sanft in Richtung Lotterbett …

»Kann ich dich noch etwas fragen?«, unterbreche ich seine Zärtlichkeiten, die mir Schweißperlen auf die Stirn treiben. Hoffentlich verlässt mich mein Deodorant nicht.

»Ja«, haucht er über mich gebeugt. »Ich mache alles, was du dir wünschst. Sag mir nur, wo du es am liebsten hast …«

»Wie wär's mit einer Flasche von diesem Bollinger?«, krächze ich.

»Prima Idee«, lacht er, begibt sich zu der rechten Konsole, wo das Telefon installiert ist.

Während Tom mit dem Zimmerservice telefoniert, sehe ich mich im Zimmer um. Mit das Wichtigste in Hotelzimmern ist für mich ein Fernseher. Ich schnappe mir die Ledermappe, die neben dem Flachbildgerät liegt. Sie enthält doch tatsächlich noch ganz altmodisches Briefpapier nebst Postkarten. Ob ich schnell eine an mich selbst schreibe? Wäre eine lustige Erinnerung an einen besonderen Abend. Außerdem enthält die Mappe eine Speisekarte mit appetitanregenden Fotos einzelner Gerichte, die mich wieder an meinen leeren Magen erinnern. Zu blöd, ich hätte in der Bar mehr von den Nüssen essen sollen. Ein TV-Programm nebst einer Liste von Filmen liegt ebenfalls bei. Damit kann sich der schlaflose Gast die Nacht verkürzen. Märchen werden auch angeboten. Wie schön, hier wird an die Kinder gedacht. Aber was sind das denn für seltsame Titel? Schneeflittchen? Oh, verstehe! Märchen für Erwachsene. Wie ertappt lege ich die Mappe weg und verziehe mich eilig ins Badezimmer.

Es ist ein fensterloser Raum, dessen Wände mit lachsrosa Marmor ausgestattet sind. In der doppeltbreiten Badewanne kann man sich zu zweit vergnügen. Auf dem Waschtisch liegen Handtücher, Seifen, kleine Fläschchen Haarshampoo, Duschgel und Bodylotion bereit.

Zu gerne würde ich ein Entspannungsbad nehmen, aber ich benutze nur die Toilette, wasche mir die Hände und creme sie mit der Lotion ein. Noch den Busen zurechtschieben – kann ja nicht schaden –, den Lippenstift auffrischen, fertig. Jetzt wird es ernst. Mit geschlossenen Augen versuche ich mir vorzustellen, in Toms Arme zu sinken. Doch ich sehe nur den Bart vor mir, und statt ein erotisches Kribbeln zu verspüren, knurrt mein Magen, was so sexy ist wie meine Muffinschenkel.

Eine Klingel lässt mich irritiert aufhorchen. Mein Handy ist es nicht. Die Tür. Kurz darauf höre ich Toms Stimme, der offensichtlich mit einem Kellner spricht. Ah, Herr Bollinger ist angekommen. Ob Champagner gegen Hungerattacken hilft? Ich warte noch einige Sekunden, bis sich die Tür wieder geschlossen hat, dann verlasse ich das Bad.

Tom hat sein Jackett ausgezogen und ist dabei, die Flasche zu öffnen, was er gekonnt, ohne einen Tropfen zu verschütten, erledigt. Er füllt die Gläser und reicht mir eines. »Auf dich, Paula.«

Ich lächle hilflos, nippe damenhaft am Glas und leere es dann in einem Zug. Mit dem Ergebnis, dass ich undamenhaft rülpsen muss. Peinlich berührt schießt mir eine Überdosis Alkohol-Blut-Gemisch ins Gesicht, das mich garantiert wie eine rote Laterne aussehen lässt. »Entschuldigung«, murmle ich betreten.

»Passiert mir auch oft«, sagt Tom galant, stellt sein Glas weg. Zärtlich streicht er mir eine Strähne aus der Stirn, fährt mit der Hand über meine Schulter auf den Rücken und zieht langsam den Reißverschluss meines Kleides auf.

Es kribbelt und ich muss kichern.

»Darf ich dich ausziehen?«, fragt Tom.

»Ja … Ähm … Ich weiß nicht …«, stammle ich, denn die ganze Nummer läuft völlig in die falsche Richtung. Ich wollte doch nur ein bisschen Spionage betreiben. Jetzt fehlt nicht mehr viel und ich posiere im fleischfarbenen Miederhöschen und einem hocherotischen Funktions-BH neben einer sündhaft teuren Flasche Schampus. »Ist das so üblich?«

»Es gibt keine Vorschriften«, sagt Tom leise. »Aber vielleicht möchtest du etwas, um in Stimmung zu kommen?«

Er begibt sich zum Fernseher und greift nach der Ledermappe.

Mir kommt eine Idee, wie ich die Kurve kriege. »Kennst du *Irma la Douce*?«, frage ich.

Er wendet sich zu mir. »Den Film?«

»Ja.«

»Glaube nicht, dass der im Programm ist«, erwidert er.

»Nein, nein, was ich eigentlich sagen wollte … Erinnerst du dich an die Szene, wo Jack Lemmon als Lord verkleidet Irma besucht und dann mit ihr Karten spielt?«

Tom mustert mich fragend. »Möchtest du Strip-Poker spielen? Ich bin zwar ein miserabler Spieler, aber ich kann nach Karten fragen.«

Hilfe! Das war die falsche Kurve. »Nein, nein, doch lieber einen Film …«, stimme ich eilig zu, bevor er auf noch wildere Ideen verfällt.

Er schlägt die Mappe auf. »*Dornmöschen, Alice im Wunderpimmelland, Rumpelschwänzchen* …«, liest er vor.

»Hmm … schwierig«, antworte ich zögernd.

»Oder lieber ein paar Toys?«

Ich verstehe nur Bahnhof. »Toys?«

»Dildo, Sahne aus der Spraydose oder Honig, den ich dir aus dem Bauchnabel schlecke. Wie in dem Film *9 ½ Wochen*. Du erinnerst dich?«, erklärt er augenzwinkernd, reißt sich die Krawatte vom Hals und lässt sie durch die Luft sausen. »Oder lieber ein kleines Fesselspielchen?«

Hiiilfeee, das wird ja immer doller! »Ähm … Nein, nein, *Alice* klingt lustig«, unterbreche ich ihn panisch und lasse mich samt Schuhen in die Kissen fallen. Gerettet. Vorerst. Jetzt noch … Nein, nicht schon wieder an Essen denken, ermahne ich mich. Zu spät. Grummelnd meldet sich mein Magen. Ich huste lautstark, um das Geräusch zu übertönen.

Tom lässt die Fernbedienung sinken. »Entschuldige, ich habe nicht genau verstanden.«

Ein erneutes Magenknurren ist die Antwort. »Also am liebsten esse ich beim Fernsehen …«

Mist, das wollte ich doch gar nicht sagen. Nun wird er mich endgültig für eine grauhaarige Spießerin halten, auch ohne meine Liebestöter gesehen zu haben.

Doch er sieht mich nur mit glänzenden Augen an. »Ich auch«, platzt er heraus. »Und noch lieber esse ich zu zweit vor der Glotze.«

Es entsteht eine winzige Pause, in der wir uns angrinsen wie zwei Kleinganoven, die einen todsicheren Coup aushecken.

»Zimmerservice?«, frage ich.

»Zimmerservice!«, wiederholt Tom verschwörerisch, greift nach der Ledermappe und nimmt die Speisekarte heraus. »Ein leckeres Essen ist der beste Liebestrank.«

Zwanzig Minuten später sitzen wir gemütlich nebeneinander auf dem Lotterbett, ein Kissen im Rücken, eines auf den Beinen, worauf wir die Tabletts balancieren. Ich habe meine Schuhe ausgezogen, Tom seine Hemdsärmel hochgekrempelt und wir plaudern ganz entspannt, als wären wir Arbeitskollegen, die noch ein wenig über Termine schwätzen.

»Ich muss dir etwas gestehen«, sage ich zwischen zwei Bissen irischem Wildlachs. »Hoffentlich schockiere ich dich nicht zu sehr damit.«

»Na, das klingt nach einer spannenden Beichte.« Er spießt zwei Salbeignocchi mit der Gabel auf. »Schieß los.«

»Also, ich bin erleichtert, dass wir nicht … ähm … na, du weißt schon …«, stottere ich eine Erklärung für mein seltsames Verhalten zusammen.

»Keine Ahnung.« Er guckt unschuldig, weiß aber garantiert, worauf ich anspiele.

»Na ja … liebestechnisch … und … ähm sextechnisch gesehen bin ich total aus der Übung.«

Tom lässt Messer und Gabel sinken. »Liebe verlernt man doch nicht!«

7

»Sagt der Profi«, entgegne ich und muss über meine Antwort lachen. Treffender hätte ich es nicht ausdrücken können. Mietmänner sind vermutlich jede Nacht in Sachen Lust und Leidenschaft unterwegs. Tom befindet sich sozusagen im Dauer-Trainingslager – wie ein Profi eben.

»Wie wäre es dann mit etwas Verbalsex zum Warmwerden? Vielleicht gelüstet es dich nach dem Essen doch noch nach einem Ausflug ins Reich der sinnlichen Ekstase …«

»Liebsten Dank für das Angebot, Tom«, unterbreche ich ihn, bevor er tatsächlich Schlüpfrigkeiten verbalisiert. »Aber fürs Erste befriedigt mich unsere Betten-Fernseh-Dinner-Orgie vollkommen.«

Upps, da ist mir doch prompt eine zweideutige Antwort herausgerutscht. Ob allein die Nähe eines Liebesprofis schon aphrodisierend wirkt?

»Der Abend soll ganz nach deinen Wünschen verlaufen, Paula. Vielleicht etwas mehr Puffbrause, wie wir Profis sagen?« Er greift nach dem Bollinger.

Ich halte ihm mein Glas hin, das schon wieder leer ist. Während Tom die Gläser füllt, starre ich fasziniert auf den Bildschirm. Wie kommen Pornoproduzenten nur auf derart bescheuerte Ideen? Eine grell geschminkte Alice, deren melonengroße Brüste aus einer knallroten Dominakorsage gehopst sind, stakst durch eine Kulisse unterschiedlich großer Pimmel. Vermutlich alle aus Pappmaché oder Styropor. Allein das hat reichlich Komikpotential.

Ich erhebe feierlich mein Champagnerglas: »Auf das Wunderpimmelland!«

Tom prostet mir zu. »Stößchen!«

»Ins Höschen!«, ergänze ich überdreht kichernd. Huch, das war jetzt aber eine unverschämt direkte Anmache. Grasshopper und Puffbrause lassen grüßen.

Alices amouröser Spaziergang dauert ungefähr drei Sekunden, dann begegnen ihr zwei nackte Männer. Die bekommt der Zuschauer allerdings nur von hinten zu sehen. Zugegeben, zwei knackige Popöchen, aber dennoch nicht mehr Erregerpotential als der Lachs auf meinem Teller. Ähnliches druckt doch heute jedes Boulevardblättchen.

»Gestatten, Tweedle Dee und Tweedle Dum«, sagt Tom.

Wir gucken ohne Ton und dichten die Dialoge selbst. Ich bin Alice, Tom spricht die ›Heldenrollen‹.

»Na, Alice, du scharfes Mäuschen«, knurrt er.

Schnitt auf Alices Gesicht, die mit weit aufgerissenen Augen die Jungs anstarrt.

»Überraschung!«, haucht Alice.

Schneller Umschnitt auf die ›Arbeitswerkzeuge‹ der Zwillinge, bei deren Anblick mir die Gabel aus der Hand fällt.

»Donnerwetter«, quietscht Alice. »Das sind aber keine Radieschen!«

»Das sind die längsten Pralinen der Welt im Doppelpack. Mal abbeißen, Alice?«, raunt Tom, als einer der Zwillinge.

Ich muss lachen und falle aus der Rolle. »Hahaha, den Film hab ich auch gesehen … herrlich … Aber was die zwei da mit sich rumschleppen, grenzt an Behinderung. Das stört garantiert mächtig beim Gehen.«

»Hattest du schon mal Phantasien mit zwei Männern?«, fragt Tom in beiläufigem Ton, als unterhielten wir uns darüber, ob es uns noch nach einem Dessert gelüstet.

Durch meine Adern fließt inzwischen mehr Alkohol als Blut, deshalb irritiert mich Toms Frage nicht weiter, sondern ich widme mich in aller Ruhe wieder dem leckeren Fischgericht.

»Mmhh …«, antworte ich mit vollem Mund. »Aber eine Phantasie der besonderen Art.«

»Klingt spannend, erzähl.«

»Mmhh … einer kocht … der andere putzt.«

»Nackt, nehme ich an?«

»Nackt am Herd, wäre zu gefährlich …« Überlegend wackle ich mit den Füßen. »Stell dir nur mal vor, wenn Fett aus der Pfanne … auf sein bestes Stück … Nein, der Koch darf zumindest eine Schürze anhaben. Ist ja auch viel hygienischer. Aber einen Nacktputzer fände ich lustig, soll inzwischen ein anerkannter Beruf sein, oder?«

Eine Sekunde sagt Tom kein Wort, dann prustet er los. Schließlich beugt er sich zu mir herüber und gibt mir einen Schmatz auf die Wange.

»Wofür war der denn?«

»Für den schönsten Abend seit … Ach, ich weiß gar nicht, wann ich zuletzt soviel Spaß hatte«, antwortet er. »Ganz ehrlich, Paula, ich amüsiere mich prächtig. Ich habe beinahe ein schlechtes Gewissen, dafür auch noch bezahlt zu werden.«

»Ach was«, winke ich ab. »Ich muss mich bedanken. Seit der Scheidung hatte ich keinen sooo lustigen Abend mehr. Damit sind wir quitt.« Kaum habe ich es ausgesprochen, realisiere ich, dass ich aus meinem Privatleben plaudere, anstatt ihn über seinen Beruf auszufragen. Typisches Alkoholgeschwätz. Ich sollte mich vorsehen, sonst verrate ich noch, warum ich wirklich hier bin.

»Oh, das tut mir leid«, sagt Tom bedauernd. »Dann werde ich mir die allergrößte Mühe geben, dich zu trösten. Seit wann bist du geschieden?«, fragt er weiter, als wären wir gute Freunde, die sich nur längere Zeit nicht gesehen haben.

Mist, wie finde ich den richtigen Kniff, um den Spieß umzudrehen? Dann fällt mir ein guter Themenwechsel ein. »Das verrate ich dir nur, wenn du mir erzählst, warum du Stoppel trägst. Auf der Agentur-Homepage in der Bildergalerie hab ich jedenfalls kein Foto mit Bart entdecken können.«

Er blickt mich erstaunt an. »Aber du wusstest, dass ich nicht glatt rasiert bin?«

»Nein, woher denn?«

»Meine Chefin hätte es erwähnen müssen.« Nachdenklich kratzt er sein Stoppelkinn. »Seltsam. Sie ist sonst sehr zuverlässig in solchen Dingen. Die Klientinnen können sehr ungehalten werden, wenn wir ihre Erwartungen nicht erfüllen.«

Ha! Endlich kann ich einhaken. Dank des fetten Lachses, den ich komplett verputzt habe, bin ich auch einigermaßen wieder klar im Kopf. »Hat sie bestimmt auch«, schwindle ich. »Vermutlich habe ich in der Aufregung nicht richtig zugehört, weil ich mich so über das Schnäppchen gefreut habe.«

»Schnäppchen?« Tom ist hörbar überrascht.

»Ja, ich konnte …«, ich stocke in letzter Sekunde, bevor ich ›dich billiger kriegen‹ sage, was ziemlich abwertend klingen würde, und erkläre eilig: »Es gab einen Preisnachlass auf den Abend.«

»Ach das«, erwidert Tom. »Die Nummer mit der hundertsten Anruferin und den fünfzig Prozent Ermäßigung, oder?«

Ich stippe den Rest brauner Butter mit einem Stück Weißbrot auf. »Da musste ich einfach zuschlagen.«

»Eben!«, sagt Tom und erklärt, das sei nur ein Trick. »Das ist einkalkuliert. Geiz ist geil, gilt für jede Branche, in der unsrigen natürlich doppelt.«

Ich bin ehrlich beeindruckt. Diese Rabattfinte merke ich

mir für meine Agentur. »Aber meine Frage nach deinem Bart ist damit noch nicht beantwortet«, greife ich das Thema wieder auf.

»Ach ja.« Er reibt sich mit einer Hand über die Wange. »Das ist sozusagen ein Auftragsbart. Den hat sich eine Klientin gewünscht. Sie behauptet, damit würde ich ihrem verstorbenen Mann ähnlich sehen. Da sie gerade einmal wöchentlich nach mir verlangt, lasse ich ihn natürlich stehen.«

»Das nenne ich Service.« Ich muss an Traudl denken. Wobei mir die Trauerarbeit dieser Witwe eindeutig besser gefällt.

»Extras sind an der Tagesordnung ... äh ...« Er grinst. »Oder Nachtordnung ... Wie auch immer, alles eine Frage des Honorars«, antwortet Tom, als handelten wir Getreidepreise aus.

Ich nicke eifrig, denn das ist endlich die Gelegenheit, ihn unauffällig auszuquetschen. »Welches war das verrückteste Extra, um das du je gebeten wurdest?«

»Mal überlegen ... Eine Dame verlangte nichts weiter als Knutschflecke, um ihren fremdgehenden Mann zurückzugewinnen. Für eine andere spiele ich Chauffeur und wir treiben es im Parkhaus ... Aber richtig seltsam war eine Klientin, die Cleopatra spielen wollte ...«

»In Eselsmilch baden?«, pruste ich eine Spur zu laut los.

Tom schüttelt den Kopf. »Nein, das hätte mir gut gefallen, aber ich sollte als Cäsar erscheinen, authentisch gekleidet in einem scharfen Lederwams. Ich musste extra in einen Kostümverleih ...«

Bei der Vorstellung, wie Tom sich in Leder einschnürt, laufen mir Lachtränen übers Gesicht. »Hör auf, mich zu veräppeln«, gackere ich und verschütte den Schampus, der von der edlen Bettwäsche schneller aufgesaugt wird, als ich mit der Serviette zur Stelle bin.

Theatralisch hebt Tom drei Finger. »Es ist die Wahrheit, Paula, ich schwöre …«

»Okay … Und wo fand die römische Nummer statt?«

»In einem Hotel«, antwortet er seufzend. »Ich hatte die Anweisung, in voller Cäsar-Montur auf dem Zimmer zu warten, bis es klopft. Ich dachte natürlich, das wäre der Zimmerservice … stattdessen …« Ein Klingeln lässt ihn stocken. »Paula, deine Handtasche klingelt!«

Ich schiebe das Tablett auf die Konsole neben dem Bett, schnappe mir meine Handtasche und krame nach dem Telefon. Es läutet tatsächlich. *Karl ruft an* lese ich auf dem Display. Im ersten Moment bin ich einfach nur überrascht, doch dann fährt mir ein Riesenschreck durch meine alkoholisierten Glieder. Ob Biggi schon wieder bestohlen wurde? Oder ihr noch Schlimmeres zugestoßen ist? Bei ihr weiß man nie, welches Unglück sie als nächstes heimsucht. Meiner Meinung nach ist ihr Universum ein Penner. Ich entschuldige mich bei Tom, der sein Tablett neben der Nachttischlampe abstellt und sich diskret ins Badezimmer zurückzieht.

Ich drücke aufs Knöpfchen. »Karl, was ist passiert?«

»Guten Abend, Paula«, begrüßt er mich etwas zu förmlich, was mir doppelt Angst macht. »Tut mir leid, wegen der späten Störung …«

»Schon gut«, unterbreche ich nervös. »Ist was mit Biggi?«

»Nein, nein«, antwortet er. »Alles in Ordnung, aber mich lässt der Gedanke nicht los, dass du wütend auf mich bist.«

Ich atme erleichtert auf. »Was für einen Grund hätte ich, böse auf dich zu sein?«, frage ich irritiert.

»Wegen meines unsittlichen Antrags.«

»Unsittlicher Antrag?!«, wiederhole ich begeistert. »Wie aufregend. Wann war das, und würdest du ihn bitte wiederholen? Ich habe schon ewig keinen mehr bekommen.«

»Heute Nachmittag, als ich gefragt habe, ob ich dich malen darf …«

»Ach so, das Aktbild!« Aber daran kann ich in meiner momentanen Situation beim besten Willen nichts Unmoralisches finden. Verglichen mit dem heutigen Abend ist Karls Ansinnen beinahe langweilig.

»Ja, der Akt«, bestätigt er. »Es tut mir unendlich leid, Paula, ehrlich. Ich hoffe, du kannst mir verzeihen. Und vielleicht kann ich irgendetwas tun, damit du mein Benehmen vergisst?«, entschuldigt er sich überschwänglich. »Vielleicht benötigt deine Wohnung demnächst einen neuen Anstrich.«

»Schon vergessen«, erwidere ich milde und weil er so geknickt klingt, sage ich generös: »Du darfst malen! Aber nicht Wände in meiner Wohnung, sondern mich. In voller Schrumpelschönheit.«

»Im Ernst?« Karls Stimme bebt förmlich vor Begeisterung. »Wann?«

»Mal überlegen …« Ich setze eine kleine Spannungspause. »Ich weiß … Demnächst feiere ich zehnjährige Menopause.«

»Hast du was getrunken, du klingst so fröhlich wie auf dem Verlobungsabend, oder vergackeierst du mich?«, fragt Karl. »Ich habe es wohl nicht anders verdient.«

»Getrunken, ja, aber nur einen winzigen Schluck«, flunkere ich und versichere: »Scherz beiseite! Das Jubiläum wäre der richtige Tag für eine alte Schachtel, um sich nackt malen zu lassen.« Ich muss mich bemühen, ernst zu bleiben.

»Du bist doch keine alte Schachtel!«, widerspricht er. »Wenn du gerne ein flapsiges Prädikat haben möchtest … In meiner Jugend nannten wir aufregende Frauen wie dich ›Flotter Feger‹!

»Hahaha … Flotter Handfeger würde mein Spiegel sagen, wenn er sprechen könnte«, entgegne ich vergnügt. »Aber ernsthaft, Karl, du darfst mich malen. Ich melde mich, und dann verabreden wir einen Termin. Oder wie handhabt man das so in Künstlerkreisen? Soll ich lieber bei Nacht und Nebel an deine Ateliertüre klopfen?«

»Termin wäre perfekt«, antwortet er, entschuldigt sich noch einmal für die späte Störung und verabschiedet sich.

»Servus, Karl.« Ich lege auf und rufe: »Tom, ist noch Schampus da?«

»Du hast hoffentlich keinen Ärger?« Er ist zurück aus dem Bad und nimmt die Flasche Bollinger aus dem Sektkühler.

»Nein, wieso?«

Er füllt unsere Gläser auf. »Mir war, als habe ich ›unsittlicher Antrag‹ gehört.« Zwischen seinen Brauen entsteht eine steile Falte, die ihn ehrlich besorgt wirken lässt. Niedlich.

»Danke für dein Mitgefühl, Tom, das war Karl Brenner, ein befreundeter Maler, der mich zu seiner nächsten Vernissage einladen wollte«, fabuliere ich und verschweige den Rest. »Unsittliche Anträge an uns ältere Frauen sind so selten wie Beine ohne Orangenhaut jenseits der Fünfzig.«

Er sinkt neben mir aufs Bett. »Dem kann abgeholfen werden«, raunt er mir ins Ohr. »Schweinigeleien, Unsittlichkeiten und dergleichen kommen mir leichter über die Lippen als meine private Telefonnummer.«

»Oooch … Die wäre mir aber viel lieber«, presche ich vor. »Dann könnte ich dir auch eine Einladung zukommen lassen.«

Er wird ernst und stutzt einen Augenblick. »Würde ich dir gerne verraten, Paula, doch damit riskiere ich, aus der Agentur zu fliegen. Wir mussten uns per Unterschrift verpflichten, unsere Klientinnen weder privat zu treffen noch mit ihnen enge Beziehungen zu beginnen. Sämtliche Treffen müssen über die Agentur laufen. Ich hoffe, du verstehst das.«

Natürlich leuchtet mir das ein, enttäuscht bin ich dennoch.

Aber ich nicke nur lächelnd und frage, wie es mit ihm als Cäsar und Cleo weiterging.

»Wo war ich stehen geblieben?« Er überlegt kurz. »Ach ja ... es hatte an der Tür geklopft – und jetzt halte dich fest, Paula –, statt des Zimmerservices standen zwei hünenhafte muskulöse Schwarze in Sklavenoutfits vor der Tür, die einen aufgerollten Perserteppich auf der Schulter trugen. Einer von der vergammelten Sorte, den man eher auf den Wertstoffhof als in ein Fünf-Sterne-Hotelzimmer tragen würde.«

»Ich krieg die Motten«, fällt mir dazu nur ein, weil ich ahne, wie die Geschichte weitergeht.

»Motten trifft es ziemlich genau«, sagt Tom. »Die zwei Typen marschieren also an mir vorbei, legen den Perser vorsichtig auf den Boden ab und rollen ihn auf. Heraus kullert, wie nicht unschwer zu erraten ist, meine Klientin. Nackt! Sie erhebt sich und sagt: ›Salve Cäsar!‹ Die Muckiburschen rollen den Perser wieder ein und verschwinden. Der ganze Raum müffelte aber bereits dermaßen bestialisch nach Mottenkugeln oder irgendwelchen Pestiziden, dass ich einen Hustenkrampf bekam.«

Staunend habe ich Tom zugehört. »Und Cleo?«

»Die blitzte mich wütend an und zeterte, ich hätte das Spiel verdorben, weil ich bei ihrem Anblick nicht ›Heil dir, oh meine Königin‹ gesagt habe. Und weil ich immer noch husten musste und kein Wort herausbrachte, hat sie ihr Geld zurückverlangt.« Tom schnauft schwer. »Dabei wusste ich doch nichts von dem albernen Codewort. Sie hat vergessen, es durchzugeben, wie sich später herausgestellt hat.«

»Dein Job scheint nicht immer ein Vergnügen zu sein«, stelle ich mitfühlend fest, und hoffe, dass er weiter aus dem erotischen Schatzkästchen plaudert.

»Kann man nicht sagen.« Er räuspert sich. »Amüsante

Abende wie heute sind genau so selten wie der neunundzwanzigste Februar.« Er hebt sein Glas. »Auf dich, Paula!«

»Auf dich. Ich an deiner Stelle müsste mir die Damen schön trinken.« Ich nehme einen großen Schluck von der teuren, aber köstlichen Puffbrause.

Tom nippt nur an seinem Glas. »Dann würde ich umfallen wie die da.« Er deutet auf den Bildschirm, wo Tweedle Dee und Tweedle Dum gerade schlapp machen und mit der Pimmelkulisse umfallen.

Ich finde es lustig, unterdrücke aber ein Lachen, damit er nicht auf die Idee verfällt, ich lache über ihn. Männer sind ja bekanntermaßen hochempfindlich, wenn's um ihre wertvollsten Körperteile geht. Der Streifen ist damit auch zu Ende. Zwei XXL-Kerle sind aber auch mehr als genug.

»Noch ein Pornomärchen?«, fragt Tom.

Ich hebe abwehrend die Hände. »Danke, nein ... Offen gestanden ... ich würde viel lieber ...« Das erneute Klingeln meines Telefons unterbricht mich. Ich fische es wieder aus meiner Handtasche. *Biggi ruft an.* Erst Karl und jetzt sie. Bei Familie Brenner scheint's heute zu brennen.

Tom erhebt sich, aber ich bedeute ihm, sitzen zu bleiben.

»Das ist nur meine Freund ...«, erkläre ich und korrigiere mich. »Ähm ... Assistentin ... Dauert höchstens eine Minute, sie abzuwürgen.«

»Was gibt es so Dringendes, Frau Brenner?«, melde ich mich launig.

»Das frage ich dich«, entgegnet sie unfreundlich. »Karl sagt, du hast getrunken.«

Ich kichere vornehm leise. »Ja, danke der Nachfrage, die Party ist sehr nett, anregende Gäste, teurer Schampus, Filme ab achtzehn.«

»Wo bist du?«

»Bei meinem geschäftlichen Termin, das wissen Sie doch«, antworte ich, ganz die coole Getreidehändlerin.

»Immer noch?«, fragt sie. »Wie lange kann es dauern, ein paar Infos aus einem Gigolo rauszuholen?«

»Was heißt hier lang?«, fahre ich sie an. »Ein derart wichtiger Geschäftstermin lässt sich doch nicht so einfach abhandeln, wie eine schnelle Nummer ohne Vorspiel. Und nach erfolgreichem Vertragsabschluss wird noch etwas gekuschelt, wenn Sie verstehen, was ich meine.«

»Also bitte, es ist schon nach zehn, das heißt, du bist seit zwei Stunden unterwegs. Sag bloß, du hast unsere Mission vergessen?«, zischt sie wie die Chefdomina.

Ich habe genug von der Moralpredigt. Säuselnd gebe ich vor, volltrunken zu sein: »IschbinaaamBaaall ... Alles wird guuuhuuut. Wir schtehen alle uuunter dem Schutzzz des Uuuniversums.« Ich bussle einige Mal in die Luft.

»Paula!«, schreit sie mir ins Ohr. »Du bist ja blau wie eine Abiturientin bei der Abschlussfeier.«

»Sagenwirmalso: Bei einer Allokontrolle hättichkeine Ssschance. Aber Tom kümmert sich sehr gut um mich, ssschenkt immer Puffbrausssse naaach.« Ich blicke ihn fragend an.

Er nickt heftig und flüstert: »Alles im Griff.«

»Ich fasse es nicht«, zetert sie weiter. »Du amüsierst dich, statt unser Ziel zu verfolgen? Ich dachte, wir haben ein gemeinsames Projekt. Gib ihn mir mal«, fordert sie dann plötzlich.

»Wozuhuuu?«, quäke ich.

»Du reichst jetzt s-o-f-o-r-t das Handy weiter«, verlangt sie in herrischem Ton, den ihr nur eine bösartige Galaxie eingeflüstert haben kann, und der mich so erschreckt, dass ich ihrem Befehl tatsächlich folge. »Biggilein will Hallihallo sagen.« Ich zwinkere ihm zu.

Tom nimmt das Telefon entgegen. »Hallihallo, hier ist der Tomilein. Wie geht's denn so? Alles fit im Schritt?«, steigt er auf den Spaß ein, sagt dann eine Weile lang nichts und grinst plötzlich breit. Nach einigen »Ahas« und »Sosos« beendet er das Gespräch, reicht mir das Handy und sagt kopfschüttelnd: »Ich, im Bett mit einer Spionin! Das fehlte noch in der Sammlung meiner Extremjobs.«

Scheibenkleister. Biggi hat alles verraten. Und ich darf es jetzt ausbaden. Mir wird ganz flau im Magen. »Tut mir leid, ich wollte nur ... Marktforschung ... Bist du jetzt sauer auf mich?« Verlegen zupfe ich mein Beerdigungskleid zurecht.

»Ach was«, winkt er ab. »Ich finde die Idee klasse! Bei der Zielgruppe sechzig plus sieht es tatsächlich mau aus. Das könnte eine Marktlücke sein. An eurer Stelle würde ich mich aber nicht rein auf ein Online-Portal beschränken. Im Internet ist kein Platz für Wahrheiten, da wird zu viel gelogen und betrogen. Dort tummeln sich keine verzauberten Frösche, die man mit einem Klick in Prinzen verwandeln könnte. Auch wenn die Generation Silber längst fit am PC ist, denke ich, dass ihr mit persönlichen Kontakten mehr Erfolg hättet.«

Ungläubig habe ich ihm zugehört. Zustimmung oder gar Begeisterung war das Letzte, worauf ich gehofft habe. »Es ist noch viel zu früh, um über Einzelheiten zu sprechen«, relativiere ich. »Der heutige Abend sollte so eine Art Schnupperkurs sein.«

»Immer gerne zu Diensten«, sagt er, ohne spöttisch zu klingen. »Aber wenn ich deine Freundin richtig verstanden habe, wollt ihr keine Sexkontakte vermitteln, sondern in Sachen Liebe kuppeln, oder? Amor ein bisschen unter die lahmen Flügel greifen.«

»So ähnlich«, entgegne ich. »Jedenfalls möchte ich nicht zur Puffmutter werden ... Entschuldige, ich wollte dich nicht verletzen. Es ist nur so, dass der Testosteronspiegel bei Oldies so flach ist wie 'ne Regenpfütze, weshalb auf der Ebene kein allzu großer Bedarf sein dürfte.«

»Ganz ehrlich, Paula, mein Testosteronspiegel ist auch bald aufgezehrt!« Er lächelt mich freundlich an. »Und noch ehrlicher ... Ich fühle mich längst zu alt für den Job und überlege jeden Tag, was ich anstelle, um nicht mehr ... Na, du weißt, was ich meine.«

»Cäsar und Cleopatra spielen zu müssen?«, tippe ich, würde aber viel lieber fragen, wie alt er tatsächlich ist, wage es nur nicht.

»Die Spielchen wären zu ertragen«, seufzt er dann. »Wenn ich mich nur an die Gerüche gewöhnen könnte.«

»Oh, verstehe«, murmle ich betreten, drehe meinen Kopf zur Seite Richtung Achsel und atme möglichst unauffällig ein, ob ich nach Schweiß müffle. Zu blöd aber auch, dass ich vergessen habe, mich zu parfümieren.

»Inzwischen rät sogar mein Arzt zu einem Berufswechsel, ich reagiere nämlich bereits allergisch«, redet Tom weiter. »Besonders auf diese süßlich schweren Düfte. Nach wenigen Minuten bekomme ich brüllende Migräne.« Er massiert sich die Schläfen, wie zur Vorbeugung.

Jetzt kapiere ich. »Ach, du bist allergisch auf Parfums!«

»Ich empfinde sie inzwischen als Puffbenzin!« Er verzieht angewidert das Gesicht, als handle es sich um tödliches Gift. »Fatalerweise scheinen einige Damen zu glauben, das Zeugs wirke verjüngend. Anders kann ich mir nicht erklären, warum sie riechen, als hätten sie darin gebadet.«

»Grauenvoll!« Mir fällt einer unserer Bäckermeister ein, der mit den Jahren eine Mehlstauballergie entwickelt hatte. »Kannst du dich nicht frühpensionieren lassen? Ich würde meinen, es ist doch so etwas wie ... na ja ... eine richtige Berufskrankheit.«

Tom guckt mich irritiert an. »Nur blöd, dass mein Job unter keinen anerkannten Berufszweig fällt, Parfümallergien noch weniger. Und wie gesagt, ich turne aus finanziellen Gründen in fremden Betten rum.«

»Schwierige Situation«, entgegne ich mitfühlend. »Kannst du die Jobs nicht reduzieren?«, frage ich. »Statt zehn nur noch fünf, oder so?«

»Teilzeitgigolo?« Er lacht kurz auf. »Wenn ich könnte, würde ich meiner Chefin lieber heute als morgen sagen, sie soll sich einen neuen Lustknaben suchen. Doch leider hat sie mich in der ...« Er bricht ab und starrt ins Leere. »Welchen Duft benutzt du eigentlich?«, wechselt er plötzlich das Thema und schnüffelt dezent in meine Richtung. »Äußerst angenehm. Irgendwie nach Seife. Ist mir vorhin schon aufgefallen, als ich deinen Reißverschluss öffnen wollte.«

»Heute trage ich tatsächlich nur Wasser und Seife. Um ehrlich zu sein, habe ich in der Hektik einfach vergessen, etwas aufzulegen«, antworte ich, nun froh über meine Vergesslichkeit.

Tom strahlt, als habe ich sein Honorar verzehnfacht. »Kein Wunder, dass ich mich in deiner Gesellschaft so wohl fühle! Nicht der leiseste Kopfschmerz. Hiermit avancierst du zu meiner Lieblingsklientin.«

»Oh, vielen Dank«, hauche ich geschmeichelt. Wer mir gestern prophezeit hätte, dass ich altes Haus, von meinem Ex-Mann wegen einer jüngeren Frau verlassen, die Gunst eines sehr attraktiven und erheblich jüngeren Mietmannes erringe, dem hätte ich den Vogel gezeigt. »Nur leider wird dieser Abend ... ähm ... eine einmalige Vorstellung bleiben. Es sei denn du ...« Ich stocke. Er hat ja bereits gesagt, dass private Kontakte verboten sind.

Tom erhebt sich, geht zur Kommode, greift nach der Ledermappe und schlägt sie auf. Gespannt beobachte ich, wie er die Postkarte nimmt und etwas notiert. »Ich schreibe dir meine private E-Mail-Adresse auf«, sagt er mit einem Seitenblick. »Wenn du Tipps brauchst, kontaktiere mich einfach.«

Dankend nehme ich die Karte entgegen. Seine Telefonnummer wäre mir natürlich lieber gewesen, schließlich verstehen wir uns sehr gut, und er kennt meine Situation bereits. Aber besser eine Mail-Adresse als gar keine Verbindung zu einem Liebesprofi.

8

Igittigitt! Angewidert starre ich auf eine Auswahl von Minitörtchen. Fluffige Sahne, pastellfarbenes Marzipan und fruchtige Dekoration. Insgesamt zehn Stück. Bäh! Hätte ich keinen Brummschädel, würde ich der sündigen Verführung erliegen. Geschätzte zehn Trillionen Kalorien wanderten dann direkt auf meine Hüften. Nicht, dass ich nach der gestrigen Orgie an Nachwehen leide und nur eine Tortenorgie mich da wieder herausholen könnte. Mitnichten. Dieser Frontalangriff auf meine ewig hungrig hechelnden Fettzellen ist eine hundsgemeine Attacke meines Ex-Mannes. Seit dem Verlobungsabend bombardiert er mich mit den neuesten Konditoreikreationen. Ich habe schon überlegt, ob er eifersüchtig ist – trotz Sahnebaiser an seiner Schrumpelseite. Männer sind ja seltsame Wesen, die sich einbilden, eine Frau würde ihnen, auch nach einer Trennung, für immer gehören. Diese Weisheit stammt nicht von mir, habe ich in einem Scheidungs-Ratgeber gelesen. Egal. Herbert scheint sich in der Versuchsküche ausgetobt zu haben, wie er es an Sonntagen schon immer gerne getan hat. Das Ergebnis hat er mir heute morgen per Firmenfahrer zukommen lassen. Der mich wiederum aus dem wohlverdienten Schlaf geklingelt und mir den rosa-weiß-gestreiften Firmenkarton überreicht hat. Darin eine Notiz vom Zuckerbäcker: *Meine neuesten Kreationen!*

Kein: *Liebe Paula, würdest du die Güte haben, die Kleinigkeiten zu verkosten und zu berichten, wie sie munden.* Nicht mal ein: *Viele Grüße.* Alles Zeitverschwendung für meinen Ex. Mit

Höflichkeiten hat er sich noch nie aufgehalten. Eifersucht hin oder her. Aber verdammt noch mal, wir sind n-i-c-h-t mehr verheiratet, und ich bin auch n-i-c-h-t mehr die Frau für alle Angelegen- oder Verlegenheiten in der Firma. Warum kann Pämela nicht als Törtchentester fungieren? Die ist sowieso zu dünn. Außerdem blutjung. Da läuft der Stoffwechsel noch auf Turbotouren. Ihr dürfte eine Kalorienattacke nichts ausmachen. Haben mir früher auch nicht geschadet, als ich ein tägliches Sahnetörtchen noch ohne schlechtes Gewissen verdrückt habe. Doch seit meinem Fünfzigsten lege ich schneller zu, als ich das Wort Sahne überhaupt aussprechen kann. Allein das Einatmen von Kuchenduft lässt mich fünfhundert Gramm zunehmen. Mindestens. Dabei wollte ich doch abnehmen.

Seufzend parke ich die Dickmacher im Kühlschrank. Vielleicht später eine Messerspitze verkosten. Jetzt erst mal ein Frühstück. Und zwar sauer-salzig.

Essiggurken sind keine im Haus. Rollmöpse auch nicht. Aber eine Dose Ölsardinen. Die wird die schalen Reste des Herrn Bollinger aus meinen Blutbahnen saugen wie ein trockener Schwamm. Ratzfatz bin ich dann wieder klar im Kopf. Denn heute ist der erste Tag meines neuen Lebens. Als Kuppelmama. Ich habe viel vor und bin trotz des Brummschädels motiviert. Ach was, motiviert. Ich lechze geradezu danach, mit der Männersuche zu beginnen.

Nach einer langen heißen Dusche, drei großen Tassen schwarzen Kaffees und in Zitronensaft schwimmenden Sardinen fühle ich langsam die Energie in mir erwachen.

Also dann, auf zu neuen Taten.

Erster Punkt auf meinem Businessplan: Fitnesscenter ausfindig machen. Ein Tipp von Tom. Dort würde ich mit Sicherheit vitale Menschen in meinem Alter treffen. Eigentlich logisch. Und total praktisch. Denn dabei kann ich gleich mein Hüftgold bekämpfen. Zwei Fliegen mit einer Klappe. Das kommt mir sehr entgegen. In meinem Alter hat man schließlich nicht mehr ewig Zeit, da macht Multitasking doppelt Sinn.

Während ich darauf warte, dass der lahmarschige PC hochfährt, rebelliert mein Magen. Ich versuche gerade zu erfühlen, ob ihm das Frühstück nicht bekommen ist oder ihn ein Törtchen besänftigen könnte, als das Festnetztelefon klingelt.

Die Großbäckerei, wie ich auf dem Display sehe.

Ich zögere einen Moment, greife dann aber doch nach dem Hörer. Herbert nervt sonst alle zehn Minuten. Abgesehen von seiner möglichen Eifersucht auf Karl ist er nach wie vor der Meinung, ich würde mich langweilen. Er glaubt, ich wäre glücklich über jede Abwechslung, weshalb er mich auch oft grundlos anruft.

»Na, welches meiner neuen Kunstwerke hat dir am besten geschmeckt?«, überfällt er mich, ohne langes Begrüßungsgeplänkel.

»Keine Ahnung«, antworte ich genauso unhöflich.

»Ssönen Gruuuhuß«, vernehme ich aus dem Hintergrund Pämela.

»Pam lässt grüßen«, richtet er mir pflichtbewusst aus und fordert erneut zu wissen, was ich von den Kalorienbomben halte.

»Hmm«, brumme ich wenig engagiert. Noch lieber würde ich auflegen.

»Du hast also noch nicht probiert!?« Seine vorwurfsvolle Stimme bohrt sich in meinen Gehörgang wie ein bösartiger Ohrwurm.

»Ich hatte noch keine Zeit«, wiegle ich ab, um mich sofort zu ärgern. Wieso entschuldige ich mich eigentlich? Der Zuckerbäcker sollte froh sein, dass ich den Karton nicht zurückgeschickt habe mit einer Notiz: Bin allergisch gegen Sahne.

Herbert schnauft mir entrüstet ins Ohr. »Traurig, traurig, dass du dich nicht mehr für die Firma interessierst. Hast du vergessen, dass Benny sie bald übernehmen wird?« Ich kann ihn förmlich vor mir sehen, wie er seine Stirn in anklagende Dackelfalten legt.

Mit diesem Kommentar hat er meinen wunden Punkt getroffen. Mein Sohn ist der eigentliche Grund, warum ich mich überhaupt noch für die Versuchskaninchennummer hergebe.

»Heute Nachmittag«, verspreche ich und verabschiede mich hektisch, bevor ich noch Pämelas nerviges Süßholzgelispel anhören muss. Außerdem rumort mein Magen bei dem Gespräch wie ein Betonmischer, der schweren Vollkornbrotteig anrührt.

Wenigstens der Computer ist während des Telefonats warm geworden. Der alte Kasten braucht jedes Mal ewig. Ein neues Laptop wärc ein Geschenk, über das ich mich wirklich freuen würde – und das auch nicht auf den Hüften sitzen würde. Auf praktische Ideen kommt Herbert aber nicht von allein.

Ich tippe ein paar Schlagworte in die Suchmaschine. Anschließend klicke ich mich durch verschiedene Links.

Mein Interesse gilt vor allem kleineren Fitness-Centern. Tom meinte, dort ergäben sich schneller Kontakte als in den großen, wo jeder anonym auf einem Laufband herumrennt. Die Webseiten-Fotos des »Studio A« im Nobelviertel Bogenhausen gefallen mir. A wie Anfang und Agentur. Das passt wie Salz auf Brezen. Auch die moderaten Preise. Ein weiterer, nicht ganz unwichtiger Punkt. Zu billige Mitgliedsbeiträge ziehen schnell Sportjunkies an, deren Puls nur steigt, wenn sie schwere Hanteln erblicken. Zwischenmenschliche Kontakte pflegen sie vermutlich nur mit dem Anabolikalieferanten.

Die freundliche Stimme eines Anrufbeantworters teilt mir mit, dass Anrufe zurzeit nicht persönlich entgegengenommen werden könnten. Ah, deshalb die Maschine. Muss einem ja gesagt werden. Aber man könne jederzeit in eine der Fitness-Stunden hineinschnuppern. Zum halben Preis. Das Angebot kann ich natürlich nicht ablehnen.

Ich vertiefe mich in die erklärenden Texte zu den unterschiedlichen Angeboten auf der Webseite. Mannomann. Dabei wird einem Sportmuffel wie mir sofort warm. Als ich lese, was mich bei Zumba oder Spinning erwarten würde, schwitze ich stärker als die Ausfahrer der Großbäckerei, wenn sie den Laster beladen. Yoga wäre weniger schweißtreibend, kommt aber nicht in Frage. Ich müsste unablässig an Vaginalyoga mit bärtigen Umarmungsräubern denken und würde vor Lachen kein Bein heben können. Pilates klingt langweilig. Herumliegen und atmen kann ich auch im eigenen Bett. Die Stepp-Stunde klingt nach meinem Geschmack. Zu Musik auf einer Stufe herumspringen stelle ich mir recht vergnüglich vor. Allerdings kann ich das auch hier im Treppenhaus haben. Ein paar Mal vier Stockwerke im Laufschritt hoch und zurück ließe mein Hüftgold schmelzen wie ein Stück Butter auf heißem Toastbrot. Doch leider würde ich in unserem Treppenhaus höchstens dem achtzigjährigen Herrn Meixner mit seinem Rollator begegnen, der aktuell nur über seine Hüftoperation lamentiert. Prinzipiell möchte ich zwar niemanden ausschließen, aber ich würde mein Vorhaben lieber mit einem agileren Kandidaten starten. Wäre kein gutes Omen, wenn die Vermittlung nach kürzester Zeit mit einer Beerdigung endet. Apropos, es ist nicht nur mein Vorhaben. Ich habe eine Partnerin, die soll gefälligst mitschwitzen.

Ich erreiche Biggi auf dem Handy.

»Na, du alte Rauschkugel?«, begrüßt sie mich provozierend.

»Liegst du mit einem dicken fetten Kater im Bett? Soll ich dir Aspirin oder saure Heringe vorbeibringen?«

»Mitnichten. Ich bin bereits seit Stunden auf den Beinen«, schauspielere ich. »Und welchen Hund zerrst du gerade durch den Park?«

»Blümchen.«

»Den kleinen wuscheligen von der Vorstandsvorsitzenden?«, frage ich nach. Ich kann mir die vielen Köter nicht alle merken.

»Nein, Blümchen ist zwar wuschelig, aber als klein würde ich einen Neufundländer nicht bezeichnen.«

Jetzt erinnere ich mich wieder an das Riesenhundevieh. Ihr Frauchen besitzt einen Juwelierladen in der Innenstadt, der Hund soll die Preziosen bewachen. Doch soweit ich Blümchen kennengelernt habe, würde sie böse Buben eher ablecken oder sich ängstlich vor ihnen verstecken. Blümchen glaubt nämlich, sie wäre ein Schoßhündchen. Nach meiner Einschätzung besitzt sie die Aggressivität eines Sofakissens.

»Wann bringst du das Hundilein zurück, und was machst du anschließend?«

»Halbe Stunde«, antwortet sie. »Warum?«

»Weil heute Fitness angesagt ist«, sage ich und berichte in wenigen Worten von Toms Theorie.

»Da bin ich sofort dabei«, sagt sie begeistert. »Blümchen ... Pfuiii ... weg da, das ist Pfuiii! Braver Hund ...«

»Ich würde gerne die Steppstunde ausprobieren«, rede ich weiter. »Für einen Schnupperkurs gibt's Rabatt.«

»Wieso Steppstunde?«, fragt sie. »Du glaubst doch nicht im Ernst, dass daran auch nur ein einziger Mann teilnehmen wird? Das ist schwuchtelig. Echte Kerle stemmen schwere Gewichte an Hightech-Maschinen.«

»Ach so, stimmt natürlich ... Und was schlägst du dann vor?«

»Zuerst einmal habe ich nicht die passenden Klamotten.«

»Passende Klamotten?« Ich überlege, ob ich sie richtig verstanden habe oder doch ein Hörgerät brauche. »Besitzt du keine Jogginghose und kein bequemes T-Shirt?«

»Natürlich, aber im Schlabberlook kann höchstens Pämela ihren Herbert hinterm Ofen vorlocken«, sagt sie. »Wenn zwei olle Schabracken wie wir Kerle aufreißen wollen, müssen wir aussehen wie zwei megascharfe Sportbienen. Das bedeutet, wir benötigen figurbetonende Gymnastikanzüge. Vorzugsweise in Knallfarben, damit wir leuchten wie ein Freudenfeuer.«

Ich als Leuchtfeuer, dass ich nicht lache. Das einzige, was bei mir in so einer Pelle zu sehen sein würde, wären die Orangenhautdellen meiner Oberschenkel. Die sind auch nicht durch Farbe zu kaschieren. »Du kannst dir gerne auch noch einen Federbuschen auf den Kopf binden, damit dich ja keiner übersieht. Ich steige lieber in die Jogginghose und lächle freundlich in die Gegend. Das muss reichen.«

»Träum weiter, Paula. Wer alte Ware an den Mann bringen will, muss mit der Verpackung über die Gebrauchtspuren hinwegtäuschen«, sagt sie. »Blüüüümchen!«, schreit sie plötzlich, »Mooooment ...«

Alte Ware? Gebrauchtspuren? Beleidigt schnappe ich nach Luft.

»So, jetzt bin ich wieder da«, meldet sie sich zurück. »Der Hund wollte unbedingt in den Eisbach springen, aber das darf er nicht.«

»Ich verwehre mich gegen ›alte Ware‹!«

»Krieg dich wieder ein, das sind nun mal die Tatsachen«, verkündet sie gnadenlos. »Du hast doch gemerkt, wie dich das neue Kleid zum Positiven verändert hat. Deshalb sollten wir uns etwas Schillerndes zulegen.«

Schillernd! Richtig, wie konnte ich das nur vergessen. Dalai-Lametta kann unmöglich im mausgrauen Trainingsfummel zum Fitness. Mein Fehler.

»Aber ich hätte da noch 'ne andere Idee«, plappert sie weiter.

»Lass hören.«

»Sauna!«

Damit kann ich gar nichts anfangen. »Wie jetzt, Sauna?«

»In der Sauna brauchen wir keine Klamotten, da genügt ein Handtuch zum Draufsetzen.« Sie kichert mädchenhaft.

Es dauert nur einen Wimpernschlag, dann habe ich kapiert. »Eine gemischte Sauna?«

»Natürlich gemischt! Sonst wäre es doch unsinnig.«

»Ohne mich. Ich finde schwitzen eklig, total unsexy.«

»Meine Güte, bist du prüde«, nörgelt sie.

»Was heißt hier prüde?«, verteidige ich mich. »Ich habe keine Lust, nackte, faltige Männer anzusehen, das macht schlechte Laune. Außerdem widerspricht das deiner Verpackungsthese. ›Alte Ware‹ völlig unverpackt, noch dazu puterrot geschwitzt, zu präsentieren, wird die Herren erst recht abschrecken.«

»Warst du denn schon mal in der Sau …«

»Unwichtig«, falle ich ihr ins Wort. »Tanze einfach hier an, sobald du den Wachhund bei Mama abgeliefert hast. Dann reden wir weiter.«

Warum ich so allergisch auf saunieren reagiere, wollte ich Biggi nicht verraten, weil es eine sehr unangenehme Geschichte ist. Es muss ungefähr zehn Jahre her sein, als Herbert und ich bei Hanni und Georg Niedermeyer eingeladen waren. Das befreundete Metzgerehepaar hatte uns zur Einweihung der neuen Heimsauna gebeten. Das Paar führte eine der ersten Bio-Metzgereien und lieferte damals die Wurst für unsere

Wurstsemmeln. Die beiden waren etwa gleichaltrig und hatten ebenfalls zwei Kinder, woraus sich der private Kontakt entwickelt hatte. Wir saßen also nackt – damals war ich noch ziemlich knackig – und schwitzend auf den Bänken. Ich habe mich mit Hanni über Personalprobleme ausgetauscht. Die Männer unterhielten sich über eine neue Sorte Leberkäse, in der Biokäse drin sein würde. Dabei griff Georg immer in sein Eroscenter und wischte sich den Schweiß ab, was ich schon ziemlich ekelig fand. Plötzlich sagte er: »Schluss mit den Geschäften. Wer hat Lust auf Sandwich?« Dabei sah er mich an. Ich war froh, endlich der Hitze entkommen zu können, und frage, was er Feines anzubieten habe. »Ich dachte an Club Sandwich«, antwortete er augenzwinkernd. »Wir vier auf unserem Wasserbett.« Herbert und ich haben uns ohne zu duschen angezogen und sind wortlos verschwunden. Den Wurstlieferanten haben wir sofort am nächsten Tag gewechselt.

Um das unangenehme Saunahistörchen zu vergessen, begebe ich mich an den Kleiderschrank. Bis die Hundesitterin auftaucht, bleibt genügend Zeit, nach dem ultimativen Aufreißer-Look zu suchen. Schwierig. Korrektur: Unmöglich! Abgesehen von zwei weißen Blusen leuchtet nur das neue sonnengelbe Kleid aus meiner Garderobe in Brauntönen.

Als ich jung war, habe ich ausschließlich Kunterbunt getragen. Es waren die 70er Jahre, Hippiemode war Trend, ich fuhr einen klapprigen orangefarbenen VW, ging eine Weile nicht mal einer geregelten Arbeit nach, aber liebend gern auf Popkonzerte. Auf einem Konzert in der Olympiahalle lernte ich Herbert kennen, der dort einen Brezenstand hatte. Erst lud er mich ins Kino ein, später in einen Schwabinger Biergarten und obendrein bombardierte er mich mit Kuchenlieferungen. Ich wurde schwach, bald schwanger und wir heirateten. Meine erste Tat als neue Chefin betraf das Verkaufspersonal, also auch mich – damals arbeitete ich noch in dem Laden, der nun ›vermietet‹ ist. Ich steckte uns in rosa Schürzen, zu denen wir braune Kleidung trugen. Eine Kombination, die appetitlich wie Schokolade mit rosa Marzipan wirkte. Aus dieser Zeit stammt meine Vorliebe für braune Klamotten.

Ich überlege, ob ich aus dem vorhandenen Bestand nicht doch ein sportliches Outfit zusammenstellen kann. Ich besitze eine glänzende Leggins, die vor Biggis Augen Gnade finden könnte. Dazu ein weites, Popo umspielendes T-Shirt, auf dem ein überdimensionales rosa Petit Four prangt. Hatte ich als Weihnachtspräsente für Kunden entworfen. Mein Haar zwirble ich zu einem lustigen Knödel, als Schweißband binde ich mir ein Dreieckstuch um den Kopf. Skeptisch drehe ich mich vor dem Spiegel. Sind Schweißbänder eigentlich noch in Mode, frage ich mich, und kann ich in der Aufmachung die Männer von den Hantelbänken aufscheuchen? Ich leuchte nicht und sehe auch nicht aus wie eine scharfe Sportbiene, eher wie … Die Türklingel unterbricht meine frustrierende Selbstbetrachtung.

Biggi steht vor der Tür.

Sie mustert mich einen Moment. »Du siehst aus wie 'ne Torte auf gewellten Beinen.«

Tja, mit der leibhaftigen Rentner-Pippilotta, die vor mir steht, kann ich natürlich nicht konkurrieren. Biggi hat die rote Mähne zu Zöpfen geflochten, eine grüne Sonnenbrille auf der Nase, trägt rosa Caprihosen, eine türkise Bluse mit silberner Stickerei, sowie ein Pfund Glitzerarmbänder – pro Arm, versteht sich.

Stoisch übergehe ich ihr reizendes Kompliment. »Komm rein.« Ich bugsiere sie in Richtung provisorische Kommandozentrale. Doch sie hat Durst und verlangt nach einem Glas Wasser.

»Bedien dich«, sage ich. »Wo die Küche ist, weißt du ja.«

Kaum sitze ich am Schreibtisch vor dem PC, ertönt ein Schrei. Einer von der Sorte, der nach Katastrophe klingt. Besorgt rumple ich hoch. Den umfallenden Stuhl ignorierend stürze ich durch den Flur in die Küche. Dort steht Biggi vor dem geöffneten Kühlschrank, die grüne Brille ins rote Haar geschoben und starrt mich mit großen Glitzeraugen an.

»Was ist das denn?« Sie hält mir die Törtchen entgegen.

»Verzauberte Männer. Wenn du reinbeißt, springt dein Traumprinz raus«, grinse ich, wechsle zu Kopfschütteln und blaffe: »Kuchen natürlich. Was soll die blöde Frage?«

»Entspann dich«, antwortet sie. »Ich meine, warum hortest du Dickmacher?«

»Ich horte nicht, die hat Herbert geschickt«, erkläre ich. »Er verlangt nach meinem geschulten Gaumenurteil.«

Sie nimmt ein Sahnetörtchen und beißt vorsichtig hinein. »Hmm … lägga … Richte ihm einen schönen Gruß aus.« Nach zwei weiteren Bissen hat sie das Teil verdrückt, schleckt sich die Finger ab und sagt: »Er liebt dich immer noch.«

»Du hast wohl zu viel Sonne getankt!«, kommentiere ich ihren Schwachsinn.

»Demnächst wird er Pämela in die Wüste schicken und zu dir zurückwollen!« Sie greift nach der nächsten Kaloriensünde.

Noch vor einigen Monaten hätte mich die Möglichkeit zu Freudensprüngen verleitet. Mittlerweile bin ich nur noch wütend auf ihn, weil er mich über ein Jahr lang mit Pämela betrogen hat, bevor er den Mut hatte, die Wahrheit zu gestehen. Unsere Ehe ist endgültig Geschichte, deshalb ziehe ich es vor, das Thema zu wechseln. »Möchtest du vielleicht Kaffee zum Kuchen?«

»Danke, sehr gerne … Aber lenk nicht vom Thema ab.«

Mist, sie hat mich durchschaut. Um einer Antwort zu entkommen, mache ich mich an der Espressomaschine zu schaffen.

Biggi holt Geschirr aus den Oberschränken. »Nee, im Ernst, Paula«, sagt sie und scheppert ordentlich mit den Tassen. »Ich hab das im Gefühl.«

»Lieber schlucke ich einen von deinen Kieselsteinen.« Ich reiche ihr ein großes Tablett. »Wir nehmen alles mit rüber ins Büro … Herbert interessiert mich nicht mehr als dieser besagte Sack Reis, der in China umfällt.« Ich sehe sie herausfordernd an. »Außerdem hast du mir doch deinen Bruder versprochen, oder wie war das neulich?«

»Dann wären wir verwandt«, antwortet sie nachdenklich.

»Dazu müsste ich ihn aber heiraten«, ergänze ich und stelle den fertigen Kaffee aufs Tablett zum Geschirr.

Ihr Blick wandert ins Leere. Ich erkenne deutlich, dass sie wieder ins Heile-Welt-Land guckt. »Würdest du denn gerne wieder heiraten?«, fragt sie dann.

»Wach auf, Träumelinchen«, lache ich. »Ich habe Karl noch nicht mal geküsst, geschweige denn ausprobiert. Und jetzt hör auf, mich zu verkuppeln. Wir wollen doch andere glücklich machen.«

9

Als wir den Fitnessladen erreichen, strahlt die Sonne vom knallblauen Himmel. Meinen Wagen kann ich auf einem der zehn Parkplätze abstellen, wie auf der Homepage zu lesen war. Tatsächlich sind nur drei Plätze von Mittelklassewagen belegt. Große Menschenmassen scheinen hier nicht die Hanteln zu schwingen. Eigentlich habe ich damit gerechnet, dass am Montagnachmittag Oldie-Auflauf herrscht, die beim Anblick zweier aufgetakelter Sportbienen begeistert mit den dritten Zähnen klappern.

Biggi hat sich nämlich einen knallengen Aufreißer-Zweiteiler angeschafft. Er glitzert – logisch. Zu ihren roten Haaren sieht das türkise Outfit wirklich hammerhart aus, wie der Verkäufer im Sportladen meinte. Das Universum hat sie mit einem Dreieck-Body gesegnet: breite Schultern, große Oberweite, schmale Hüften, kleiner Po und Beine ohne Dellen. Nur der flache Bauch fehlt. Das sei ihre Problemzone, jammert sie gerne. Pah! Das toppe ich mit Leichtigkeit, denn ich bin eine Gesamtproblemzone. Meine Rettung steckt im Rucksack: leuchtend pinkfarbene Sportschuhe. Blickfänger, die von dicken Armen und breiten Hüften ablenken. Müssen. Das i-Tüpfelchen sind dick getuschte Wimpern. Habe mir extra Hightech-Tusche zugelegt. Biggi meinte: »Damit strahlen deine Augen wie Sterne, und du siehst nicht aus wie eine Hausfrau beim Fensterputzen.« Sie weiß genau, welche Schmeicheleien mich aus der Reserve locken. Sie selbst hat ebenfalls kräftig getuscht, dunklen Lippenstift aufgelegt und die Nägel rosa lackiert. Ich bin gespannt, ob die >alte Ware< in bunter Glitzerverpackung an den Mann zu bringen ist.

Für den Anfang wäre ich schon mit einem kleinen Erfolg zufrieden. Einen Mann für Traudl. Die Witwe sollte eigentlich mitkommen, hat aber keine Zeit. Die Waschmaschine würde laufen, mitten im Programm abzuschalten wäre Energieverschwendung, lautete ihre hauchdünne Entschuldigung. Gelogen. Kein alleinstehender Mensch hat drei volle Maschinen pro Woche. Ihre Stimme kam mir außerdem seltsam aufgekratzt vor. Als ob sie etwas eingenommen hätte. Ich befürchte ja, sie trinkt im stillen Kämmerlein, weil Fritz immer noch tot ist.

»Nach dem Sport fahren wir bei Traudl vorbei«, sage ich zu Biggi, als wir aussteigen.

Sie guckt irritiert. »Willst du ihr beim Wäscheaufhängen helfen?«

»Ich mache mir Sorgen«, erkläre ich. »Sie klang so überdreht am Telefon. Als hätte sie gepichelt.«

»Na, damit kennst du dich ja bestens aus«, grinst sie neben mir im Wechselschritt hertänzelnd, den Blumenbeutel – heute in Funktion ihrer Sporttasche – schwingend. »Ich bin ja schon sooo gespannt auf den Fitnesstrainer«, wechselt sie übergangslos das Thema. »Sportliche Männer sind meine Schwäche.«

»Ist mir bekannt«, murmle ich und schlucke eine gehässige Bemerkung über Jamaika hinunter. Carlos war auch sportlich. Allerdings nur im Bett, wie ich ihren Erzählungen entnommen habe. Als er nämlich Tauchlehrgänge organisieren sollte, um sie finanziell zu unterstützen, gab es tausend Gründe, warum nichts klappte. Wer weiß, ob Mr. Großmaul überhaupt schwimmen konnte.

Der Empfang des Fitnesscenters wirkt auf den ersten Blick sehr sauber, wie mein geübtes Hausfrauenauge sofort erkennt.

Die wandüberspannende Glasfront an der Stirnseite lässt die Nachmittagssonne herein. Durch die offen stehende Schiebetür gelangt man zu einer Terrasse, auf der Tische und Stühle aufgestellt wurden. An der rechten Seite erblicke ich eine kleine Bar und fünf Bistrotische. Einer ist von drei jungen Mädchen besetzt, die vor Wassergläsern sitzen. Hinterm Tresen werkelt ein junger Mann im Trägerhemd mit sportgestähltem Oberkörper. Wie ich beim Näherkommen registriere, presst er Orangen aus. Erleichtert sehe ich einen Berg ausgequetschter Schalen. Der Laden scheint doch gut besucht zu sein.

»Niedlich«, flüstert Biggi aufgeregt.

»Falsche Baustelle«, raune ich und muss an die Coca-Cola-Werbung denken, in der ein muskulöser Bote die braune Brause in einem Büro anliefert, verfolgt von gierigen Blicken der Sekretärinnen. Genauso begehrlich mustert Biggi den Saftpresser.

Sie grinst mich frech an. »Wieso?«

Meine Alarmglocken schrillen schmerzhaft laut auf und ich sage, was ich eigentlich nicht wollte: »Carlos war auch die falsche Baustelle.«

Ihr fällt die Kinnlade herunter wie mein Busen, wenn ich abends den BH ausziehe.

»Tut mir leid«, entschuldige ich mich sofort. »Ich wollte dich nicht verletzen, sondern dich nur vor einer weiteren Dummheit beschützen.«

Sie nickt stumm, atmet einmal tief durch und zupft den Ausschnitt ihres Glitzeranzugs zurecht. »Du hast Recht, viel zu jung. Könnte glatt mein Sohn sein. In Zukunft nur noch Silberköpfe.«

Trotzdem schreitet sie verführerisch lächelnd auf den Muskelprotz zu. »Hallooo«, gurrt sie. »Wir würden gerne die Steppstunde ausprobieren. Wann fängt die denn genau an?«

Ich stehe sprachlos daneben.

»Servus, zusammen«, begrüßt er uns freundlich. »Ihr seid zum ersten Mal hier?«

Biggi zieht ein Schnütchen. »Woran sieht man das?«

Er lächelt. Seine strahlend weißen Zähne harmonieren perfekt mit dem ölglänzenden Bizeps. »Ich kenne hier jeden, und euch hab ich noch nie gesehen.«

»Ja, wir sind überhaupt zum ersten Mal in so einem Fitnessstudio«, stelle ich klar. »Superschön hier. Wir würden uns gern über eure Angebote informieren.«

»Freut mich«, sagt er. »Ich bin der Adrian. Setzt euch doch einen Moment, gleich stehe ich euch voll und ganz zur Verfügung.« Er wendet den Blick Richtung Eingang. »Servus, Bill.« Er hebt die Hand zu einem flüchtigen Gruß.

»Grüß dich, Adrian.«

Die tiefe Stimme aus dem Hintergrund lässt uns uns Richtung Eingang drehen. Als ich den Prachtkerl erblicke, schüttelt mich ein Adrenalinflash. Dieser Mann sieht aus wie der Gewinner von *Deutschland sucht den Super-Oldie*! Kantiger Schädel, dichtes graues Haar, breites fröhliches Lachen. Schlank, gut sitzende Jeans, klassisch weißes Hemd mit aufgekrempelten Ärmeln, weiße Turnschuhe. Schätzungsweise Ende fünfzig, Anfang sechzig. Volltreffer! Das Tuschen der Wimpern hat sich gelohnt.

Biggi schubst mich unauffällig. »Guck mal, Kill Bill«, zischelt sie leise. »Unser erstes Opfer. Seine Zähne wirken zwar etwas unecht. Aber, was soll's. Mit den Dritten beißen die Jungs am leichtesten an!«

Das Opfer schreitet mit dynamischen Schritten auf die Saftbar zu, wo er seine Sporttasche von der Schulter rutschen lässt. »Ah, zwei neue Gesichter!« Er ordert O-Saft bei Adrian und strahlt uns mit grünbraunen Augen an. »Und was für hübscher

Zuwachs. Da müssen sich die anderen Ladys aber ganz warm anziehen.«

Also entweder ist das hier ein Mini-Fitnessclub, deren Mitglieder sich an zwei Händen abzählen lassen, oder wir haben das Riesenmassel, dass die Kommunikation untereinander ziemlich rege ist. Während ich noch darüber nachdenke, klingelt es in Biggis Blumenbeutel.

Sie kramt ihr Handy heraus, führt ein kurzes Gespräch, das nach einem: »Ich bin ohne Auto unterwegs« mit »Okay, in spätestens zwanzig Minuten« endet.

»Wen hast du angelogen?«, frage ich verwundert.

»Niemand.« Sie weicht meinem Blick aus als sie erklärt, dass einer ihrer vierbeinigen Schützlinge dringend zum Tierarzt muss.

»Jetzt sofort?«, frage ich. »Wir sind beschäftigt.«

»Ich weiß, ich weiß«, brummelt sie schuldbewusst. »Aber es gibt doppelte Kohle, die kann ich nicht sausen lassen, sonst erfüllt mir das Universum nie wieder einen Wunsch. Gibt es in der Nähe einen Taxistand?«, wendet sie sich an Adrian. »Leider ist mir ein wichtiger Termin dazwischengekommen.«

»Drei Minuten von hier, am Herkomerplatz«, antwortet Adrian. »Ich hoffe, Sie kommen wieder.«

Mir entschlüpft ein lautes »Du willst tatsächlich gehen?«.

»Auf jeden Fall«, sagt sie zu Adrian, erhebt sich und zieht mich am Ärmel mit sich.

»Bin gleich zurück«, unterrichte ich den muskulösen Orangenauspresser. »Was soll der Schmarrn?«, frage ich Biggi.

»Das hier …«, sie zupft an ihrem Oberteil, »hat den Tagesverdienst geschluckt, eigentlich hätte ich es mir gar nicht leisten dürfen. Also habe ich das Universum angefleht, es möge das Minus bitte, bitte schnellstmöglich ausgleichen. *Et voilà*: Wunsch erfüllt.«

Gegen das Universum bin ich natürlich ein machtloser Wurm. Trotzdem bin ich *not amused,* hier ganz alleine herumturnen zu müssen. »Damit boykottierst du unser Vorhaben«, starte ich einen neuen Versuch, sie zurückzuhalten.

Sie zuckt die Schultern. »Was soll ich machen? Ich konnte den Job nicht ablehnen, wo mir sogar ein Taxi spendiert wird. Außerdem habe ich jetzt schon zugesagt. Aber du checkst das hier auch ohne mich. Denk einfach an dein Kuppeltalent, dann läuft die Nummer.«

»Nummer!« So lustig wie die mit Tom wird es wohl kaum werden.

Zwei flüchtige Wangenküsschen und Dalai-Lametta hüpft vergnügt von dannen. Sie ist schon aus der Tür, als mir noch etwas einfällt. Eilig sause ich hinterher. »Falls der Tierarzt kein junger Hüpfer und nicht verheiratet ...«

»Werde ich ihn mir sofort krallen«, fällt sie mir in den Satz. »Bis später. Ich melde mich ...«

Ich gehe zurück ins Studio. Kill Bill lehnt noch an der Bar, den O-Saft in der Hand.

»Darf ich Sie zu einer Überdosis Vitamine einladen?«, fragt er mit unwiderstehlichem Verführerlächeln.

»Vorsicht, Ladykiller im Turbogang«, mischt Adrian sich scherzend ein.

Hier scheint ein lockerer Umgangston zu herrschen. Das erleichtert die Sache.

»Davon verstehst du nix, du Jungspund«, kontert Bill und schiebt mir einen Barhocker zurecht. »Bitte, extra für Sie freigehalten. In unserem Alter hat man nicht mehr ewig Zeit, da kann jeder Tag der letzte sein. Nicht wahr?« Er streckt mir die Hand hin. »Darf ich mich vorstellen? William Tucher. Aber bitte, einfach nur Bill. Wir duzen uns hier alle.«

»Ich heiße Paula.« Wir schütteln uns kurz die Hände, und

ich klimpere begeistert mit den Tuschewimpern. »Danke, sehr gern.« Bill scheint ein lebenslustiger Mann zu sein, und genau so einen braucht unsere Witwe. Außerdem ist er solo, wie ich mit einem Blick auf seine Hände feststelle. Weder Ehering noch ein verräterischer weißer Streifen von einem abgenommenen Ring. Ein weiterer Pluspunkt ist die teure Uhr am Handgelenk. Männer mit zu viel Schmuck sind ja oft schwul. Dann könnte ich mir die Mühe sparen.

Adrian gießt Saft für mich ein, stellt das Glas auf eine Papierserviette und blickt dann auf seine Armbanduhr. »Yoga ist in wenigen Minuten vorbei, dann kann ich dir den Trainingsraum zeigen. Aber mit der Steppstunde wird es heute wohl nichts werden, es sind nur drei weitere Teilnehmer hier.« Mit einer Kopfbewegung weist er zu den Mädchen. »Fünf wären mindestens nötig. Tut mir leid. Montags passiert das schon mal. Es sei denn, Bill würde mitsteppen.«

»Immer zu einem Späßchen aufgelegt, der Kleine«, lacht Bill herzhaft auf. Um seine Augen bilden sich attraktive kleine Fältchen. »Du weißt sehr gut, dass ich bei diesem Treppchenwahnsinn nach fünf Minuten japsen würde wie ein altersschwacher Dackel auf Hasenjagd.«

»Herzlichen Dank für die Warnung, Bill«, entgegne ich. »Dann muss ich als Ungeübte wohl auch aufpassen.«

»Nichts zu danken, Paula«, sagt er. »Hier findest du alles, außer rhythmische Sportkomik.«

Adrian lacht. »Für Komik bist du ja zuständig, Bill.«

Mist. Erst lässt mich Biggi sitzen und nun klappt es mit der Steppstunde nicht. Dabei habe ich so gehofft, mal eben dreißig Kilo zu verlieren. Aber so leicht gebe ich nicht auf. Wer weiß, ob Bill das nächste Mal auch anzutreffen wäre. »Dürfte ich mir das Studio trotzdem ansehen?«, frage ich Adrian.

»Kein Problem«, erwidert er. »Ich weise dich auch gerne

an den Trainingsgeräten ein. Vielleicht hast du Lust, das Laufband auszuprobieren oder dich mit den einzelnen Geräten anzufreunden.«

Ich trinke den Saft aus, schultere meinen Rucksack und bedanke mich bei Bill für die Einladung.

Er greift nach seiner Tasche. »Bis später«, verabschiedet er sich augenzwinkernd.

»Dann begleite ich dich zur Umkleide, dort kannst du die Schuhe wechseln«, erklärt Adrian auf dem Weg. »Straßenschuhe bitte nur im Eingangsbereich. Check-in mit Karte wie in anderen Studios ist bei uns nicht nötig. Dieser technische Firlefanz verteuert nur unnötig die Beiträge. Wir investieren lieber in neue Geräte oder den Wellnessbereich.« Wir sind am Damenumkleideraum angekommen. Er öffnet mir die Tür. »Bitte.«

Auch der Umkleideraum ist tipptopp, es riecht nicht nach Schweiß, die rosa Kleiderkästen bieten viel Platz und Duschen sind ausreichend vorhanden. Ich steige in die Blickfangschuhe. Den restlichen Kram verstaue ich samt Rucksack in einem Spind.

Adrian führt mich als nächstes durch einen schmalen Gang zu einer Rauchglastür. »Das ist unsere Sauna. Die wurde letzten Monat komplett erneuert.«

Durch den klaren Glaseinsatz in der Saunatür sehe ich, dass sie leer ist. »Picobello«, lobe ich die klinische Sauberkeit.

»Hier wird gechillt«, erklärt Adrian den angrenzenden Raum, wo bequem aussehende Liegen mit türkis-weiß-gestreiften Polstern zum Ausruhen einladen. »Übrigens findet nur an fünf Tagen gemischtes Schwitzen statt«, informiert er weiter. »Montag ist Männertag. Richtig voll wird es aber erst gegen Abend. Dienstag sind dann die Damen unter sich, da herrscht auch schon am Nachmittag Trubel.«

»Ah, M wie Männer, D wie Damen«, kann man sich leicht merken.

»Hat meine Frau sich ausgedacht«, antwortet er, dirigiert mich hinaus und schließt die Tür. »Sie leitet übrigens auch die Yogastunde. Nachher mache ich euch gerne bekannt. Wir haben das Studio von meinen Eltern übernommen, die es mit der Jane-Fonda-Aerobic-Welle vor fünfunddreißig Jahren gegründet haben. Damals war es ein reines Aerobic-Studio, wir haben nur das A im Namen behalten.«

Ich muss lachen. »Davon hatte ich auch ein Video. Das muss noch irgendwo zu Hause rumliegen. Wie waren noch mal die Kommandos? ›Hintern bewegen! Hoch mit den Beinen! Bis die Muskel brennen!‹ Lustig.«

Adrian zeigt zu einer Treppe. »Hier geht es zu den Laufbändern ... Hast du dich in letzter Zeit sportlich betätigt?«

»Eher weniger«, antworte ich vage.

Am Ende der Treppe angekommen blicke ich in einen weitläufigen Raum mit unzähligen Geräten. Wie im Erdgeschoss spannt sich über die gesamte Stirnseite eine Fensterfront zum Garten. Beim Training auf den Laufbändern blickt man in grüne Bäume. Sehr schön. Wirklich, wunder-, wunderschön. Aber wo sind die Oldies? Wo die rüstigen Rentner, die ich für meine Kartei benötige? Wo die guterhaltenen Witwer, die sich noch mal über beide halbtauben Ohren verlieben wollen? Ich sehe nur junge Menschen. Breite Schultern, schmale Taillen, perfekte Beine. Nicht eine Speckrolle, keine Bierbäuche oder dicke Hüften. Und nicht ein Silberkopf. Kill Bill mal ausgenommen. Der ächzt rot-verschwitzt auf einer Hantelbank, als müsse er die Welt aus den Angeln heben.

Na gut, dann lächle ich ihm mal aufmunternd zu. Damit ich wenigstens ihn abschleppen kann.

Laut keuchend lässt er die Last fallen. »Hallo, Paula«, winkt er mir zu.

Verführerisch blinzelnd winke ich zurück. Ob er meinetwegen den starken Mann mimt? Wäre nicht nötig. Ich finde ihn auch ohne Gockelgehabe superattraktiv. Ich wette, Traudl wird sich auf den ersten Blick in ihn verlieben.

»Bill trainiert gerne an dieser antiquierten Bank«, erklärt Adrian. »Die steht überhaupt nur noch seinetwegen hier rum. Außer ihm benutzt die nämlich kaum jemand. Wie auch immer, es ist nie zu spät, mit Sport zu beginnen. Und bei uns bist du in guten Händen. Egal, wie deine Prioritäten aussehen.«

»Ein gemütliches Training, bei dem meine Fettzellen die Flucht ergreifen«, alber ich herum.

Adrian lacht. »Das ist unsere Spezialität. Wir erstellen einen Fettzellenfluchtplan, der ... « Ein beängstigendes Stöhnen lässt ihn stocken. »Sekunde ... « Er eilt zu Bill an die Hantelbank.

In höflicher Entfernung beobachte ich, wie Adrian mit Bill spricht. Kurz darauf ist der Studiochef wieder bei mir.

»Hallo!« Eine wunderschöne junge Frau mit asiatischen Zügen gesellt sich zu uns. Sie ist gänzlich ungeschminkt, das glänzendschwarze Haar trägt sie zu einem festen Nackenknoten gebunden. Ihr zierlicher Körper steckt in einem hautengen schwarzen Anzug, darüber ein knappes weißes Jäckchen. Adrian stellt sie mir als seine Frau Arlena vor. Im selben Moment ertönt erneut ein Stöhnen, begleitet von metallischem Gepolter. Erschrocken drehen wir uns um.

Bill liegt wie ohnmächtig auf der Hantelbank, die Augen geschlossen, die Arme hängen schlaff nach unten. Auch die Sportler auf den Laufbändern stoppen aufgeschreckt ihre Bänder. Adrian eilt mit Riesenschritten zu ihm, gefolgt von seiner Frau. Mir stockt der Atem. Fassungslos beobachte ich, wie das Paar versucht, Bill wieder zu beleben. Ich kann nicht genau erkennen, was passiert ist. Hoffentlich ist er nicht ernsthaft verletzt. Beim nächsten Gedanken fährt mir ein gewaltiger Schreck durch die Glieder. Bin ich vielleicht schuld an dem Drama? Ich habe schließlich mit ihm während seines Workouts geflirtet, mit den Tuschewimpern geklimpert und mir eingebildet, das könne nicht schaden. Von wegen. Das sind Killerwimpern! Ich fühle mich grauenvoll.

Zögernd begebe ich mich zu ihm. »Kann ich irgendwie helfen?«

Adrian hat bereits ein Handy am Ohr und spricht mit einem ärztlichen Notdienst, wie ich den Worten entnehme. In wenigen Sätzen schildert er den Hergang.

Bill schlägt die Augen auf. »Was ist denn los?« Er versucht den Kopf zu drehen, macht Anstalten, aufzustehen.

Adrian legt ihm die Hand auf die Brust. »Liegen bleiben! Nicht bewegen.«

»Aber …«, versucht Bill zu protestieren.

»Hast du Schmerzen?«, höre ich Arlena ihn fragen.

Bill hebt langsam die Arme. »Sollte ich?«

Etwas erleichtert atme ich auf. Solange er noch sprechen und sich bewegen kann, ist er zumindest nicht tot. Nach wenigen Minuten ertönt die Sirene eines Krankenwagens. Für mich der Moment, den Rückzug anzutreten.

Nachdenklich fahre ich nach Hause. Verdammter Mist. Das ging ja gründlich schief. Kein Gramm abgenommen, keinen Mann gewonnen.

Paula auf der Pirsch bringt Männer in Lebensgefahr. Einmal mit den Wimpern geklimpert und die starken Kerle fallen um wie Fliegen, die gegen Fensterscheiben knallen. Nie wieder Wimperntusche, schwöre ich mir laut. Zumindest nicht diese Marke.

Auf welches Universum kann ich jetzt wütend sein?

10

Zurück in meinen vier Wänden lege ich die Männersuche zumindest für den heutigen Tag auf Eis. Ich fühle mich unendlich schuldig und kann nur noch an den armen Bill denken. Warum musste er sich auch wie ein Superheld aufführen? Völlig unnötig. In unserem Alter ist es doch vergebene Liebesmühe, Bäume auszureißen, um eine Frau zu beeindrucken. Gänseblümchen pflücken reicht vollkommen. Auf die Geste kommt es an, nicht auf die Tat.

Zur Beruhigung koche ich mir Blümchenkaffee. Dazu gibt's Herberts Sahnetörtchen. So ein Riesenschock verbrennt die Kalorienmenge einer ganzen Woche. Mindestens. Doch das winzige Kuchenteil ist mit einem Haps verdrückt, mein schlechtes Gewissen beruhigt es nicht. Also noch eines von den Glücklichmachern. An Tagen wie diesen ist mir alles egal. Selbst wenn ich die Kalorienschallmauer durchbreche, die Waage morgen fünf Kilo mehr anzeigt, und mein neues Kleid aufplatzt. Außerdem muss ich das Zeug essen, denn Herbert wird garantiert bald wieder anrufen, um das Testergebnis zu erfahren. Kaum gedacht, klingelt das Telefon. Es ist Biggi.

»Na, wie war's? Los, erzähl!«, drängelt sie ungeduldig.

»Schrecklich!« Stöhnend berichte ich von Bills Unfall und jammere am Ende meines Berichts: »Der Notarzt hat ihn mitgenommen.«

Schweigend hört Biggi zu. »Sooo schrecklich finde ich es nun auch wieder nicht«, sagt sie. »Im Grunde ist es doch prima gelaufen.«

»Hast du 'ne Frischluftvergiftung oder nur noch Mitleid mit Hunden?«, schnauze ich sie an.

»Nein, nein. Mein Herz fließt praktisch über vor Mitgefühl für Kill Bill«, antwortet sie ruhig. »Deshalb werden wir einen schönen Strauß Blumen besorgen, den kranken Mann besuchen und dabei den Kontakt auffrischen. In welcher Klinik liegt er?«

»Woher soll ich das denn wissen?«

»Ich fasse es nicht«, blafft sie aufgebracht. »Das hättest du die Sanitäter natürlich fragen müssen. Ich wäre sogar höchstpersönlich mitgefahren, hätte ihm die Hand gehalten, gut zugeredet, mich einfach um ihn gekümmert.«

»Hmm …« Grummelnd gestehe ich mir ein, dass Biggi nicht unrecht hat. »Dann starten wir morgen einen neuen Versuch im Fitnessstudio und fragen Adrian, wo Bill hin verfrachtet wurde.«

»Na gut … Und wie geht es Trauertraudl?«

Mist. Die Witwe habe ich über dem ganzen Schlamassel glatt vergessen. »Wollte ich gerade anrufen, als du geklingelt hast«, behaupte ich.

»Sind noch Törtchen da?«, wechselt sie das Thema.

»Massig, warum?«

»Einpacken! Wir tauchen damit einfach unangemeldet bei Traudl auf«, schlägt sie vor. »Persönliche Kontrolle ist effektiver als ein Telefongespräch, bei dem du weder eine Alkoholfahne riechen noch feststellen kannst, ob sie trinkt. Wir treffen uns dort.«

Traudl wohnt in Sendling. Wegen der günstigen Mieten. Sendling war früher ein Arbeiterviertel und ist noch heute eines der letzten unglamourösen Viertel Münchens, wo man keine Schickimickis antrifft. Doch auch hier werden sich irgendwann Künstler, Galerien und teure Restaurants ansiedeln und die Gegend aus dem Schmuddelschlaf holen. Kurze Zeit später tauchen dann Immobilienhaie auf, riechen Blut, kaufen Häuser auf, renovieren und steigern die Mieten. Dann wird Traudl das kleine Appartement nicht mehr bezahlen können. Aber bis dahin habe ich sie längst mit Kill Bill verkuppelt. Soweit ich ihn einschätze, besitzt er eine Eigentumswohnung. Vielleicht sogar ein Haus.

Biggi wartet bereits, wegen des für München typischen plötzlichen Sommerregens hat sie sich in der Nische am Hauseingang untergestellt. »Na, endlich«, begrüßt sie mich mürrisch. »Ich bin total durchgeweicht.«

»Es gab keine Parkplätze, ich musste drei Mal um den Block fahren«, erkläre ich. »Warum bist du nicht schon raufgegangen?«

»Traudl macht nicht auf«, muffelt sie.

Wir klingeln Sturm. Ohne Erfolg. Auch per Handy ist sie nicht zu erreichen. Nach einigen vergeblichen Versuchen gebiert meine Phantasie regelrechte Horrorszenarien – die alle mit einer toten Traudl enden.

»Ruf jetzt die Feuerwehr, den Notarzt oder meinetwegen auch die Polizei an«, dränge ich Biggi, als sich unsere Freundin just in dem Moment doch meldet.

»Hast du geschlafen?«, fragt Biggi scheinheilig. »Ich stehe mit Paula vor deiner Haustür. Mach auf, wir haben leckeren Kuchen dabei. Herbert sucht freiwillige Testopfer.«

Es dauert eine Weile, bis der Türsummer ertönt.

»Anscheinend haben wir sie tatsächlich geweckt, und sie musste sich erst etwas überziehen«, mutmaße ich, während wir die Treppen hochsteigen. Aufzüge sind in dieser Gegend natürlich genauso Mangelware wie Luxusappartements mit Marmorbädern und Dachterrassen.

Oben angekommen erwartet uns Traudl im Morgenmantel in der nur einen Spalt geöffneten Wohnungstür. Mir fallen sofort ihre müden Augen und die geschwollenen Tränensäcke auf. Dick wie Airbags. Ihr Wangen sind stark gerötet und das nach allen Richtungen abstehende Haar wirkt wie von unruhigem Schlaf zerzaust.

»Das ist jetzt ... ähm ... ungünstig«, stottert sie abweisend, ohne uns herein zu bitten oder die Tür auch nur einen Millimeter weiter zu öffnen.

»Wieso?« Ich mache einen Schritt auf sie zu und atme dabei tief ein. Keine Alkoholfahne.

»Du hast wohl einen Mann im Bett?«, fügt Biggi launisch an.

»Was du gleich immer denkst«, wehrt die tugendhafte Witwe entrüstet ab, läuft aber knallrot an. »Ähm ... weil ...«

Gespannt auf die Erklärung starren wir sie an. »Ja?«

Sie verzieht den Mund, als würde sie in eine Zitrone beißen. »Also ... ich hatte schreckliche Migräne, hab mich hingelegt ... müsste erst aufräumen«, haspelt sie weiter. »Es sieht so schrecklich unordentlich aus.«

»Wir helfen dir aufzuräumen, Traudl«, sage ich. »Zu dritt geht es viel schneller, danach verspeisen wir Herberts Kreationen und teilen ihm unser vernichtendes Urteil telefonisch mit. Das wird lustig. Meinetwegen kannst du behaupten, dir sei speiübel geworden«, füge ich noch grinsend an, um sie zu animieren.

Sie springt darauf aber nicht an, guckt nur nervös über ihre Schulter, als wären drinnen Heinzelmännchen am Werk, die beim Anblick von Fremden sofort flüchten. »Sekunde.« Sie knallt uns die Tür vor unseren Nasen zu.

Biggi und ich schauen uns verblüfft an.

»Was war das denn?«

»Sie räumt die leeren Schnapsflaschen weg!«, unkt Biggi. »Erinnerst du dich, dass sie uns das letzte Mal Schnaps angeboten hat? Angeblich, weil Fritz am Samstag immer gesüffelt hat. Ich denke, sie wollte nur selbst einen kippen. Wir müssen uns gründlich umsehen, Paula. Und wenn ich auch nur den winzigsten Hinweis finde, dass sie pichelt, schleppe ich sie höchstpersönlich an ihren Traumhaaren zu den AAs, den ATs, einem Psychologen und dann zum Friseur.«

»Anonyme Alkoholiker oder Anonyme Trinker, das ist doch der gleiche Verein«, korrigiere ich.

»Mit AT meine ich Anonyme Trauernde«, erklärt Biggi. »Allerdings tendiere ich mehr zu einem guten Friseur, der bewirkt größere Wunder ...«

Die Tür öffnet sich. Traudl hat ihr Haar zusammengebunden und einen zerknitterten schwarzen Jogginganzug übergezogen. »Tut mir leid, dass ich euch habe warten lassen, die Unordnung war mir peinlich ...«

»Total unnötig, Traudl, wir sind es doch nur«, beruhige ich sie. »Du solltest meine Wohnung sehen, wenn ich mal drei Tage keine Lust hatte, Ordnung zu schaffen. Da würdest du glauben, ich wäre zum Messie mutiert.«

Biggi nickt zustimmend. »Vor uns muss dir doch nichts peinlich sein. Glaubst du denn, ich lasse nie schmutziges Geschirr stehen? Karl ist sowieso ein Oberchaot, der in kürzester Zeit alles verwüstet.«

Traudl hat mir den Kuchenkarton abgenommen und sich damit in die Kochnische begeben. Wir stehen mitten im Zimmer und gucken uns möglichst unauffällig um. Es herrscht relative Ordnung. Bis auf die am Fußboden liegende Matratze mit dem zerwühlten Bettzeug. Irritiert gucke ich Biggi an. Leere Flaschen oder verräterische Gläser kann ich nicht entdecken. Nicht mal einen Korkenzieher. Es fällt nur der Blumenstrauß auf der Kommode auf, der unüblich ist. Schätze, das wird wohl ein verspäteter Gruß ihres Sohnes sein, auf den sie gewartet hatte. »Was ist denn mit Fritz' Bett passiert?«, wispere ich.

»Eine Wohnung sollte immer so aussehen, dass man jederzeit Besuch empfangen kann«, beharrt Traudl von ihrer Kochnische aus. »Es könnte eine Nachbarin klingeln und ein Ei oder Zucker ausborgen wollen.«

»Ach, und weil die Nachbarin Kuchen backen möchte und zu faul ist, die Zutaten selber einzukaufen, hast du das …«, in letzter Sekunde verschlucke ich ›scheußliche‹, »halbe Bett entsorgt?«, frage ich scheinheilig.

»Trinkt ihr auch Tee?«, übergeht sie meine Provokation. »Für Kaffee ist es mir zu spät. Sonst kann ich heute Nacht kein Auge zumachen.«

»Tee ist prima.« Auch Biggi, die neben mir auf dem Sofa sitzt, ist einverstanden.

Als wir wenig später vor den dampfenden Tassen sitzen, wiederhole ich meine Frage. »Was ist mit dem Bett geschehen? Du hast doch immer so besonders gut darin schlafen können.«

Zwischen einem gemurmelten »Lecker, die Marzipanschnitte« und Tee nachschenken, blickt sie stur auf die Matratze. »Vor zwei Tagen ist das Gestell einfach zusammengekracht«, erklärt sie ohne das geringste Anzeichen von Bedauern.

Ich bilde mir sogar ein, sie lächelt eine Nanosekunde. Aber das würde bedeuten, sie hat Fritz überwunden, und das kann ich einfach nicht glauben. »Als du geschlafen hast?«, frage ich.

Sie löst ihren Blick von der provisorischen Schlafstelle. »Ähm, was hast du gefragt?«

»Ob das Bett unter dir zusammengebrochen ist, als du geschlafen hast?«, wiederhole ich. »Du musst doch furchtbar erschrocken sein?«

»Nein … ähm …« Sie windet sich offensichtlich. »Ich meine … Ja, ja … in der Nacht … Natürlich hab ich …«

Biggi zieht die Stirn kraus. »Gedacht, es ist eine Botschaft von Fritz?«

Traudl betrachtet konzentriert das herzförmige Erdbeertörtchen auf ihrem Teller, als sei es zu kostbar, um es aufzuessen. »Ja, genau!«, murmelt sie.

»Hätte ich auch angenommen«, bestätigt Biggi. »Und, was hat er dir damit mitgeteilt?« Botschaften aus dem Jenseits! Biggi redet mal wieder Schmarrn. Fehlt nur noch, dass sie eine Séance veranstaltet. Für mich ist Traudls Antwort eher die Gelegenheit, die Witwe endlich ihre Trauer beendigen zu lassen.

»Es gibt keine Geister«, betone ich. »Wenn überhaupt, nimm es als Zeichen, ihn gehen zu lassen.«

Traudl starrt jetzt den Strauß an, reagiert aber erst nach einigen Sekunden. »Ach, ihr wollt schon gehen?«, sagt sie dann, aber es klingt nicht bedauernd.

Biggi schubst mich unterm Couchtisch mit dem Fuß an. Ich ahne, dass sie fest davon überzeugt ist, Traudl wäre betrunken, weil sie unzusammenhängendes Zeug faselt.

»Nein, nein«, entgegne ich. »Ich meinte, du sollst Fritz gehen lassen!«

Sie blickt auf ihren Teller. »Wohin?«

»Zum Kuckuck«, platzt Biggi heraus, »du hörst uns überhaupt nicht zu! Was ist los mit dir, hast du Probleme, bist du krank oder einfach nur hackedicht?«

Traudl reißt die Augen auf. »Was?«

»Hast du Depressionen, zu viel getrunken oder irgendetwas eingenommen?«, versuche ich, Biggis Anfuhr milder zu formulieren.

»Beschäftigt dich vielleicht ein akutes Problem?«, bietet Biggi noch eine Möglichkeit an.

Ich denke realistischer. »Falls du Geldsorgen hast ... und nicht weißt, wovon du ein neues Bett ... Scheue dich ...«

»Habt ihr 'ne Meise?«, fährt sie uns unerwartet laut an und tippt sich dabei an die Stirn. »Ich bin lediglich etwas unkonzentriert, weil ich, wie gesagt, Migräne hatte und nach zwei starken Schmerztabletten mich wie unter einer Glocke fühle.«

»Schon gut, schon gut«, beruhige ich sie. »Wir machen uns eben Sorgen um dich. Ich meine, Fritz ist jetzt schon so lange tot ...«

»Eben, zwei Jahre sind mehr als genug geweint«, bestätigt Biggi heftig nickend. Nebenbei kramt sie diverse Edelsteine aus ihrer Stofftasche, die sie zwischen Kuchentellern und Teetassen verteilt.

Traudl beobachtet Biggis Dekoration mit wieder stoischer Miene. »Willst du meine Wohnung zur Kiesgrube umgestalten?«

»Ich lasse dir nur ein paar Heilsteine hier«, antwortet unsere Schamanin für den Hausgebrauch. »Der hellgrüne Amazonit sorgt für Harmonie. Wenn du ihn dir auf die Stirn legst, hilft er gegen Migräne. Die anderen Steine reinigen die Atmosphäre der Wohnung. Das Leben geht weiter, Traudl, auch für dich wird es irgendwann ein neues Glück geben ...«

»Vielleicht sogar sehr bald«, klinke ich mich an dieser Stelle ein. »Unsere Partnervermittlung ist zwar noch im Aufbau, aber ...« Ich sehe sie schon glücklich lachend an Kill Bills Seite.

Traudl zieht nun irritiert die Augenbrauen zusammen. »Rechnet ihr etwa damit, dass ich mich von euch verkuppeln lasse?«

»Warum nicht?«, erwidere ich.

»Vergiss es!« Sie lacht plötzlich laut auf. »Die Liebe kommt nicht auf Bestellung.«

»Wer kann das schon mit Sicherheit sagen?«, orakelt Biggi mir zublinzelnd.

»Eben«, bestätige ich. »Man kann Amor auf den Weg verhelfen. Ein bisschen anschubsen oder so.«

»Ich bin nicht interessiert«, erklärt Traudl erneut.

»Vielleicht nicht im Moment«, lenke ich ein. Doch so schnell werde ich nicht aufgeben. »Für den Rest deines Lebens willst du aber nicht allein bleiben, oder? Du bist doch erst dreiundfünfzig, da hast du vielleicht noch dreißig Jahre. Oder sogar vierzig.«

Sie greift nach dem hellgrünen Stein. »Na gut, wenn du einen Mann findest, von dem du glaubst, er könne meinem Fritz das Wasser reichen, dann vielleicht«, sagt sie und guckt mich herausfordernd an, als wäre das eine Aufgabe, die niemand lösen kann.

Wenn sie wüsste, dass ich den perfekten Mann bereits gefunden habe.

11

Am nächsten Tag besucht mich Biggi. Heute wollen wir ganz nüchtern überlegen, wo liebeshungrige Kandidaten aufzugabeln wären. Außer im Fitnessstudio, das für den Abend auf dem Plan steht.

»Hat Traudl sich bei dir gemeldet?« Sie busselt mich zur Begrüßung flüchtig auf die Wange.

Dalai-Lametta ist heute als Wildkatzendompteuse unterwegs. Statt des üblichen Glitzerschmucks dient das wuschelige Blümchen an der Leine als Accessoire.

»Danke der Nachfrage, mir geht es gut. Der Witwe auch. Am Vormittag habe ich bei ihr in der Drogerie jede Menge unnötiges Zeug gekauft, damit ich sie kontrollieren konnte. Trauertraudl trägt immer noch Schwarz, wie gehabt.«

Ich bugsiere Biggi und Blümchen durch den Flur in das vorläufige Büro der noch nicht existierenden Oldie-Agentur.

Ein warmer Sonnenlichtstrahl fällt in den Raum, und wenn er nicht komplett mit Kram vollgestopft wäre, könnte es hier richtig gemütlich sein. Blümchen stört das Durcheinander wenig. Sie lässt sich einfach aufs Parkett fallen, und wie immer, wenn sie alle viere von sich streckt, muss ich an das Eisbärenfell aus *Dinner for one* denken. Der einzige Unterschied ist ihr schwarzes Fell, das in der Sonne bräunlich glänzt.

»Hier würde sogar ein ganzer Lastwagen voller Heilsteine versagen«, bemerkt Biggi plötzlich, als könne sie Gedanken lesen. Kampfbereit stemmt sie die Fäuste in die Hüften. »Du hast versprochen, auszumisten«, erinnert sie mich.

»Bin einfach noch nicht dazu gekommen«, entschuldige ich mich. »Aber hier ist Platz für uns beide.« Ich zeige auf die zwei Stühle am Schreibtisch. »Außerdem existiert doch noch keinerlei Korrespondenz, wir haben also weder etwas zu beschriften noch abzuheften.«

Biggis Mundwinkel zucken nervös, als könnten die Regale explodieren. »Hast du inzwischen wenigstens mit deinem Ex geredet, wann er das Zeug abholt?«

»Ich konnte ihn nicht erreichen«, flunkere ich.

In Wahrheit habe ich bereits mit Herbert gesprochen und er hat mich bloß an unsere Scheidungsübereinkunft erinnert. Ich wohne danach mietfrei und er darf das ehemalige Büro bis auf Weiteres als Archiv nutzen.

»Handy?« Ihr strenger Ton fordert eine klare Antwort.

Ich nicke schuldbewusst. »Die Mailbox war an. Ich hab was draufgesprochen«, schwindle ich weiter. »Ich versuche es später noch mal.«

Sie atmet mehrmals ein und aus, als wolle sie mit ihren Yogaübungen beginnen. »Paula, blockierst du?« Sie betrachtet mich mit zusammengezogenen Augenbrauen.

Entrüstet stemme nun ich die Fäuste in meine Speckhüften. »Wie, was blockieren?«

Diese Frage beantwortet sie mit einem kleinen Vortrag über Zuverlässigkeit, dass wir ausgemacht hätten, heute durchzustarten.

»Pah! Du bist auch nicht gerade die personifizierte Zuverlässigkeit. Ich sage nur: Fitnessstudio!«

»Bleib cool«, entgegnet sie lässig. »Dafür bin ich heute morgen extra früher aufgestanden, damit Blümchen ihren Zwei-Stunden-Lauf bekommt und ich rechtzeitig hier sein konnte.«

Ich gebe mich geschlagen. »Na gut …« Langsam drehe ich mich um die eigene Achse.

»Suchst du was?«

»Ich überlege, ob wir nicht vorübergehend in einem der ehemaligen Kinderzimmer arbeiten …«

»Das ist Quatsch«, unterbricht sie mich energisch. »Wir benötigen einen Internetzugang, und der ist doch nur hier, stimmt's?«

»Ja, leider. Den Anschluss zu verlegen wäre eine Möglichkeit …«, sinniere ich vor mich hin. »Aber dazu brauchen wir einen Techniker und den zu bekommen, dauert. Ganz zu schweigen von den Kosten. Man könnte den Mist auch umschichten … ein Regal ausräum …«

»Der ganze Kram muss raus«, entscheidet Biggi in Chefmanier. »Komplett verschwinden! Ein neues Unternehmen mit Altlasten anzufangen, bringt nur Pech. Wir würden in Staub und schlechten Erinnerungen ersticken. Sobald die Bude leergeräumt ist, bitten wir Karl, uns beim Streichen der Wände zu helfen.«

»Klasse! So machen wir es«, lobe ich sie, suche aber im Stillen nach Gegenargumenten.

»Was spricht dagegen?«, fragt sie. »Ich höre doch ganz deutlich ein Aber.«

Mist. Sie hat's gemerkt. »Selbst wenn ich Herbert jetzt erreiche, wird er nicht sofort antraben und alles abholen«, versuche ich mich herauszureden. »Es wäre also ein Wunder nötig, um das heute noch alles zu bewerkstelligen.«

»Hmm …« Nachdenklich dreht sie eine Locke um ihren Zeigefinger. »Ich dachte, wir kämen endlich mal zu Potte.«

»Ich glaube, das Sofakiss… ähm, Blümchen hat Durst«, lenke ich ab. »Magst du vielleicht auch was trinken?«

Sie folgt mir in die Küche. Der Bettvorleger trottet hinter uns her.

Der Hund bekommt sein Wasser, für uns habe ich zwei Kilo

Saftorangen. Mein Diätprogramm beginnt nämlich genau heute.

»Wie wär's, wenn wir erst einen Agenturnamen kreieren?«, fragt Biggi, während sie die Früchte auspresst. »Das wäre doch ein guter Anfang.«

Ich gebe Eiswürfel in die Gläser. »Ja, warum nicht. Willst du auch einen Spritzer Campari in den Saft? Als ich bei Traudl war, habe ich eine Flasche mitgenommen.«

»Nein, danke, wir brauchen einen klaren Kopf.« Sie reicht mir den fertig gepressten Saft. »Wie fändest du ›Unter Hundert‹, abgekürzt ›Uhu‹?«, fragt sie mit Glitzeraugen.

»Lustig. Aber Uhu ist doch ein Klebstoff.« Obwohl mir die Doppeldeutigkeit gut gefällt.

»Jaaa ... schon«, sagt sie gedehnt. »Man müsste es halt anders schreiben. Großes U, Bindestrich, Großes H und ein kleines U: ›U-Hu‹!«, verdeutlicht sie mit Atempause.

Blümchen hat laut schmatzend die Hälfte des Wassers aufgeschlabbert, die andere Hälfte über den Fußboden verteilt. Mit tropfender Schnauze sitzt das Tier neben dem Wasserpot. Hechelnd blickt sie zu mir auf. Für das zirkusreife Kunststück spendiere ich ihr ein Wiener Würstel. Biggi drücke ich den Putzlappen in die Hand.

»Der ›Uhu‹ könnte etwas zu irreführend sein«, sage ich überlegend. »Wie wäre: ›Paulas Partnerparadies‹?«

»Und wo bleibe ich?«, beschwert sie sich.

»Na, dann vielleicht was mit Oldies ... oder Senioren ...«

Sie unterbricht das Aufwischen. »›Senioren und Senioritas‹!«

»Auch lustig, klingt aber eher nach Musical als nach seriöser Partnervermittlung«, stelle ich lachend fest. »Dabei fällt mir ein, dass der Name natürlich einmalig sein sollte. Das lässt sich am schnellsten durch Onlinerecherche herausfinden.«

In Blümchens Begleitung, mit den Saftgläsern in den Händen, begeben wir uns zurück ins Staubarchiv. Ich schalte den Computer an. Drei graue Haare später ist der Kasten hochgefahren. Der Hund ist darüber eingeschlafen.

Ich tippe »Oldie«, »Senioren« und »Golden Ager« ein. Die Suchmaschine spuckt massenhaft Links aus, unter anderem zu einer Fünfzig-plus-Agentur, die Menschen ab fünfzig glücklich machen möchte. Wir klicken den Link an. Auf der Webseite wird dem Besucher eine kleine Fotoauswahl präsentiert.

»Uiii, ein Männerwunschkatalog«, freut sich Biggi wie ein Kind zu Weihnachten. »So liebe ich es. Lass uns mal diesen Othmar anklicken. Der schaut doch ganz sympathisch aus.«

Der grauhaarige Othmar ist zweiundsechzig Jahre alt, eins achtzig groß und lebt in Eching bei München. Dort wo der schwedische Elch Möbel verhökert. Ob Othmar vielleicht dort den Gabelstapler bedient, und eine neue Partnerin in den Genuss der Mitarbeiterprozente käme, wird nicht verraten. Dazu müssten wir uns anmelden. Doch wir sehen, dass sein Profil bereits über dreitausend Mal aufgerufen wurde.

»Er ist 'ne Karteileiche«, entfährt es mir. »Otti ist entweder eine Nervensäge, den frau gerade mal einen Espresso lang erträgt und danach nie wieder sehen möchte, oder er stinkt nach Schweiß. Was aufs Gleiche rauskommt.«

»Vielleicht möchte er sich aber auch nicht entscheiden.« Biggi nimmt einen Schluck Saft. »Hier tummeln sich doch mehr bindungswillige Damen als Staubmilben in deinen Regalen. Otti hat also freie Auswahl. Du weißt, wie Männer ticken. Die lassen keine Gelegenheit ungenutzt. Könnte also sein, dass er ein Lustmolch ist und überhaupt keine feste Partnerin sucht.«

Oh, oh, da schleichen sich Erinnerungen an diesen vermaledeiten Tauchlehrer in unsere Recherche und verbreiten miese Stimmung. So ganz scheint sie das jamaikanische Intermezzo noch nicht verdaut zu haben. Eilig klicke ich die Allgemeinen Geschäftsbedingung an.

»Mal sehen, was der Spaß kostet«, kommentiere ich mein Tun. »Ah, das ist interessant …« Ich gebe Biggi einen freundschaftlichen Schubs. »Die ersten drei Monate Brautschau sind kostenlos. Damit lassen sich Kandidaten locken. Danach staffeln sich die Beiträge. Auch ein Punkt, über den wir uns Gedanken machen müssen. Wie viel soll der Spaß einbringen oder kuppeln wir auch ein paar Monate kostenlos?«

»Kostenlos?« Biggi knallt das Saftglas mit Schwung auf den Schreibtisch, so dass es überschwappt. »Was nichts kostet ist nichts wert, sagt der Volksmund. Und wenn wir damit nichts verdienen, interessiert mich der Schmarrn nicht mehr. War sowieso eine saublöde Idee. Vergessen wir es einfach. Dann muss mir eben das Universum eine neue Praxis besorgen, gell Blümchen?« Liebevoll krault sie das Wuschelvieh am Ohr und seufzt dabei so jammervoll, als hätte Carlos sie mit unmündigen Sechslingen auf der Straße sitzen lassen.

Mist. Mist. Mist. Eine depressive Biggi ist ja noch schlimmer als die trauernde Witwe.

»Was, du willst schon aufgeben?«, fahre ich sie bewusst schroff an. Aus meiner Zeit als Chefin weiß ich, dass frustrierte Mitarbeiter mit dem Feldwebelton schneller zu motivieren sind als mit süßen Worten. »Noch vor wenigen Minuten wolltest du Karl zum Renovieren bestellen.«

Sie schreckt hoch. »Ähm … Ich musste nur an …«

»Ich weiß, ich weiß«, unterbreche ich sie. »Aber mit verschütteter Milch lassen sich keine Babys füttern. Also bitte, vergiss deine Inseldramolette und schau nach vorne.«

Seufzend zieht sie die Nase hoch. »Ja!« Sie strafft die Schultern. »Auf zu neuen Schandtaten! Ich werde mal mein Telefonbuch nach verflossenen Liebhabern durchstöbern, wer weiß, ob da nicht auch einige potentielle Kandidaten drunter wären.«

Gerade noch mal am Heulkrampf vorbeigeschlittert. »Gute Idee. Dann versuche ich jetzt Herbert zu erreichen und du machst uns noch zwei Orangensäfte«, schlage ich vor.

Ich wähle Herberts Büronummer. Nach zwei Klingeltönen meldet sich eine helle weibliche Stimme. Es dauert eine Sekunde, bis ich kapiere, dass Pämela dran ist.

»Hallo, Paula, wie ssön ... Wie geht's dir denn so? Wir haben uns ja seit der Verlobung nicht mehr gessprochen«, schwallt sie mich sofort zu.

»Danke, danke«, antworte ich hektisch und frage ohne langes Höflichkeitsgetue nach Herbert.

»Ssade«, säuselt sie. »Hast du um eine Minute verpasst. Er ist in einer Bessprechung, könnte dauern. Vielleicht kann ich dir helfen?«

Ich weiß, sie meint es ehrlich und wäre überglücklich, wenn sie mir einen Gefallen ... Moooment ... Ja, warum eigentlich nicht? Wenn ich Pämela auf meine Seite ziehen kann, habe ich Herbert auch in der Tasche. Aber wie verklickere ich dem Sahnebaiser das am unauffälligsten? Ich versuche mich an brachliegende Verhandlungstaktiken zu erinnern. Blöderweise fällt mir aber nur ein, dass ich mich bei ihr nicht für die Verlobungsfeier bedankt habe. Mist. Das muss ich zuerst ausbüg ... Die Türklingel unterbricht mein Brainstorming. »Entschuldige, Pämela, es ist jemand an der Tür ... Ich rufe gleich noch mal an.«

»Sson gut, ich warte«, bietet sie an.

»Das ist lieb, vielen Dank, dann bis gleich ...« Ich springe auf und stolpere beinahe übers Sofakissen vor Freude über den Besucher, der mir Zeit zum Ausreden erfinden verschafft.

Als ich die Tür öffne, blicke ich in das freundliche Gesicht von Lukas. »Hi, Tante Paula«, grüßt er.

Verdattert starre ich den jungen Mann in sandfarbenen Hosen, hellblauem Hemd und schwarzer Hornbrille an. Würden gerade zehn attraktive Oldies um sofortige Aufnahme in meine Kartei ansuchen, ich könnte nicht überraschter sein.

»Sorry, hab mich verspätet ...« Er wackelt mit dem Kopf wie ein Wackeldackel und zieht die Stöpsel aus den Ohren. Wie die Verbindungsschnur verrät, gehören die zu dem iPod, der in seiner Hosentasche steckt. »Ist Mama schon da?« Er fährt sich durch den braunen Haarschopf im Strubbelstil.

»Ja ... ähm ... in der Küche«, stottere ich, lasse ihn eintreten und überlege, wann Biggi erzählt hat, dass Lukas vorbeischauen würde. Vielleicht, um sie abzuholen? Aber warum entschuldigt er sich bei mir?

Mama Biggi hat das Organ ihres einzigen Sohnes bereits vernommen. Mit den Gläsern in der Hand taucht sie im Flur auf. »Hallo, Großer, super, dass du Zeit hast. Da vorn geht's ins Büro.« Sie weist mit einer Kopfbewegung die Richtung an.

»Passt schon.« Der Große busselt seine zwei Köpfe kleinere Mama auf die Wange.

»Hab ich da irgendwas nicht mitbekommen?« Fragend blicke ich Biggi an.

»Lukas hilft uns mit der Homepage!«, erklärt sie auf dem Weg zurück ins Staubarchiv.

Sind das die ersten Anzeichen für Alzheimer oder warum kann ich mich nicht an ein Gespräch über Webseiten erinnern? Mal abgesehen davon, dass unsere Männerkartei so gähnend leer ist wie die Staatskassen, eine Seite daher mit nichts zu befüllen wäre.

»Hab schon mal gecheckt, welchen Hoster ihr nutzen könnt«, verkündet Lukas.

»Ah, Hoster«, wiederhole ich ehrfürchtig, denn ich verstehe nur ›rumänischer Bahnhof‹ und gucke dementsprechend kariert. Die Großbäckerei ist natürlich im Internet mit einer eigenen Homepage vertreten. Doch die wurde bei einer PR-Agentur in Auftrag gegeben, die sich um sämtliche Werbeaktionen kümmert.

»Wichtige Kriterien bei der Auswahl bezüglich Kosten, Leistungsumfang, Anbindungsgeschwindigkeit, Umfang der verfügbaren Serviceleistungen und so was alles«, erklärt Lukas weiter, während er die Aktenregale betrachtet, als sähe er dergleichen zum ersten Mal. »Boah, krass. Alles analog ... Anyway ... Später müssen wir uns auch über Templates und das Content-Management-System unterhalt ... «

»Stopp, stopp, stopp«, unterbreche ich seinen Vortrag. »Du redest mit einer Frau, die ohne Telefon, Fernseher und vor allem ohne Computer aufgewachsen ist.«

Zweifelnd zieht Lukas die Stirn kraus. »Schon klar, und ihr seid auch noch in Pferdekutschen rumgefahren«, entgegnet er dann und grinst vergnügt über seinen Scherz. »Gute Verarsche, Tante Paula. Hier steht doch einer.« Er deutet auf die alte Krücke auf dem Schreibtisch. »Gehört zwar ins Museum, scheint aber zu laufen, wie ich sehe.«

Und ich sehe das Telefon daneben liegen. Mist. Das Sahnebaiser! Ich schnaufe ein bisschen, als wäre ich gerannt. »Entschuldige, liebe Pämela ...«, melde ich mich mit zuckersüßer Büßerstimme.

»Kein Problem«, entgegnet sie. »Ich langweile mich sowieso. Aber du hast Besuch, feierst du eine Party?«

Party? Da kommt mir eine grandiose Idee. »Nicht direkt«, antworte ich. »Eher Kaffeeklatsch. Wenn du Lust hast, komm doch vorbei.«

Pämela lässt sich Zeit mit der Antwort, vermutlich sucht sie nach einer plausiblen Ausrede, weil sie eben noch erklärt hat, nichts zu tun zu haben.

»Soll ich dir auch einen Saft auspressen?«, höre ich Biggi Lukas fragen, der nickt und sich auf einen der Stühle vor den PC fallen lässt.

»War das eine Einladung?« Pämelas Stimme dringt mir ins Ohr.

»Ja?«, bestätige ich mit fragendem Unterton. »Falls es nicht so klang, lade ich dich hiermit ganz offiziell ein, mich zu besuchen.«

»Ich frag nur ... Na ja ... weil du mich noch nie eingeladen hast«, kommt eine Minibeschwerde vom anderen Ende.

Nach einem tiefen Atemzug fällt mir eine prima Antwort ein. »Dann wird es aber höchste Zeit, oder? Weißt du denn, wo ich wohne?«

Sie kichert. »Na klar, das Haus gehört doch meinem Herbert-Bärli.«

Eine Nanosekunde lang habe ich beinahe vergessen, dass sie der Scheidungsgrund ist. Aber bitteschön, sie hat ja recht. Zumindest hat sie nicht ›das Haus gehört uns‹ gesagt.

»In einer halben Sstunde kann ich da sein«, kündigt sie an, und scheint sich nun sehr zu freuen.

»Prima. Dann bis gleich«, verabschiede ich mich.

»Wer kommt denn noch?«, möchte Biggi wissen, die mit dem Saft für Lukas zurückkommt.

»Meine Nachfolgerin!«

Biggi stellt den Saft ab. »Pämela?!« Sie starrt mich an, als hätte ich eine Horde Vampire zum Blutsaugen eingeladen. »Du hasst sie! Ihretwegen warst du gerade noch kurz davor, die Verlobung deines Sohnes zu boykottieren«, erinnert sie mich.

Lukas schaut vom Bildschirm hoch. »Wollt ihr 'ne animierte oder 'ne ganz simple statische Seite?«

Diese Frage verstehe ich ebenso wenig, wie seine vorherige Erklärung. »Kannst du uns vielleicht ein Beispiel zeigen?«, frage ich.

»Okay.« Er wendet sich wieder dem Bildschirm zu.

Damit Lukas die unschönen Details nicht mitbekommt, ziehe ich Biggi in den Flur. »Wenn Pämela meinem Ex erklärt, dass er seine Akten woanders lagern muss, wird er nicht ablehnen«, sage ich. »Wie sie das anstellt, ist ihr Bier. Ich muss nur noch einen triftigen Grund finden, warum ich ausgerechnet diesen Raum benötige, wo doch die beiden Kinderzimmer brach liegen.«

»Das wird ein Spaß«, sagt Biggi, als glaube sie nicht, dass Pämela so einfach zu täuschen wäre.

»Wann musst du Blümchen zurückbringen?«, wechsle ich das Thema. Als Biggi meint, das habe Zeit, schlage ich vor, frischen Kaffee zu kochen für den hohen Besuch. »Nebenbei überlegen wir dann endlich, wo sich die Objekte unserer Begierde rumtreiben.«

Während ich das gute Porzellan – es stammt noch von Bennys Kommunion – aus dem Schrank hole und fürs Sahnebaiser das Silbertablett auf Hochglanz poliere, sitzt Biggi mit Papier und Stift auf der Eckbank.

»Tankstellen sind eine megagute Fundgrube«, verkündet sie freudig ihren Einfall. »Wie oft fährst du tanken?«

»Einmal im Monat, höchstens. Seit ich nicht mehr arbeite, benötige ich den Wagen ja kaum noch.«

»Oh …« Sie guckt gedankenverloren ins Leere. »Wie wäre es, wenn wir uns mal ein Fußballspiel ansehen?«, fragt sie nach einer Weile. »Nirgendwo finden wir mehr Männer an einem Ort versammelt. Warst du nicht manchmal mit deinem Ex im Stadion?«

Was für ein absurder Vorschlag. »Ja, war ich. Aber wehe, ich hätte auch nur ein Wort gesagt, das nichts mit dem Spiel zu tun hat. Das Fußballfeld ist für viele der einzig frauenfreie Ort. Wenn wir uns in einem Stadion auf Männerfang begeben, ernten wir höchstens dumme Sprüche.«

Biggi wendet sich nach einer Pause erneut zu mir. »Wie wäre es, wenn ich mich in einem Straßencafé zu einem Mann an den Tisch setzte?«

Ich bin überrascht, dass sie keine Caféhausallergie entwickelt hat. »Einfach jemanden ansprechen, oder wie?«

»Ich könnte behaupten, verfolgt zu werden«, erklärt sie. »Und ob er nicht so freundlich wäre, sich eine Weile mit mir zu unterhalten? Wenn er nett ist und mitspielt, sage ich ihm, warum ich das getan habe.«

Mir fällt beinahe das Kaffeepulver aus der Hand. »Na, das klingt ja wie in einem Krimi.«

»Die Idee stammt aus einem Film, hat dort funktioniert ...« Sie kritzelt auf dem Papier herum. »In der Weinabteilung bei ›Käfer‹, hatte ich mal einen netten Flirt, als ich einen attraktiven Typen um Hilfe bei der Weinauswahl gebeten habe.«

»Wenn wir uns den ›Käfer‹-Wein leisten könnten«, gebe ich zu bedenken. »Schätzungsweise beginnen die Preise dort bei zwanzig Euro die Flasche – allerdings ohne Erfolgsgarantie, was unsere Mission betrifft.«

Biggi knallt frustriert den Stift auf den Tisch. »Einfach auf der Straße ansprechen bringt aber auch nichts. Da treiben sich nur bärtige Unholde rum ...«

Ich schalte die Kaffeemaschine ein. »Wir bräuchten einen Lockvogel. Einen wie Pämela. Aber welcher Mann würde dann noch eine ältere Frau wollen? Lass uns abwarten, was sich heute Abend im Fitnesscenter ergibt. Ich erkundige mich nach Bill, und wir gucken ...«

Die Türklingel schrillt in unsere Unterhaltung. Eilig sause ich zur Tür, um zu öffnen.

Wie erwartet – und auch ein bisschen befürchtet –, steht Pämela draußen. In einem sportlich geschnittenen moosgrünen Kleid und rosa Ballerinas an nackten Füßen. Quer über die Schulter eine kleine rosa Handtasche am goldenen Kettenriemen. Das lange blonde Haar in lockere Wellen gelegt, und bis auf ein wenig Lipgloss ist sie ungeschminkt. Jung, frisch und wunderschön, wie eine moderne Fee. Genau der richtige Besuch, der eine Frau mit grauen Haaren und schlaffer Haut zu Glücksgefühlen verhilft.

»Eine kleine Aufmerksamkeit!« Sie streckt mir einen Topf lila Alpenveilchen mit lila Papiermanschette entgegen.

Welcher Teufel hat mich geritten, diese Frau einzuladen?

12

»Oh, vielen Dank, wie ... schön ... das wäre doch nicht nötig gewesen.« Süßsauer lächelnd nehme ich den Blumenpott entgegen. »Bitte, komm doch rein. Da geht's in die Küche. Wir sind gerade dabei, frischen Kaffee zu kochen.«

»Extra für mich? Du bist so lieb, Paula.« Sie nestelt verlegen am Ausschnitt ihres Kleides. »Ich hoffe, du magst die Farbe. Die Verkäuferin meinte, ältere Damen lieben Lila. Eigentlich wollte ich Kuchen mitbringen, aber dann hab ich mich erinnert, dass du auf der Verlobungsfeier was von Abnehmen gesagt hast.«

›Herzlichen Dank auch, dass du mich in einem Satz an mein Alter und an mein Übergewicht erinnerst‹, würge ich herunter. Und nebst einer weiteren Litanei übelster Schimpfworte bringe ich sie im Geiste mal eben um die Ecke. Vorher säble ich ihr noch das goldene Haar ab, das ich für viel Geld an einen Perückenmacher verkaufen und den Erlös an WeightWatchers spenden werde. Doch dann besinne ich mich auf meine realen ausbeuterischen Absichten. »Lila Alpenveilchen gehören zu meinem absoluten Lieblingsgemüse«, sage ich saccharinsüß. »Sollen gegen Cellulitis, Falten, Alzheimer und wer weiß noch was alles helfen. Kommen bei mir mindestens drei Mal wöchentlich auf den Tisch. Ich würze mit etwas Chili, dazu gibt's Kartoffelbrei mit brauner Butter und Zwiebelringen.«

»Du bist immer so lustig«, kichert sie jetzt ganz entspannt, und bedankt sich noch mal für die Einladung. »Ich bin sson sehr gesspannt, wie du wohnst.«

»Ach was«, winke ich großzügig ab. »Dein Besuch war längst überfällig, wo wir doch so gut wie verwandt sind. Schau dich ruhig um, hier hat Herbert mal gelebt.«

Wir sind in der Küche angekommen, wo ich das Veilchen in der Spüle versenke und sie Biggi vorstelle. Inzwischen ist der Kaffee durchgelaufen, ich befördere nur noch die Kanne auf das vorbereitete Tablett.

Pämela besteht darauf, alles ins Wohnzimmer zu tragen, und greift schnell nach dem Tablett. »Puh, bin ich erleichtert, dass Herbert dir die Neuigkeit von unserer heimlichen Verlobung bereits erzählt hat«, plappert sie unterwegs. »Nicht jede Frau würde so locker damit umgehen, wenn der Ex-Mann wieder heiraten möchte. Wir waren im Franziskaner mit ein paar Gessäftsleuten beim Weißwurstessen, und gegenüber liegt doch der berühmte Juwelier, da hat Herbert-Bärli mich hingessleppt.«

Gemeinsam verteilen wir das Geschirr auf dem Couchtisch, wobei ich nur mit halbem Ohr zuhöre. Das Wort ›heiraten‹ ist erst dann in meinem Gehirn angekommen, als Pämela mir ihre linke Hand unter die Nase hält.

»Guck mal, Weißgold und Diamant. Ist der nicht ssön? Tiffany!«, lispelt sie ehrfürchtig. »Du weißt sson, Tiffany wie der Film, mit dem traurigen Ende, wo der arme Kater im sströmenden Regen ausgesetzt wird. Da muss ich immer so weinen.«

Wie der Film. Pffffft! Ich starre Pämelas Hand mit zusammengekniffenen Augen an, fokussiere den Ring und – da glitzert tatsächlich etwas. Ach wie süß, ein Diamäntelchen! Bei Schmuck hatte Herbert früher nie die dicken Spendierhosen an. Eher Stringtangas. Unsere Ringe waren aus mickrigem Gelbgold, für kleines Geld im Kaufhaus erstanden. Biggi beäugt das protzige Beweismittel ebenfalls und schubst mich unauffällig. Mir fällt die Tasse aus der Hand und sie zerbricht auf dem Parkett. Na, wem werden die Scherben Glück bringen?

»Du bist natürlich eingeladen!«, zwitschert die angehende Braut unbeeindruckt weiter, bückt sich nach den Scherben, sammelt sie bis auf den letzten Splitter ein und drapiert sie auf dem Tisch wie ein modernes Kunstwerk. »Deine Freundin auch, und Karl und überhaupt alle deine Freunde. Ich kann es kaum noch erwarten, es wird besstimmt ein superssönes Fest.« Sie guckt ins Leere, wo sie sich vermutlich in einem weißen Traumkleid erblickt.

Die letzten Bedenken, Pämela skrupellos auszunutzen, schwinden. Wenn sie sich in das gemachte Nest setzt, das ich in fünfundzwanzig Jahren mit viel Fleiß und noch mehr Mühe daunenweich ausgepolstert habe, ist ein wenig Gegenleistung das Mindeste. Ansonsten könnte es passieren, dass ich ihr einen Sack Reißnägel auf den Weg zum Altar streue.

»Glückwunsch!«, quietsche ich albern und eile in die Küche nach einer neuen Tasse. Dabei überlege ich, mit welcher Krankheit ich mich an dem angedrohten denkwürdigen Tag ins Bett legen könnte. Besser wäre ein Klinikbett, damit ich auf keinen Fall dabei sein muss. Am Ende bittet sie mich noch, als lila gewandete Brautjungfer hinter ihr her zu dackeln.

Pämela hat sich auf dem Sofa niedergelassen, ihre Gazellenbeine übereinander geschlagen. »Zur Hen Night bist du … ähm, seid ihr natürlich auch eingeladen«, strahlt sie mich an, als ich ihr gegenüber auf einem Sessel Platz nehme.

»Ah, von dieser neumodischen Sitte habe ich schon gehört. Soll ja der neueste Trend sein«, kommentiere ich beim Kaffeeeingießen. »Aber ich hoffe, da wird kein Huhn geschlachtet und das Blut geopfert oder sonst irgendein seltsamer Voodoozauber veranstaltet. Das wäre nämlich nix für mich. Biggi dagegen …«

»Nein, nein«, wehrt Pämela mit leichter Handbewegung ab. »Die Braut veransstaltet den letzten Abend als Unverheiratete mit ihren Freundinnen wie Männer ihren Junggesellenabssied feiern. Ich weiß nur noch nicht, wo die Party ssteigen wird.« Sie guckt mich mit großen Augen an. »Ursspünglich findet sie im Elternhaus der Braut sstatt. Aber meine Eltern leben leider nicht mehr …«

Zum Geier, ein Waisenkind! Jetzt habe ich auch noch Mitleid mit der Braut, auf die ich eigentlich stocksauer sein müsste. »Oh, wie traurig! Das tut mir sehr leid«, sage ich und habe keine Ahnung, welcher Dämon mir einflüstert: »Magst du hier feiern?« Kaum ausgesprochen, wird mir der Irrsinn bewusst. »Falls dir die Wohnung nicht zu einfach ist«, versuche ich mich schnell wieder herauszureden. »Wie du sicher bemerkt hast, gleicht sie eher einem Flohmarkt als einer repräsentativen Location. In der Küche herrscht eine wilde Mischung aus alpenländischer Gemütlichkeit nebst Achtziger-Jahre-Schick. Und das sonstige Mobiliar ist teilweise sogar älter als du. Der Perserteppich«, zur Unterstützung meiner Behauptung deute ich auf eine besonders dünne Stelle, »ist sogar älter als wir alle zusammen.«

Zufrieden mit meinen Negativargumenten biete ich Milch und Zucker an. Die Schale mit den gefüllten Waffeln schiebe ich in die Mitte. Pämela nimmt nur etwas Milch in ihren Kaffee. Wie kam ich nur auf die wahnwitzige Idee, sie würde Zucker oder gar Gebäck überhaupt ansehen? Vermutlich fahndet Herbert-Bärli bereits nach fettfreier Butter und anderen Null-Kalorien-Backzutaten. Sobald er fündig geworden ist, kann es bis zum schlank machenden Sahnetörtchen nur noch eine Prise Backpulver weit sein.

»Paula, meinst du das ernst?«, fragt sie mit feuchten Augen und mich beschleicht das dunkle Gefühl, dass sie mir gleich um den Hals fallen wird.

Zu meiner Erleichterung betrachtet sie nur ungeniert meine deponiereife Einrichtung. Biggi sitzt stumm im Sessel, verdreht die Augen und rührt in ihrer Kaffeetasse, als ich ihr einen Blick zuwerfe. Ich weiß, sie zweifelt an meinem Verstand. Ich auch. Keine Ahnung, warum ich mich benehme, als habe ich giftige Fliegenpilze gefuttert. Anstatt meine Nachfolgerin um einen Gefallen zu bitten, erweise ich ihr jetzt einen. Und zwar einen von der Sorte, der Arbeit, Schmutz und noch mehr Arbeit nach sich zieht. Verdammt. Wie komme ich jetzt aus der Nummer wieder heraus?

Pämela wendet sich wieder mir zu. »Hier hast du also mit Herbert und den Kindern gelebt?«, fragt sie unnötigerweise nach.

›Vielen Dank auch, dass du mich daran erinnerst‹, würde ich ihr gerne an den Kopf werfen. Und noch ein ›blöde Tussi‹ als Dreingabe. Doch ich lächle nur sanft wie Mutter Theresa – vielleicht hat Biggi Harmoniesteinchen in meinen Orangensaft geschüttet –, streiche zärtlich über den abgewetzten graugrünen Samtbezug und sage: »Ja, über fünfundzwanzig Jahre. Kaum zu glauben, wie die Zeit vergeht. Man wird alt und schäbig und die Möbel mit einem. Und irgendwann sagt man sich, wozu Neue anschaffen, lohnt ja doch nicht mehr, für die paar Jahre, die man noch auf Erden rumschlurft. Mitnehmen kann man auch nix, die Särge sind einfach zu winzig.«

Pämela lacht vergnügt – fehlt nur noch, dass sie in die Hände klatscht. Im Gegensatz zu Biggi und mir amüsiert sie sich offensichtlich prächtig. »Du bist doch nicht zu alt, um dich neu einzurichten, Paula«, sagt sie, als wäre ich eine Frau wie Traudl, die sich nicht von ihrem maroden Plunder mit Erinnerungen trennen kann. »Neues Mobiliar kann ein Leben zum Positiven verändern.«

Ach, auf die Idee wäre ich auch gekommen. Blöderweise ist

mir nur der reiche Kerl verlustig gegangen. Upps. Den hat sie sich ja gekrallt!

Biggi richtet sich auf. »Tja, das mag wohl stimmen«, seufzt sie mit bebendem Busen. »Aber das ist keine Frage des Alters, Pämela, sondern eine finanzielle. Ich suche auch schon ewig nach dem Big Spender mit einem dicken Bankkonto, damit ich wieder zu einer eigenen Praxis komme und meinem Bruder nicht länger auf der Pelle hocken muss. Leider warten edle Ritter in goldglänzenden Rüstungen nicht an der nächsten Ecke mit einem Schild um Hals: *Bedürftiges Weib gesucht*!«

Das Sahnebaiser mustert den Sessel, als säße ich auf einem Geldsack, den nur ich nicht als solchen erkenne. »Versstehe!«, sagt sie. »Du brauchst jemanden, der das bezahlt. Ich weiß, wie wir das ansstellen.« Dann lächelt sie mich an, und mehr als ihr ›wie wir das anstellen‹, irritiert mich ihr Zwinkern. Irgendwie hinterhältig.

»Grundsätzlich bin ich für alles zu haben. Besonders für Banküberfälle mit Spielzeugpistolen«, näsle ich, als würde ich die skurrile Unterhaltung genießen. Aber innerlich fluche ich wie ein Bierkutscher, dass es mir einfach nicht gelingt, das Gespräch in die gewünschte Richtung zu lenken.

Pämela leert ihre Tasse. »Ssmeckt lecker ... Ich hätte da eine total coole Idee!«, verkündet sie dann, während ich noch Kaffee nachschenke.

»Ideen sind per se erst mal ungefährlich«, grinse ich erleichtert. »Also, lass hören.«

Sie nimmt eine Waffel und – ich fasse es nicht! – knabbert auch daran. Dann sagt sie kauend: »Beim Hennenabend demolieren wir einfache die gesamte Einricht ...«

»Nur über meine Leiche!«, unterbreche ich sie erbost. »Das Zeug ist zwar alt und scheußlich, aber das fände ich dann doch übertrieben.«

»Lass mich bitte ausreden«, entgegnet sie lässig, wobei sie sich umblickt. »Das war nur die halbe Idee.«

»Na, da bin ich mal gespannt, wie die andere Hälfte aussieht.« Biggi schiebt sich gleich zwei Waffeln in den Mund, als wolle sie verhindern, dem reizenden blonden Mäuschen für diesen absurden Vorschlag ein paar Gemeinheiten ins Barbie-Gesicht zu knallen.

Pämela trinkt einen Schluck Kaffee, bevor sie uns den Rest ihrer coolen Idee verrät. »Ich erzähle Herbert, dass die Hen Night etwas ausgeufert wäre, und bitte ihn, dir neue Möbel zu sspendieren.«

Mir bleibt die Spucke weg. Die Worte fehlen mir sowieso. Das ist ja wohl der durchtriebenste Plan, den ich je gehört habe. Das gefällt mir! Scherben bringen also tatsächlich Glück. Und eigentlich ist das Sahnebaiser auch gar nicht so unnett, wie ich immer dachte. Man muss eben nur mal zusammen ein Käffchen trinken und sich unterhalten, damit man sich näher kommt – und das Lispeln ist doch auch richtig süß.

»Also, was sagst du?«, bohrt sie gespannt nach, als ich sie nur stumm anstarre wie eine gute Fee.

»Waaahnsinn!«, antworte ich beglückt. »Vorausgesetzt, es funktioniert wie geplant«, füge ich noch an. »In meinem Alter hat man da so seine Erfahrungen.«

»Lass mich nur machen, mit den richtigen Argumenten ist das eine Kleinigkeit.« Sie streicht sich eine Haarsträhne hinters Ohr, als säße Herbert bereits neben ihr. »Ist doch gemein von ihm, sich ein ssickes komplett neues Haus anzussaffen und dir die alten Sachen dazulassen.«

Dass ausgerechnet sie so empfindet, überrascht mich nun noch mehr. Dabei müsste ich Herbert eigentlich zugute halten, dass er nicht kleinlich war mit der Mietbefreiung. Wenn er nämlich Pech hat, dauert es noch dreißig Jahre, bis die Wohnung wieder seine ist. Aber bitte, wenn das Sahnebaiser unbedingt mit ihren Hennen ein bisschen randalieren möchte, will ich nicht die Spielverderberin sein. Sonst heißt es am Ende noch, griesgrämiges altes Weib, das keinen Spaß versteht.

»Mamaaa … Tante Paulaaa …«

Biggi zuckt zusammen. »Das war Lukas. Du kennst ja meinen Sohn von der Verlobungsparty«, sagt sie zu Pämela.

Sie nickt. »Er ist ein sehr begabter Barmann, hat uns wirklich leckere Drinks gemixt.«

Im selben Moment taucht Lukas im Türrahmen auf. »Hi, Leute!« Neben ihm bei Fuß, Blümchen. Das schwarze Sofakissen reißt das Maul auf und gähnt herzhaft, während Lukas ihr den Kopf krault. »Wir haben mal 'ne Probeseite mit Phantasienamen gebastelt … Ihr könnt jetzt einen Blick drauf werfen …«

»Das klingt aber sspannend«, sagt Pämela und ihrer Miene ist anzusehen, dass sie unbedingt wissen möchte, was Lukas Schönes gebastelt hat.

»Gehen wir gucken«, fordere ich sie auf und im Gänsemarsch traben wir durch den langen Flur ins Büro.

Im Staubarchiv angekommen, blickt Pämela sich fasziniert um. »Wow, sammelst du Akten?« Sie tritt näher an die Regale. »Ach nein«, verbessert sie sich. »Das gehört ja alles der Bäckerei. Hab ich im ersten Moment nicht genau gesehen, ich brauche nämlich eine Brille. Was machst du damit?«

Ich zucke die Schultern. »Man könnte sagen, dass ich sie bewache, falls eine Steuerprüfung kommt. Viel lieber würde ich den Plunder natürlich loswerden, weil Biggi und ich dieses … ähm … Projekt planen … für das Lukas gerade die Webseite erstellt hat …« An der Stelle breche ich ab, weil ich nicht genau weiß, wie ich es formulieren soll, damit die ganze Sache nicht wie das Hirngespinst einer gelangweilten Geschiedenen klingt.

»Projekt?« Pämela legt den Kopf schief.

In dem Moment ereilt mich die rettende Idee, wie ich unser Vorhaben erkläre und gleichzeitig die Akten los werde.

»Erinnerst du dich, was du über Frauen ohne Männer gesagt hast, als wir uns bei ›Lodenfrey‹ getroffen haben?«, beginne ich mit einer harmlosen Frage.

Sie überlegt. Auf ihrer glatten Stirn, zwischen den schön geschwungenen Brauen entsteht ein winziges Fältchen und verschwindet dann wieder. »Ich glaube, ohne Mann sind wir Frauen nur die Hälfte wert«, erwidert sie lachend. »Jetzt bin ich aber wirklich neugierig, was das mit den vielen Ordnern zu tun hat?«

Auch Biggi sieht mich fragend an. »Ich nicht weniger.«

»Hallo, Leute«, mischt Lukas sich genervt ein. »Wollt ihr nur rumlabern, oder können wir uns endlich dem Wesentlichen zuwenden?«

»Eine Sekunde bitte, Lukas …« Ich drehe mich wieder zu Pämela. »Also, deine Meinung über Singlefrauen war der Auslöser, der Biggi und mich auf die verrückte Idee brachte, eine Partnerschaftsagentur für Oldies zu gründen …«

»Tastsächlich?«, bemerkt Biggi irritiert.

»Doch, doch!«, beteuere ich schnell. »Jedenfalls leben viele ältere Frauen und auch Männer allein … meistens unfreiwillig …«

»Rede nicht um den heißen Brei rum«, unterbricht Biggi meinen Stottervortrag und erklärt Pämela kurz und bündig, warum die Akten stören.

Das Sahnebaiser hat sofort eine Lösung parat. »In der Villa ist genügend Platz. Auf dem Dachboden oder im Keller.«

Und einfach so bin ich die Ordner los. Ein wenig stört mich, dass es so problemlos ging. Meist ist dann doch noch ein Riesenstolperstein versteckt. Aber jetzt bloß nicht negativ denken.

Biggi scheint meine Skepsis zu spüren. »Wird Herbert auch nichts dagegen haben?«, fragt sie.

Pämela wird von einem melodiösen Klingelton unterbrochen. Sie zieht ein iPhone aus dem rosa Täschchen und führt ein kurzes Gespräch mit Herbert-Bärli. Wie unschwer zu hören ist, möchte er gerne wissen, wo sein Sahnebaiser abgeblieben ist. »In einer halben Sstunde bin ich da.« Sie verabschiedet sich mit Luftküsschen und packt das Telefon wieder in die Tasche. »Alles, was mit Haus und Haushalt zu tun hat, überlässt Herbert allein mir«, sagt sie mit dem Stolz einer Tortenschloss-Besitzerin. »Du müsstest dich nur um den Transport kümmern.«

»Klasse«, hakt Biggi sofort ein. »Ich frage Karl, wann er Zeit hat, uns zu helfen. Einen großen Wagen können wir uns für ein paar Stunden mieten.«

Na also! Positiv gedacht, und schon erledigen sich die Dinge wie von selbst. Die durch Herberts Anruf geweckte Mahnstimme in meinem Hinterkopf, dass irgendetwas schiefgehen könnte, verdränge ich eilig und sage zu Lukas: »Jetzt bewundern wir aber unsere Homepage!«

Staunend begutachten wir das kleine Wunder, das Biggis cleverer Sohn zustande gebracht hat. Anders kann man es nicht nennen, was er in der kurzen Zeit gezaubert hat. Ausführlich erklärt er uns die einzelnen Funktionen, was man noch alles einbauen oder auch ändern könne.

»Fehlt noch ein knackiger Name«, bemerkt er zum Schluss und verabschiedet sich damit auch gleich.

»Und viele knackige Kerle!« rufe ich ihm winkend hinterher.

Pämela blickt von Biggi zu mir. »Wie … ich meine, wo findet ihr die?«

Upps! Da hat sie mich an empfindlichster Stelle erwischt.

»Da gehen wir ganz gezielt vor«, erwidere ich. »Fitnessstudio zum Beispiel … und … na ja …« Mist. Wir haben überhaupt keinen Plan. Aber das kann ich unmöglich zugeben. »Sobald das Büro steht, befassen wir uns intensiv damit.« Na also, klingt doch logisch.

Biggi nickt heftig. »Ganz genau, eines nach dem anderen. Im Moment bin ich auch noch Hundemama …«

»Eine frühere Kollegin hat ihren Traummann beim Speed-Dating kennengelernt«, fällt Pämela ihr ins Wort. »Das wäre doch auch eine Möglichkeit.« Sie nimmt am Schreibtisch Platz und ruft die Suchmaschine auf. »Mal sehen, ob das nicht auch für Old… ähm, ich meine, ältere Singles angeboten wird«, murmelt sie.

Apropos, frühere Kollegin! Da fällt mir ein, dass ich rein gar nichts über Pämela weiß. Und jetzt, wo wir tatsächlich bald verwandt sind, bin ich neugierig geworden. »Wo hast du eigentlich gearbeitet?«, frage ich freundlich.

»Ich war Praktikantin in der Werbeagentur, die für die Bäckerei arbeitet«, erklärt sie mit einem Blick über die Schulter. »So habe ich Herbert kennengelernt. Leider hat die Finanzkrise auch in der Werbebranche Sspuren hinterlassen, und die Agentur musste Leute entlassen, bevor ich dort Karriere … Oh, das ist es …« sie zeigt auf den Bildschirm und liest vor: »Speed-Dating ab vierzig, Höchstalter fünfundfünfzig … sieben Frauen, sieben Männer, sieben Minuten …«

»Super!« Biggi bekommt vor Aufregung rote Wangen. »Perfekt für uns, was meinst du Paula? Sieben auf einen Streich. Wie im Märchen. Lass uns beide dort antanzen.«

»Ja, die schnelle Dating-Nummer wäre eine praktische Sache. Zu blöd, ich bin bereits achtundfünfzig«, gestehe ich enttäuscht. »Aber das ist ein Beweis mehr für die Notwendigkeit einer Oldie-Agentur.«

Plötzlich bin ich ganz wild darauf, durchzustarten.

»Ich finde, du siehst viel jünger aus, Paula. Außerdem kann ich mir nicht vorsstellen, dass man den Pass vorzeigen muss«, sagt Pämela, und noch ehe ich etwas dagegen einwenden kann, hat sie auf ›Anmelden‹ geklickt. »Versuch es doch einfach. Nächsten Sonntag wären noch Plätze frei.«

Biggi ist nicht mehr zu bremsen und diktiert Pämela sofort ihre Daten. Nur die Wahl des Pseudonyms bereitet ihr Kopfzerbrechen, denn die Klarnamen bleiben geheim, bis man sich entscheidet, einen der Herren wiedertreffen zu wollen. »Soll ich mich Diamant nennen?«, fragt sie. »Der Diamant ist der König der Heilsteine.«

»Hmm, wer nichts von deinem Beruf weiß, könnte auf den Gedanken kommen, du wärst nur an einem reichen Mann interessiert«, gebe ich zu Bedenken.

»Ach so«, brummelt sie nachdenklich. »Stimmt auch wieder. Dann vielleicht einfach Maria?«

»Wahnsinnig glamourös«, urteile ich gnadenlos. »Nenn dich doch Blümchen.«

Das Sofakissen springt sofort hoch, als sie ihren Namen vernimmt.

»Mist, der Hund muss nach Hause!« Biggi guckt auf ihre Armbanduhr. »Ich hätte ihn längst abliefern sollen.« Sie schnappt sich die Leine von der Türklinke und verabschiedet sich.

Ich begleite die beiden zur Tür. »Sollen wir dieses Speed-Dingsbums tatsächlich ausprobieren?«

»Na logisch! Übernimmst du bitte die Anmeldung für mich?« Sie busselt mich auf die Wangen und eilt davon.

»Was hältst du von Paola?«, fragt Pämela, als ich zurück bin.

»Die Schlagersängerin aus den sechziger Jahren?«, frage ich und wundere mich, dass Pämela die überhaupt kennt.

Lachend schüttelt sie ihre blonde Mähne. »Keine Ahnung, wer das sein soll ... Ich meine Paola als Pseudonym! Würde gut zu dir passen.«

Ich zucke die Schultern. »Meinetwegen. Solange ich nicht singen muss. Mein Gekrächze würde alle in die Flucht schlagen.«

Drei Minuten später ist die Anmeldung erledigt. Junge Menschen wie Pämela gehen mit der modernen Technik einfach viel geschickter um als ich. Wenn sie sich langweilt, kann sie bei mir als Sekretärin anfangen.

»Weißt du, was ihr noch braucht?«, fragt Pämela.

»Na klar! Einen Flaschengeist, der uns die lästigen Arbeiten abnimmt«, antworte ich.

»Eine Fanseite bei Facebook«, schlägt Pämela dagegen strategisch vor. »Die kostet nichts, bringt Aufmerksamkeit und ihr könnt sie mit der Homepage verlinken.« Sie guckt mich an, als erwarte sie Applaus.

Natürlich weiß ich, was Facebook ist, aber von Fanseiten habe ich noch nie etwas gehört. Pämela erklärt mir geduldig, wie es im Einzelnen funktioniert. Sie scheint sofort loslegen zu wollen.

»Ich weiß nicht«, stoppe ich ihren Eifer. »Das wäre zu anonym. Nein, wir möchten alles etwas persönlicher gestalten, damit wir uns von den anderen unterscheiden. Du musst außerdem wissen, dass ich Talent zum Kuppeln habe, und das könnte ich online kaum anwenden«, erkläre ich. »Zudem ist im Internet kein Platz für die Wahrheit, da wird zu viel gelogen und betrogen«, zitiere ich Tom. »Da gefällt mir die Schnell-Kennenlern-Sache schon viel besser. Dort trifft man reale Menschen, wenn auch nur für sieben Minuten. Aber angeblich genügen uns Frauen ja schon zwei Sekunden, in denen wir entscheiden, ob der Mann als potentieller Kandidat für unsere

Kinder in Frage kommt.« Obwohl die Kinderfrage in unserem Alter natürlich keine Rolle mehr spielt.

»Warum veransstaltet ihr nicht selbst ein Casting?«, fragt Pämela. »So ähnlich wie die Casting-Ssows im Fernsehen. Du kennst doch bessstimmt *Deutssland sucht den SuperSstar*?«

Na klar, kenne ich diesen Schwachsinn und kann nur herzhaft über den Vorschlag lachen. »Das meinst du nicht ernst, oder?«

Pämela guckt mich mit großen Kinderaugen an. »Warum nicht? Ihr könntet eine Anzeige in seriöse Zeitungen setzen und warten, was passiert.«

»Anzeige?«, wiederhole ich. »Und als Überschrift: ›Paula sucht den Super-Oldie!‹«

13

In den nächsten zwei Wochen werde ich das Gefühl nicht los, dass ein riesiger Schwarm Pechvögel über mir kreist, der auf meine wohldurchdachten Pläne kackt.

Ein neuer Versuch im »Studio A« war eine Nullnummer. Adrian wusste nicht, in welche Klinik man Bill gebracht hatte, und dass am Montag Männerandrang herrscht, entspricht zwar der Wahrheit. Leider war da jedoch keiner über dreißig. Dann die Panne mit den Akten. Die ich immer noch nicht losgeworden bin. Pämela rief eine Stunde nach unserem Kaffeeklatsch an, um sich vielmals zu entschuldigen, dass sie ihr Versprechen nicht so schnell einlösen könne. Sie müsse ein paar Tage mit Herbert-Bärli verreisen. Ein englischer Teegebäckfabrikant habe Interesse an diversen »Wertheim«-Keksen. Sie würde ihr Bärli bei den Verhandlungen begleiten, da seine Sprachkenntnisse nicht ausreichten. Weiß ich. Herbert kann sich gerade mal Fish & Chips bestellen.

Um wenigstens ein kleines Stückchen vorwärts zu kommen, habe ich schon mal angefangen, einen ganzen Tag lang die Akten in Umzugskartons zu verstauen. Biggi konnte leider nicht helfen, sie betreut im Moment nämlich gleich drei Hunde, verbringt praktisch den ganzen Tag im Englischen Garten und ist am Abend total geschafft. In Sachen Männerakquise erweist sich der Park leider als Flop. Dafür ist Biggi braungebrannt, wie nach ihrem Jamaika-Aufenthalt.

Wie auch immer, die körperlich anstrengende Arbeit fand mein Rücken überhaupt nicht lustig. Am nächsten Tag kam ich kaum aus dem Bett. Meine Hausärztin behauptete, meine gesamte Muskulatur wäre die einer Achtzigjährigen, die im Rollstuhl sitzt. Ich solle unbedingt Sport treiben, mahnte sie und empfahl Rückenschule oder Wassergymnastik. Sie gab mir die Broschüre des Altenzentrums, wo Seniorenkurse angeboten werden. Herzlichen Dank auch für die »Aufbauspritze«, Frau Doktor. Habe ich natürlich nur gedacht und mich brav für einen der Rückenkurse im Altenzentrum angemeldet. Im Eingangsbereich drängten sich dermaßen viele Gehwägelchen, dass ich im ersten Moment dachte, auf einer Rollatorausstellung gelandet zu sein. Bis mir beim Anblick der schmerzverzerrten Gesichter klar wurde, dass ich hier nur Halbinvalide aufreißen könnte. Wer will das schon? Deprimiert schlurfte ich nach Hause zurück. Genau da rief Karl an, um mich an mein Versprechen zu erinnern.

Meine depressiven Gedanken kann ich auch weiterwälzen, während Karl mich malt, dachte ich. Und dass sich meine Laune in seiner Gesellschaft vielleicht sogar verbessern würde. Doch wer hätte gewusst, dass es in diesen Künstlerklausen selbst im Sommer so kalt ist wie in einem Iglu? Na gut, ich war noch nie in einem Iglu. Aber ich stelle mir vor, dass es da so eisig ist. Und da wundert sich Karl, warum es so schwierig ist, Aktmodelle zu finden. Jedenfalls habe ich mir eine saumäßige Erkältung geholt, obwohl ich noch nicht mal ganz nackt war. Aber ein Bikini schützt eben kaum gegen arktische Kälte. Auch die dicken Socken, die grünen Gummistiefel und die lila Handschuhe, die Karl mir gab, halfen nicht. Das Bild ist natürlich noch nicht fertig, denn ich habe abgebrochen, als ich blau gefroren war. Ich wollte mir keine Lungenentzündung holen. Doch sobald der Klimawandel München in einen Vorort der Sahara verwandelt hat, und fünfzig Grad im Schatten herrschen, vollenden wir das Kunstwerk. Dann ohne Klamotten.

Zum Glück habe ich eine Pferdenatur – na gut, die eines alten Pferdes mit kaputtem Rücken –, und war nach drei Tagen wieder relativ fit. Die restlichen Aktenordner habe ich erst mal im Regal stehen lassen und bin ins Fitnessstudio. Doch Adrian bedauerte, Bill sei noch nicht wieder aufgetaucht. Scheibenkleister, kann ich da nur sagen. Demnach war er doch nicht so agil, wie er optisch wirkte, vielleicht sogar schwer krank, und braucht unter Umständen bald eine Pflegerin. Am Ende steht er schon mit einem Bein in der Grube. Ich hatte so gehofft, ihn mit Traudl verkuppeln zu können. Aber die Gefahr, dass sie zum zweiten Mal Witwe würde, ist einfach zu groß. Eine zweite Witwenrente wäre zwar nicht zu verachten, aber dafür wäre sie doppelt deprimiert und müsste zwei Gräber pflegen. Über all diesen miesen Ereignissen sank meine Laune in den tiefsten Keller. Was ist das bitteschön für ein Omen, wenn gleich der erste tolle Mann schlapp macht?

Ein winziger Lichtstrahl Hoffnung tauchte am Horizont auf, als die finale Terminbestätigung für die schnelle Dating-Nummer endlich kam. Gleich der erste Termin war verschoben worden. Und warum? Männermangel! Für mich einmal mehr der Beweis dafür, dass eine fähige Oldie-Kupplerin mindestens so dringend gebraucht wird wie jemand, der den Klimawandel stoppt.

Heute ist es nun endlich soweit. In einer Stunde, um genau zu sein, werde ich sieben Männer im passenden Alter beäugen können. Hoffentlich ist einer für Traudl dabei. Ich habe sie natürlich angerufen und zum Mitmachen überreden wollen. Sie konnte nicht. Wegen der Urlaubsvertretung für eine Kollegin müsse sie zurzeit mehr Tage die Woche arbeiten. Da sie insgesamt ziemlich fröhlich klang, sah ich keine akute Notwendigkeit, all meine Überredungskünste auszupacken, um sie dennoch zum Mitmachen zu stimulieren. Aufregend wird es auch ohne Traudl werden. Schweißtreibend ist es jetzt schon. Meiner Frisur bekommen Schweißausbrüche leider überhaupt nicht. Seit zwanzig Minuten fummle ich daran herum und werde einfach das Gefühl nicht los, wie Pumuckl auszusehen.

Warum, zum Rettich, habe ich mich von Biggi zum Friseur schleppen lassen? Die Friseurin hat mich zugeschmust, als wäre ich von der Friseurinnung und wolle sie auf Kundenfreundlichkeit prüfen. »Ponyfransen und ein neuer Farbton lassen Sie um zehn Jahre jünger aussehen«, hat sie geflötet und dabei Herbstgold mit einem Schuss Kastanie angerührt. Seufzend habe ich eingewilligt. Wer will so alt aussehen wie er ist? Ob eine Ladung Drei-Wetter-Taft hilft?

Angezogen bin ich auch noch nicht. Die Dating-Klamotten liegen auf dem Bett bereit. Meine beste braune Bundfaltenhose im Marlene-Stil. Der Bund kneift etwas. Schlank im Schlaf wirkt nicht. Zumindest nicht bei mir. Von der mittleren Problemzone soll die neue Bluse ablenken. Orangefarbene Seide. Mit kleinen Ärmelchen und Wasserfallkragen. Dazu braune Pumps. Ob ich die noch mal poliere? Obwohl, wer sieht das, wenn wir an Tischen sitzen? Dennoch, besser kein Risiko eingehen. Nicht, dass mir verstaubte Schuhe alles versauen.

Endlich aufgerüscht. Und nichts vergessen. Sogar Parfüm versprüht. Kontrollblick in den Spiegel. Unten braun wie ein Baum, oben rötliches Herbstlaub. Na, da bin ich mal gespannt, wen dieser Naturlook vom Hocker haut. Für ein neues Styling reicht die Zeit nicht.

Mit Biggi habe ich mich vor dem Veranstaltungslokal in der Innenstadt verabredet. Um nicht zu spät zu kommen, drücke ich ordentlich aufs Gas – und gerate in eine Verkehrskontrolle. Die erste meines Autofahrerlebens. Noch ein schlechtes Omen?

»Na, wohin so eilig«, fragt der Polizist, als er meine Papiere prüft.

»Zum Speed-Dating!« Lächelnd klimpere ich mit den Wimpern. Den grauen Schläfen und den sympathischen Lachfalten nach zu schließen steht er kurz vor der Rente und passt perfekt in mein Beuteschema. Und Beamte bieten Sicherheit, so einer bleibt keine Karteileiche.

Er stutzt einen Augenblick, als überlege er eine passende Antwort. »Werden Sie bloß nicht spaßig, Sie Komikerin«, sagt er dann mit strengem Blick. »Sonst kommt noch eine Strafe wegen Beamtenbeleidigung dazu.«

Oh, oh, ein Mann ohne Humor, und auch noch verheiratet, wie ich jetzt sehe. Mist. Schon in den letzten zwei Wochen kein Glück gehabt, jetzt kommt auch noch Pech dazu. »Das würde ich nie wagen«, erwidere ich und beteuere, nicht zu scherzen. Zum Beweis nenne ich das Veranstaltungslokal.

»Moment ...« Er begibt sich zum Einsatzwagen, der einige Meter entfernt parkt. Kurz darauf ist er zurück, reicht mir die Abmahnung und wünscht trocken: »Gute Fahrt.«

Ich muss nicht erwähnen, dass ich deshalb reichlich zu spät ankomme. Biggi wartet bereits auf mich. Von Weitem am feuerrot leuchtenden Kleid, den hennaroten Locken und dem Glitzern der Strassketten zu erkennen. Warum dämmert mir erst in diesem Moment, dass sich unsere Haarfarben verblüffend ähneln? Fluchend verdränge ich den Gedanken, wie Biggis ältere Verwandte auszusehen. Hätte ich nicht schon ein Pseudonym gewählt, könnte ich mich jetzt Dalai-Lamettas Tante nennen. Oder Dalante.

»Wo steckst du denn?«, empfängt sie mich verärgert, sprudelt aber sofort weiter, ohne meine Entschuldigung zu registrieren. »So aufgeregt war ich zuletzt vor meiner Reise in die Karibik. Vor zwei Minuten hatte ich einen kurzen Wortwechsel mit einem tollen Typen, der aussieht wie Jack Nicholson«, verrät sie in einem Atemzug, packt meinen Arm, um mich ins

Lokal zu zerren. »Er hat mich gleich zu einem Drink eingeladen.«

»Sekunde noch«, stoppe ich sie. »Wir müssen einige Details absprechen. Zum Beispiel, wie viele Einzelheiten wir von unseren tatsächlichen Absichten preisgeben wollen? Pämela hat mir nämlich erzählt, dass oft gefragt würde, was man von so einer Veranstaltung erwarte. Das wiederum habe ihr diese Kollegin berichtet, die dort angeblich ihren Traummann gefunden hat.«

»Hmm ...« Nachdenklich spielt Biggi mit einer Locke. »Vielleicht, dass wir die Partnersuche ganz gezielt angehen und nicht nur dieses Dating ausprobieren würden, sondern auch bei einer Partnervermittlung für Oldies angemeldet wären. Je nach Reaktion musst du improvisieren.«

»Ja, das hört sich plausibel an ...«

»Dann wäre das geklärt«, sagt Biggi. »Was viel wichtiger ist, mit welchen Fragen willst du rausfinden, wie die Jungs ticken, ob sie in die Kartei passen?«

Ich zucke die Achseln. »Das ergibt sich doch im Gespräch. Traudl würde sagen, alles lässt sich nicht im Vorfeld vereinbaren.«

»Ja, ja«, stimmt sie mir zu. »Trotzdem habe ich mir eine Frage ausgedacht, die mir viel über deren Persönlichkeit verraten wird.«

»Aha, und?«

»Wenn du ein Edelstein wärst, welcher würdest du dann gerne sein?«

Ich presse die Lippen aufeinander, um nicht laut loszuprusten. Was für eine schräge Idee. »Zumindest wirst du damit herausfinden, wer Humor hat«, sage ich dann. »Ich könnte fragen: Wärst du lieber ein frisches Vollkornbrot oder eine rösche Brez'n?«

Biggi mustert mich, als wäre ich übergeschnappt. »Wenn ein humorvoller Metzger dabei ist, wird er dich im Gegenzug fragen, ob du gern ein Schnitzel oder ein Schweinebraten sein würdest … Aber bitte, wie du meinst … Dann rein ins Abenteuer.«

Warum muss ich ausgerechnet jetzt an Sauna denken? Egal. Nix wie rein ins Vergnügen. Wir betreten einen riesigen Raum. Leise Musik empfängt uns. Beatles, glaube ich. *Love Me Do.* Hahaha, kann ich da nur müde lächeln. Definitiv zu früh, um von Liebe zu sprechen. Welcher Art auch immer. Ich würde gerne erst ein paar Worte wechseln. Und sei es auch nur, um den Namen zu erfahren, den ich im Ekstasezustand flüstere.

Die Raummitte bietet eine Tanzfläche aus Glasfliesen, durch die sanftes Licht schimmert. Von der Decke baumelt eine Discokugel. In der rechten Ecke warten locker arrangierte Bistrotische mit je zwei Stühlen auf Gäste. Drei Frauen stehen dicht an den Tischen, als wollten sie sich die besten Plätze sichern. Linker Hand ein u-förmiger Tresen, an dem fünf Männer auf Barhockern lümmeln. Hinter der Bar macht sich ein weibliches Wesen zu schaffen. Als sich meine Augen an das Halbdunkel gewöhnt haben, erkenne ich ein junges Mädchen im knappen Oberteil, das ihre prallen Formen kaum verhüllt. Super Idee, uns die Konkurrenz vor die Nase zu setzen. Ich fühle mich so unwohl, als stünde in fetten schwarzen Lettern auf meiner Stirn: *Hilfe, ich bin eine Geschiedene, holt mich hier raus!* Zu gerne würde ich wieder verschwinden. Blöderweise war Vorkasse verlangt.

»Wir sind in einer Teenie-Disco gelandet«, murmle ich frustriert.

»Club, das nennt sich heutzutage Club«, verbessert Biggi, wackelt für meinen Geschmack ein bisschen zu stark mit den

Hüften und wirft lasziv die roten Locken zurück. »Oh Mann, ich kriege sofort Lust zu tanzen. Es ist ewig her … Am liebsten würde ich sofort auf die Tanzfläche sausen …«

Ich zucke die Schultern. »Meinetwegen, aber das ändert nichts an der Tatsache, dass es hier ungemütlich wie in einer Grabkammer ist. In dieser kahlen Finsternis kann überhaupt keine Kuschelstimmung aufkommen. Außerdem werde ich bei Dämmerung sofort müde.« Kaum gesagt, muss ich mir auch schon die Hand vor den Mund halten, um ein Gähnen zu verbergen.

Biggi hat mir offensichtlich nicht zugehört, denn sie versucht, mich an die Bar zu schubsen. »Am Tresen lehnt der Grauhaarige, der mich eingeladen hat. Los, wir brauchen zwei, drei Schlückchen Sekt. Das hebt die Flirtlaune.«

»Du weißt, was Alkohol mit mir anstellt«, erinnere ich sie. »Da lasse ich mich schnell völlig gehen und trete absolut unseriös auf. Erinnere Dich an meinen Abend mit Tom. Oder frag deinen Bruder, wie ich mich auf Bennys Verlobungsfeier benommen habe.«

»Ich fand dich süß an dem Abend!«

Das war doch … Nein, das gibt's nicht … Elektrisiert drehe ich mich um, und da steht tatsächlich Karl hinter mir. Er trägt den hellgrauen Leinenanzug, darunter ein schwarzes T-Shirt und sieht einfach umwerfend lässig aus. Da könnte ich auf meine alten Tage glatt noch mal einen Eisprung bekommen. Trotz aller Freude, ein bekanntes Gesicht zu sehen, frage ich mich doch, ob das hier ein Zufall ist oder das Universum einen seltsamen Humor hat?

»Was willst du denn hier?«, pflaumt Biggi ihn irritiert an. »Spionierst du mir etwa nach? Das ist eine geschlossene Veranstaltung, da kann man nicht einfach so reinplatzen, um ein bisschen mitzufeiern.«

Karl hebt abwehrend die Hände. »Jetzt krieg dich mal wieder ein, Schwesterchen. Ich habe mich ganz legal angemeldet, und hatte keine Ahnung, wen ich hier treffen würde«, erklärt er schmunzelnd. »Wie du sicher mitbekommen hast, erfährt man vor Beginn nicht mal die Pseudonyme der Teilnehmer. Du wirst meine Anwesenheit also als Zufall einsortieren müssen. Meinetwegen auch als Bestimmung. Du stehst doch mit dem allmächtigen Universum in Dauerkontakt.«

»Blödmann«, knurrt Biggi. »Man wird sich doch noch mal wundern dürfen.« Damit rauscht sie ab, Richtung Bar.

»Wer nicht an Wunder glaubt, ist kein Realist«, sagt Karl und grinst mich an. »Uraltes Sprichwort, stimmt immer.«

»Ich finde es prima, dass du hier bist«, sage ich. »Aber ein lustiger Zufall ist es schon, oder?«

Er lacht. »Na ja, nicht wirklich. Als Biggi mir von eurem Vorhaben erzählt hat, dachte ich, falls du dich nie wieder in meinen Eiskeller wagst, könnte ich mich hier mal umsehen. Unter sieben Frauen ist vielleicht eine, die mir Modell sitzen mag. Ich würde das Gemälde nämlich gerne vollenden. Und wie gesagt, dass ihr ebenfalls für den heutigen Abend gebucht habt, wusste ich tatsächlich nicht. Ehrlich!«

»Mich musst du nicht überzeugen« beteuere ich und frage: »Aber kannst du im Dunklen überhaupt genug erkennen?« Dass Karl sich so schnell nach einem neuen Modell umschaut, spricht nicht gerade für sein Interesse an mir.

»Eine passende Kandidatin habe ich bereits gesehen«, antwortet er, meinen Blick suchend.

Bevor ich etwas erwidern kann, gesellt sich ein junger Mann – ungefähr in Bennys Alter – in Jeans und kariertem Hemd zu uns. Er nickt uns freundlich zu.

»Ich hätte gerne eine Cola mit viel Eis«, bestelle ich.

»Oh, das ist ein Missverständnis, ich bin Sebastian, der

Moderator«, erklärt er obercool. »Wie lauten denn eure Pseudonyme? Ähm ... wir duzen uns alle, das entspannt die Atmosphäre.«

»Verstehe ... Paola«, sage ich und entschuldige mich für den Fauxpas. Wer kann denn ahnen, dass sich auf einer Kuppelparty für Oldies junge Menschen herumtreiben.

»Ich bin Salvatore Dalli«, sagt Karl grinsend.

Der Moderator kramt aus einer kleinen Schachtel nach weißen runden Stickern, auf denen in roter Schrift unsere Pseudonyme stehen. »In ein paar Minuten, nach dem Pfeifton, geht's los. Die Damen verteilen sich bitte an den Bistrotischen und bleiben den gesamten Abend an ihren Plätzen. Die Herren wechseln im Uhrzeigersinn«, erklärt er den Ablauf, überreicht uns einen zweiseitigen Flyer, mit Flirttipps und Infos, wie es nach dem Dating-Abend weitergeht. »Viel Spaß«, wünscht er noch.

»Zu deinem Pseudonym fällt mir ein Song von Adamo ein ... *Paola, dolce Paola* ... « Karl summt leise. »Habe ich dir schon gesagt, dass du hinreißend aussiehst? Die Haarfarbe steht dir klasse. Erinnert mich an ... «

»Pumuckl, ich weiß«, unterbreche ich ihn. Es schmerzt weniger, wenn ich es selbst ausspreche.

Er schüttelt den Kopf. »Nein, eher an Shirley MacLaine. Allerdings bist du mehr mein Typ.«

Ach ja, seufze ich lautlos, ein Charmeur wie Karl schafft in Sekundenschnelle, was mir in zwei Stunden Vorbereitung nicht gelungen ist: Ich fühle mich gut. »Danke, zu freundlich ... Hat das Sahnebaiser mir ausgesucht.«

Überrascht zieht Karl die Brauen hoch. »Du warst mit deiner verhassten Nachfolgerin beim Friseur? Meine Hochachtung! Das zeugt von wahrer Größe.«

»Ähm, nicht die Haarfarbe, das Pseudonym«, verbessere

ich, berichte, wie es dazu kam und gestehe meine ausbeuterischen Absichten.

Ehe Karl mein Geständnis kommentieren kann, kündigt der Moderator an, dass er in zwei Minuten beginnen würde, man solle sich noch schnell mit Getränken eindecken.

»Bleibst du bei Wodka-Zitrone?«, fragt Karl feixend. »Ich würde dich gerne dazu einladen.«

»Verlockendes Angebot«, entgegne ich zögerlich und versuche, im Halbdunkeln die anderen sechs Kandidaten zu begutachten. »Du glaubst also, deine Konkurrenz ist so scheußlich, dass ich sie mir schönsaufen muss?«

»Ach was«, winkt er ab. »Aber um ehrlich zu sein, im Grunde wäre mir das ganz recht. Das würde meine Chancen vergrößern.«

Ich weiß natürlich, dass Karl ein patentierter Draufgänger ist und Komplimente wie Werbeflyer verteilt. Dennoch genieße ich seine Schmeicheleien. In meinem Alter wirken sie wie ein Jungbrunnen. Dennoch entscheide ich mich für die Vernunft und Cola pur.

Ein schriller Pfeifton lässt uns zusammenschrecken. Es geht los. Biggi und ich schaffen es, die Tische nebeneinander zu besetzen, was mich einigermaßen beruhigt. Trotzdem schwitze ich. Mist, ich habe doch etwas vergessen. Die Achseln zu rasieren. Egal. Striptease wird erst nach der Veranstaltung im privaten Rahmen auf dem Programm stehen. Wenn überhaupt. Sollte ich mich dazu hinreißen lassen, heißt die Devise eben: Mut zum Achselhaar!

Karl kommt eilig mit den Getränken zurück. Im Gerangel um den Platz an meinem Tisch verliert er gegen einen breitschultrigen Glatzkopf in Lederjacke, der mich an jemanden erinnert. Ich komme aber nicht dahinter, an wen.

»Guten Abend, schöne Frau«, begrüßt er mich breit lächelnd.

Seine Zähne sehen nach eigenen aus. Falls er ein Gebiss trägt, war es teuer. Auf Kasse gibt es so schicke Beißerchen nicht. In Gedanken verteile ich den ersten Pluspunkt.

»Gestatten: Kojak!« Er schiebt die randlose Brille auf der Nase hoch.

In dem Moment dämmert es mir. Er ähnelt Telly Savalas, dem Schauspieler, der Kommissar Kojak in der TV-Serie *Einsatz in Manhattan* verkörpert hat. Nur der Lolli fehlt, den Kojak immer im Mundwinkel hatte. Ansonsten hat er eine ebenso erotische Ausstrahlung.

»Paola«, sage ich. »Du hast ein tolles Pseudonym gewählt.«

Er streicht sich kurz über die Glatze. »Lag irgendwie nahe. Demnach ist dir die Serie bekannt?«

Ich nicke. »War ein klasse Typ, dieser Savalas.« In dem Moment fällt mir eine passende Frage ein. »Mit welcher prominenten Frau würdest du gerne mal ausgehen?«

Überlegend blickt er ins Leere. Gespannt warte ich auf seine Antwort. Nennt er eine jüngere, ist sein Interesse an älteren Frauen wohl gleich Null und ich muss ihn leider aus meiner imaginären Liste streichen.

»Daniela Katzenberger«, sagt er dann. »Ist sie dir ein Begriff?«

Hab ich's doch geahnt! Aber, was will er dann hier?

»Nicht aus dem Grund, an den du vielleicht denkst«, redet er weiter. »Ich würde dem Kind nur gerne mal die Meinung über ihr Clowns-Make-up sagen. Kein Wunder, dass sie noch solo rumspringt. Welcher Mann mag erst die Schicht abkratzen, bevor er sieht, wer drunter vorkommt? Da nützen die dollsten Titten nichts.«

Sprachlos starre ich Kojak an. Er scheint nicht zu scherzen. »Damit hast du mich jetzt echt überrascht«, sage ich schließlich, setze ihn wieder auf meine Liste und gebe ihm zwei Extrapunkte.

Sein Schmunzeln verrät mir, dass er sich über mein Kompliment freut. »Und du, welcher Promi würde dein Herz höher schlagen lassen?«, fragt er und mustert mich gespannt. »Sag jetzt bloß nicht, George Clooney, sonst gebe ich mir die Kugel.«

»Ach, du hast 'ne Waffe eingesteckt? Lass sehen!«, kontere ich schlagfertig und bringe mein Gegenüber damit zum Lachen. »Aber Scherz beiseite, Telly Savalas würde ich sehr gerne treffen. Leider lebt er nicht mehr, deshalb nehme ich Bruce Willis.«

Der Glatzkopf beugt sich leicht über den Tisch. »Um mit Kojak zu antworten: Entzückend, Baby!«

Wir blödeln noch eine Weile über glatzköpfige Männer, die laut einer Studie erfolgreicher seien als die mit vollem Haupthaar, ich erzähle von der Oldie-Agentur und schon ertönt der Pfeifton zum Männerwechsel.

Biggi nutzt die Gelegenheit und raunt mir zu: »Der Typ eben war der totale Flop. Gerichtsschreiber. 'ne Handvoll Erdnüsse wäre aufregender. Und deiner?«

Antworten kann ich nicht mehr, denn schon sitzt der Flop vor mir. Kurzes graumeliertes Haar, Seitenscheitel wie mit dem Lineal gezogen, blau-weiß-gestreiftes Hemd, dunkelblaue Krawatte. Geschniegelt und gebügelt. Dazu gelbe Finger an der rechten Hand. Also Kettenraucher.

»Justitia«, stellt er sich vor.

»Wie originell«, lüge ich frech, dass sich die Clubbalken biegen. Vermutlich fällt gleich die Discokugel herunter. »Und, bist du auch blind?«

Er räuspert sich, als kapiere er meine Anspielung nicht. »Ich bin Gerichtsschreiber!«, antwortet er dann mit erhobenem Kopf und strafft die Schultern.

»Interessant.« Ich warte darauf, dass er nach meinem Pseudonym fragt. Doch er starrt mich nur an. Falsch. Er starrt meine Frisur an, als wäre es ihm peinlich, mir ins Gesicht zu sehen.

Plötzlich scheint ihm doch ein Gesprächsthema einzufallen. »Ist die Haarfarbe echt?«

Ich nicke. »Ja, es ist echte Haarfarbe, aber nicht meine natürliche.«

»Wie spitzfindig«, kontert er wenig amüsiert.

»Nun, wenn ich des Mordes verdächtigt würde, und ein naturrotes Haar am Tatort der einzige Hinweise wäre, könnte mich diese Spitzfindigkeit doch vor dem Knast retten, oder?«, frage ich und hoffe, ihm wenigstens ein kleines Lächeln auf seine schmalen Lippen zu zaubern. Doch alles, was ich ernte, ist ein Vortrag über die Ernsthaftigkeit von Zeugenaussagen.

Humorloser Erbsenzähler. Das einzig Positive an ihm ist seine warme Stimme. Trotzdem dürfte er nicht mal meine Einkaufstüten tragen. Der Pfeifton erlöst mich von seiner Anwesenheit. Und da er gar nicht erst nach meinem Decknamen gefragt hat, muss ich kein Wiedersehen fürchten.

Ich schaffe es gerade, einen großen Schluck von meiner Cola zu nehmen, als Nummer drei sich auf den Stuhl plumpsen lässt. Ein kleiner rundlicher Mann mit Hängebacken und gutmütigen Augen wie ein Mini-Bernhardiner. Nur sein knallrotes Shirt mit dem aufgedruckten Ferrari-Logo passt nicht recht ins Bild.

»Na, allet Klärchen?«, grinst er. »Ick bin Ede. Und det iss och mein richtiger Name. Vergiss alle anderen Typen, ick bin dein Traummann. Och, wenn ick vielleicht uff den ersten Blick nich so wirke.«

Nein, Ede ist keine Schönheit, hat nur wenige Haare auf dem Kopf, dafür reichlich in den Ohren. Aber nach dem drögen Erbsenzähler erfrischend wie eine Eisdiele in der Sahara. Er landet sofort auf meiner Anwerberliste. »Freut mich!«, sage ich amüsiert grinsend, nenne vorerst aber nur mein Pseudonym.

»Anjenehm. Ick komme aus Berlin«, informiert er mich. »Und ick bin nu schon drei Wochen in Bayern und kenne immer noch keene Menschenseele, wa? Destawejen hab ick mir jesacht, Ede, hab ick mir jesacht, dajegen musste wat tun. Geh unter de Leute, sonst bleibste uff deine alten Tage janz alleene. Und du, Paola, suchste och Anschluss, wa?«

»Seit einem Jahr geschieden, und auf Dauer ist das kein guter Zustand«, antworte ich und berichte, auch in einer Partnervermittlungsagentur angemeldet zu sein.

»Och 'ne Möchlichkeit«, findet Ede. »Und wat machste sonst so?«, fragt er, redet aber sofort weiter, ohne auf Antwort zu warten. »Ick mache in Luxuskarossen, vastehste?« Er blinzelt mir zu. »Kleene Spritztour mit 'nem Cabrio jefällig?«

Sein Zwinkern war deutlich. »Nach Polen?«

Er lacht laut auf. »Du jefällst ma. Wat meenste, soll'n wia zwei beede uns mal uff een Kaltjetränk treffen?«

»Unbedingt!«, antworte ich flapsig, streiche mir lasziv eine Strähne aus der Stirn und freue mich über den zweiten Mann in meiner imaginären Kartei. Sofern Ede kein Sprücheklopfer ist und sich tatsächlich wieder meldet.

Mein nächster Tischherr hat anscheinend Schwierigkeiten, die richtige Sitzposition zu finden. Die Stühle sind aber wirklich nicht besonders bequem. Ich rutsche ein wenig mit, und versuche dabei, meinen kneifenden Hosenbund zu lockern. Als er sich zurechtgeschaukelt hat, stellt er sich als Route 66 vor, wobei er mich durchdringend betrachtet. Was immer auch seine Musterung ergibt, ohne langen Smalltalk verkündet er, eine Motorradbraut zu suchen. Er habe sein Bein bei einem Unfall verloren, wolle aber nicht aufs Biken verzichten. Daher suche er eine schneidige Frau mit Motorradschein.

»Mutig, mutig«, lobe ich und behaupte, als Sozius eine prima Figur zu machen, aber leider nur stinknormale Autos lenken zu können.

Auf Anhieb kann ich mir zwar nicht vorstellen, die richtige Braut für ihn zu finden, aber es soll ja auch Frauen geben, die jenseits der Rente erst so richtig durchstarten. Der Einbeinige kommt also auch in meine Kartei.

Auf Jack Nicholson warte ich leider vergebens.

Biggi hat sich da etwas zusammengeträumt. Dafür fragt Agent 007, ein popliger Versicherungsmakler, ganz ungeniert nach meinem Vermögen und ob ich Immobilien besäße. »Schönheit vergeht, Baugrund besteht!«, witzelt er. Ich habe dann von meiner Luxusjacht in Nizza geschwärmt, aber das Schloss in Schottland und die Dachterrassenwohnung in New York eiskalt verschwiegen. Möglicherweise sucht er ja eine reiche Frau, zum Ausnehmen. Aber ich verprasse meine Millionen lieber allein.

Schließlich sitzt der letzte Kandidat vor mir. Karl. Erleichtert atme ich auf.

»Na, wie ist dein Fazit? Viele Traummänner? Vielleicht auch einer mit dicker Brieftasche?«, fragt er.

»Geld macht nicht glücklich, weiß doch jeder.« Ich gähne hinter vorgehaltener Hand. Nie im Leben hätte ich gedacht, dass Flirten so anstrengend ist. Dagegen ist der Frühjahrsputz der reinste Urlaub.

»Damit ist das Geld der anderen gemeint«, erwidert er. »Aber ich langweile dich.«

»Nein, nein, du bist der amüsanteste Kavalier des Abends«, beruhige ich ihn. »Wenn wir uns nicht schon kennen würden, wäre ich wild darauf, dich wiederzutreffen. Es waren die letzten drei Typen, die mich geschafft haben. Und Mr. Route 66 roch nach Motoröl.«

»Du hättest meine Wodka-Einladung annehmen sollen«, scherzt Karl.

»Und wie lautet dein Fazit?«, wechsle ich das Thema und strecke die Beine aus. »War die Suche nach einem neuen Aktmodell erfolgreich?«

»Kommt auf die Perspektive an«, antwortet er. »Hätte ich Aphrodite gesucht, würde ich jetzt in tiefe Depression versinken. Aber mein Malerauge sieht in jedem Menschen etwas Schönes. Auch wenn es manchmal nur der ganz besondere Schwung einer Ohrmuschel ist.«

»Male ein nacktes Ohr«, empfehle ich albern.

Am Nebentisch sitzt Kojak bei Biggi. Anscheinend erzählt er schmutzige Witze, denn sie kichert hinter vorgehaltener Hand, als müsse sie sich beherrschen, nicht loszubrüllen.

Wenig später beendet der Veranstalter den Abend mit einem besonders langen Pfeifen. Er spricht ein paar abschließende Worte, bedankt sich für die Teilnahme, und man könne gerne noch ein halbes Stündchen zusammensitzen. Danach würde das Lokal geschlossen.

Karl meint, wir sollten die dunkle Gruft gegen einen angenehmeren Ort tauschen. Kojak schließt sich uns an. Ferrari-Ede hätte ich gerne mitgenommen, aber er schmachtet eine wunderschöne blonde Frau an, die ihn im Sitzen um zwei Köpfe überragt. Ihrer abweisenden Miene entnehme ich, dass Ede keine Chance hat. Wenn überhaupt, darf er sie vielleicht nach Hause fahren.

Ich schubse Karl an. »Siehst du diese gutaussehende Frau dort?« Mit einer Kopfbewegung deute ich in ihre Richtung. »Warum hat sie es wohl nötig, an so einer Veranstaltung teilzunehmen?«

»Vielleicht ist sie ein Lockvogel. Ich hatte bei meiner Sieben-Minuten-Chance nicht den Eindruck, als würde sie dringend einen Partner suchen. Zufällig konnte ich vor Beginn ein Gespräch hören, dass Veranstalter schon mal attraktive Hostessen engagieren, um den Männern zu suggerieren, es wären nicht nur verzweifelte Frauen anwesend.«

»Aha, demnach musst du auch engagiert worden sein«, sage ich und nehme verspätet seine Einladung zum Wodka-Zitrone an.

14

Wer sich nach drei Tagen nicht gemeldet hat, der hat kein Interesse. Diese Basisweisheit des Flirtens hat mir Biggi verraten. Heute ist Mittwoch, Tag drei nach dem Dating. Und ich warte immer noch.

Seit Sonntag habe ich mehr Zeit am Computer verbracht, als mir lieb ist. Morgens logge ich mich noch vor dem Zähneputzen auf der Homepage des Dating-Veranstalters ein und kontrolliere den Wie-komme-ich-an-Test. Mein Feedback zu den Kandidaten habe ich Sonntagabend, direkt nach der Veranstaltung, abgegeben. Der Test bewertet Aussehen, Gespräch, Körpersprache und Sympathie. Und wen ich gerne wiedertreffen möchte, der bekam ein Häkchen. Aber bisher hat sich weder Kojak, noch Ede oder Route 66 gemeldet. Das Interesse scheint einseitig zu sein. Ob es mein Alter, die Haarfarbe oder meine unsichtbaren Achselhaare waren – angeblich haben Männer für dergleichen einen siebten Sinn. Einige sollen sogar die Strapse unter Röcken sehen können. Möglicherweise habe ich auch die falschen Signale gesendet, zu wenig oder zu viel gelacht, oder die falschen Fragen gestellt. Was auch immer es war. Ich muss den Dating-Abend als Verlust verbuchen. Egal. Neuzehn Euro bringen mich nicht an den Rand des Ruins. Nur die Tatsache, dass selbst Ferrari-Edes Einladung zum Kaltgetränk nichts weiter als ein blöder Spruch war, nagt an meinem Selbstbewusstsein wie Mäuse am Körnersack. Genau so fühle ich mich auch. Wie ein unförmiger Sack Weizenkörner, der in einer Ecke abgestellt wurde. Um dieses Frustgefühl loszuwerden, habe ich nach dem Frühstück ein Stückchen Schokolade genascht. Die Wirkung lässt auf sich warten. Schwere Frustanfälle sind mit Kakao in homöopathischen Dosen nicht zu therapieren.

»Ein Erfolgserlebnis muss her«, seufze ich laut in das immer noch mit Akten überfüllte Büro. Wie lustig war dagegen der Abend mit Tom. Ob ich ihm mal schreibe? Ja, warum nicht? Ich klicke auf »Mail schreiben«, berichte von der Dating-Pleite und drücke wenig später auf »Senden«. Vielleicht antwortet er ja schnell. Tagsüber sei er normalerweise zu Hause, würde sich ausruhen oder für den nächsten Termin präparieren, hat er mir erzählt. In Vorfreude auf eine Nachricht von Tom begebe ich mich in die Küche. Wenn Schocki nichts ausrichten kann, mal testen, ob eine Tasse Kaffee mich aus der Lethargie holt.

Kurz darauf genieße ich eine dampfende Tasse Milchkaffee am Schreibtisch. Der belebende Effekt hält genau so lange an, bis ich eine Meldung im Posteingang finde, dass Toms Mail-Adresse unbekannt wäre. Unmöglich, denke ich, um mir schließlich einzugestehen, dass Toms Adresse wohl wirklich falsch ist. Sein Hilfsangebot war also nichts weiter als eine Floskel, die er vermutlich oft anwendet, um lästige Frauen loszuwerden. Aber, dass er mich auch in diese Schublade steckt, bringt mich zum Fluchen. Verdammte Agenturidee! Nichts klappt wie geplant. Auch Pämela hat sich leider nicht gemeldet, obwohl sie längst aus London zurück sein müsste. Sie hat mir eine Ansichtskarte von Schloss Windsor geschickt. *Hallo Paula, wir waren bei Lilibeth zum Tee geladen, ich soll Dich recht schön grüßen,* stand drauf. Sie ist also gar nicht so doof, wie ich immer dachte, und hat offensichtlich bei meinen anfänglichen unfreundlichen Attacken bloß professionell mitgespielt. Gefällt mir.

Ich werde sie einfach anrufen und nachfragen, ob sie inzwischen ein Plätzchen für die Ordner gefunden hat.

Nach zehnmaligem Klingeln meldet sich die Haushälterin, die mir vornehm näselnd mitteilt, dass man – wer ist damit gemeint? Sie und das Mobiliar? – die Herrschaften erst am späten Abend zurück erwarte. Ich versuche es im Büro, erreiche aber auch da nur die Sekretärin. Eine, die ich nicht kenne, und die mir deshalb Herberts Aufenthalt nicht verraten möchte, weil sie mir nicht abnimmt, die Ex-Frau zu sein. Als ob Herbert eine Stalkerin hätte, die sich als Ex ausgibt, um geheime Backrezepte zu erschleichen.

War ich vor den zwei Telefonaten schon nicht besonders gut gelaunt, bin ich jetzt richtig wütend. Früher konnte man in solchen Momenten den Hörer auf die Gabel knallen. Geht auch nicht mehr. Heutzutage drückt man Knöpfchen! Wer zum Geier erfindet so was? Konstrukteure auf Happy-Droge? Wie soll ich mich jetzt abreagieren?

Ich hatte fest damit gerechnet, dass die Agentur nach dem Flirtsonntag mit ersten zwei, drei Kandidaten doch endlich Realität werden würde. Bei dem Einbeinigen war ich nicht ganz sicher, weil ich ja keinen Motorradschein besitze. Aber auf Ede und Kojak habe ich definitiv gezählt. Pustekuchen. Dabei wirkten sie so begeistert. Tja. Meine Männerkenntnis scheint nicht eine Prise Puderzucker wert zu sein. Ich fühle mich grauenvoll. Versetzt von einem Glatzkopf und einem Autoschieber. Statt so richtig Vergnügen bei der Männer-Suche gefunden zu haben, bin ich gefrustet wie lange nicht. Das war definitiv mein letzter Versuch in Sachen Oldie-Agentur.

Das Telefon schrillt in meine Dating-Depression.

»Servus, Paula, ich bin's, Traudl.«

Die Witwe! Na, die hat mir gerade noch gefehlt. Ihretwegen

kam Biggi doch überhaupt erst auf die Schnapsidee mit der Agentur. Eigentlich könnte ich Traudl die Schuld an meiner schlechten Laune geben. Aber das tut man einer Trauernden nicht an. Obwohl? Nein, nein, erst mal nachfragen, weshalb sie anruft.

»Alles in Ordnung?«, frage ich besorgt, normalerweise plaudern wir am Abend.

»Alles bestens!« Sie lacht. »Warum fragst du?«

Wie bitte? Ich habe mich wohl verhört. Die traurigste Witwe der Stadt, ach was, Bayerns, ist plötzlich fröhlich und wundert sich, warum ich mich darüber wundere? Alkohol! Eine andere Erklärung fällt mir nicht ein. Meine Vermutung bestätigt sich immer mehr. Verdammter Mist. Ich muss doch weiter Männer suchen, Traudl braucht schnellstens einen netten Lebensgefährten, sonst können wir sie auch bald auf dem Friedhof besuchen.

»Och, nur die übliche Frage zwischen Freundinnen«, wiegle ich ab. »Schließlich haben wir schon länger nicht mehr miteinander gesprochen. Inzwischen könnte alles Mögliche passiert sein.«

»Hast du getrunken?«, fragt ausgerechnet sie mich. »Du klingst so depressiv.«

Ich klinge depressiv? Was miese Stimmung angeht, ist sie doch die Expertin. Aber meinetwegen. Um herauszufinden, weshalb sie gut gelaunt ist, gestehe ich, dass die Männersuche eine einzige Pleite war.

»Dass man auf solchen Events nur seltsame Gestalten trifft, ist eigentlich logisch«, entgegnet sie, als wäre sie die alte Dating-Häsin mit unzähligen Versuchen. »Ich glaube, der Liebe muss man nicht nachlaufen, sie findet einen. Eines Tages läutet sie einfach an der Tür. Und genau dann, wenn man es am wenigsten vermutet.«

Die Liebe läutet an der Tür!? Vor kurzem war sie noch total am Boden, weil an der Kasse keiner guckt, und jetzt versprüht sie Weisheiten über Liebe. Es scheint noch schlimmer um sie zu stehen, als ich zuerst dachte. Vielleicht hat sie den Todescocktail schon intus. Tabletten plus Alkohol. Jetzt nur nichts Falsches sagen. Bloß nicht provozieren. Sonst springt sie am Ende noch aus dem Fenster. Und das wäre fatal. Ein Sturz aus der dritten Neubauetage muss nicht den gewünschten Erfolg bringen, aber man kann für lange Zeit im Rollstuhl landen.

Ich beginne mit einer superharmlosen Frage. »Was machst du denn gerade?«

»Die Waschmaschine läuft.«

Ah, die Waschmaschine! Hätte ich auch von allein drauf kommen können, mein Fehler. Aber wenn ich es mir recht überlege, wer würde Wäsche waschen, wenn er sich das Leben nehmen wollte? Ich bin erleichtert. Andererseits könnte sie mich auch anlügen, um mich schnell wieder loszuwerden. Neuer Versuch.

»Ich habe Lust auf Eis mit Sahne. Darf ich dich spontan einladen? Die Sonne scheint so herrlich, wir könnten in einem Straßencafé über Passanten lästern, den Sommer und einen XXL-Eisbecher genießen.«

»Danke, Paula, das ist wirklich lieb von dir«, sagt sie, holt tief Luft und setzt ein, »aber ich ... « dran.

»Ach komm«, unterbreche ich sie. »Gib dir 'nen Ruck, schalte die doofe Maschine aus. Wer weiß, wann der nächste schön ... «

»Lass mich doch mal ausreden«, weist sie mich zurecht. »Schließlich habe ich dich angerufen.«

»Hmm, stimmt«, antworte ich. Das war mir über meine Besorgnis tatsächlich entfallen. »Und was willst ... ähm, ich meine, weshalb?«

»Ich wollte dich zu einem kleinen Abendessen einladen. Biggi kommt auch. Nichts Aufwendiges, einen frischen Salat und 'ne Portion Nudeln.«

»Abendessen?«, wiederhole ich ungläubig. Traudl lädt höchstens mal zu einer Tasse Kaffee plus Toilettenbesuch ein, aber niemals zum Essen. Und dann auch noch zu zwei Gängen.

»Gegen sieben, passt dir das?«

»Ähm ... ja«, stottere ich. »Dann bringe ich das Eis eben als Nachtisch mit.«

Kurz vor sieben parke ich meinen Wagen in Sendling und klingle dann bei Traudl. Beinahe in derselben Sekunde brummt der Türöffner. Damit das Eis nicht schmilzt, hetze ich so schnell wie möglich nach oben. Keuchend im dritten Stock angekommen, erwartet mich eine grinsende Biggi. Heute im blutroten Oberteil mit Carmenausschnitt, zu dem sie enge schwarze Caprihosen und silberne Ballerinas trägt. Die roten Locken zum Pferdeschwanz gebunden und mit den Glitzerkreolen an den Ohren verleiht die heutige Aufmachung Dalai-Lametta einen spanischen Touch.

»Du solltest dringend was für deine Fitness tun«, bemerkt sie ganz lässig.

Sie hat gut reden, im Moment fast rund um die Uhr mit den Hunden unterwegs und dauernd am Stöckchen werfen, ist sie natürlich fit. Wortlos schiebe ich sie zur Seite und steuere direkt in die kleine Kochecke, wo Traudl werkelt. Die wäscht gerade Salat, wobei sie vor sich hinsummt! Nicht zu fassen.

»Cool, du hast echt Eis mitgebracht!«, sagt sie mit Blick auf mein Eispaket. »Park es bitte im Tiefkühlfach. Den Weißwein kannst du gleich rausnehmen. Wasser steht bereits auf dem Tisch. Ein Korkenzieher müsste auch dort sein.«

Cool? Echt? Parken? Und es gibt Wein? Was ist hier los? Wurde unsere Witwe von Außerirdischen entführt, die ihre Erinnerung an den toten Fritz aus den Adern gesaugt und dafür eine Überdosis Fröhlichkeit in Kombination mit Jugendjargon gespritzt haben?

»Was hat Traudl?«, flüstere ich Biggi zu, als wir sitzen – auf einer nagelneuen Couch in freundlichem hellbeige, und uns türkisfarbene Kissen in den Rücken schieben.

Biggi schnappt sich die Weinflasche und den Öffner. »Keine Ahnung.« Sie zuckt die freiliegenden Schultern. »Aber irgendwie finde ich es unheimlich. Zwei Jahre lang hängt der Supertrauerkloß auf dem Friedhof rum, und ohne jede Vorwarnung benimmt sie sich, als habe sie Glückssteine gelutscht.«

»Hast du sie gefragt?«

»Nein, natürlich nicht. Sie hat die Steine aber angefasst, um sie auf der Kommode …« Biggi verstummt, als Traudl den Wohnraum betritt.

Die platziert eine monströse Salatschüssel auf den Tisch. »Prima, ihr habt die Flasche schon entkorkt. Ordentlich Kohldampf?«

»Geht's dir gut?«, presche ich vor. Inzwischen mache ich mir richtige Sorgen – um ihren Geisteszustand.

Traudl gießt Wein ein und ihr Blick wechselt irritiert zwischen Biggi und mir hin und her. »Warum sollte es mir schlecht gehen?«

»Du benimmst dich seltsam überdreht und redest komisch. Auch schon bei unserem letzten Besuch«, beantwortet Biggi ihre Frage.

Traudl verteilt Salat auf die Teller, dann setzt sie sich uns gegenüber. »Echt jetzt?«

»Ja, echt«, imitiere ich ihren Tonfall und in diesem Moment fällt mir auf, dass auch die Matratze vom Fußboden verschwunden ist. Doch am meisten irritiert mich, wie Traudl aussieht. Zwar trägt sie schwarz, wie gewohnt, aber sie ist geschminkt! Getuschte Wimpern. Dunkler Lidschatten. Heller Lipgloss. Knallrote Fingernägel. Und das offene Haar fällt dekorativ auf die Schultern und schimmert rotgolden im hereinfallenden Abendlicht, wie die untergehende Sonne. Man könnte meinen, sie wolle groß ausgehen, um sich einen Kerl aufzureißen.

»Du warst beim Friseur«, stelle ich beiläufig fest, während ich eine Tomatenscheibe aufpicke.

Traudl läuft deutlich rot an. »Ähm … nur zum Nachschneiden und zu einer Ölpflegepackung unter der Wärmehaube. Das bringt einen tollen Glanzeffekt.« Sie streicht sich eine Strähne hinters Ohr. »Und wie läuft die Männerakquise?«, wechselt sie das Thema.

»Besch…eiden«, gebe ich kauend Auskunft. »Bei mir hat sich bisher keiner gemeldet.«

Biggi nickt. »Das Dating war ein echter Flop. Zwei meiner Wunschkandidaten haben mich zwar angerufen, und anfangs haben wir auch nett geplaudert …« Sie nimmt einen Schluck Wein. »Einer hat mir ziemlich schnell zu verstehen gegeben, dass er nur an Sex interessiert ist. Der andere meinte, ob er mir seine Briefmarkensammlung zeigen darf. Darauf fragte ich ihn im Scherz, ob er auch 'ne Blaue Mauritius hätte. Da sagte er doch glatt, ja, die wäre aber eher hautfarben, doch wenn sie abgeleckt würde, verfärbe sie sich bläulich.«

Traudl hebt pikiert die frisch gezupften Augenbrauen. »Echt jetzt?«

Entnervt lasse ich die Gabel fallen. »Genug geplauscht. Weshalb hast du uns heute eingeladen? Das hat doch einen besonderen Grund?«

»Bist du krank?«, fügt Biggi noch an.

Traudl lacht vergnügt auf. »Das hast du bereits gefragt. Und nein, mir geht es hervorragend. Ich wollte etwas mit euch besprechen … beziehungsweise erzählen …«

Das Telefon klingelt. Wie elektrisiert lässt Traudl die Gabel fallen, die auf dem neuen Teppich landet. Doch ohne sich darum zu kümmern oder wie sonst den Mund mit der Serviette abzutupfen, hetzt sie zur Kommode. Erst jetzt sehe ich, dass sie das olle Wählscheibenteil gegen ein modernes Gerät mit Mobilteil ausgetauscht hat. Das wird beinahe verdeckt von einem ziemlich großen Blumenstrauß. Einer von der Sorte, den man sich selbst niemals schenken würde. Traudl sowieso nicht, die kauft nur Friedhofsblumen.

Langsam wird mir die Witwe unheimlich. Was läuft hier? Hat sie im Lotto gewonnen? Einen Sponsor gefunden? Oder hat sie endlich das Taxifahren aufgegeben und benutzt wieder öffentliche Verkehrsmittel?

Nach einem kurzen Blick auf das Display entschuldigt sie sich bei uns und verschwindet mit dem Mobilteil ins Bad. »Oh, hallooo«, hören wir sie gurren, als arbeite sie plötzlich für eine Sexhotline. Dann schließt sie die Tür.

»Was ist hier im Busch?«, frage ich Biggi die genauso kariert guckt wie ich.

»Ich weiß so viel wie du. Null!«

Aus dem Badezimmer dringt leises Gekicher, wie man es sonst eher in Schlafzimmern vermutet. Erotisches Telefongeflüster, bezahlt im Minutentakt? Dann könnte sie den Strauß doch selbst erstanden haben, und er stellt vielleicht eine Belohnung für ein besonders mühevolles Gespräch dar.

»Die redet mit einem Mann!«, analysiert Biggi die Geräusche.

»Ah, du weißt also doch was!«, fahre ich sie an.

»Bist du blind oder taub oder beides?«, schnauzt sie zurück. »Du musst nur eins und eins zusammenzählen, Blumenstrauß, Make-up, Telefongegacker …«

»Und, was ergibt das?«, fragt Traudl, die offensichtlich Biggis letzte Worte genau gehört hat.

»Das würden wir gerne von dir hören«, sage ich mit Nachdruck. »Also, raus mit der Sprache.«

Traudl lächelt uns an, streckt den Rücken und sagt mit klarer Stimme: »Ich habe meinen Job im Drogeriemarkt gekündigt!«

Mir bleibt die Spucke weg. »Und am Telefon war eben der Personalchef, der dich zurückgewinnen wollte?«, feixe ich, nachdem ich mich wieder gefangen habe.

Traudl schüttelt amüsiert den Kopf. »Nein, das war …« Sie stockt, als überlege sie, welche Lüge sie uns auftischen kann.

»Dein neuer Chef?«, tippt Biggi.

»Der Arbeitskollege meines Sohnes«, erklärt sie schließlich. Seltsamerweise leuchten ihre Augen, als handle es sich um einen Liebhaber. »Er hatte mir doch ein verspätetes Geburtstagsgeschenk gebracht. Dafür habe ich mich mit einem Essen bedankt.«

Ich glaube ihr nicht ein Wort und werde patzig: »Den Bären kannst du jemand anderem aufbinden. Dass er dir ein Geschenk vorbei gebracht hat, ist mindestens zwei Wochen her …«

»Kann sein«, wiegelt sie ab. »Wollt ihr mich aushorchen oder mir zuhören, was ich zu berichten habe?« Sie nimmt wieder Platz.

Beides, würde ich gerne antworten, schlucke es aber herunter.

»Wir sind gespannt!«, erwidert Biggi.

Traudl nimmt ihr Weinglas, nippt daran und stellt es bedächtig auf den Tisch zurück. »Wie gesagt, ich habe den Job gekündigt. Vielleicht ist euch auch nicht entgangen, dass sich hier einiges verändert hat …«

»Allerdings, vor allem der Blumenstrauß ist nicht zu übersehen.« Ich starre sie neugierig an.

Sie blickt über die Schulter zur Kommode und dann wieder zu uns. »Ach so, der ist von Sascha!«

»Sascha?«, fragt Biggi höchst verwundert und spricht mir damit aus der Seele.

»Na, der Kollege meines Sohnes, mit dem ich eben telefoniert habe. Er wollte sich nur erkundigen, ob der Strauß angekommen ist«, erklärt sie hastig, als sei es ihr peinlich. »Aber ich wollte euch von meinen Plänen berichten, die mit einem Fund zu tun haben …«

Ah, ein Fund! Jetzt wird es spannend.

Biggi beugt sich aufgeregt vor.

Traudl wiederum lehnt sich entspannt im Sessel zurück, in dem Fritz gerne saß. »Als das Bett zusammengekracht ist, war das natürlich keine Botschaft aus dem Jenseits, aber doch ein Signal …« Sie streichelt den abgewetzten Polsterstoff der Armlehne. »Ich weiß jetzt, dass Fritz nicht gewollt hätte, dass ich ewig trauere …«

»Zwei Jahre sind auch mehr als genug«, platze ich ungewollt heraus, entschuldige mich aber sofort dafür. »Ich hoffe, du verstehst das nicht als Kritik.«

»Schon gut, du hast ja Recht«, sagt Traudl mild lächelnd. »Ich habe also die Trümmer entsorgt und überlegt, ob ich mir überhaupt wieder ein richtiges Bett anschaffen soll. Das Appartement ist ja kaum größer als ein Schließfach …«

Traudl reißt Witze! Ob Fritz ihr im Traum erschienen ist und ins Gewissen geredet hat?

»Die Entscheidung fiel dann zu Gunsten dieses Schlafsofas«, redet sie weiter.

»Sehr schön. Gute Wahl«, sage ich, tätschle den flauschigen Stoff und muss an Pämelas Hennenabend denken. Bald bekomme ich auch neue Möbel. Etwas in der Richtung würde mir gefallen. »Wo hast du das erstanden?«

Biggi verpasst mir einen schmerzhaften Schubs in die Seite. »Lenk nicht ab … Erzähl weiter, Traudl.«

»Moment.« Traudl erhebt sich, geht drei Schritte zur Kommode und zieht die oberste Schublade auf. Mit einem roten Büchlein in der Hand kommt sie zurück. »Das kam zwischen den Polstern des alten Sofas hervor, als die Möbelpacker es auseinandergenommen haben.« Sie reicht es über den Tisch.

»Ein Sparbuch!«, stelle ich überrascht fest. »Ist da noch was drauf?«

Biggi fragt ohne Zögern: »Wie viel?«

»Schaut rein!«, sagt Traudl mit glitzernden Augen wie einst Marilyn Monroe in *Blondinen bevorzugt*, als sie feststellt, dass man Diamanten auch auf dem Kopf tragen kann.

Ich klappe das Heft auseinander. »Es ist auf deinen toten Gatten ausgestellt.«

»Umblättern«, fordert Traudl.

Biggi schaut mir über die Schulter, während ich zwei Seiten weiterblättere. Beim letzten Buchungseintrag muss ich zweimal hinschauen, weil mir die Zahl vor den Augen verschwimmt. »Das ist ja nicht zu fassen …«, stammle ich. »Sind das tatsächlich …«

»Zwanzigtausend Euro!«, spricht Traudl es aus. »Fritz hatte eine kleine Lebensversicherung, von der ich nichts wusste, und die kurz vor seinem Tod ausbezahlt worden war. Zwei Tage vorher, wie ihr am Datum sehen könnt. Das hat mir alles der Sparkassenangestellte verraten. Und Fritz hat die Versicherungssumme auf dem Sparbuch geparkt. Warum er mir nichts davon erzählt hat …« Sie hebt leicht die Hände. »Keine Ahnung. Vielleicht wollte er einen besonderen Moment abwarten. Er hatte immer solche Ideen. Oder er hat nicht bemerkt, dass das Büchlein in die Polster gerutscht ist und gedacht, es verlegt zu haben. Ich werde es wohl nie erfahren.« Sie stapelt die Salatteller aufeinander und bringt sie in die Küche.

»Ist doch auch egal«, findet Biggi und ruft ihr nach: »Was wirst du mit dem vielen Geld anfangen?«

Traudl kommt mit einer Schüssel Spaghetti zurück. »Mich selbstständig machen!«, sagt sie lapidar, dreht sich um, und geht zurück in die Kochnische. Kurz darauf stellt sie geriebenen Parmesan und ein selbstgemachtes Basilikumpesto auf den niedrigen Couchtisch.

»Wie, selbstständig?«, fragt Biggi.

Auf die Neuigkeit leere ich mein Weinglas in einem Zug. »Als was denn?«, frage ich in banger Vorahnung, dass sie sich vielleicht als Hostess oder eben für eine Sexhotline hat anwerben lassen. Da ist man ja auch selbstständig. Soweit es die Steuererklärung betrifft.

»Als Unternehmerin!«, serviert sie uns mit den Spaghetti. »Bedient euch bitte beim Käse und dem Pesto selbst.«

Habe ich das richtig verstanden? Unternehmerin? Das wäre mal eine Metamorphose! Gestern noch frustrierter Trauerkloß mit Minijob im Drogeriemarkt und heute selbstbewusste Unternehmerin mit friseurgeölten Haaren. Vermutlich geht sie mit ihren Zwanzigtausend Öken auch gleich an die Börse.

»Du willst ein Unternehmen gründen?«, frage ich vorsichtig nach. »Womöglich auch ein Geschäft eröffnen, weil man aufgrund der vielen Ladenpleiten im Moment günstig an Objekte rankommt?«

Traudl wickelt Nudeln mit der Gabel auf und führt die Portion elegant zu Munde. »Hmm«, murmelt sie. »Gut erraten,

Paula, aber bevor ich mich auf die Suche nach einem geeigneten Objekt mache, wollte ich erst dich fragen.«

»Ich würde dir abraten«, presche ich vor. »Selbst wenn du ein Ladengeschäft in deiner Wunschgegend findest und für eine günstige Miete bekommst, das Leben als Geschäftsfrau ist kein Zuckerschlecken.«

»Kann ich bestätigen«, sagt Biggi. »Ich hatte zwar nur eine Praxis als Heilpraktikerin, aber so unähnlich ist das nicht. Am schlimmsten sind die monatlichen Kosten, und irgendwie ist der Monat immer schon rum, kaum dass er angefangen hat.«

Traudl nippt an ihrem Wein und mustert uns eingehend. »Boah, was seid ihr negativ! Ihr habt noch nicht mal gehört, was ich vorhabe, und schon lasst ihr den Pleitegeier über mir schweben.«

Die Frau, deren zweiter Vorname bis gestern Depressionata hätte sein können, beschimpft uns heute als negativ? Sind wir hier bei *Frauentausch* oder wie diese unsägliche TV-Serie heißt? Springt jeden Moment ein exaltierter Fernseh-Heini aus dem Schrank heraus und schreit ›April, April, wir haben eure Freundin geklont‹?

»Wir sind nicht negativ, sondern realistisch«, weist Biggi Madame Positiv zurecht. »Und zwar aus Erfahrung.«

»Eure Erfahrungen in allen Ehren«, fährt Traudl unbeirrt fort. »Würdet ihr euch wenigstens anhören, was ich vorhabe, bevor ihr meine Idee in die Tonne tretet?«

In die Tonne treten? Eine weitere Redewendung, die bisher nicht in Traudls Sprachschatz vorkam. »Ist noch Wein da?«, frage ich, auch auf die Gefahr hin, dass ich den Wagen stehen lassen muss. Geklonte Witwen und schicksalsschwere Geständnisse sind schwer verdaulich.

»Noch zwei Flaschen«, erklärt Traudl, erhebt sich und holt eine aus dem Kühlschrank.

Biggi wirft mir einen verstohlenen Blick zu. Ich weiß, was sie denkt. Traudl ist doch Alkoholikerin! Ich denke das ebenfalls. Deshalb faselt sie auch so wirres Zeug.

»Also«, beginnt Traudl aufs Neue, während sie unsere Gläser füllt. »Ihr wisst ja, dass ich gelernte Schneiderin bin, und mich mit Klamotten und Stoffen gut auskenne. Deshalb habe ich überlegt, eine Änderungsschneiderei zu eröffnen ...«

»Davon gibt es doch schon mehr als genug«, unterbreche ich sie.

»In der Gegend, die ich mir ausgeguckt habe, noch nicht. Und selbst wenn, Konkurrenz belebt das Geschäft!«, entgegnet sie. »Na, was sagt ihr zu meinem Plan?«

Biggi schüttelt sich. »Alte Klamotten von fremden Leuten ändern, igitt.«

»Pfenniggeschäft«, sage ich kühl.

»Oder alternativ eröffne ich einen Secondhandladen. Da macht der Gewinn knapp zweihundert Prozent Umsatz pro Teil aus«, erklärt Traudl und berichtet, dass sie ganz genau recherchiert habe. »Die Filialleiterin vom Drogeriemarkt trägt seit Jahren ihre Sachen in so einen Laden. Die Besitzerin dieses Shops fährt einen Porsche und hat eine Finca auf Mallorca.«

»Und hat vermutlich einen reichen Mann. Der Laden ist bestimmt nur ein Hobby«, wende ich ein.

»Wie auch immer«, entgegnet Traudl. »Ich habe alles genau ausgerechnet, quasi einen Businessplan so gut wie fertig gestellt. Mit den Zwanzigtausend plus den Fünftausend von meinem Sparkonto könnte ich ein Jahr lang alle meine Kosten decken. Die Ware bekomme ich in Kommission, wie in Secondhandläden üblich, dafür benötige ich also kein Kapital. Ich müsste lediglich stabile fahrbare Kleiderstangen anschaffen, eventuell Regale für die gelegte Ware, dazu einige Eimer Farbe, und jemanden finden, der mir beim Streichen hilft. Da habe ich an Karl gedacht, den ich natürlich bezahlen würde.«

»Soweit ich das auf die Schnelle überschlage, reichen die Fünfundzwanzigtausend höchstens für die Wohnungsmiete, deinen Lebensunterhalt, Krankenkasse und so«, rechne ich Traudl vor. »Für eine Ladenmiete plus Strom und Heizung bleibt da kaum was übrig. Wenn du also niemanden findest, der dir einen Laden für lau überlässt, wird es nix werden mit deiner Karriere als alte-Klamotten-Queen.«

Überraschenderweise wirkt sie kein bisschen niedergeschlagen. »Ist mir klar, Paula«, sagt sie und sieht mir direkt in die Augen. »Deshalb dachte ich an euren alten Laden.«

15

»Unseren alten Bäckerladen?«, frage ich verdattert, mir ist von Traudls Überraschungs-Tsunami bereits schwindelig. Neue Möbel, plötzlicher Geldregen und als Sahnehäubchen plant sie die Selbstständigkeit. Was in diesen Krisenzeiten der absolute Wahnsinn wäre.

Traudl lächelt bejahend. »Genau der. Er ist doch immer noch ungenutzt, oder? Die Lage wäre ideal.«

Biggi verschluckt sich an den Nudeln. »Und wir ... dachten ...«, hustet sie, »du hättest angefangen, zu trinken.«

»Hahaha ...«, lacht Traudl. »Den Wein habe ich doch extra nur für den heutigen Abend besorgt ... Ach, deshalb habt ihr mir immer so merkwürdige Fragen gestellt?«

Wir nicken einstimmig und Biggi gesteht: »Ich wollte dich schon zu den AA schleppen.«

»Zu den Anonymen Alkoholikern?« Traudl tupft sich mit der Serviette Lachtränen aus den Augenwinkeln. »Also, was sagst du, Paula?«, nimmt sie das Thema wieder auf. »Wäre doch eine klasse Kombination. Ihr mit den einsamen Oldies in den hinteren Räumen und ich vorne mit abgelegten Klamotten der Oldies. Prima Ergänzung, würde ich meinen.« Sie strahlt mich vergnügt an.

Heiliger Käsekuchen! Jemand muss die Witwe geklont haben. Oder woher kommt diese plötzliche Unternehmungslust? Dieses beinahe unheimliche Selbstbewusstsein. Und vor allem der Sinn fürs Skurrile?

Biggi scheint sich weniger zu wundern. »Gar nicht so dumm,

Traudl. Mir gefällt die Idee. Gemeinsam sind wir stark. Oldies vereinigt euch und so weiter …«

»Selbstverständlich werde ich auf lange Sicht die Miete bezahlen«, erklärt Traudl weiter und blickt mich dabei ganz souverän an, als wäre sie seit Jahrzehnten eine erfolgreiche Geschäftsfrau. »Nur, falls es anfangs nicht sooo gut läuft, müsste ich vielleicht um Stundung bitten. Was meinst du, könnten wir ins Geschäft kommen? Vorausgesetzt, du willst den Laden nicht selbst nutzen.«

Obwohl sich Traudls Pläne recht realistisch anhören, bin ich unschlüssig. Gebrauchte Klamotten und alte Menschen, das müffelt, wenn ich nur daran denke. Plötzlich fühle ich mich uralt. Ratlos zucke ich die Schultern. »Die Agentur ist noch in der Planungsphase, und wie Biggi gesagt hat, sind wir bisher ohne Männer. Abgesehen von Karl, der sich als Begleiter eintragen lassen würde. Aber mit einer Ein-Mann-Kartei ist kein Preis zu gewinnen. Was die Vermietung angeht, das kann ich nicht alleine entscheiden, weil mir das Haus nicht gehört. Wir müssen Herbert fragen.«

»Oh!«, entfährt es ihr enttäuscht. »Das wusste ich nicht. Ich habe angenommen, dass du dafür zuständig bist. Würdest du mir Herberts Nummer geben, damit ich ihn anrufen kann?«

Wie auf Kommando schrillt das Telefon in meiner Handtasche. Ich schiebe den Nudelteller beiseite und krame nach dem Handy. »Vielleicht ist er das. Herbert meldet sich ja gerne im passenden Moment«, scherze ich in Erinnerung an den Einkauf bei ›Lodenfrey‹. Doch wie ich sehe, leuchtet eine mir unbekannte Nummer auf dem Display. »Paula Wertheim«, melde ich mich.

»Hier iss der olle Ede«, höre ich. »Erinnerste dir an mir?«

»Aber ja, hallo Ede, wie schön, dass du dich meldest!«, antworte ich erfreut.

Biggi schießt vor Aufregung das Blut in die Wangen. »Das ist einer der Männer vom Speed-Dating«, flüstert sie Traudl zu.

»Na, ick wollte dir doch zu em Kaltjetränk einladen, wa?«, entgegnet er. »Und wat der olle Ede verspricht, darauf kannste een lassen ...« Er lacht polternd. »Ick meene, darauf kannste dir verlassen. Wat meenste, Paula, haste Zeit?«

Offensichtlich hat Ede den fünften Gang seines Flirtmodus' eingelegt. »Jetzt, sofort?«, frage ich und betrachte mein Outfit. Ist es Zufall, dass ich ein braun-weiß-getupftes Sommerkleid mit weitschwingendem Rock trage?

Biggi streckt beide Daumen hoch und nickt aufmunternd.

»Bloß keene Panik, so inne Stunde«, antwortet er. »Ick habe da eene Lokalität ausfindig jemacht, da könn wir zwee beede det Tanzbein schwingen.«

»Tanzen?«, wiederhole ich erschrocken. Ausgerechnet. Für den Mini-Bernhardiner bin ich doch gar nicht kompatibel. Es sei denn, ich strecke die Arme aus, dann könnte er Limbo tanzen. »Hmm ... Ich bin etwas aus der Übung«, antworte ich zögernd.

»Wir treffen uns in einer Stunde«, entgegnet Ede, meinen Einwand ignorierend.

Ich gebe mich geschlagen. »Na gut, und wo?«

»Im ›König-Ludwig‹, det iss een Restaurang. Mittwochs jibt et da jepflechtes Amüsemang. Soll ick dir mit de Limousine abholen?«, fragt er, ganz Kavalier. »Kannst dir och een aussuchen: Daimler, BMW, Bentley.«

»Vielen Dank, Ede, nicht nötig. Ich kenne das Lokal, auch den Biergarten.« Ich muss innerlich grinsen. Genau dorthin hat Herbert mich an einem lauschigen Sommerabend ausgeführt. »Im Moment besuche ich eine Freundin und bin deshalb mit dem Wagen unterwegs.«

»Na jut, denn treffen wir uns vor det Lokal. Ick freue mir, wa!«

»Ich mich auch, bis später.«

Biggi und Traudl mustern mich erwartungsvoll, nachdem ich das Gespräch beendet habe.

»Ede will mich übers Tanzparkett schieben«, verkünde ich und berichte, wo er mich treffen will.

Biggis Augen beginnen zu leuchten. »Oh, das kenne ich. Vor ewigen Zeiten gab's da Salsa- und Latinoabende und auch Faschingsbälle. Mit der Band haben wir ein paar Mal dort gespielt.« Ihr Blick wandert verträumt ins Leere und wieder zurück zu mir. »Das existiert also immer noch. Oh Mann, ich würde so gerne mal wieder tanzen gehen …«

Sie bewegt die Hände, als würde sie wie damals die Rumbarasseln schütteln.

»Meinetwegen kannst du mich begleiten. Aber ob es Ede gefallen würde, wenn ich wie ein Teenager die Freundin mitbringe?«, überlege ich. »Andererseits bin ich eine miserable Tänzerin, dann könntest du für mich einspringen. Auch sonst … Der Gute hat ja keine Ahnung …«

»Wovon?«, fragt Traudl mit gerunzelter Stirn. »Was hast du denn mit ihm vor?«

»Nichts, er hat nur keinen blassen Schimmer, dass ich nicht sein Gspusi werden, sondern ihn für die Agentur anwerben möchte. Beim Dating habe ich nämlich nur erzählt, dass ich bei einer Vermittlungsagentur angemeldet wäre«, erkläre ich. »Wer weiß, was geschieht, wenn Ede die Wahrheit über meine tatsächliche Absicht nicht gefällt?«

»Sehr lecker, Traudl …« sagt Biggi, legt ihre Gabel in den leeren Teller und wischt sich den Mund ab.

Traudl räumt das Geschirr zusammen. »Möchtet ihr Kaffee?«, fragt sie im Aufstehen, um abzuräumen.

Meine Stimmung würde eine kleine Alkoholinjektion heben. Aber ich möchte meinen Führerschein behalten, und nehme dankend den Kaffee an.

»Wie wäre es, wenn ich mit Biggi nachkomme?«, fragt Traudl, als sie mit drei Tassen Espresso und der Zuckerdose auf einem Tablett erscheint.

»Du willst tanzen?«, frage ich verwundert, auch wenn sie mich nach den massenhaften Neuigkeiten nicht mal mehr mit einem Striptease auf dem Tisch überraschen könnte.

Sie verteilt die Tassen. »Ja, die Pasta war kein Diätessen und ich müsste dringend ein, zwei Kilo abnehmen.«

»Sagt wer?«, platze ich heraus. Traudl ist die einzige von uns, die es nun wirklich nicht nötig hat – und bisher bei diesem Thema immer genervt mit den Augen rollte. Hinter derartigem Sinneswandel steckt doch ein Liebhaber?

»Ähm … niemand …«, stottert sie wie ertappt. »Aber alle meine Hosen und Röcke kneifen.« Demonstrativ trinkt sie ihren Espresso ohne Zucker. »Deine Verabredung wird überhaupt nicht mitkriegen, dass wir uns kennen. Er hat bestimmt nur Augen für dich. Was meinst du, Biggi?«

»Denke ich auch«, antwortet sie. »Männer leiden unter Tunnelblick, sobald sie das Objekt ihrer testosterongetränkten Begierde avisieren, was uns heute prima in den Kram passen würde.«

»Und ihr meint, ich bin das Objekt?«, frage ich mehr mich selbst. Denn so richtig glaube ich nicht dran.

Biggi guckt verwundert. »Sonst hätte er doch nicht angerufen, oder?«

»Vermutlich«, gebe ich mich geschlagen. »Dann sollte ich wohl mal mein Make-up auffrischen. Damit Edes Begierde nicht so schnell wieder erlischt.«

Wenige Minuten vor der verabredeten Zeit suche ich nach einem Parkplatz in der Nähe des Lokals. Es dauert dann doch länger als erhofft.

Ede wartet bereits. Im kurzärmligen blauen Hemd, die Hände in den Taschen einer hellen Hose vergraben, marschiert er ungeduldig auf und ab. Aus der Entfernung kommt er mir noch kleiner und dicker vor als beim Speed-Dating. Liegt wohl daran, dass wir damals an Tischen saßen.

»Jut siehste aus, Paula!« Er schüttelt meine Hand, wobei er zu mir aufblicken muss. Der Größenunterschied stört ihn offensichtlich nicht.

»Dankeschön.« Ich laufe tatsächlich rot an.

»Ick wollte dir schon als vermisst melden … Keen Parkplatz jefunden, wa?«

»Und du?«, stelle ich die Gegenfrage.

»Icke och nich … destawegen riskier ick heute een Knöllchen.« Er dirigiert mich Richtung Eingang. »Und nu nüscht wie rinn ins Vergnügen.«

Ede öffnet die Tür. Musik schallt uns entgegen. Begleitet vom heißen Karibikrhythmus durchqueren wir den vorderen Teil der Gaststätte. Hier kann man an rustikalen Tischen bayrische Spezialitäten genießen und die zwei Millionen Kalorien im dahinter gelegenen Tanzsaal wieder loswerden.

Ede löst die Eintrittskarten. Drei Schritte später befinden wir uns mittendrin im schummrigen Vorstadtvergnügen, wo irgendjemand die Vergangenheit eingefroren hat.

Es sieht immer noch so aus wie vor dreißig Jahren. Ein länglicher Raum, zwei Drittel davon Tanzfläche, auf dem sich einige Pärchen tummeln. An der Stirnseite eine winzige Bühne, wo ein Discjockey alte Vinylscheiben auflegt. Gegenüber eine Ansammlung hässlichster Holzstühle an blankgescheuerten Wirtshaustischen. Etwa die Hälfte davon besetzt. In der Mitte eiert eine große Discokugel und versprüht bunte Lichtflecken, als versuche sie verzweifelt mit altmodischem Glamour über den morbiden Charme hinwegzutäuschen.

In meiner Erinnerung tauchen verschwommene Bilder auf, von Herbert und mir, wie wir nach Bier, Radi und Brezen zu 50er-Jahre-Oldies unter genau dieser Glitzerkugel tanzen. Soweit man überhaupt von einem Tanz sprechen kann, wenn zwei nur von einem Bein aufs andere treten. Teilweise gab's Schwarzlicht. Diese Gruselbeleuchtung, bei der selbst vergilbte Zähne superweiß und Hemden noch weißer als in Werbespots erscheinen.

Heute tauchen zweiflammige Wandlämpchen die vielen älteren Pärchen in gnädiges Licht. Seniorentango, geht es mir durch den Sinn. Ein in Ehren ergrautes Paar bewegt sich so vorsichtig, dass man geneigt ist, ihnen ein Gehwägelchen zu besorgen. Beim nächsten Gedanken wird mir bewusst, dass ich quasi in eine Goldgrube gefallen bin. Oder Silbergrube, wenn ich die grauen Panther genauer betrachte. Mindestens drei attraktive Männer, um die sechzig, springen mir sofort ins Auge.

»Und, wat sachste?« Ede legt mutig die Hand in meine Taille und holt mich aus meinen Reflektionen.

»Einfach wundervoll ... gefällt mir sehr«, antworte ich euphorisch und muss ein Kichern unterdrücken, weil mir plötzlich der saublöde Witz einfällt von dem sehr kleinen Mann, der eine extrem große Frau geheiratet hat. In der Hochzeitsnacht saust er händereibend ums Bett und flüstert: ›Alles meins, alles meins!‹

»Willste wat trinken oder sofort rinn ins Jewühle?«, fragt Ede und streichelt mir den Rücken.

Ah, immer noch Selbstbedienung, wie eh und je. »Sehr gern eine Cola ...«

»Mit Schuss, wa?«, tippt Ede.

Das hätte er wohl gerne. Aber heute muss ich einen klaren Kopf behalten, um meine Pläne konzentriert vorantreiben zu können. Wenn ich blödsinnig herumalbere, wird mich keiner ernst nehmen. »Später vielleicht«, antworte ich ausweichend.

Ede schwirrt ab. Eigentlich rollt er mehr wie ein Ball, fällt mir auf, als ich ihm nachschaue.

Während ich auf seine Rückkehr warte, mustere ich die Tänzer etwas genauer, um zu erkennen, ob sie mit ihren Partnerinnen liiert oder gar verheiratet sind. Eheringe kann ich in dem Schummerlicht leider nicht orten, aber ein Paar schwebt so harmonisch übers ramponierte Parkett, die sind garantiert verheiratet. Oder ehemalige Profitänzer.

»Darf ich bitten?«

Ein sympathisch aussehender jüngerer Mann mit Brille, in engen Jeans und schwarzem Hemd steht plötzlich neben mir. Kopfnickend deutet er eine altmodische Verbeugung an.

»Oh!«, sage ich ehrlich überrascht. Nie im Leben hätte ich zu träumen gewagt, überhaupt beachtet zu werden. »Sehr freundlich, vielen Dank, aber …«

Mehr muss ich nicht sagen, denn mein Mini-Bernhardiner kommt mit der Cola und einem Glas Bier zurück. Den Rivalen funkelt er nur kurz an. Der verzieht sich schulterzuckend.

»Wat die jungschen Schwachköppe sich aber och immer einbilden …«, raunt er dem Konkurrenten selbstbewusst nach. »Bitteschön. Einmal ohne.« Feixend überreicht er mir ein Glas. »Und langsam trinken, det Zeuch jeht verdammt schnell ins Blut.«

Ich fühle mich wie die Rentnerballkönigin. Könnte ein lustiger Abend werden. »Vor Urzeiten war ich schon mal hier«, murmle ich. »Als ich noch jung und schön war.«

Ede hat es offensichtlich gehört. »Biste immer noch! Und

mir jefällste jut.« Er legt mir besitzergreifend die Hand auf den Rücken.

Ach ja, auch wenn der kleine dicke Mann mit den Hängebacken und den haarigen Ohren nicht der Traum meiner schlaflosen Oldie-Nächte ist, mit einem Kavalier unterwegs zu sein tut einfach gut.

Eine Weile schlürfe ich meine Cola, dann nimmt Ede mir das Glas aus der Hand und stellt es auf einem der Tische ab.

»Denn man los«, sagt er und schiebt mich auf die Tanzfläche. Proteste hätten wenig Erfolg.

Zum Glück hat der Discjockey einen Schmusesong aufgelegt. Das sollte zu schaffen sein. Rein tempomäßig, meine ich.

Ede dreht und schiebt mich gekonnt wie ein Tanzlehrer. Alles Runde rollt gut, denke ich vergnügt, und obwohl er mir gerade bis zum Kinn reicht, macht es Spaß. Biggi hat recht, wir gehen viel zu selten aus. Das unangenehme Knacken hier und da in den morschen Knochen verdränge ich einfach. Ist ja auch kein Wunder, so unsportlich wie ich in letzter Zeit war. Automatisch fällt mir das Fitnessstudio und Kill Bill ein, und warum ich überhaupt hier herumspringe. Spaß hin oder her. Das Ziel heißt: Ede anwerben. Aber wie anfangen? Ich grüble noch, als Ede plötzlich seine Nase an meine Brust presst. Upps! Macht er etwa schon schlapp oder soll das eine Art Vorspiel zu einem schnellen Hupferl sein? Also, zu einem One-Night-Stand?

Aber von Null auf Sex im Eiltempo geht bei mir nicht. Mal abgesehen von Ede, der nicht auf meiner Erotik-Wunschliste steht, müsste ich erst mal umfassende Vorbereitungen treffen: Sündige Dessous anschaffen – die fehlen nach wie vor in meinem Schrank –, Friseur, Kosmetikerin, Maniküre, Pediküre und zwei, drei Runden in Münz-Mallorca. Egal wie schrumpelig, ein gewisser Bräunungsgrad lässt auch die faltigste Schwarte knackiger aussehen. Den Anmachklassiker »Zu dir oder zu mir?« würde ich mit »Frag nächste Woche noch mal!« beantworten.

Der Discjockey kündet einen Lambada an. Scheint sehr beliebt zu sein, denn die Tanzfläche füllt sich zügig.

»Ist das schwierig?«, frage ich, erinnere mich aber sofort, als die ersten Töne erklingen, an »Kaoma«.

»Einfach mit den Hüften wackeln«, flüstert Ede mir zu, umfasst mich dabei noch fester und drückt seinen Unterkörper gegen meinen.

Huch! Das ist doch nicht etwa …? Vergeblich versuche ich, etwas abzurücken. Ede hält mich fest umklammert, presst und schiebt. Noch einen Millimeter näher und ich verlange, dass er sich ein Kondom überzieht. Endlich ist die heiße Nummer zu Ende. Theatralisch keuchend fächle ich mir Luft mit der Hand zu. »Ich muss unbedingt etwas trinken«, schnaufe ich und ignoriere Edes Protest.

Nach einem großen Schluck kalter Cola fällt mir ein, wie ich das Gespräch auf mein Thema lenke. »Wie läuft's denn so an der Dating-Front? Inzwischen viele Frauen getroffen?«

Er strahlt mich breit an. »Du bist die Einzige.«

»Charmeur«, entgegne ich. »Aber Spaß beiseite, Ede, wie ernst ist es dir mit einer Beziehung?«

Zwischen Edes buschigen Brauen erscheint eine tiefe Falte. »Hossa!«, lacht er dann. »Darf ick erst noch meene Hopfenkaltschale jenießen, bevor de mir uff det Standesamt schleppst?«

Seine Antwort löst bei mir einen Lachanfall aus. Nein, Ede ist kein Schönling, aber sein Humor ist wie der goldene Schlüssel zu Frauenherzen. Auch zu meinem. Zum Agenturherz, versteht sich. Ich persönlich würde Ede jedoch trotz seines Humors nie auf eine schnelle Nummer mitnehmen.

»So war's nicht gemeint«, sage ich, wieder bei Atem. »Ich will dich weder auf der Stelle heiraten noch zu etwas überreden …«

»Och, ick wüsste da einiges, da müsstest de nicht ville reden«, unterbricht er mich und sieht mir tief in die Augen.

Ich ignoriere seine versteckte Anmache und wedle mir mit dem Bierdeckel Luft zu. »Erinnerst du dich, was ich von der Partnerschaftsagentur für Oldies erzählt habe?«, starte ich dann einen neuen Versuch.

»Hm-hm«, brummelt Ede mäßig interessiert, trinkt einen Schluck Bier und wischt sich dann die Schaumreste vom Mund. »Schon een Joldfisch an Land jezogen?«, fragt er schließlich doch mit lauerndem Unterton. Vermutlich möchte er sich vergewissern, ob er mit mir nicht seine Zeit vergeudet.

»Bisher noch nicht«, antworte ich ausweichend. »Aber genau genommen suche ich nicht für mich direkt …«

»Indirekt? Det musste mir jenauer erklären.«

Erleichtert, sein Interesse wieder geweckt zu haben, beginne ich zu erzählen. Anfangs noch etwas stockend gestehe ich, warum ich ihn tatsächlich wiedersehen wollte.

Ede hört aufmerksam zu. »Verstehe ick det richtig, du willst mir an olle Tanten verkuppeln?« Sein Tonfall klingt mit einem Mal überhaupt nicht mehr vergnügt.

»In Bayern ist Kuppeln etwas sehr Ehrenvolles«, versuche ich, die negative Interpretation abzumildern, und berichte von meiner Zeit als Personalchefin. »Ich habe ein besonderes Talent, zu erkennen, wer mit wem harmoniert und mich noch nie getäuscht. Genau darin unterscheide ich mich von anderen Agenturen, wo eine seelenlose Maschine die Auswahl trifft. In Gefühlsdingen sind menschliche Erfahrung und Intuition einfach viel mehr wert als Computer-Einmaleins.«

»Det iss ja allet schön und jut. Aber det interessiert mir

nich. Nich mal, wenn de mir noch een Satz Alusportfelgen als Bonus drufflegst«, knurrt er. »Ick habe nämlich keen Talent zum Altenpfleger!« Dann trinkt er sein Bier in einem Zug aus, steht abrupt auf und verlässt ohne weitere Erklärung das Lokal.

Fassungslos starre ich ihm nach. Ich habe nicht unbedingt damit gerechnet, dass er vor lauter Begeisterung auf dem Tisch tanzt, aber mich einfach so sitzen lassen ... Mist! Was mache ich denn jetzt? Allein hier herumsitzen ist saublöd.

»Uuund wieder Zeit für Daaamenwaaahl ...«

Die gedehnte Stimme des Discjockeys aus dem Lautsprecher dringt durch meinen Frustnebel. Das Lokal hat sich inzwischen gut gefüllt und die Damen wuseln, um sich den Mann zu schnappen, der sie vielleicht nie auffordern würde.

Moment. Das ist doch ... Freie Auswahl beim starken Geschlecht! Suchend blicke ich mich um und erspähe den jungen Mann, der mich vorhin vergebens aufgefordert hat. Er lehnt mit einem Freund, etwa im gleichen Alter, an einem Stehtisch.

Na dann, auf zum Männerangeln, spreche ich mir Mut zu. Mehr als Nein sagen kann er nicht. Möglichst aufreizend bewege ich mich auf ihn zu.

»Darf ich jetzt bitten?«, frage ich lächelnd.

»Sehr gerne!«

Er reicht mir den Arm und führt mich aufs Parkett.

»Ich heiße übrigens Florian«, sagt er und legt den Arm um mich.

»Ich bin die Paula.«

Florian ist ein temperamentvoller Tänzer, der mir erzählt, dass er beruflich Taxi fährt. Zwischen den Fahrten legt er gerne mal eine kleine Tanzpause ein, wie heute. Nach der zweiten Runde flimmern mir Lichtpunkte vor den Augen, noch einen Tanz später ist mir schwindlig und ich bin schweißgebadet.

»Puh!« Schnaufend wedele ich mit beiden Händen vor meinem Gesicht herum und bitte um eine Pause. Auch, weil man sich beim Tanzen nur stockend unterhalten kann.

Während wir die Tanzfläche verlassen, beschließe ich, Florian auf jeden Fall anzuwerben. Als guter Tänzer könnte er der Star meiner Agentur werden, den frau sich für einen Ballabend engagiert. Vor allem während der Faschingszeit finden in München jede Menge Veranstaltungen statt, bei denen eine ältere Frau besser mit Tanzpartner erscheint.

»Dein ... ähm ... Begleiter?« Florian sieht mich fragend an, als wir am Tisch angelangt sind. Den Rest lässt er ungesagt.

Mist! Jetzt steh ich ziemlich blöd da, als alte verlassene Frau. Ich überlege, was ein Mann in solch einer Situation sagen würde. Prahlen wie ein Porschefahrer. »Er war eifersüchtig ... auf dich!«

Florian kratzt sich verlegen am Kinn. »Ah, und jetzt läuft er zwecks Abkühlung ein paar Runden um den Block?«

»So ungefähr.« Ich blicke zum Eingang, als würde ich ihn zurückerwarten. »Könnte aber auch sein, dass er nicht zurückkommt.«

Einen Augenblick später taucht Biggi auf. Ihr rotes Haar leuchtet trotz der mageren Beleuchtung wie eine Neonschrift auf einsamer Landstraße. Sie geht ein paar Schritte, bleibt dann stehen, um sich zu orientieren.

Erfreut winke ich ihr zu. Sie ortet mich und eilt auf uns zu. Gerettet.

»Hallo«, strahlt sie und holt kurz Luft. »Tut mir leid, ich habe mich etwas verspätet.«

»Nicht schlimm«, reagiere ich geistesgegenwärtig auf ihre Behauptung. »Das ist Florian«, stelle ich ihn vor. Der steht wie paralysiert neben mir. Ein bisschen sieht es so aus, als würde er sogar hecheln. Biggi hat einfach Honig am Hintern und eine magische Wirkung aufs andere Geschlecht. Allein deshalb sind wir beide ja auch prädestiniert für unsere Pläne.

Nach kurzem Höflichkeitsgeplänkel fordere ich Florian, und natürlich auch seinen Freund, dazu auf, dass wir uns alle einen gemeinsamen Tisch suchen. Marco ist ein schmächtiger Italiener, dessen schwarze Locken, knallblaue Augen und markante Gesichtszüge über die fehlende Körpergröße locker hinwegtäuschen. Dazu hat er ein Grübchenlächeln, dass bei vielen Frauen Schnappatmung hervorruft. Volltreffer. Die beiden schnappe ich mir!

Auch Biggi denkt bei Marcos Anblick sicher nicht daran, mit ihm über Heilsteine zu philosophieren. Leicht besorgt – schließlich sind nicht wir auf Brautschau – beobachte ich, wie sie ihre roten Locken über die Schulter wirft und sich einzelne Strähnen hinters Ohr streicht. Alarmstufe eins. Ich stoße sie unterm Tisch mit dem Fuß an – erwische aber Florians Fuß, wie ich an seiner Reaktion merke.

»Na, wieder bei Atem?« Er schiebt seinen Stuhl zurück und erhebt sich. »Dann drehen wir noch 'ne Runde.«

Es läuft *All I have to do is dream*, eine langsame alte Schnulze von den Everly Brothers, bei der ich mich gut weiterunterhalten kann. »Leidet die Droschkenbranche auch unter der Krise?« frage ich.

Florian stöhnt leise. »Milde ausgedrückt. Tagsüber kutschiere ich hauptsächlich Businessleute, da geht's grad so auf Null raus, ansonsten sind Taxifahrten inzwischen reiner Luxus. Demnächst werde ich mich wohl auf die Suche nach einem Zweitjob begeben.«

Ich strahle. »Da hätte ich genau das Richtige für dich.«

Florian verlangsamt unsere Drehungen. »Ich mach aber keinen Schweinkram«, verkündet er ernst, als stünde auf meiner Stirn: Puffmutter Paula.

»Alles jugendfrei, keine Sorge.« In der Kurzfassung erkläre ich unser Vorhaben.

»Tolle Sache!«, findet er. »Leider aber nichts für mich.«

»Weshalb?«, frage ich hoffend, dass er nur noch ein paar überzeugende Argumente von mir bräuchte.

Die Everly Brothers hauchen: »*Dream, dream, dream …* «

»Ich bin verheiratet.« Er lächelt mich an. »Glücklich. Wir erwarten demnächst unser erstes Baby.«

Hat sich vielleicht das Universum gegen mich verschworen?, fluche ich tonlos. Biggi muss dringend ein paar Edelsteine opfern. Pulverisieren und in der nächsten Vollmondnacht verbrennen oder so.

»Und deine Frau weiß von deinem … äh … Hobby?«, frage ich nach. Verheiratete Männer alleine auf der Pirsch suchen bestimmt keine zehn Freunde zum Fußballspielen.

»Wir haben uns selbst beim Tanzen kennengelernt«, berichtet er, während wir zum Tisch zurückgehen. »Sie vertraut mir, ich bin eine treue Seele. Ehrlich. Normalerweise drehe ich zwei, drei Runden zur Entspannung, danach klemme ich mich wieder hinters Steuer. Aber falls du mal einen zuverlässigen Fahrer benötigst, jederzeit gern.« Er greift in seine Gesäßtasche und überreicht mir eine Visitenkarte.

Seufzend nehme ich die Karte entgegen. »Ja, vielleicht benötige ich dich mal.«

Wir setzen uns zurück zu Biggi und Marco, die noch gar nicht tanzen waren. Anscheinend hat er Spannendes zu berichten. Biggi hat den Kopf auf eine Hand gestützt und lauscht mit verklärter Miene.

»Gut amüsiert?« Ich blinzle ihr unauffällig zu. Hoffentlich hat sie dem blauäugigen Locken-Lover von unserem Vorhaben berichtet.

»Marco träumt von einer eigenen Pizzeria!«, verkündet

Biggi begeistert, als wären Pizzaschuppen die beste Erfindung seit der Tütensuppe.

»Nein, wie originell!« Kreischend heuchele ich Euphorie.

Sie mustert mich, als sei ich volltrunken. Fehlt nur noch, dass sie mir den Vogel zeigt.

»Weiße ich schone Name«, mischt Marco sich ins Gespräch ein. »Lokal solle heiße ›Maffiositorten‹.«

Biggi schäumt förmlich über vor Begeisterung. »Ist das nicht der allerschärfste Name, den du jemals gehört hast? Das wird bestimmt der Renner.«

Zugegeben, der Name hat was. Aber was haben der Deutschen liebste Hefeteigfladen mit unseren Plänen zu tun? »Aber du träumst doch hoffentlich nicht davon, auf Pizzabäckerin umzulernen?«, fahre ich sie provozierend an.

»Quatsch!« Sie fährt mit der Hand durch die Luft.

»Isse noch nicht geoffnet, Signora«, erklärt Marco mit traurigem Hundeblick und reibt die Finger in typisch verzagter Geste aneinander. »Fehlte notiges Kleingelde.«

Ah! Das klingt schon eher nach einer komfortablen Ausgangssituation für uns. Um mich einzuschmeicheln, spendiere ich eine Runde Sekt. Notfalls lasse ich das Auto stehen und mich von Florian chauffieren.

Doch der lehnt dankend ab. »Ich muss leider los«, sagt er und verabschiedet sich. »Vielleicht begegnen wir uns ja mal wieder.«

»Wenn ich mehr als ein Glas trinke, rufe ich an«, stelle ich in Aussicht. Nachdem wir drei angestoßen haben, wende ich mich an Marco. »Wärst du an einem lukrativen Nebenjob interessiert?«

Marco zuckt leicht zusammen. »Ich nix Mafioso, wenn du denke, nur Restaurante so heiße. Make ich nix illegale Schiebunge …«

Was ist nur mit der heutigen Jugend los, und wo sind die mutigen Kerle geblieben, die früher zu jeder Schandtat bereit waren? Florian dachte sofort an Schweinerein, Marco an Schiebereien. Als ob erwachsene Frauen per se durchtrieben wären. »Wo denkst du hin. Ein ganz legaler Job, keine vom Laster gefallenen Computer, die ich schnell loswerden muss«, lache ich.

Biggi nickt eifrig. »Ehrlich, Marco, es handelt sich um einen seriösen Begleitservice für ältere Frauen.«

»Ah, capisco, Mama begleite«, kombiniert Marco und gestikuliert mit den Händen. »Make ich sähr gärne.«

Mama mia, so viel italienischer Eiscreme-Charme löst fast einen Zuckerschock bei mir aus. Ich muss mich sehr beherrschen, den Casanova im Taschenformat nicht an meine Mamabrust zu drücken und abzuknutschen. Rein platonisch, versteht sich. Marco passt genauso wenig in mein Beuteschema wie Ede, der Mini-Bernhardiner.

Biggi hält sich weniger zurück, krault ihm kichernd die Schmachtlocken und erklärt alles noch mal ausführlicher. Ich rechne ihm zusätzlich vor, was dabei für ihn herausspringen würde.

»Ah, jetzt iste Grosche gefalle!« Seine Augen glitzern wie einer von Biggis Edelsteinen. »Suchste du Belami, für einsame Fraue mit viele Cash in de Armani-Handtasche.«

Biggi und ich werfen uns einen amüsierten Blick zu. So kann man es natürlich auch ausdrücken, etwas unromantisch, aber es trifft ins Schwarze. Und sein mangelhaftes Deutsch ist das Sahnehäubchen – oder die extra Portion Parmesan, um in der Pizzabranche zu bleiben. Als ehemalige Bäckergattin habe ich natürlich überhaupt nichts gegen diese Zunft. Aber frau orientiert sich schließlich eher nach oben.

Leider ist es bis zur ersten Vermittlung noch ein weiter Weg.

Unser Männer-Angebot ist überschaubar, freundlich ausgedrückt, die Homepage gerade mal im Rohzustand und ein zugkräftiger Name fehlt uns ebenfalls.

16

Der Donnerstagmorgen beginnt mit einem sirenenartigen Geräusch. Der Wecker ist es nicht. Seit ich alleine lebe und auch nicht mehr arbeite, wurde er nicht mehr gestellt. Es ist die Türklingel, wie ich beim nächsten Schrillen realisiere. Benommen erhebe ich mich – und plumpse sofort wieder zurück aufs Bett. Ich spüre jeden einzelnen Knochen, vor allem die Knie knirschen, als hätten Außerirdische sie gegen Sandsäcke ausgetauscht. Wer hätte gedacht, dass man vom Tanzen derartigen Muskelkater bekommt? Muss meiner Hausärztin zustimmen und dringend etwas für meine körperliche Fitness tun. Aber erst zur Tür, wo ein ungehobelter Zeitgenosse offensichtlich glaubt, die Klingel sei seine ganz persönliche Alarmanlage.

Ächzend ziehe ich mir den Morgenmantel über, wünsche mir gleich beim ersten Schritt einen Rollator und quäle mich, so schnell es meine morschen Gelenke erlauben, durch den Flur. Mittlerweile hämmert die Nervensäge gegen die Tür, als stünde der Weltuntergang bevor.

»Ja, ja …«, rufe ich genervt. »Moment …«

»Frau Wertheim? Paketpost!«, dringt es gedämpft durch die Tür.

Als ich öffne, mustert mich ein hübscher junger Mann mit wilder Rastalockenmähne in DHL-Uniform. »Sind Sie krank?«, fragt er besorgt, während er mir ein flaches viereckiges Paket entgegenhält. Obendrauf liegt einer dieser Mini-Computer, auf dem ich unterschreiben soll.

›Nein, du Quälgeist, ich habe absichtlich so lange getrödelt, weil ich scharf auf morgendliche Klingelattacken bin!‹, würde ich ihm am liebsten an die Rübe werfen. Was ich natürlich nicht tue, sondern nur grummelnd meinen Servus hinkrakle.

»Kaffee mit Zitrone, gut gegen Kater«, grinst er, tippt sich an die Schläfe und wünscht mir einen schönen Tag.

Kaffee mit Zitrone? Igitt! Vielleicht noch mit Regenwurm gewürzt. Ich will ihn noch fragen, von welchem Planeten er stammt, wo die Bewohner mit saurem Kaffee vergiftet werden, doch da ist er schon entschwunden. Oder mit jugendlichem Elan davongesprungen, um genau zu sein.

Auf Zitronenkaffee verzichte ich freiwillig. Stattdessen werfe ich die bewährte Kopfschmerzpille ein, die vielleicht auch den Muskelkater dämpft. Das hellbraun verpackte Paket deponiere ich auf dem Küchentisch, präpariere erst mal die Kaffeemaschine und begebe mich dann unter die Dusche. Danach bin ich endlich wach. Jedenfalls so weit, dass ich mich an das Päckchen erinnere. Neugierig reiße ich es auf. Es enthält eine auf Rahmen gespannte Leinwand, in der Größe einer Illustrierten. Ein rotes Herz mit schwarzer Schrift verkündet:

Eine Karte liegt auch dabei.

Liebe Paula,

würdest Du, meine verehrte Muse, den unwürdigen Künstler mit Deinem erlauchten Erscheinen unterstützen? Deine Anwesenheit würde mich überglücklich machen, denn ohne Dich hätte ich nie wieder angefangen, zu malen. Dein Karl.

U. A. w. g.

Ich, eine verehrte Muse! Mir wird ganz warm ums Herz. Natürlich werde ich ihn nicht enttäuschen. Außerdem war ich noch nie auf einer Vernissage. Doch dann taucht natürlich sofort die Frage auf: Was zieht man da an? Wie kleiden sich Musen? Die Schwester des Künstlers wird es wissen.

»Der Sonnenscheinfummel«, sagt Biggi, als ich mit ihr telefoniere.

»Aber den kennt Karl bereits«, gebe ich zu Bedenken.

»Ist doch egal. Oder bist du in ihn verknallt und willst dich besonders schön für ihn machen?«, schließt sie aus meiner Reaktion.

»Mitnichten!«, protestiere ich eine Spur zu laut. Biggi antwortet mit amüsiertem Lachen, das ich ignoriere. »Was tragen Vernissage-Gäste denn normalerweise?«, frage ich stattdessen.

»Die Künstlerkollegen erscheinen meist in Schwarz, die Hautevolee in Samt und Seide mit Geschmeide. Das Fußvolk auch schon mal in Jeans mit Shirt. Allgemein herrscht die Farbe Schwarz vor, frage mich aber nicht, warum. Ist vielleicht auch so ein München-Ding. Denn eigentlich gibt es keine Kleiderordnung. Dabei sein, das ist die Losung! Und an diesem Abend doppelt wichtig für uns. Es haben nämlich Unmengen toller Männer zugesagt, wir können sozusagen aus dem Vollen schöpfen. Das wird unser Abend, Paula, männerauswahltechnisch gesprochen. Zieh an, worin du nicht wie 'ne Hausfrau aussiehst, aber dich auch wohlfühlst. Und ich würde zu bequemen Schuhen raten, Sitzgelegenheiten sind nämlich nicht vorhanden. Es geht schließlich um das Betrachten der Kunstwerke, man schlendert von einem Exponat zum anderen und diskutiert mit den anderen Gästen.«

»Über Kunst?«, entfährt es mir panisch. »Ich bin eine einfache Ex-Bäckergattin. Von kreativem ... äh ... Schaffen habe ich keinen blassen Schimmer. Ich werde sicher dastehen wie der Volldepp.«

»Krieg jetzt bloß keine intellektuelle Neurose«, schnauft Biggi genervt. »Du wirst doch wohl deine Meinung über ein Gemälde äußern können?«

»Na ja ... ich kann sagen ... ob es mir gefällt oder nicht«, stammle ich.

»Das ist eine Meinung«, klärt sie mich auf. »Kommst du in Begleitung?«, wechselt sie dann das Thema.

»Ach so ... mal überlegen ... Traudl vielleicht ... die muss sowieso unter Menschen.«

»Sie hat natürlich auch eine Einladung bekommen, und bereits abgesagt«, erklärt Biggi. »Angeblich wurde sie trotz Kündigung gebeten, eine Urlaubsvertretung zu übernehmen. Aber ich glaube nicht ein Wort von dem, was die Witwe am Telefon zusammengestottert hat. Und selbst wenn die Story stimmt, könnte sie doch nach Ladenschluss für ein halbes Stündchen antanzen. Sooo wahnsinnig anstrengend ist der Kassenjob schließlich auch wieder nicht.«

»Klingt, als wäre Traudls überdrehte Stimmung bei unserem Besuch nur eine Ausnahme gewesen«, sage ich sorgenvoll. »Vielleicht ist sie ja manisch-depressiv? Heute trällert sie, morgen heult sie. Wir müssen unbedingt rausfinden, was dahintersteckt.«

Biggi ist meiner Meinung. »Und verhindern, dass sie eine Dummheit …«

»Oh, nein!«, unterbreche ich sie alarmiert. »Klang sie denn so depressiv? Soll ich lieber sofort nach ihr sehen?«

»Ach was, entspann dich«, beruhigt sie mich. »Mit Dummheit meinte ich nicht, dass sie sich was antut. Eher in Richtung Blödsinn anstellen. Die Schnapsidee mit dem Secondhandladen war für mich ein Alarmsignal. Meinem Gefühl nach verbirgt sie nämlich etwas vor uns. Erst war sie in letzter Zeit ziemlich frostig, dann wieder honigsüß freundlich. Ich bin sicher, sie hat ein dunkles Geheimnis, auch wenn das jetzt nach Kitschroman klingt …«

»Allerdings, wobei das auch zu ihr passen würde«, bestätige ich. »Sie kann ganz schön melodramatisch sein. Und, was unternehmen wir, beziehungsweise wann?«

»Diese Woche bin ich leider im Totalstress«, bedauert Biggi. »Ich habe Karl versprochen, bei den Vorbereitungen für die Ausstellung zu helfen … Atelier aufräumen, putzen, mit Lukas die Getränke besorgen und was sonst so anfällt … Da ist jede Menge zu erledigen und Lord Henry …«

»Welcher Lord?«, unterbreche ich sie aufgeregt. »Hast du doch einen echten Adligen für die Oldie-Agentur aufgerissen?«

»Schön wär's«, lacht sie. »Apropos, das habe ich dir ja noch gar nicht erzählt … der Gerichtsschreiber hat sich gemeldet … Du erinnerst dich?«

»Justitia!«, fällt mir das Pseudonym sofort wieder ein. »Gruseliger Kerl, wieso hast du den denn wiedersehen wollen?«

»Na, weil ich finde, dass sieben Minuten eigentlich viel zu wenig sind, um jemanden beurteilen zu können. Deshalb habe ich bei allen Teilnehmern ein Häkchen bei ›Zweites Treffen‹ gesetzt«, erklärt sie geduldig.

»Auch wieder wahr«, gebe ich zu. »Und, wie war das Date mit Justitia?«

»Kein Treffen!«, Biggi schnauft. »Er war am Telefon schon sehr seltsam, wollte mich zum Camping im Wald einladen … Also bitte, ich fahr doch nicht mit einem wildfremden Typen in die Wildnis … Ich hab das Gespräch abrupt beendet …«

Dann genügen sieben Minuten vielleicht doch, denke ich, weil ich Justitia gar nicht erst angekreuzt habe für ein Wiedersehen. »Und wer ist jetzt dieser Henry?«

»Ach so, ja … ein kleiner Mops, total süß, wie 'ne Nackenrolle auf vier Pfoten«, kichert sie. »Aber zurück zu Traudl, sofort am Sonntag rücken wir ihr gemeinsam auf die Witwenpelle und lassen sie erst in Ruhe, wenn wir wissen, was mit ihr los ist. Notfalls ziehe ich für ein paar Tage zu ihr, flöße ihr Heilstein-Wasser ein und bearbeite sie achtundvierzig Stunden lang.«

Nach dem Gespräch mit Biggi bin ich zwar ein klein wenig beruhigt, was Traudl anbelangt, aber mein Outfit betreffend keinen Schritt weiter. Und noch eine Frage beschäftigt mich. Erscheint eine Muse zu solch einer Veranstaltung ganz allein? Schätzungsweise kenne ich keinen der Vernissage-Gäste, und Karl wird sicher wenig Zeit für mich haben. Dann werde ich bloß dumm herumstehen, wie bestellt und vergessen – oder werde schief angesehen, sobald ich einen Mann in Sachen Agentur anquatsche. Wieder eine der Situationen, die mir verdeutlichen, dass die Dating-Agentur für Oldies mehr als überfällig ist.

Hmm … Ob ich Pämela mitnehme, meine neue Busenfreundin? Sie würde vielleicht sogar eines von Karls Werken erwerben. Aber neben dem Sahnebaiser eine gute Figur zu machen, gleicht einem Seiltanz zwischen Wolkenkratzern. Dieses Kunststück erlerne ich in diesem Leben nicht mehr.

Also beschäftige ich mich zuerst mit der Frage, in welchem

Gewand ich am Samstag Furore machen könnte. Im Kleiderschrank hängen genau zwei Teile, die nicht braun oder langweilig sind. Besagter Sonnenfummel und die orangefarbene Bluse mit dem schmeichelnden Wasserfallkragen, die ich für das Speed-Dating erstanden habe. Darin fühle ich mich zwar wohl, bequem ist sie ebenfalls, und die Farbe ein echter Hingucker. Aber leider hatte der Wasserfall auf die Männerwelt weniger Wirkung als ein gelbes Ampellicht.

Spontan beschließe ich, ein spektakuläres Vernissagenkleid anzuschaffen. Mein Bankkonto befrage ich dazu lieber nicht, denn den Überziehungsrahmen habe ich diesen Monat längst ausgeschöpft. Ich könnte einen Kredit aufnehmen, was ich noch niemals nötig hatte. Allerdings habe ich auch mein Konto noch nie überzogen. Erst seit ich mit Biggi auf Männerfang bin, fließen mir die Euronen durch die Finger wie Wasser durch eine Papiertüte. Macht aber mächtig Spaß, wird mir im selben Moment bewusst. Möglicherweise ist das der Je-oller-je-doller-Effekt. Was auch immer mich zum Geldausgeben drängt, ich benötige ein spektakuläres Musengewand. Ich könnte jemanden anschnorren. Jemanden, der mehr hat als ich, aber keine Zinsen verlangt.

Ha, da fällt mir doch sofort mein Ex-Mann ein!

Aber, um in Herberts Spendierhöschen greifen zu können, bedarf es einer List. Was unnützen Tand betrifft, ist er nämlich ein geiziger Pfennigfuchser, wie Pämelas Diamäntelchen mal wieder gezeigt hat. Nur, wenn es sich um seine Immobilien handelt, rollt der Rubel.

»Die Toilettenspülung streikt«, behaupte ich, als ich ihn auf dem Handy erwische. »Der Klempner sagt, sie sei total marode. Soll ich sie reparieren lassen?«

»Was für eine Frage!«, antwortet er konsterniert und reagiert wie erhofft. »Die Rechnung geht dann an mich.«

»Danke, Herbert, das ist sehr nett«, schleime ich. »Leider besteht der Handwerker auf Cash, weil die Zahlungsmoral wegen der Eurokrise so miserabel geworden sei, sagt er, weshalb er nur noch gegen bar arbeite.«

»Aha«, brummt Herbert. »Musst den Betrag eben für 'ne Weile auslegen ...«

An dieser Stelle unterbreche ich ihn. »Wird gemacht, nur leider bin ich etwas knapp bei Kasse. Würdest du mir bitte einen Vorschuss auf meinen Unterhalt geben?«

Als Herbert und ich noch verheiratet waren, hätte ich ihn niemals so dreist angelogen, dabei wäre ich verräterisch rot geworden wie ein Feuermelder. Aber per Telefon kann ich eiskalt flunkern, dass die digitalen Drähte glühen.

Wenig später ist der Betrag auf meinem Konto. Musen-Outfit, ich komme! Also nix wie rein in die Schuhe, wozu ich mich normalerweise auf den Hocker setze. Doch heute pressiert es, und trotz meiner maroden Knochen begebe ich mich in die Hocke. Beim Aufstehen knackst es ungewöhnlich laut und nach den ersten Schritten schmerzt das rechte Knie, als hätte ich an einem Tanzmarathon teilgenommen. Wie Jane Fonda in dem Film *Nur Pferden gibt man den Gnadenschuß*. Anscheinend beabsichtigt eine höhere Macht, erneut meine schönen Pläne zu vermasseln. Oder wie soll ich das unerwartete Auftreten körperlicher Gebrechen verstehen?

Also erst mal nix mit Shoppen, stattdessen zur Hausärztin, die mich zum Orthopäden überweist. In meinem Alter ignoriert man dergleichen nämlich nicht mehr wie mit dreißig, wo solche Kinkerlitzchen über Nacht ausheilen. Völlig ohne Cremes oder Pillen, versteht sich. Online suche ich explizit nach einer weiblichen Orthopädin, aber es existiert doch tatsächlich keine einzige im gesamten Viertel. Die letzte Männerdomäne? Ich rufe die nächstliegende Praxis an, jammere über wahnsinnig starke Schmerzen, bekomme auch sofort einen Termin – und lande in einem proppevollen Wartezimmer. Nach drei Stunden, in denen ich sämtliche Illustrierte und Fachzeitschriften durchgearbeitet habe, werde ich ins Sprechzimmer gerufen.

Dr. Xenos, ein gutgelaunter Grieche, lümmelt bequem hinterm Schreibtisch in einem Ledersessel. Ohne sich zu erheben, deutet er auf eine papierbespannte Liege. »Setzen Sie sich, Frau …«, er studiert die Karteikarte. »Wertheim. Wo drückt der Schuh?«

»Der Schuh passt, aber heute morgen hat das Knie beim Schuhanziehen unangenehm laut geknackt«, kläre ich ihn auf.

»Na, so was«, brummelt er, lässt sich die Symptome genauer beschreiben. »Treiben Sie Sport, wenn ja, welchen und wie häufig?«, will er wissen.

»Gestern war ich mit Freunden beim Salsa und habe natürlich flott getanzt«, berichte ich. »Ansonsten halte ich es mit Churchill. No Sports!«

Ohne mich zu untersuchen – dabei habe ich mir extra noch schnell die Beine rasiert und die Fußnägel lackiert –, meint er: »Da rieselt wohl der altersbedingte Kalk. Soweit ich das auf die Entfernung beurteilen kann, ist es schlicht Abnutzung – oder ein Meniskusriss. Exakt kann das aber nur mittels CT festgestellt werden.«

»Sie meinen die Röhre?«

Er nickt. »Tut aber nicht weh. Versprochen.« Er guckt erneut auf meine Karte. »Ah, ein Kassler!« Er lacht. »Dann wird's vor nächster Woche nichts werden mit einem Termin, und da hätten Sie schon Glück.«

»Kassler?« Ich schaue mich möglichst unauffällig um, ob irgendwo eine Flasche Ouzo steht, und er schon einen gezwitschert hat.

»Kassenpatient! Kleiner Scherz unter Ärzten«, erklärt er grinsend, zieht eine Schublade auf und fördert drei flache längliche Schachteln zutage. »Sie bekommen eine elastische Bandage. Die stützt das morsche Knie, verhindert Schlimmeres und lindert meist auch die Schmerzen. Ich schicke die Sprechstundenhilfe, die wird Ihnen die Größe anpassen«, sagt's, erhebt und verabschiedet sich.

Kaum sitzt das Teil am Bein, spüre ich tatsächlich die versprochene Wirkung. Die Schmerzen sind mit einem Mal erträglich, aber ich bin fassungslos, wie das Teil aussieht! Grau-schwarz. Hässlicher geht's nicht. Einfach unmöglich. Doch das wäre ja noch zu kaschieren, wenn nicht der Schenkel über der Stützbandage und die Wade unterhalb herausgequetscht würden. Doppelter Muffinalarm! Sogar unter Hosen quillt es sichtbar.

Verdammter Mist! Auf der Vernissage als göttliche Muse aufzutreten, kann ich vergessen. Es sei denn, ich trage bodenlang und weit. Hmm, warum eigentlich nicht. Ich stelle mir mich in einer prächtigen Robe vor, wie ich das Atelier betrete und sofort alle Augen auf mir ruhen. Nicht übel für eine Bäckergattin, gar nicht übel! Nur, solch eine Aufmachung verlangt unbedingt nach einem Männerarm.

Tom!

Der Anruf wenig später bei seiner Agentur ist ernüchternd.

»Tom ist privat verreist«, wird mir gesagt. »Allerdings unterbrechen die Herren ihre Urlaube für besondere Kundinnen auch schon mal. Ihre Anfrage wird weitergeleitet.«

Doch Freitag gibt es noch immer keine Nachricht von Tom. Offensichtlich gehöre ich nicht zu den ›besonderen Kundinnen‹, wie ich mir bitter eingestehe.

Gegen Mittag meldet sich dann Pämela.

»Treffen wir uns auf der Vernissage?«, fragt sie. »Wir haben tatsächlich wie versprochen eine Einladung bekommen.«

»Das hängt ganz davon ab, ob ich für diesen Anlass eine passende Klamotte finde«, antworte ich. »Im Moment starre ich in den Kleiderschrank und sehe schwarz … Oder nur braun … jedenfalls nichts, was mir gefällt.«

»Das ist ja lustig«, zwitschert sie. »Sstell dir vor, ich bin in der gleichen Horrorsituation. Was meinst du, Paula, sollen wir zusammen sshoppen? Zu zweit macht es doch viel mehr Spaß.« Ich will schon »Nein« sagen, als sie weiterplaudert. »Wegen der Aktenordner wollte ich noch Bescheid geben. Ich hab nämlich ein nettes Plätzchen gefunden.«

»Aha … das ist ja super … Dann brauchen wir nur noch jemanden für den Transport …«, druckse ich unschlüssig herum.

»Eilt ja nicht«, sagt sie. »Hauptsächlich rufe ich aus einem ganz anderen Grund an …« Sie macht eine Pause.

»Aha, und weshalb?« Jetzt bin ich neugierig.

»Ich hab dir ein Souvenir von unserem Englandtrip mitgebracht«, sagt sie und lacht. »Von Lilibeth!«

Ganz schön raffiniert, das Sahnebaiser. Und irgendwie auch ziemlich nett, finde ich und frage, wo wir uns treffen. Ich meine, wenn sie so scharf auf meine Beratung beim Shoppen ist, will ich ihr den Gefallen tun.

Dann ist es endlich Samstag. Versteht sich, dass ich als des Malers Muse nicht einfach nur ins neue Outfit schlüpfe und losdüse. Das komplette Aufrüschprogramm mit vorherigem Friseurbesuch, Nägel lackieren und sorgfältiges Make-up steht auf dem Plan, aber davon muss ich nicht berichten. Wie ich als Ungeübte beim Augenbrauen zupfen mit der Pinzette abgerutscht und mich böse verletzt habe, ist schon eher eine Schlagzeile. Vor allem der Schmerzensschrei, der bis an den Stadtrand zu hören war. Mindestens. Aber wer würde nicht brüllen, wenn Blut fließt? Zum Glück die einzige Katastrophe, die mit einem kleinen Accessoire verdeckt werden kann.

Ein letzter Blick in den Spiegel … ja … doch … ziemlich hübsch verpackt, die alte Ware!

17

Absichtlich verspätet – Musen erscheinen nicht mit dem Fußvolk – betrete ich zwanzig nach acht den Hinterhof zu Karls Atelier. Im ersten Moment bin ich wie geblendet von den zahlreichen aufgestellten Fackeln. Dann erspähe ich den Künstler, der am Eingang lachend zwei Damen begrüßt. Er trägt ein locker sitzendes schwarzes Hemd, dazu eine weitgeschnittene Hose in schwarz. Die mir bekannte randlose Brille hat er gegen ein dunkles Modell aus Horn getauscht. Sehr effektvoll zu den weißen Haaren, erinnert mich an diesen Schriftsteller, den Marilyn Monroe geheiratet hat. Arthur Miller hieß der, glaube ich. Also, wenn ich mich jemals wieder ›vergesse‹ und noch einmal in ein aufwühlendes Liebesabenteuer stürzen würde, dann mit einem Mann wie Karl. Ein rein hypothetischer Gedanke, denn wie ich sehe, ist er der alte Schwerenöter geblieben. Und ein Händeküsser geworden, wie ich deutlich erkenne. Meinetwegen. Ich warte, bis die Damen im Atelier verschwunden sind, und bewege mich erst dann langsam auf ihn zu.

»Paula. Endlich!«, sagt er, als ich bei ihm angelangt bin, streckt mir beide Hände entgegen und starrt mich mit großen Augen an. »Du siehst einfach atemberaubend aus. Ach, was rede ich da. Du bist die Königin des Abends!«

Ha! Wer hätte geglaubt, dass eine halbdunkle Sonnenbrille ausreicht, um so eine Wirkung zu erzeugen? Glitzersteinchen habe ich mir zumindest keine aufs verletzte Auge geklebt. Na ja, das lange schwarze Kleid mit dem supersexy Rückenausschnitt, von dem Pämela mich überzeugt hat, ist natürlich auch nicht ohne. Getreu dem Motto: Auch ein alter Rücken kann entzücken! Nicht zu vergessen der Modeschmuck. Kein billiger Tand, sondern Preziosen de luxe aus glänzendem Edelstahl von einem italienischen Designer. Erst die teuren Klunker machen aus dem Look eine kleine Sensation, und sind, ausgabentechnisch, ein Ersatz für Tom. Ich finde, wenn ich schon alleine auf der ersten Vernissage meines Lebens antanzen muss, möchte ich zumindest aussehen wie eine Million Dollar. Die Floskel stammt vom Sahnebaiser. Eine Frau kann sich gar nicht teuer genug stylen, wenn sie in Geschäften Erfolg haben will. Das suggeriert Fähigkeiten, gepaart mit Glück in ihrem Tun. Die Menschen glauben nun mal, was sie sehen. Männer sowieso, die laut Pämela viel besser gucken als denken können. Erlebe ich aber auch bei mir selbst. Und so exquisit, wie ich heute wirke, verlasse ich Karls Ausstellung mit dreiunddreißig Männern in der Tasche. Mindestens.

Karl reicht mir seinen Arm und führt mich ins Atelier. Ich kenne es ja bereits von unserer ›Sitzung‹, erkenne es jetzt aber kaum wieder. Farbeimer, Leinwandrollen, Staffeleien sowie kleine und große Leitern, die über den gesamten Raum verteilt waren, sind verschwunden. Der leere Raum wirkt erstaunlich groß und Karls durchgehend in Rot- und Rosatönen gehaltene Werke kommen an den schneeweißen hohen Wänden hervorragend zur Geltung. Vereinzelte Gäste stehen betrachtend vor den Gemälden, und da fast alle schwarze oder dunkle Klamotten tragen, wirkt die Gesamtoptik so harmonisch, als sei jedes Detail Teil eines durchdachten Plans.

»Zuckerbäcker samt Zuckerpuppe sind bereits eingetrudelt«, informiert Karl bei unserem Rundgang.

»Könnte mir gut vorstellen, dass Pämela ein Bild kauft«, plaudere ich.

»Hat sie schon!« Er führt mich zu einem riesigen Gemälde, das ich auf zwei mal zwei Meter schätze. Ein kleiner roter Punkt klebt rechts unten an der Ecke. »›Ball der einsamen Herzen‹«, erklärt er die Ansammlung von großen und kleinen Herzen in der Farbscala von Rosa über Rot zu dunklem Lila.

»Das kommt in unser Sslafzimmer«, höre ich da auch schon ihre Stimme. »Grüß dich, Paula.« Sie kommt auf mich zu und busselt mich links und rechts ab. »Himmlisse Ausstellung, nicht wahr? Am liebsten würde ich alle Bilder kaufen.«

Ungewollt rutscht mir »Servus, Busenfreundin« heraus, was ich sofort versuche zu überspielen. »Klasse, das Goldlamékleid. Du siehst blendend aus.« Diesmal ein ehrliches Kompliment. Wie ich bereits erwähnt habe, neben Pämela überhaupt nur wahrgenommen zu werden, gelingt mir als Oldie sowieso nicht, da zeige ich lieber Größe mit ehrlicher Bewunderung.

Herbert scheint die unerwartete Freundschaft höchst suspekt zu finden, dementsprechend sparsam schaut er.

»Paula ist immer so lustig«, erklärt Pämela. »Auch, als wir ssoppen waren, hat sie …«

»Ihr seid zusammen einkaufen gewesen?«, unterbricht mein Ex seine Verlobte, wobei auf seiner Stirn tiefe Unmutsfalten erscheinen. Genau wie früher, wenn er auf den Bankauszügen Minuszahlen gesehen hat. Offensichtlich befürchtet er, wir hätten seine Kreditkarte zum Glühen gebracht.

»Keine Bange«, beruhige ich ihn. »Mein Kleid habe ich selbst bezahlt.« Wenn er wüsste!

Herbert schnauft erleichtert.

»Was darf ich zu trinken anbieten?«, mischt Karl sich ein, als wolle er Streit verhindern. »Paula, Wodka-Zitrone?« Er zwinkert mir zu. »Lukas spielt heute wieder den Barkeeper.«

»Lieber keinen Wodka«, antworte ich. »Ich muss einen klaren Kopf behalten.«

»Ah, die Malermuse!« Biggi eilt mit großen Schritten auf mich zu. Sie hat sich dem allgemeinen Dresscode angepasst und trägt ein schwarzes Wallekleid, was zu ihrem roten Haar ziemlich erotisch wirkt. Die Dalai-Lametta hat sie dennoch nicht im Schrank vergessen, wie die Dreifachschicht Silberketten und der breite Silbergürtel verraten. »Ihr entschuldigt uns«, sagt sie zu den anderen, und zieht mich durch die dunkel gekleidete Menge Richtung Getränke. Etwas abseits bleibt sie stehen. »Wozu die alberne Sonnenbrille? Willst du blinde Kuh spielen?«

»Das ist eine Divenbrille«, kläre ich sie auf und auch, warum ich sie tragen muss. »So eine Verletzung am Auge sieht ja nicht besonders glamourös aus. Karl findet mich in dieser Aufmachung atemberaubend.«

»Karl ist Profischmuser, der macht jeder Frau dicke Komplimente ...« Sie zuckt die Schultern. »Traudl ist übrigens doch erschienen!«, wechselt sie dann das Thema.

»Wo?«

»Dort ...« Sie weist auf eine dunkelrot gekleidete Frau, die mit einem jungen blonden Mann spricht, uns aber den Rücken zuwendet. »Hochsteckfrisur.«

»Und wer ist der Kerl?« Ich kneife die Augen hinter meiner Brille zusammen, erkenne aber nur schemenhaft, dass er zumindest kein buckliger Gnom ist. Was zum einen an den dunklen Gläsern liegt und zum anderen, dass ich auch auf große Entfernungen nicht besonders gut sehe. »Hat sie sich doch einen Kavalier an der Drogeriemarktkasse angelacht? Oder hat er an ihrer Tür geklingelt?«

»Keine Ahnung«, flüstert sie. »Ich hab die beiden eben erst entdeckt. Kurz bevor du kamst.«

»Dann werden wir sie mal heimsuchen«, sage ich, hake Biggi unter und ziehe sie durchs Atelier. »Bin sehr gespannt, was oder wer unseren Trauerkloß letztendlich aus dem Haus getrieben hat.«

Während wir an den Bildern vorbeiflanieren, sehe ich mich schon mal nach möglichen Kandidaten um. Wie von Biggi angedeutet, sind viele interessante Männer anwesend. Leider alle in weiblicher Begleitung! Doch dann stellt sich mir ein attraktiver Mann – ohne Frau im Schlepptau – in einem hellen Sommeranzug in den Weg.

»Paula?«, spricht er mich an.

Es dauert einen Wimpernschlag, um ihn zu erkennen. »Tom!« Sein Bart ist ab. Glatt rasiert wirkt er um einiges jünger und noch sympathischer. »So eine Überraschung … Ähm … Ich meine, wie kommt es, dass du hier bist?«

Er umarmt mich flüchtig und küsst mich auf die Wangen.

Dalai-Lametta scheppert mit ihrem Geschmeide, räuspert sich lautstark und schubst mich schließlich in die Seite.

Ah, sie möchte vorgestellt werden, was ich natürlich sofort erledige.

»Ich hab ja schon sooo viel von Ihnen gehört«, wispert sie andächtig und blinzelt nervös, als wäre Tom ein berühmter Star.

Tom mustert sie fragend.

»Nur Gutes!«, versichert Biggi eilig.

»Gutes oder Schlechtes, vollkommen egal«, erwidert Tom. »Gefährlich wird's erst, wenn überhaupt nicht mehr über einen geredet wird. Dann ist man praktisch tot.«

Biggi starrt ihn ehrfürchtig an. »Darf ich Sie bei der nächsten Gelegenheit zitieren?«, fragt sie, als habe Tom eine bahnbrechende Lebensweisheit von sich gegeben.

Ich dagegen finde, das hört sich eher nach Problemen an,

weshalb ich lauernd frage: »Und, wie läuft es in der Vergnügungsbranche?«

»Hm-hm, doch, doch«, antwortet er ausweichend. »Im Moment befinde ich mich allerdings im Urlaub …«

»Tschau, Bellissima!«, ertönt es laut durch die Ausstellung.

Die Mafiositorte!

»Hallooooo!«, quietscht Biggi, entschuldigt sich und eilt dem Pizzabäcker entgegen.

»Deine Chefin hat meinen Anruf also doch ausgerichtet?«, frage ich, als Biggi weg ist.

Tom nickt. »Aber ich wollte nicht, dass du wieder für mich bezahlst. Als ich dann in der Zeitung einen Artikel über Karl Brenners Vernissage las, habe ich mich erinnert, dass du die Vernissage erwähnt hast. Ich habe gehofft, dass wir uns zufällig begegnen. Daraus kann sie mir keinen Strick drehen. Aber reden wir von etwas anderem. Was ist aus deinen Agenturplänen geworden? Erzähl, ich bin sehr gespannt.«

Wir begeben uns zu den Getränken, wo Lukas uns mit alkoholfreier Orangensaftschorle versorgt. Während wir dann von Bild zu Bild schlendern, berichte ich in der Kurzfassung, was bei meinen bisherigen Unternehmungen herauskam. Auch von meinem Versuch, ihn per Mail zu erreichen. »Ehrlich gesagt, war ich ziemlich enttäuscht, dass du mir eine falsche Mail-Adresse gegeben hast.«

»Shit!« Er presst die Lippen aufeinander. »Dann habe ich aus Versehen die alte Adresse notiert. Die neue war nämlich gerade erst ein paar Tage alt. Das tut mir unendlich leid, Paula, bitte entschuldige.«

»Schon vergessen«, winke ich großzügig ab. »Ich freue mich, dass du hier bist. Auf einen vergnügten Abend!«

Wir heben unsere Gläser, lächeln uns kurz an und trinken

einen Schluck. Sofort spüre ich die Vertrautheit wieder, die im Hotel zwischen uns entstanden ist. Ohne erotisches Knistern, einfach nur freundschaftlich. Genau deshalb fühle ich mich so wohl in seiner Nähe.

»Sollte uns nicht schwer fallen, wir haben es ja schon mal geschafft«, lacht Tom. »Die Nacht mit dir war die lustigste meiner Karriere.«

»Ah! Man amüsiert sich glänzend?«

Karl steht plötzlich neben mir. Mist! Offensichtlich hat er Toms letzte Worte gehört, denn seine türkisblauen Augen funkeln kalt wie Gletschereis. Erinnert mich unangenehm an den Anzugkauf, als er Herbert so angepflaumt hat.

»Danke«, antworte ich frostig. Glaubt er vielleicht, weil er mich seine Muse nennt, irgendwelche Besitzansprüche an mir zu haben? Typisch Künstler. Nur, solange alle Aufmerksamkeit ihnen gehört, sind sie charmant.

»Darf ich Ihnen mein Kompliment aussprechen?«, wendet sich Tom an Karl. »Wirklich beeindruckend, Ihr Ausstellungsthema. Heutzutage ist gegenständliche Malerei ja völlig aus der Mode. Unverständlicherweise, wie ich finde.«

Karl hebt verächtlich die Augenbrauen. »Ach, ist das so?«, erwidert er in spöttischem Tonfall. »Sind Sie Kunstkritiker oder was befähigt Sie zu diesem Urteil?«

»Nein, nein«, antwortet Tom unverändert freundlich. »Nur ein Bewunderer der schönen Künste. Herzen mag ich ganz besonders. Schon aus beruflichen Gründen.« Er blickt auf das Bild, ein blutendes Herz, das den Titel *Liebeskummer* trägt. »Sehr eindrucksvoll.«

Hilfe! Tom wird doch nicht aus dem erotischen Nähkästchen plaudern? Das gehört nicht hierher. Das ist privat. Auch wenn ich mich Karl gegenüber in keiner Weise verpflichtet fühle, greife ich ein. »Ich würde behaupten, Liebeskummer hat jeder schon mal erlebt«, versuche ich das Gespräch in eine andere Richtung zu lenken.

Doch Karl ignoriert meinen Versuch. »Ah, beruflich?«, wiederholt er und mustert Tom feindselig. »Erotikbranche oder Heiratsschwindler?«

Mannomann. Männer und ihr Machogehabe. Ich kann förmlich spüren, wie sich meine Sorgenfalten vertiefen. Nein, für mich ist das Thema Beziehung gestrichen, beschließe ich in diesem Moment. Keiner dieser Gockel wird seine Filzpuschen jemals bei mir unters Bett stellen. Zu meiner Erleichterung schmunzelt Tom gelassen. Karls verbale Angriffe scheinen an ihm abzuperlen wie Wasser an einem wetterfesten Mantel. Trotzdem fühle ich mich saumäßig unwohl, zwischen diesen zwei Testosteronbomben kurz vor der Explosion.

»Und, ist das Bild mit dem Titel *Herzblut* schon verkauft?«, starte ich den nächsten Versuche, das Thema zu wechseln.

»Alles verkauft!«, antwortet er patzig. »Eine Stunde nach Eröffnung waren nur noch zwei oder drei ohne roten Punkt.«

Er haut wirklich mächtig auf den Putz, um Tom zu beeindrucken. Wäre ich gemein, würde ich jetzt ›Schade‹ sagen, und dass ich gerade dieses hätte erstehen wollen.

»Darf ich den großen Meister einen Moment sstören?«, erklingt Pämelas liebliche Stimme.

Karl wendet sich nach rechts, wo Pämela und Herbert auftauchen. »Selbstverständlich.«

Sie wird doch noch meine Freundin, denke ich, erfreut über ihr Erscheinen im richtigen Moment. Arm in Arm steuern sie auf uns zu. Ich unterdrücke ein Kichern. Die zwei sind aber auch ein zu schräges Pärchen. Das goldglitzernde Sahnebaiser und das um einen Kopf kleinere Herbert-Bärli in rustikaler Jeans und speckiger Lederjacke – ein Star mit seinem Gönner, der aber nur in finanzieller Hinsicht kompatibel ist.

»Meine Verlobte interessiert sich für ein weiteres Gemälde«, verkündet Herbert. »Es scheint noch nicht verkauft zu sein, wir haben keinen roten Punkt entdecken können.«

Upps! Jetzt steht Karl aber dumm da.

»Tatsächlich?«, antwortet der Meister ohne erkenntliche Nervosität. »Dann muss ich wohl mit meiner Schwester ein ernstes Wort reden. Die ist nämlich für die Punkte verantwortlich, und eigentlich ist alles verkauft. Leider.«

Mir fehlen die Worte. Gleichzeitig frage ich mich, warum Karl nicht erfolgreicher ist, wo er sich als Künstler so selbstbewusst zu verkaufen weiß.

»Ssade, sehr ssade«, seufzt Pämela. »Ich hätte so gerne eines für unseren Salon ... Über dem roten Sofa würde es einfach himmliss wirken ...«

Karl strahlt sie an. »Kein Problem!« Zu meinem Entsetzen greift er auch noch nach ihrer Hand. »Es wäre mir ein ganz besonderes Vergnügen, für Sie nach Ihren ganz persönlichen Vorstellungen zu arbeiten.«

Ist das zu fassen? Er flirtet ganz unverfroren mit Pämela! Aber bitteschön, soll er doch. Mir ist das schnurzpiepegal.

Herbert scheint es aber ganz und gar nicht egal zu sein. Er läuft puterrot an. »Wir melden uns«, sagt er und zerrt das Sahnebaiser ziemlich unsanft mit sich.

Das ungleiche Paar ist noch nicht außer Sichtweite, als in meiner eleganten Abendhandtasche das Handy schrillt. »Entschuldigung, ein wichtiger Anruf, auf den ich gewartet habe«, behaupte ich großspurig, was für eine Art Entspannung sorgt.

Tom holt eine kleine Karte aus seinem Jackett. »Damit du mich erreichen kannst«, sagt er, entschuldigt sich, haucht mir zwei Abschiedsküsschen auf die Wangen und entfernt sich.

Karl grinst mich an wie der Sieger eines Turniers. »Ich kümmere mich dann wieder um meine Gäste.«

Aufatmend nehme ich das Gespräch an. Zu meiner Überraschung ist Ede am Apparat. »Wollte mir entschuldigen, det ick so eilig davonjerast bin. Ick war een Hornochse, tut mir unendlich leid«, beteuert er und quasselt atemlos weiter. »Also, ick habe mir det mit deine Agentur noch mal überlegt, Paula.« Ich kann ihn förmlich vor mir und mit dem runden Kopf wackeln sehen.

»Das freut mich, Ede«, sage ich und beteuere meinerseits, überhaupt nicht sauer auf ihn sein. »Oft braucht man einfach etwas Zeit zum Überlegen.«

»Ick jestehe, dat een Kumpel schuld daran iss. Er hätte nämlich och Interesse und hat mir ins Jewissen jeredet«, sagt Ede. »Ick oller Zausl solle froh sein, wenn mir eene woll'n täte, hat er jesacht. Und denn hab ick mir jesacht, Ede, hab ick mir jesacht, du rufst de Paula einfach an, mehr als ›Nee danke, nu nich mehr‹, kannse och nich sagen.«

Ich muss lachen. Zausel stimmt, aber ein besonders lustiger und so einer ist leicht zu vermitteln. Auch, wenn er kein Schönling wie George Clooney ist. »Du hast ein großes Herz, und wir finden garantiert eine passende Partnerin für dich«, verspreche ich. »Wie du weißt, habe ich dafür ein besonderes Talent.«

»Det iss jut!« Ede schnauft hörbar erleichtert. »Denn sachste mir Bescheid, wie die Chose weiterjeht, wa?«

Ich verspreche, mich bald zu melden, verabschiede mich und blicke mich nach einer Sitzgelegenheit um. Mein Knie schmerzt, trotz der Bandage, Herumstehen ist anstrengend. Allerdings habe ich nicht auf Biggi gehört und trage Pumps.

»Warum strahlst du denn so?«, fragt Biggi, die jetzt wieder auftaucht. »Hat dir jemand einen unsittlichen Antrag gemacht? Tom vielleicht?«

»Mitnichten!«, entgegne ich. »Es sind die beruflichen Erfolge, die eine Frau jenseits der Menopause wahrhaft glücklich machen.« Euphorisch berichte ich von Edes Anruf.

Biggi zwirbelt eine Haarsträhne um den Finger. »Da kann ich mithalten«, sagt sie. »Vorhin kam ich mit einem tollen Mann ins Gespräch. Er heißt Harald, ist Inhaber eines exklusiven Ladens für gehobene Küchenausstattung und ...«

»Abgesehen von Tom habe ich hier keinen Kerl ohne Frau entdecken können«, unterbreche ich sie.

»Harald war mit seiner erwachsenen Tochter hier«, erklärt Biggi. »Und sie ist es auch, die ihren Vater gerne wieder in einer Beziehung sehen würde.«

»Okay, dann hätten wir mit ihm, Ede und seinem Kumpel, Marco sowie Karl bereits fünf Männer in der Agenturkartei«, summiere ich glücklich. »Vorausgesetzt, Karl ist noch interessiert.«

»Warum denn nicht?« Sie schaut mich fragend an.

»Och, nur so«, wiegle ich ab. »Die Vernissage scheint ja ein Riesenerfolg zu sein, möglicherweise will er sich in nächster Zeit lieber auf seine Kunst konzentrieren, statt auf olle ...« Ich breche ab, weil Traudl auf uns zukommt.

Hand in Hand mit einem sehr attraktiven Mann! Einem jüngeren Mann. Einem, der ihr Sohn sein könnte. Der ist es aber nicht, denn Phillip ist dunkelhaarig und der hier ist blond. Er überragt Traudl um eine Kopflänge, hat ein kantiges Gesicht mit dunkelblauen Augen und einen sehr schönen Mund. Noch verwirrender finde ich jedoch Traudls Aussehen! Die Augen dunkel geschminkt, der Mund glänzt verführerisch und das Dekolleté des dunkelroten knallengen Kleides endet kurz vor dem Bauchnabel.

Mir verschlägt es die Sprache. Biggi starrt sie genauso fassungslos an.

»Ah, das dynamische Duo, heute im Partnerlook. Ihr seht

aus wie Altgroupies einer Hardrock-Band«, flötet Traudl überdreht. »Ich wollte euch Sascha, den Kollegen meines Sohnes, vorstellen«, redet sie weiter und lächelt ihren Begleiter dabei selig an. »Sascha, das sind meine beiden besten Freundinnen, Paula und Biggi.«

Wir schütteln reihum die Hände und geben Nichtssagendes von uns: »Sehr erfreut ... Angenehm ... Wie nett ...«

Traudl lässt sich von unserer steifen Förmlichkeit nicht irritieren. »Erinnert ihr euch, was ich euch vor kurzem erzählt habe? Von wegen, eines Tages klingle die Liebe einfach an der Tür ...?«

Liebe? Sie ist eindeutig beschwipst. Sie kann doch nicht ernsthaft glauben, dieser Knabe wäre in sie verliebt? Geschweige denn, dass er sie aus vollem Herzen liebe? Oder es gar ernst mit ihr meine. ›Ernst‹ im Sinne von: bis dass der Tod uns scheidet. Was jenseits der Fünfzig keine leere Phrase mehr ist. Was er will, sind doch höchstens sexuelle Erfahrungen. Erst neulich habe ich einen Artikel darüber gelesen, dass bei jungen Männern der Trend zu älteren Frauen ginge. Und zwar nur aus diesem einen Grund. Sobald die Burschen dann alle horizontalen Kunststücke beherrschen, suchen sie sich eine passende junge Frau und praktizieren auf der eigenen Matratze weiter. Und die Alte bleibt allein zurück und erholt sich vermutlich nie wieder von dieser ›sexuellen Erfahrung‹.

Wie zur Bestätigung dieser These legt der Jüngling jetzt den Arm um sie. »Es hat uns beide wie ein Blitz aus heiterem Himmel getroffen«, behauptet er, küsst Traudl auf die Stirn und schaut uns dabei unverfroren in die Augen.

Potzblitz!, um im Bild zu bleiben. Der hat's aber drauf! Oder faustdick hinter den Ohren, wie man in längst vergangenen Zeiten sagte. Die heißen Tränen am Ende einer solchen Liaison brennen aber auch heute noch die gleichen tiefen

Wunden ins Herz. Daran wäre dann Biggi schuld, die sich eine heiße Affäre für Traudl gewünscht und dafür vermutlich dem Universum sämtliche Heilsteine geopfert hat. Jetzt haben wir den Salat, oder das Melodram …

»Und, wie gefällt euch die Ausstellung?«, frage ich in süßlichem Plauderton, weil mich soeben eine grandiose Idee ereilt, wie ich Traudl in die Realität zurückholen kann. »Das Gemälde mit dem Titel *Liebeskummer* hat mich persönlich am meisten beeindruckt. Überfällt einen schließlich oft schneller als man denkt.«

»Ach, leidest du darunter?«, kichert Traudl albern.

»Nein, ich meine nur so, ganz ohne Hintergedanken.« Ich geb's auf. Hat wohl doch keinen Zweck. Liebe, oder was auch immer die beiden füreinander empfinden, macht eben blind – für jegliche Gefahren.

»Übrigens, Sascha hatte eine tolle Idee, wie ich eure Agenturpläne unterstützen kann«, wechselt Traudl plötzlich das Thema.

»Ähm … Sascha?«, frage ich irritiert. Scheint, als benötige ich tatsächlich ein Hörgerät. Ist mir in letzter Zeit öfter aufgefallen, dass ich vieles nicht mehr richtig verstehe.

Traudl grinst verschlagen, wie jemand, der unterwartet an der Tür klingelt und ›Überraschung‹ ruft. »Also, wenn Herbert mir den Laden vermietet, würde ich einen Secondhandladen speziell für Männer eröffnen. In der gesamten Gegend wäre es der einzige dieser Art und ich könnte noch direkter für die Agentur akquirieren als mit einem Lady-Laden.«

»Wie soll das denn funktionieren?«, frage ich irritiert.

»Ganz einfach«, entgegnet sie. »Ich bin eine sehr gute Verkäuferin und weiß, wie man Gespräche zum beabsichtigten Thema lenkt. Ganz nebenbei könnte ich also die Agentur erwähnen, die sich ja dann auch im selben Haus befände. Vielleicht entwickelt sich daraus sogar eine Win-win-Situation, wie es Neudeutsch so schön heißt. Wer im Laden nichts Passendes für den Körper findet, der findet etwas fürs Herz bei euch.«

»Win-win«, murmle ich vollkommen überrascht von Traudls ausgefallener Idee. Obwohl, ganz doof ist die nicht. Und es könnte tatsächlich eine Möglichkeit sein, an Kunden zu kommen.

»Meine Damen und Herren, dürfte ich für einen Moment um Ihre geschätzte Aufmerksamkeit bitten?«

Das war Karl, über einen Lautsprecher. Alle Köpfe wenden sich automatisch in die Richtung, aus der die Stimme kam. Etwas entfernt, wo Lukas die provisorische Bar aufgebaut hat, erblicke ich dann den Künstler. Er steht neben einem seltsamen Gebilde, das mit einem weißen Tuch verhüllt ist. Eine Staffelei?

»Liebe Gäste, ich möchte mich noch einmal für Ihr geschätztes Erscheinen bedanken, für die vielen Komplimente und die zahlreichen Erwerbungen. Dafür arbeiten wir Künstler. Ich möchte jetzt aber keine lange Rede halten, sondern zum Abschluss und zur Krönung des heutigen Abends noch eine Überraschung präsentieren!« Er ergreift das weiße Tuch an dessen oberster Spitze und entfernt es schwungvoll.

Erstauntes Raunen, überraschte Aha's und amüsierte Oho's gehen durch die Menge. Und ich kann nicht glauben, was ich sehe. Mein Bild! Er hat es fertiggemalt. Allerdings bin ich nicht zu erkennen. Nur ich weiß, wer die Frau im Bikini mit Handschuhen und Gummistiefeln auf der herzförmigen Liege ist. Dennoch höre ich vor Aufregung das Blut in meinen Ohren rauschen. Am liebsten würde ich weglaufen.

»*Göttin in Gummistiefeln*!«, höre ich jetzt Karl durch mein Ohrensausen hindurch verkünden. »Der Titel des Gemäldes.

Leider darf ich Ihnen nicht verraten, welches göttliche Antlitz sich hinter dem Sonnenhut verbirgt. Aber dieser Frau habe ich die Inspiration zu dem heutigen Herzthema zu verdanken.« Bei diesen Worten schaut er suchend über die Menge. Als er mich erblickt, zwinkert er mir lächelnd zu.

Wie auf Kommando drehen sich alle um, blicken in meine Richtung. Pah! Ich bin nicht gemeint. Eilig drehe ich mich ebenfalls um, als suche auch ich nach der geheimnisvollen Frau, der Karls Zwinkern gilt. Was für ein Glück, dass niemand die tränenfeuchten Augen hinter der Divenbrille sehen kann. Konzentriert starre ich auf die Herzgemälde, blinzle die Tränen weg, durch welche die Herzen flimmern, als wären sie eine Fata Morgana. Und vor meinem inneren Auge erscheint plötzlich ein Wort: Herzflimmern. Der Name für die Dating-Agentur!

18

Mal ehrlich, die Wissenschaft ist teilweise eine ziemlich unzulängliche Kunst. Roboter auf den Mars schicken, aber um ins Innere eines Menschen zu gucken, bedarf es einer Höllenmaschine aus dem Computerland. Ich kenne dieses monströse Untersuchungsgerät natürlich aus dem Fernsehen. Dass die Röhre gefühlsmäßig im Nanosekundentakt die Schallmauer durchbricht, hätte ich dennoch nie vermutet. Soll schonender als Röntgenstrahlen sein. Nicht für das Gehör. Trotz Kopfhörer habe ich das Gefühl, der tausendfach verstärkte Klingelton zerfetzt mir das Trommelfell. Hinterher bin ich garantiert taub. Wer entwickelt so etwas? Hat sich der Erfinder auch selbst mal in dieses Dings gelegt? Kann ich bitte die Zulassungsgenehmigung vom TÜV sehen?

Berechtigte Fragen, wie ich finde, die ich mir stelle, während mein Knie gescannt wird. Scheibchenweise. Wie Aufschnitt. Hundert Gramm Kassler. Es würde etwa zwanzig Minuten dauern, sagte die Ärztin, und ich solle still liegen wie ein Brett. Na, danke. Wie man diesen grausamen Geräuschpegel übersteht, hat sie verschwiegen. Dagegen summen Presslufthammer süße Schlaflieder. Ob für Privatpatienten ein schallgedämpftes Modell existiert? Anzunehmen. In der Klinik gibt's Ein-Bett-Zimmer nebst Kopfkraulen vom Chefarzt, und der Computertomograph schnurrt leise wie ein Miezekätzchen. Nur wir armen Kassler-Schweine müssen so leiden! Jetzt juckt auch noch die Nase. Mist. Warum habe ich nicht von der ersten Sekunde an Schäfchen gezählt? Im Sechziger-

Rudel übern Zaun springen lassen, hätte das ›Brett spielen‹ vielleicht zum kurzweiligeren Vergnügen gemacht. Hilfe! Ich muss niesen. Bei Panikanfällen Notfallknopf drücken, hieß es. Aber wirklich nur in allergrößter Not, sonst ist die Aufnahme unbrauchbar.

Ich zähle jetzt bis drei, dann drücke ich. Ist mir egal, wenn der Beinschinken verrutscht. Eins, zwei und ... Plong! Die Geräuschfolter ist vorbei. Das Nasenjucken auch. Puh! Bin ich erleichtert. Ich darf die Bandage und meine Jeans wieder anziehen und noch zwei, drei Minuten im Warteraum verweilen, bis die Ärztin mir das Ergebnis mitteilt.

Dem ziemlich vollen Wartezimmer und gut sortierten Stapel Illustrierten nach zu urteilen, wird es wohl nix mit zwei, drei Minuten. Zwanzig bis dreißig würde ich eher tippen. Egal, nach der Röhre empfinde ich selbst das wie Wellness. Vertieft in die *Vogue* – das Sahnebaiser hat mich angesteckt mit ihrem Hang zu Millionen-Dollar-Klamotten –, registriere ich den Neuankömmling nur aus den Augenwinkeln. Allerdings spüre ich, wie er mich beobachtet. Kurz darauf setzt er sich auf den Stuhl neben mich.

»Kennen wir uns nicht?«, spricht er mich an.

Überrascht blicke ich von meiner Lektüre auf. Kill Bill!, in hellem Hemd, dunkelgrünen Hosen und sandfarbenem Jackett. Er sieht geradezu unverschämt gesund aus, ist leicht gebräunt, als käme er frisch aus dem Urlaub. Nicht die winzigste Spur einer körperlichen Schwäche oder gar eines Herzleidens.

»Hallo!«, begrüße ich ihn erfreut, und mir fällt ein, dass ich ungeschminkt bin. Keine Killerwimpern. »Was für ein netter Zufall.« Wenn ich Biggi davon berichte, wird sie ihn natürlich dem Universum zuschreiben. »Wie geht's?« Keine besonders intelligente Frage beim Zusammentreffen im Wartezimmer einer Radiologiepraxis. Zumal er im Fitnessstudio auch nicht gerade topfit war. ›Wo fehlt's bei dir?‹ wäre treffender.

»Letzte Woche ging's noch«, antwortet er zwinkernd.

Kapiert! Solange die Jungs einem ihre Potenz unterjubeln, sind sie wohl weitestgehend gesund. Kill Bill wäre tatsächlich allemal eine schwache Stunde wert. Rein hypothetisch.

»Sonst alles paletti?«, frage ich neugierig. »Besuchst du das Fitnessstudio noch?«

»Primissimo, im Moment macht mir die Schulter ein klein wenig Sorgen. Muss beim Training eine Winzigkeit übertrieben haben. Deshalb bin ich hier. Aber genug von mir, ich dachte, wir treffen uns mal beim Fitness wieder. Hat dir wohl nicht so gefallen, der Laden?« Er sieht mir direkt in die Augen, aber nicht, als wolle er flirten, sondern wie einer guten alten Freundin, die er lange nicht gesehen hat.

»Nein, ganz im Gegenteil. Einen Versuch habe ich auch noch gewagt, scheine aber zur falschen Zeit da gewesen zu sein«, erkläre ich. »Im Moment knirscht mein rechtes Knie. Der Orthopäde tippte auf Meniskus, deshalb war ich in der Röhre.«

»Wird schon nicht so schlimm sein«, tröstet er mich. »Mein … ähm … Malheur auf der Hantelbank war auch nur ein Kreislaufkollaps. Ich hatte mir eine Sommergrippe eingefangen und zu früh wieder mit dem Training angefangen.«

»Freut mich zu hören, dass du …«

»Frau Wertheim, Sprechzimmer vier!«, ertönt eine Stimme aus dem Lautsprecher.

Mist. Wer funkt denn jetzt schon wieder dazwischen? Oder wie soll ich diese plötzliche Schnellabfertigung sonst verstehen?

»Wie wär's, hast du anschließend Zeit auf einen Kaffee?«, fragt Bill, während ich mich umständlich erhebe.

Na, also. Geht doch! »Sehr gerne«, lächle ich. »Ich bin sicher in ein paar Minuten wieder da.«

Wir verabreden, hier aufeinander zu warten, tauschen aber zusätzlich Handynummern aus. Kaum eine halbe Stunde später steckt das Röhrenergebnis in einem Kuvert. Die Ärztin meinte, es sähe nicht gut aus und ich solle mich schnellstmöglich mit meinem Orthopäden beraten. Dort habe ich am Nachmittag einen Termin. Aber das interessiert mich im Moment nicht die Kaffeebohne, denn ich sitze mit Bill in der Vormittagssonne vor Cappuccino und Milchkaffee. Zuvorkommend hat er den Stuhl zurechtgerückt, erst Platz genommen, als ich saß, und die Bestellung für mich aufgegeben. Gute alte Kavaliersschule, ein klein wenig *old fashioned,* aber wir Frauen in fortgeschrittenem Alter stehen auf Manieren. Auch wenn ich Traudl aktuell scheinbar keinen Liebhaber mehr vermitteln muss, für unsere Agentur wäre er der perfekte Mann.

Inzwischen habe ich mir gut überlegt, wie ich etwas über seinen Beruf und Privatleben herausbekommen kann. Verheiratet scheint er nicht zu sein, schon im Fitnessstudio habe ich keinen Ring gesehen. Dennoch könnte er natürlich in festen Händen sein. Direkt mit der Tür ins Haus fallen und unverblümt fragen, ob er verliebt oder verlobt ist, wäre nicht zielführend. Ob er einen Job hat oder ein armer Schlucker ist, lässt sich auch kaum höflich versteckt erfragen. Also werde ich mit unverfänglichem Geplauder mein Kuppeltalent auf die Probe stellen müssen. Wäre doch gelacht, wenn ich Bill nicht für meine Agenturpläne begeistern könnte. Der Erfolg hängt von der Einstiegsfrage ab, das weiß ich aus meiner Zeit als Personalchefin.

»Lässt dein Beruf dir überhaupt Zeit, um regelmäßig im Fitnessstudio zu trainieren?« Ha, was für eine raffinierte Formulierung. Meine Rechnung geht auf, denn er lächelt geschmeichelt.

»Oh, vielen Dank, dass du mich noch nicht zu den Rentnern zählst«, entgegnet er. »Ich arbeite tatsächlich noch in meinem Job als Fotojournalist, allerdings nur sporadisch. Du darfst mich gerne Teilzeitrentner nennen.«

»Fotojournalist, das klingt ja unglaublich aufregend und exotisch«, entgegne ich schwärmerisch, obwohl ich es mir ziemlich anstrengend vorstelle, auf zwei Hochzeiten gleichzeitig zu tanzen.

»Trifft beides exakt zu.« Bill rührt nachdenklich in seiner Tasse. »Aber vor allem ist es erschütternd, was man in Krisengebieten oft an Grauen vor der Linse hat, und dann muss man auch noch auf den Auslöser drücken. Es gibt Situationen, da schaffe ich das kaum noch«, erklärt er. »Mit jedem Jahr werde ich dünnhäutiger. Auch körperlich wird es zunehmend anstrengend. Von psychisch richtig anstrengenden Reisen erhole ich mich meist am besten vorm Fernseher, wenn ich mir tagelang nur Ludwig-Thoma-Filme oder die *Sendung mit der Maus* anschaue.«

Ich wusste es! Kill Bill ist der ideale Mann für Traudl! Mein Gespür hat mir auf den ersten Blick verraten, dass die beiden ein Traumpaar wären. Mit ihm hat sie bestimmt noch mehr Gemeinsamkeiten als die *Maus*. Traudls unpassendes Verhältnis zu diesem Sascha kann doch gar nicht lange andauern. Schon bald könnte sie eine starke Schulter zum Ausweinen benötigen. Aber noch weiß ich nicht genug über Bills Privatleben. »Was sagt eigentlich deine Familie dazu, dass du so selten zu Hause bist?«, hake ich in harmlosem Plauderton nach.

»Fotojournalismus und Familie schließen sich einander aus wie katholische Geistliche und der Ehestand. Weshalb ich weder Frau noch Kinder habe.« Mit amüsiertem Grinsen signalisiert er mir, meine Hintergedanken durchschaut zu haben. »Falls du das wissen wolltest.«

»Du hast mich erwischt«, gebe ich ungeniert zu, und dass ich selbst auch Single bin. »Geschieden mit zwei erwachsenen Kindern, nebst einer jüngeren Nachfolgerin«, erkläre ich und füge an: »Die auch noch umwerfend aussieht, was mich anfangs tief deprimiert hat.«

»Na, wenigstens bist du nicht vollkommen allein.« Seufzend blickt Bill ins Leere. »Je älter ich werde, umso mehr bedaure ich, keine Familie zu haben. Nicht einmal uneheliche Kinder. Aber jetzt, mit dreiundsechzig, noch anzufangen, finde ich auch zu spät. Dabei gehörte es nie zu meinem Plan, die letzten Lebensjahre allein zu verbringen. Dennoch habe ich über die Karriere den Privatanschluss verpasst.«

Ein kraftstrotzender Mann, der als letzte Chance keine Familie mit einer jüngeren Frau gründen möchte? Bin ich hier bei *Verstehen Sie Spass*? Oder wurde Bill frisch eingeflogen vom Planeten Traummänner? Um sicher zu gehen, erwähne ich Charlie Chaplin, der mit dreiundsiebzig noch einmal Vater wurde.

Bill lacht breit. »Ja, das Beispiel wird gerne genannt. Dazu fällt mir der Witz ein, dass Charlie zwar noch ein Kind zeugen konnte, aber zu schwach war, das Baby zu halten. Nein, nein, ich muss meine Gene nicht unbedingt weitergeben, und ich würde auch kein alter Vater sein wollen, der von den Freunden seines Kindes als Opa bezeichnet würde. Das ist frustrierend, wie ich bei einem gleichaltrigen Kollegen sehe, der vor kurzem Nachwuchs bekam. Am einfachsten wäre, ich suche mir eine bereits komplett fertige Familie. Frau mit Kindern, nebst buckliger Verwandtschaft.« Er mustert mich eindringlich.

Upps! Denkt er etwa, ich könnte die Gesuchte sein? »Mit Kindern und Verwandtschaft bin ich ausreichend versorgt«, erkläre ich eilig. Zusätzlich verdrehe ich die Augen, damit er nicht auf dumme Gedanken kommt.

»Möchtest du noch etwas trinken?«, wechselt er das Thema und bestellt auf meinen Wunsch eine Diätcola. »Und, was hast du für die restlichen dreihundert Lebensjahre geplant?«, fragt er jetzt wieder vergnügt.

Langsam wird mir das Gespräch unheimlich. Jetzt liefert er mir sogar noch eine Steilvorlage – um den Männerjargon zu bemühen. Na gut, mal sehen, ob ich einen Treffer landen kann. »Wie gesagt, mit Familie bin ich durch, und auch nicht scharf auf eine neue Beziehung. Deshalb möchte ich versuchen, alleinstehenden Oldies zu helfen.« Ich muss mich beherrschen, ihm gegenüber nicht sofort Traudl zu erwähnen. Noch lieber würde ich sie anrufen und unter einem Vorwand herlocken.

»Ein ungewöhnliches Ansinnen.« Er sieht mich schief an. »Etwa als Heiratsvermittlerin? Dann empfehle ich dir, ein Casting zu veranstalten. Heutzutage wird doch alles gecastet, von Superstars über Supermodels bis zu Frauen für Bauern.«

Ich merke, dass er mich nicht ernst nimmt und sich ein Lachen verkneift. Doch sein versteckter Sarkasmus irritiert mich wenig. »Mir schwebt eine Dating-Agentur vor, die sich stark von den unpersönlichen Online-Portalen unterscheidet«, antworte ich, berichte, wie die Idee entstanden ist und was ich beim Speed-Dating erlebt habe. »Jeder sucht doch den idealen Lebenspartner. Aber den findet man meiner Meinung nach weder mittels eines Computers noch in sieben Minuten. Es sind viele Faktoren entscheidend, die ein neutraler Beobachter genauer sehen und beurteilen kann. Wie zum Beispiel die Ausstrahlung und Persönlichkeit, die bei Beantwortung von Standardfragen niemals erfasst werden kann. Für eine sehr liebe Freundin habe ich bereits den Traummann gefunden.«

Bill hört jetzt aufmerksam zu. Ich scheine nun doch sein Interesse geweckt zu haben.

»Vielleicht warst du auch schon einmal eingeladen und hattest dafür keine weibliche Begleitung?«, fahre ich fort und füge eilig hinzu: »Obwohl ich mir das bei dir nicht vorstellen kann. In deinem Telefonbuch finden sich bestimmt mehr Nummern von Frauen als von Männern.«

Die bestellte Cola und das Wasser für Bill werden serviert. Bill wartet, bis sich der Kellner wieder entfernt hat. »Ja, das passiert schon mal, aber dann frage ich meine Notfallfrau, die keine romantischen Gefühle für mich hegt.«

Wie bitte? Hat er nicht eben gejammert, dass er gerne Familie hätte? Da stimmt was nicht! Aber das bekomme ich in einer Minute heraus. »Weil du nicht ihr Typ bist?«, deute ich seine Antwort.

»Nein, sie ist …« Er wird vom Klingeln seines Handys unterbrochen, entschuldigt sich und angelt das Gerät aus der Sakkotasche. Er blickt auf das Display. »Oh, da muss ich rangehen, dauert aber nicht lange«, erklärt er, sichtlich unerfreut, und meldet sich mit »Tucher!«.

Den einsilbigen Antworten nach zu schließen, scheint es sich um einen dieser Anrufe zu handeln, bei denen man sich wünscht, das Handy ausgeschaltet zu haben. Mit finsterer Miene erhebt er sich und bedeutet mir, kurz ins Café zu verschwinden.

Ich nutze die Gelegenheit, um Traudl anzurufen. Hoffentlich ist sie zu Hause, ein Mobiltelefon hat sie nämlich nicht.

Es meldet sich ihr Anrufbeantworter. Egal, vielleicht rattert gerade die Waschmaschine und sie hört das Klingeln nur nicht. »Hier ist Paula, ich befinde mich in einer Zwangslage, sitze in einem Café und kann nicht bezahlen. Bitte komm so schnell wie möglich und bring zehn Euro mit«, spreche ich mit leiser Stimme aufs Band und nenne das Lokal und die Straßenecke. Kaum habe ich mein Handy weggepackt, kommt Bill zurück.

»Tut mir wahnsinnig leid, Paula«, sagt er im Stehen. »Ich muss dringend weg. Wir bleiben in Kontakt, ja? Lass mich wissen, wie sich deine Agentur entwickelt.« Er wendet sich zum Gehen. »Es war schön, dich zu treffen … und … die Rechnung ist bezahlt.«

Konsterniert blicke ich ihm nach. Wenn er wegen seines Jobs so überstürzt aufbrechen musste, wundert es mich nicht, dass er ohne Anhang lebt. In der Kavaliersschule bekommt er auch keine Eins mit Stern dafür. Was soll's, dann trinke ich meine Cola eben alleine und recke die Nase in die Sonne, das ist gut fürs Gemüt. Außerdem habe ich seine Handynummer, es ist also nichts verloren. Nur etwas verschoben. In Gedanken zähle ich meine bisherigen Erfolge, die da wären: Karl, Ede plus Kumpel, der Pizzabäcker und der Vater, den Biggi auf der Vernissage anwerben konnte. Wie bitte, nur fünf Kandidaten? In vier Wochen. Sehr dürftig. Geradezu unterirdisch mickrig.

Plötzlich schleicht sich der Frust in meine Gedanken wie große schwarze Krähen. Irgendwie scheine ich es falsch anzupacken. Doch welche meiner Bemühungen sind verkehrt? Oder agiere ich selbst zu dilettantisch? War ich tatsächlich jedes Mal bloß an den falschen Tagen im Fitnessstudio? Hätte ich besser in der Rückenschule ein paar Kontakte knüpfen sollen? Trifft man beim Speed-Dating tatsächlich nur Looser? War ich beim Salsa zu forsch? Im Gespräch mit Bill zu verkrampft?

Was auch immer, von Turbotempo oder Senkrechtstart kann man nicht sprechen. Wenn es so weitergeht, werde ich das Projekt kaum zum Laufen bringen. Ich muss die Strategie ändern. Als der Kellner vorbeikommt, ordere ich eine normale Cola. Mal versuchen, ob mein Gehirn mit Zuckerdoping bessere Ergebnisse liefert.

Unmotiviert starre ich eine Weile vor mich hin, schlürfe die gehaltvolle Cola und finde dennoch keine Lösung, als mein Telefon klingelt.

Unbekannte Handynummer. Ich zögere einen Augenblick. Dann fällt mir ein, dass es einer vom Speed-Dating sein könnte.

»Paula«, melde ich mich.

»Sitzt du immer noch im Café?«, höre ich eine Stimme, die wie Traudl klingt.

»Wer ist denn da?«

»Traudl. Wen erwartest du denn?«

»Ähm ... niemanden. Ich wundere mich nur, dass du von einem Handy aus telefonierst. Ist aber nicht dein eigenes, oder?«

»Doch, seit gestern gehöre ich auch zum Club der Coolen«, antwortet sie. »Also, was ist, soll ich dich auslösen?«

»Danke, hat sich erledigt«, murmle ich müde.

»Wie das?«, wundert sich Traudl. »Hast du dich zum Tellerspülen gemeldet?«

»Nein, ich habe mich an den Zwanziger erinnert, der für Notfälle in meinem Schlüsseltäschchen steckt. Es ist alles bestens. Danke für deinen Anruf.«

»Du klingst aber nicht besonders fröhlich«, hakt sie nach. »Das kenne ich gar nicht von dir. Ist auch wirklich alles in Ordnung?«

»Ich leide unter DD«, antworte ich seufzend.

»Wie bitte?«

»Dating-Depression!«, erkläre ich. »Nichts läuft so, wie ich mir das vorstelle.«

»Haha!«, lacht Traudl auf. »Seit wann bist du depressiv? Das ist meine Krankheit. Gewesen!«, fügt sie noch an. »Übrigens habe ich mich vorhin mit deinem Ex-Mann getroffen. Ich bekomme den Laden! Pämela war auch anwesend und hat Herbert zugeredet, dass er mir den Laden überlassen soll.«

Ich gratuliere ihr ohne große Euphorie.

»Na, ein bisschen mehr Begeisterung hätte ich schon erwartet«, rügt sich mich. »Wo eure Partneragentur davon profitieren wird.«

Stimmt! Secondhand für Männer. »Ist 'ne klasse Idee, Traudl, ehrlich, ich hoffe, es klappt alles, wie du es dir vorstellst. Aber bis zur Eröffnung dauert es ja noch, und wie viel Interessenten du dann tatsächlich für uns anwerben kannst, lässt sich nicht vorhersagen. Selbst wenn zwei oder drei dabei herausspringen, hilft das kaum weiter. Beim Speed-Dating habe ich erlebt, wie schwierig es ist, auf Anhieb jemanden zu finden, mit dem man harmoniert. Wäre ich wirklich auf der Suche gewesen, hätte mir keiner gefallen. Das klingt vielleicht überheblich, aber wir benötigen eine gewisse Auswahl, also mindestens einhundert Bindungswillige, oder solche, die Freizeitkontakte suchen.«

»Weißt du, wie du dich anhörst?«

»Negativ, ich weiß, tut mir leid …« Ich nehme einen Schluck Cola. Igitt. Schmeckt nicht.

Sie lacht leise. »Genau wie ich, bevor Sascha in mein Leben kam und mir gezeigt hat, wie schön es ist, wenn man seine Träume …«

»Danke für die Aufmunterung«, unterbreche ich sie eilig. Ich fürchte, dass sie gleich eine Lobeshymne auf den jungen Lover loslässt, wie vorher immer auf Fritz. Und das brauche ich jetzt wie ein Date mit ›Justitia‹.

»Ich wollte eigentlich nur sagen, dass du nicht aufhören sollst, deine Pläne zu verfolgen. Setzt doch einfach 'ne Anzeige in sämtliche Münchner Tageszeitungen, und wartet, was geschieht. Wenn du meine Hilfe benötigst, melde dich. Servus, bis bald.«

»Anzeige«, murmle ich vor mich hin, nachdem ich aufgelegt habe. Die Cola mundet auch wieder. Hmm, ein Inserat könnte die Sache in Schwung bringen! Wie müsste der Text lauten, damit er neugierig macht? Schlicht und einfach ›Oldie-Casting‹? Nein, das wäre zu plump. Die Worte müssen Gefühle ansprechen, Sehnsüchte wecken und Romantik vermitteln. Ich murmle einige Worte wie Herzen, Einsamkeit und Neugier vor mich hin, verschiebe sie im Geiste, kombiniere sie neu, und nach wenigen Minuten weiß ich, wie das Inserat lauten muss.

19

Zu Hause schalte ich sofort den Computer ein und gebe Anzeigen in den großen Münchner Tageszeitungen auf.

Einsame Oldie-Herzen gesucht!
Neugierig geworden?
Näheres erfahren Sie
Samstag und Sonntag
zwischen 14 und 18 Uhr.

Die Adresse dazusetzen, fertig. Erscheinen werden die Zeilen in den Wochenendausgaben.

Bei der Vorstellung, dass es jetzt wahrhaftig ernst wird, steigt meine Euphorie, weshalb ich beinahe den Termin bei Dr. Xenos verschwitze.

Das Wartezimmer ist dieses Mal leer und ich werde sofort ins Sprechzimmer geleitet. Das fängt doch gut an, rede ich mir Mut zu, um meine unterschwelligen Ängste zu besänftigen.

Der Doc begrüßt mich heute besonders freundlich, nimmt die CT-Bilder in Empfang und klemmt sie an ein Leuchtfenster. Er studiert sie eine Weile, kratzt sich am Kinn und dreht sich dann zu mir um. »Schmerzen?«

»Nein … eigentlich nicht«, antworte ich zögernd.

»Also doch?«, entschlüsselt er meine unklare Antwort. Sein Unterton gefällt mir überhaut nicht.

»Nur, wenn ich ohne Bandage rumlaufe.«

Er nimmt auf dem Chefsessel Platz, studiert den von der Radiologin beigefügten Brief und mustert mich dann freundlich. »Wie ich lese, wird eine OP empfohlen …«

Der Satz fährt wie ein Messer durch mein Knie. Habe ich schon erwähnt, dass ich panische Angst vor Kliniken und Operationen habe? Sogar beim Gucken von Krankenhausserien im Fernsehen. Persönliche Erfahrungen habe ich zum Glück bislang keine machen müssen, abgesehen von meinen zwei Geburten, die problemlos verliefen. Aber bei der Vorstellung, betäubt und aufgeschnitten zu werden, gerate ich in blanke Panik. Man liest oft genug, dass Menschen nicht mehr aus der Narkose aufwachen. Oder sie verbluten, weil ein Schnitt schlampig ausgeführt wurde. Oder sie erleiden einen Herzstillstand, und keiner weiß, warum. Wie beispielsweise die achtzigjährige Nachbarin, der ein Gallenstein entfernt wurde und die nie wieder aus der Narkose aufgewacht ist. Ich versuche, ruhig zu atmen, doch das Blut schießt mir ins Gesicht und in wenigen Sekunden bin ich schweißgebadet. »Ist das … wirklich unbedingt nötig?«, frage ich stammelnd.

»Letztlich ist es natürlich Ihre Entscheidung, aber ich würde ebenfalls dringend zuraten«, antwortet er. »Je länger Sie zögern«, beginnt er und erklärt mir die Folgen. »Sie müssen keine Angst haben, das ist eine Routine-OP, die ich auch schon hinter mir habe. Die Narbe wird kaum zu sehen sein.« Er fährt seinen Sessel ein wenig zurück, hievt das eigene Bein auf den Schreibtisch und zieht das linke Hosenbein hoch. »Bitteschön!« Er zeigt auf eine kleine Narbe. »Der Schnitt ist so winzig, dass er kaum noch zu erkennen ist. Die OP erfolgt in aller Regel minimal-invasiv arthroskopisch …« Schwungvoll nimmt er das Bein wieder vom Tisch herunter. »Ich habe Belegbetten in der Klinik in der Effnerstraße. Wenn Sie möchten, können wir sofort einen Termin vereinbaren.«

Schweigend höre ich seinen Ausführungen zu, die mich beruhigen sollen. Leider bewirken sie genau das Gegenteil.

Wieder zu Hause befallen mich tausend Ängste. Was, wenn ich tatsächlich während der OP sterbe? Meine armen Kinder sind dann Halbwaisen. Oder, wenn etwas schiefgeht und ich für den Rest meines Lebens auf Krücken laufen muss? Oder mir das Bein abgenommen wird, weil ich in den stressigen Jahren als Personalchefin ziemlich viel geraucht habe, deshalb innerlich komplett verteert bin, und der Grieche mich nur schonen wollte? Ganz nach dem Motto, wenn sie aus der Narkose erwacht, ist das Bein eben einfach weg ... Mit der Zeit wird sie sich schon daran gewöhnen ... Und wenn ich es mir recht überlege, die Radiologin wollte sich auch nicht genauer festlegen. Ich werde im Rollstuhl enden. Garantiert. Beim nächsten Gedanken erinnere ich mich plötzlich an die Anzeigen. Ich will zum Telefon greifen, um die Veröffentlichung zu stoppen, als es schrillt.

Pämela.

»Ich habe einen kleinen Lieferwagen plus Sackkarre organisiert«, verkündet sie. Ich kann förmlich sehen, wie sie strahlt. »Wenn du im Moment nicht bessäftigt bist, können wir heute noch alle Kartons in die Villa ssaffen.«

Jesses, die Akten! Die habe ich total verdrängt.

»Nein, eigentlich nicht«, antworte ich, frage mich aber, wie viele Monate ich benötigen werde, bis ich wieder laufen kann? Einsame Herzen zu verkuppeln wird mich dann so sehr interessieren wie die Anzahl der Scheidungen pro Jahr.

»Prima«, jubiliert Pämela, als würde ihr Hennenabend heute stattfinden. »Dann bin ich in zwanzig Minuten bei dir.«

»Nicht nötig«, stoppe ich ihren Eifer. »Die Agenturpläne sind verschoben, bis auf Weiteres.«

Es entsteht eine Pause. »Verssoben? Warum das denn so plötzlich?«, fragt sie dann verwundert.

Möglichst unaufgeregt berichte ich von meinem Problem, und dass ich erst die bevorstehende OP abwarten möchte.

»Von so einer Lappalie lässt du dich aufhalten?«, wundert sie sich. »Warum holst du nicht eine zweite Meinung ein? Eine Freundin wurde ambulant am Meniskus operiert. Ihr Arzt vertritt die Ansicht, dass nicht immer sofort aufgessnitten werden muss. Ich erkundige mich, wie er heißt. Vielleicht ist ja alles halb so sslimm.«

»Ja, vielleicht, aber ich bin nicht mehr die Jüngste ... da macht man sich eben so seine Gedanken ...«, stammle ich und mir versagt die Stimme vor lauter Unbehagen. »Kliniken sind vor allem für alte Menschen gefährlicher als ein nächtlicher Spaziergang auf der Autobahn.«

»Hahaha, jetzt hab ich kapiert«, lacht Pämela. »Dein Humor, Paula. Ich mach mich dann mal auf den Weg. Bis gleich!« Sie legt auf, noch ehe ich etwas entgegnen kann.

Na gut, wenn's denn sein muss, füge ich mich eben ins Unvermeidliche.

Ich rufe Biggi an. »Das Universum hat uns einen Engel mit Kombi und Sackkarre organisiert«, berichte ich. »Wäre nett, wenn du dich herbemühst, um mitzuhelfen.«

»Oohhh, das ist jetzt ein ganz blöder Zeitpunkt«, bedauert meine Geschäftspartnerin. »Im Moment habe ich noch einen Hund an der Hacke, aber ich werde so schnell wie möglich antraben.« Seltsamerweise stottert sie, als würde sie lügen.

Zwanzig Minuten später klingelt es. Meine Busenfreundin Pämela – so oft, wie wir uns inzwischen treffen, hat sich die Floskel längst bewahrheitet –, in kniekurzen Jeans, einem hellgrünen Herrenhemd und klobigen grauen Joggingschuhen.

Das lange Haar zu einem schlampigen Dutt gebunden, in den Händen einen rosa-weiß-gestreiften Kuchenkarton.

»Hallo, Paula, ich hab noch Verpflegung mitgebracht.« Sie marschiert an mir vorbei Richtung Küche.

»Fühl dich ganz wie zu Hause«, murmle ich, schließe die Tür und folge ihr. Gegen diese jungen Powerfrauen ist man als gebrechlicher Oldie einfach machtlos.

»Soll ich Kaffee kochen? Wenn du mir sagst, wo ich alles finde, kannst du dich ausruhen«, sagt sie, als ich die Küche betrete.

Ausruhen! Ich hab mich wohl verhört? »Ich wüsste nicht, wovon.« Eilig begebe ich mich zur Arbeitsfläche, wo sie den Kuchen abgestellt hat. Wäre ja noch schöner, wenn mich meine Nachfolgerin auch noch in der eigenen Wohnung aufs Abstellgleis schiebt.

»Wann wirst du denn operiert?«, fragt Pämela, als sie später die praktische Sackkarre ins Büro rollt.

»Ich habe erst vor einer Stunde erfahren, dass ich mich unters Messer legen soll«, berichte ich, während sie die Karre unter zwei aufeinander gestapelte Kisten schiebt. »Einen konkreten OP-Termin habe ich noch nicht vereinbart.«

»Aber das ändert insgesamt doch nichts an deinen Agenturplänen, oder?« Sie hantiert mit solch erstaunlicher Leichtigkeit, dass man auf den absurden Gedanken verfallen könnte, sie würde tagtäglich Umzugskartons durch die Gegend karren.

»Wo hast du gelernt, dieses Ding so geschickt zu bewegen?«, wechsele ich das Thema.

Elegant manövriert sie die Last aus dem Raum durch den Flur nach draußen. Auch die drei Treppenstufen im Hausflur bereiten ihr keinerlei Probleme.

»Meine Eltern hatten einen Getränkegroßhandel«, antwortet sie. »Während der Ferien habe ich damit mein Tassengeld aufgebessert. Ab und zu betätige ich mich gerne körperlich. Ssadet auch nicht, wenn's ansstrengend ist.« Damit hievt sie den obersten Karton in den Minilaster, als wäre er ein Handtäschchen. »Da ssläft man nachts besonders gut.«

Das Sahnebaiser überrascht mich mal wieder. Vielleicht liegt ihr in Wahrheit gar nicht so viel an den Millionen-Dollar-Outfits, der großen Villa und dem ganzen Brimborium?

Als wir die letzte Kiste verladen, taucht Biggi im wehenden grün-roten Karokleid auf. Sie wirkt leicht derangiert. »Sorry, ich hab's nicht früher geschafft.«

»Ist dir der Hund entwischt?«, frage ich provozierend.

Sie lacht. »Das auch ... was kann ich noch tun?«

»Dein Universum meint es heute gut mit dir«, scherze ich, inzwischen wieder lustig aufgelegt.

Biggi kapiert nicht sofort.

»Alle Kisten sind verstaut«, erkläre ich.

»Prima, dann helfe ich dir, das Büro zu putzen.« Sie folgt uns ins Haus.

»Ssaut super aus!«, stellt Pämela fest, als wir die leeren Regale betrachten, dabei Kaffee trinken und die mitgebrachten Teilchen futtern. »Jetzt könnt ihr richtig loslegen.«

Biggi dreht sich langsam um die eigene Achse. »Ohne die ganzen Altlasten erscheint der Raum doppelt so groß.«

»Ja, wirklich sehr schön«, bestätige ich und bedanke mich für Pämelas Hilfe.

»Ach was, ich hab dir sehr gerne geholfen.« Sie greift nach einem Marzipanhörnchen und setzt sich damit auf den Schreibtisch. »Nur Hausfrauendasein ist auf Dauer ...« Sie stockt, als wären ihr die letzten Worte unabsichtlich herausgerutscht.

Aber bei mir klingeln sofort die Alarmglocken. Ob sie Krach

mit Herbert hat? Ich mustere sie unauffällig. Nein, unglücklich wirkt sie nicht. Moment, an ihrer linken Hand fehlt das Diamäntelchen! Na gut, ein echter Beweis ist das nicht. Sie kann den Ring zu Hause gelassen haben, damit er bei der Packerei keinen Schaden nimmt.

»Was passiert als Nächstes?«, fragt sie schon wieder im Plauderton, zieht ein Bein nach dem anderen hoch und verknotet sie zum Schneidersitz.

»In den Samstagszeitungen werden Anzeigen erscheinen«, sage ich und zeige ihr den Text auf dem Bildschirm. »Aber vielleicht sollte ich die ganze Sache doch lieber bis nach der OP verschieben ...«

»Was denn für eine Operation?« Biggi klingt so geschockt, als würde ich in einer Stunde tot umfallen.

Ich sprudle die Kurzfassung herunter, meine Panikattacken verschweige ich natürlich.

»Nachdem du noch nicht mal einen OP-Termin hast, sehe ich keinen Grund, die Sache abzublasen«, sagt Biggi pragmatisch.

»Die Leute werden euch die Tür einrennen. Das wird ein riesen Sspaß«, schwärmt Pämela und guckt uns mit großen Augen an. »Da wäre ich gerne dabei. Darf ich? Ich könnte euch assistieren!«

Biggi wirft mir einen fragenden Blick zu.

Schockschwerenot! Damit die grauen Panther lange Zähne kriegen und glauben, Pämela wäre auch zu haben? Oder hat sie doch Krach mit Herbert-Bärli und möchte sich schon mal neu orientieren? »Ähm ... das ist wirklich ein sehr liebes Angebot, Pämela ... aber ... Herbert würde das sicher nicht wollen.«

»Um Herbert musst du dich nicht sorgen, der hat am Wochenende keine Zeit für mich, weil er neue Brote kreiert.«

Mist, wie kann ich sie abhalten?

Pämela guckt mich forsch an. »Du glaubst, meine Anwesenheit würde sstören, oder?«

Upps! Sie hat mich erwischt.

»Ich könnte Infomaterial austeilen«, sprudelt sie weiter, ohne auf meine Verlegenheit zu reagieren.

»Welches Infomaterial?«, frage ich verwundert.

Pämela löst sich aus dem Schneidersitz. »Ihr habt keine Flyer oder etwas Ähnliches?«

Nachdenklich schüttle ich den Kopf, und überlege, was da überhaupt draufstehen könnte.

Sie greift nach ihrer Kaffeetasse. »Der Anzeigentext enthält doch noch keinerlei Informationen.«

»Stimmt, was hast du überhaupt genauer geplant?«, möchte nun auch Biggi wissen.

»Eigentlich wollte ich Einzelgespräche führen«, entgegne ich und nehme mir eine Butterbrezen. »Dabei erfährt man am schnellsten, welche Wünsche die Menschen haben. Deshalb habe ich auch ein Zeitfenster von vier Stunden angegeben, damit nicht alle zur gleichen Zeit einlaufen.«

Pämela nippt an ihrem Kaffee und wendet sich dann wieder mir zu. »Einzelgesspräche dauern meist länger als gedacht, währenddessen laufen dir die anderen vielleicht davon. Und wer fotografiert die ›Einsamen Herzen‹ für die Kartei? Hast du einen Profi engagiert?«

Habe ich es nicht gesagt? Gegen diese jungen Powerfrauen ist man machtlos. Die geben ein Tempo vor, dagegen ist eine Achterbahn das reinste Schneckenkarussell. »Ehrlich gesagt, hab ich noch nicht genauer darüber nachgedacht.« Ich beiße genüsslich in die Brezen. »Fotos sind doch nicht so eilig. Vielleicht kommen ja auch nur zwei, drei Leute, oder vielleicht auch niemand.«

»Oder zwei, dreihundert!« Pämela schüttelt den Kopf, als wäre ich total plemplem. »München ist bekanntlich eine der Single-Hauptsstädte der Republik. Ich denke, dass vor allem viele Frauen antanzen werden.«

»Einhundert wären schon der Wahnsinn«, grinse ich. Beim nächsten Gedanken muss ich Pämela zustimmen. Zweckpessimistin, die ich gerade bin, rechne ich gerne mit negativen Ergebnissen und freue mich dann umso mehr über positive.

»Pämela hat recht«, meldet sich Biggi vor mir zu Wort, die sich auf einem der Stühle niedergelassen hat. »Was machen wir, wenn plötzlich eine ganze Horde Oldies antanzt?«

»Freudensprünge!«, antworte ich.

20

Samstagmorgen studiere ich die Wochenendzeitungen am Küchentisch. Unsere Anzeigen wurden an exponierten Stellen gesetzt und mit dem umlaufenden Punktrahmen fallen sie sofort ins Auge. Aber bis es losgeht, ist noch massig Zeit. Über fünf Stunden. Eigentlich wollte ich ausgiebig frühstücken, um mich für den Ansturm zu stärken. Doch ich bin nervös wie eine jungfräuliche Braut vor der Hochzeitsnacht. Wiederholt bilde ich mir ein, es habe geklingelt und Horden von Oldies stürmten den Laden.

Alles Quatsch. Nichts dergleichen wird geschehen. Das Casting wird hochprofessionell ablaufen. Karl hat uns kurzfristig beim Streichen des Büros geholfen. Ein helles Türkis verbreitet jetzt sommerliches Flair. Biggi hat massenhaft Heilsteine in den strategisch wichtigen Ecken ausgelegt und intensiv mit dem Universum verhandelt. Das Ladengeschäft wurde mittels aller verfügbaren Stühle zum provisorischen Castingraum umgestaltet, und zur Begrüßung bekommen die Interessenten einen Flyer in die Hand, der alle wichtigen Infos enthält. Pämela hat uns überzeugt, dass wir auf die Art einen souveränen Eindruck erwecken. Wer Näheres wissen möchte, kann sich für ein persönliches Gespräch an uns wenden. Lukas hat geholfen, den Flyertext auf blauem Papier auszudrucken. Unser Firmenlogo prangt auf lila Pappkarton. Damit wurde die Architektenaufschrift an der Ladentür überklebt. Alles ist total durchorganisiert, nichts kann schiefgehen. Abgesehen von der Möglichkeit, dass wir vergeblich warten.

Im Moment warte aber nur ich.

Denn die Zamperlqueen hat am Vormittag per Telefon verkündet, dass sie sich um ein paar Minütchen verspäten würde. Obwohl sie auf alle Heilsteine der Welt geschworen hat, pünktlich zu erscheinen. Inzwischen ist es schon zwei Uhr mittags, sie ist immer noch nicht aufgetaucht, und wenn ich sie anrufe, antwortet die Mailbox. Großes Interesse scheint sie nicht mehr zu haben. Dafür habe ich eine Stinkwut auf sie, die von Minute zu Minute wächst.

Gegen drei fängt es an zu regnen, um halb vier schüttet es. Ich warte auf Biggi, auf die Oldie-Schwemme und darauf, dass meine Ambitionen Gestalt annehmen. Dem Wetter nach zu urteilen fließen sie aber eher mit dem Regen in die Abwasserkanäle. Frustriert schlürfe ich Kaffee, feile mir die Fingernägel und starre Löcher in die Luft. Bei so einem Sauwetter verlassen nur Diebe und Unholde ihr gemütliches Heim. Biggi hätte lieber mit dem Wettergott verhandeln sollen, schimpfe ich halblaut vor mich hin, als die Ladentür geöffnet wird.

Ungläubig fahre ich aus meiner Lethargie hoch. Ein Mann. Im Trenchcoat. Ich kann es kaum fassen. Ein richtiger Mann. Noch dazu ein attraktiver, den ich auf Anfang fünfzig schätze. Ein Humphrey-Bogart-Typ, der einsam durch den Regennachmittag läuft, auf der Suche nach einer verwandten Seele. Doch er blickt mich an, als habe er sich in der Adresse geirrt.

»Findet hier der Gruppensextreff für Oldies statt?«

»Wie bitte?«

»Gruuuppenseeexxx …«, wiederholt er, als wäre ich doof oder schwerhörig oder beides. Dann greift er in seine Manteltasche, holt ein Stück Zeitung heraus und hält mir unsere rot angestrichene Anzeige unter die Nase.

»Die Adresse stimmt«, sage ich. »Aber wie kommen Sie auf Gruppensex?«

»Ist es doch immer, bei verschlüsselten Anzeigen, oder?«, schnappt er zurück.

»Tut mir leid, wenn ich Sie enttäuschen muss.« Ich drücke ihm einen Flyer in die Hand. »Vielleicht haben Sie ja trotzdem Interesse.«

Er wirft einen kurzen Blick drauf. »Sie glauben noch an Liebe?« Er lacht verächtlich und knallt beim Herausgehen die Tür zu, dass die Scheiben klirren.

Fassungslos sehe ich ihm durchs Schaufenster nach. Während er im Regen verschwindet, frage ich mich tatsächlich, wem ich diese Schwachsinnsidee zu verdanken habe. War das nicht meine Glitzerfreundin, die mir eingeredet hat, ich müsse Traudl unbedingt einen Mann beschaffen, denn nur ich wäre prädestiniert für diese Aufgabe? Tja, so kann man sich täuschen. Die Witwe trauert – ganz ohne mein Zutun – nicht mehr. Dafür fühle ich mich wie der einsamste Oldie der Stadt.

Gegen fünf lässt der Regen nach. Zwanzig Minuten später kommt die Sonne hinter den Wolken hervor, die Ladentür wird geöffnet und Dalai-Lametta erscheint. Im Schlepptau eine kleine Frau mit langen ergrauten Haaren und dunklem Augen-Make-up hinter einer lila Hornbrille. Sie trägt ein sportliches Outfit in Orangerot und führt einen schneeweißen Wuschelhund mit rotem Halstuch an einer lila Leine. Trotz fehlender Körpergröße ist sie eine auffällige Erscheinung, wobei der niedliche Hund als perfektes Accessoire fungiert. Nach einem Mann sucht die sicher nicht. Schätze, sie ist eine von Biggis Kundinnen.

»Das ist Anneliese«, stellt Biggi sie vor.

Wir schütteln uns die Hände. »Angenehm.« Ich muss an mich halten, Biggi nicht anzubrüllen.

»Freut mich«, sagt Anneliese genauso steif.

»Wir kennen uns durch die Hunde«, redet Biggi weiter. »Na

ja, eigentlich habe ich sie angesprochen ... ihr Wilson trägt nämlich ein geniales Halstuch. Schau mal, was da steht ... «

Ich setze meine Brille auf. *Mein Frauchen ist Single!*, lese ich die mit schwarzem Garn eingestickten Worte.

»Das nenne ich kreativ«, sage ich anerkennend. »Bitte, nehmen Sie doch Platz.«

»Dankeschön.« Anneliese sinkt leise seufzend auf einen Stuhl. »Nachdem ich bereits alle Online-Partnerbörsen ausprobiert habe, war das eine letzte Verzweiflungstat. Leider wirkt die Botschaft nur auf Frauen und Schwule. Einer hat mir nämlich sein Leid geklagt und sich nach dem Hersteller erkundigt. Dabei habe ich so sehr gehofft, damit einen Mann mit Humor ansprechen zu können. Biggi meinte, es wäre vielleicht die falsche Farbe. Doch daran liegt es nicht, ich besitze das Tuch nämlich auch noch in schwarz mit weißer Schrift, mit dem ich genauso wenig Erfolg habe.« Sie krault den Hund, der sich neben ihre Füße gesetzt hat. »Wir werden einsam und alleine sterben.«

»Nicht, wenn ›Herzflimmern‹ das verhindern kann«, sagt Biggi entschlossen. »Was meinst du, Paula?«

»Sie werden nicht mehr lange alleine bleiben!« Ich überlege, ob der dicke Ede Annelieses Herz erobern könnte. Größenmäßig wären sie das ideale Paar. Und Ede würde das Hundehalstuch amüsieren. Wie ich ihn einschätze, würde er sogar das »ist« vor Single übernähen und ein »war« drübersetzen lassen. »Was halten Sie davon, wenn Sie mir den Mann Ihrer Träume ganz explizit beschreiben? Sollte er sich nicht in unserer Kartei verstecken, kommt er vielleicht heute oder morgen durch diese Tür herein.«

Anneliese guckt sich skeptisch um, als wäre sie in einem Beerdigungsinstitut gelandet.

Ja, ich weiß, hier herrscht keine Männerschwemme, und die

Chancen, dass sich dieser Zustand heute noch ändert, schwinden im Sekundentakt. »Der große Ansturm fand gleich zu Beginn statt«, behaupte ich selbstbewusst ohne rot zu werden.

»Es war der helle Wahnsinn … nicht nur zahlenmäßig«, springt Biggi mir zur Seite. Manchmal kann man sich doch auf sie verlassen.

Annelieses Miene hellt sich auf. Die Hoffnung stirbt eben zuletzt, sinniere ich. Ihre genauso wie meine.

Nachdem wir Anneliese in die Kartei aufgenommen haben, bleibe ich allein mit Biggi.

»Vielen Dank, dass du mich so lange hast warten lassen«, fahre ich sie an und schildere den Auftritt des einzigen Mannes. »Der Anzeigentext war totaler Quark. Vage Andeutungen locken eben nur Lustmolche aus dem Lehnstuhl. Wir sollten unsere Flyer auf Friedhöfen und in Seniorenheimen verteilen, da hätten wir bestimmt mehr Glück.«

Biggi spielt gelassen mit den Glitzerketten an ihrem Handgelenk. »Nur Geduld, morgen wird es Traummänner regnen. Außerdem haben wir immer noch ein echtes Ass im Ärmel.«

»Noch mehr verzweifelte Frauen wie Anneliese?«

»Traudls Secondhandladen!« Sie strahlt, als müssten wir nur Männer aus der *Rentner-Bravo* ausschneiden, und sie könne ihnen Leben einhauchen. »Davon abgesehen finden sich fünf Prachtexemplare in unserer Kartei. Wir haben allen Grund, stolz zu sein.«

»Und theoretisch können Menschen zweihundert Jahre alt werden. Wozu also die Eile?«, knurre ich entnervt.

Der Sonntag beginnt wie der Samstag. Mit Warten. Na gut, einen winzigen Unterschied gibt es, Biggi ist heute pünktlich erschienen und hat Lukas mitgebracht. In unverbesserlichem Optimismus behauptet sie immer noch, es würden massenhaft Oldies antanzen. Dann wäre es sinnvoll, Getränke anzubieten – was Lukas übernimmt –, denn alte Menschen müssten viel trinken. Meinetwegen, an ein paar Flaschen Wasser soll es nicht scheitern.

Gegen drei hört es auf zu regnen, die Wolken verziehen sich und der Tag entpuppt sich als wunderschöner Sommertag. Um vier öffnet sich die Ladentür vorsichtig, zwei Damen fragen, ob sie hier richtig sind. Innerhalb einer Stunde trudeln noch mehr einsame Damenherzen ein. Nur die Männer lassen auf sich warten. Wir verteilen dennoch fleißig Infozettel, Lukas spielt den Schenkkellner und in lockerer Stimmung studiert jeder sorgfältig den Flyer. Die ersten Nachfragen zerstreuen meine Bedenken. Eine Rentnerin hätte gerne einen Mann, der weiß, dass man von Tupperdosen keine Tuberkulose bekommt. Zwei aufgebrezelte wasserstoffblonde Rentnerbarbies mit grellen Lippenstiften und verschmiertem Eyeliner fragen kichernd, ob auch Urlaubskontakte vermittelt würden. Länger als zwei, drei Wochen würden sie keinen Mann ertragen. Eine andere ist auf der Suche nach einem schwulen Ehemann, Sex wäre doch die ganze Aufregung nicht wert.

Nach einer Weile spricht mich eine blonde Frau mit ebenmäßigen Gesichtszügen an, deren Alter schwer zu schätzen ist. Sie ist dünn wie eine Stange Lauch, hat tolle Beine und trägt ein figurbetontes graues Kostüm. Sie ist derart attraktiv, dass man eigentlich keinen Kuppelbedarf vermuten würde. Eher kann sie uns ihre verschmähten Verehrer zuschieben.

»Was ich da in Ihrem Infoblatt lese, klingt sehr vielversprechend«, sagt sie, stellt sich als Cordula Stein vor und bittet um ein Beratungsgespräch.

Ich führe Frau Stein ins ausgeräumte Aktenarchiv, das nach dem Streichen und mit dem frischen Blumenstrauß auf dem Tisch beinahe schick aussieht.

Während ich Frau Steins Angaben und Wünsche in den Computer eingebe, blickt sie sich kritisch um. »Das nenne ich konsequenten Minimalismus«, bemerkt sie trocken.

Ich klopfe lächelnd auf den Computer. »Alles hier drin!«

»Verzeihen Sie bitte, dass ich so direkt bin, das sollte keine Kritik sein. Aber als Innenarchitektin betrachte ich natürlich jeden Raum unter der Prämisse: Gestaltung. Was mich zu meinem Anliegen führt. Ich wurde vor einem Jahr geschieden. Mein Mann konnte es nicht länger ertragen, dass ich meine Altbauwohnung regelmäßig umdekoriere. Er war ein Bloß-nichts-verändern-Typ. Selbst seine Anzüge hing er abends auf denselben Kleiderbügel, von dem er sie morgens abgenommen hatte. Aber meine Wohnung ist eben auch ein Aushängeschild, und ich dekoriere nicht nur zum Spaß. Deshalb suche ich einen Mann, der das toleriert, dem es vielleicht sogar Freude bereitet. Kurzum: die Nadel im Heuhaufen oder einen Schwulen, der hetero geworden ist.«

»Oder jemanden aus derselben Branche«, füge ich hinzu.

Erfreut richtet sie sich im Stuhl auf. »Sagen Sie bloß, so ein Wunderwesen existiert und befindet sich in Ihrer Kartei?«

»Wäre möglich.« Ich denke an Harald, den Küchenausstatter, den ich allerdings noch nicht kenne. Hoffentlich ist er nicht mit Quasimodo verwandt. »Haben Sie besondere Wünsche, das Aussehen betreffend?«

Sie blickt überlegend aus dem Fenster. »Nein, eigentlich nicht. Ich mag nur keine Bierbäuche. Er muss kein muskelbepackter Adonis sein, aber es würde mich natürlich nicht stören, wenn er einigermaßen attraktiv wäre.«

Ich fühle winzige Euphoriefunken aufblitzen. Sieht ganz so aus, als wären Frau Steins Tage als alleindekorierende Innenarchitektin gezählt.

»Wie kamen Sie eigentlich auf die wunderbare Idee zu Ihrer Agentur?«, wechselt sie übergangslos das Thema. »Persönliche Beratung ist im Zeitalter von Online-Portalen doch ein absoluter Anachronismus. Selbst für Oldies.«

»Oberflächlich betrachtet ja«, stimme ich ihr zu und erzähle, wie sich die Sache nach und nach entwickelt hat. Dass ich Tom engagiert habe, behalte ich dabei lieber für mich.

»Interessant, wirklich interessant«, bemerkt sie am Ende. »Dann bin ich sehr gespannt auf Ihre ersten Vorschläge.« Damit verabschiedet sie sich.

Ich begleite sie durch das Ladengeschäft und sehe zu meiner großen Freude: Männer!

›Heilstein sei Dank!‹, seufze ich still in mich hinein.

Der erste Interessent für ein persönliches Gespräch ist ein freundlicher Endfünfziger mit Bauch und Halbglatze, der sich in breitem Bairisch als Alfons Kleiber vorstellt.

»I bin der Fisch-Fonsi und hab an Fischgroßhandl. Vielleicht ham 'S scho a mal was von mir ghört?«

Ah, deshalb das T-Shirt mit der aufgedruckten Forelle unter der Anglerweste mit den vielen Taschen.

»Ist mir tatsächlich ein Begriff«, schwindle ich kundenfreundlich, ohne rot zu werden.

»Also, mei Frau is vor zehn Monat gstorbn, und i dat mi gern wieder verheiratn …« Er schnauft wie ein Fisch auf dem Trockenen. »Des einsame Witwerlebn is nix für mi. I brauch a Frau! Aber eine, die wo nix gega an Fischgruch hat und ned glei die Nasn rümpft, wenn i fischl, verstehn 'S mi?«

Ich nicke. Nicht schwer zu erraten, was er meint. Er ist gerade mal drei Minuten hier, und der Raum fischlt, als hätte jemand eine Tonne Meeresfrüchte aufs Parkett gekippt.

»Was Sie brauchen, ist eine Meerjungfrau!«, scherze ich.

Er stutzt einen Augenblick und lacht dann herzhaft auf.

»Sie san die erste, die mei Problem kapiert! Und, ham 'S eine fesche Meermaid für mi?«

»Im Moment ist die Agentur noch im Aufbau«, antworte ich vorsichtig. »Aber vielleicht fische ich schon morgen eine aus der Isar und ihre einsamen Tage sind sofort vorbei.«

»Dann Petri Heil«, lacht Fonsi, kramt in einer der Westentaschen, fördert ein Portemonnaie zutage und legt mir kurz darauf eine glänzende Fischschuppe auf den Schreibtisch. »Des steckn 'S in Ihrn Geldbeutl, nachert bringts Glück und Segen fürs Gschäft.«

»Herzlichen Dank, Glück kann man nie genug haben.« Ich lasse den glitzernden Talisman in meiner Hosentasche verschwinden, damit Dalai-Lametta ihn nicht mopst.

Nachdem Fonsi sich verabschiedet hat, öffne ich die Fenster. Erst mal tief durchatmen. Kurz danach steckt Biggi den Kopf ins Büro. »Interessantes Parfüm, Eau de Fisch?« Sie schnüffelt übertrieben, bevor sie zwei Herren ankündigt, die über ihre Herzenswünsche plaudern wollen.

Gleich zwei! Mein Euphoriepegel steigt. So habe ich mir das vorgestellt. »Immer rein damit. Also, einer nach dem anderen, meine ich.«

Aber dann betreten beide gleichzeitig den Raum. Ein Zwillingspaar, schätzungsweise Mitte sechzig.

Fasziniert betrachte ich die vollkommen identisch aussehenden Männer mit dem dunklen, von grauen Fäden durchzogenen Haarschopf, dem kantigen Gesicht und der sportlichen Statur. Die einzig erkennbaren Unterschiede sind die Hemden, rosa und weiß, sowie die Collegetaschen über ihren Schultern. Braun und schwarz.

»Sie sind bestimmt eineiig?«, frage ich nach der Begrüßung überflüssigerweise.

»Viereiig«, antworten sie wie aus einem Mund.

Es dauert einen Wimpernschlag, bis ich den Scherz kapiere und herzhaft lachen muss.

»Uralter Witz«, erklärt der im rosa Hemd.

»Den wir so oft wie möglich anbringen«, lacht der andere. »Bitte, nicht böse sein. Ist so eine Art Test.«

»Nein, nein, ich fand es lustig«, entgegne ich lachend.

»Und genau so viel Humor sollten die Frauen haben, in die wir uns verlieben möchten«, erklärt der rosa Gewandete. »Ich bin übrigens der Ältere. Ganze zehn Minuten.«

»Ja, lass es nur raushängen«, rügt der Jüngere im weißen Hemd, bevor er weiterspricht.

»In der Öffentlichkeit lasse ich nie was raushängen«, antwortet der Ältere, bevor er mir erklärt: »Unsere Traumfrauen wären idealerweise Schwestern, am liebsten lustige Zwillingsschwestern, die verstehen, dass wir uns niemals trennen, und die mit uns …« Er stockt.

»Leider vermittle ich keine Sexkontakte«, presche ich vor. Nach dem gestrigen Erlebnis richte ich mich auf die nächste Enttäuschung ein. Aber Puffmutter ist und bleibt keine Option.

»Nein, nein, deshalb sind wir nicht hier, dieses Thema haben wir fest im Griff«, entgegnen sie wie aus einem Mund. »Unser Problem«, beide deuten Anführungszeichen mit den Händen in die Luft, »ist unser außergewöhnliches Hobby. Viele Frauen betreiben es zwar auch, doch bei uns hat es mittlerweile exzessive Formen angenommen.«

»Das hört sich spannend an. Ich bin ganz Ohr.«

»Wir stricken und sind engagierte Mitglieder in einem Strickclub!«, erklärt der im weißen Hemd.

»Stricken?«, wiederhole ich ungläubig. Nicht, dass ich damit Probleme habe, aber bei Männern und dann noch im Doppelpack ist es höchst ungewöhnlich.

Die Zwillinge nicken. »Genauso reagieren alle Frauen, wenn

sie erfahren, dass bei uns quasi Tag und Nacht die Nadeln klappern«, antworten sie unisono.

Der Jüngere redet weiter. »Meistens tragen wir sogar gestrickte Krawatten, und sobald wir erzählen, dass wir *Guerilla Knittig* betreiben, um im Guinnessbuch der Rekorde zu landen, spätestens dann glauben sie, wir hätten nicht mehr alle Maschen auf der Nadel.«

»Von *Guerilla Gardening* habe ich schon mal gehört, aber wildes Stricken ist mir neu«, erwidere ich.

Der rosa-gekleidete Zwilling kramt in seiner Schultertasche, fördert eine Postkarte zutage und reicht sie mir. Sie zeigt einen Baum, dessen Stamm bis hoch zu den ersten Astgabeln in ein buntes Strickkleid gehüllt ist. »Das sieht wirklich sehr lustig aus«, sage ich und frage, wie das konkret abläuft.

»Zu Hause fertigen wir die Einzelteile an, große Schals, Decken und manchmal auch Blüten zur Verzierung. Vor Ort werden die jeweilige Objekte dann eingenäht«, erklärt er mit glänzenden Augen.

»Es ist jedes Mal ein Riesenspaß«, ergänzt der andere nicht weniger begeistert. »Besonders witzig waren die roten Pudelmützen, die wir mit dem Club für eine Reihe Reklamesäulen gearbeitet haben. Im Netz finden Sie ein Foto davon, auch von anderen Aktionen.«

Die beiden scheinen tatsächlich stricksüchtig zu sein. So viel Leidenschaft erträgt auf Dauer nur eine Frau, die selber mitmacht. Bei diesem Gedanken taucht eine Frage auf, die ich den beiden jetzt stelle. »Unter Ihren Clubkameradinnen gibt es doch Frauen?«

»Ausschließlich. Wir sind sozusagen die Alibimänner«, bestätigen sie mal wieder gleichzeitig.

»Dann wäre es eigentlich logisch, dass sie beide dort Partnerinnen finden.« Ich sehe sie gespannt an.

»Dachten wir anfangs auch, und das war der Hauptgrund für uns, sich dem Club anzuschließen«, erfahre ich vom Älteren. »Bevor wir den Strickclub entdeckten, haben wir sämtliche Wollboutiquen der Stadt abgeklappert …«

»Eine Frau im Wollhandel wäre natürlich eine kuschelige Traumfusion«, redet der Jüngere weiter. »Stellen Sie sich das mal vor. Wir hätten sooo viel gemeinsam, könnten sogar im Geschäft stricken, den Kunden vielleicht Muster zeigen, und, und, und …«

»Nachdem Sie heute hier sitzen, hat es nicht geklappt?«, resümiere ich.

»Nein …«

»Leider …«

»Ich hätte da noch eine andere Frage …«

»Ja, bitte.«

»Was machen Sie beruflich?«

»Wir waren Sportlehrer, wurden aber aus gesundheitlichen Gründen in den Vorruhestand geschickt«, erklärt der Ältere.

Der Jüngere beeilt sich zu versichern: »Wir sind aber nicht invalid, sondern nur etwas verbraucht.«

Die Antwort erinnert mich an mein schmerzendes Knie, dem die Renovierungsarbeiten gar nicht gut bekommen sind. Doch darum kümmere ich mich nächste Woche. Ein Klopfen an der Bürotür unterbricht meine Gedanken.

Auf mein »Ja, bitte« hin taucht Biggis Kopf im Türrahmen auf.

»Entschuldige, wenn du später einen Moment Zeit hast …«

Die Zwillinge schultern ihre Taschen. »Eigentlich ist alles besprochen, oder?«, sagt der Ältere. Sein Bruder nickt. »Und für erfolgreiche Vermittlung stricken wir Ihnen einen Pullover mit Ihrem Firmenlogo oder tolle Überzüge für Ihre Stühle«, versprechen sie beide.

»Dann werde ich mich ganz besonders anstrengen«, sage ich, während ich die Stricker nach draußen begleite.

Im Laden sehe ich mit Erstaunen, dass Tom auf mich wartet. Heute ganz ungewohnt in Jeans, schlichtem schwarzen T-Shirt, hellem Jackett und Sonnenbrille.

»Soviel Zufall gibt's doch gar nicht?«, sage ich, als er die Brille abnimmt und mich mit Wangenküsschen begrüßt. »Aber ich freue mich, dich zu sehen. Wie geht's, wie läuft's an der Vergnügungsfront?«

»Können wir uns irgendwo ungestört unterhalten?«, flüstert er gehetzt, als wäre er Dr. Kimble auf der Flucht.

Wir verziehen uns ins Büro. »Was ist denn los?«

Tom blickt mich besorgt an. »Wurdest du bedroht?«

Ich habe keine Ahnung, wovon er spricht. »Heute noch nicht, es sei denn, du sprichst von dem Mann im Trench, der gestern hier war. Aber der war meiner Meinung nach einfach nur frustriert.«

»Nein, ich speche von einer Frau.« Er nimmt Platz, seufzt erleichtert und zieht eine Schachtel Zigaretten aus dem Sakko. »Darf ich?«

»Bitte.« Ich krame in der Schublade nach dem ausrangierten Aschenbecher, der mir als Büroklammernschüssel dient. »Die einzige Frau, mit der ich heute ein persönliches Gespräch geführt habe, war sehr freundlich.«

»Blond, sehr attraktiv, graues Kostüm? Ihr Name ist Hella Simonis. Aber sie hat vermutlich einen falschen genannt.« Tom zündet die Zigarette an und inhaliert wie jemand, der hofft, dass Nikotin beruhigt.

Ich hingegen hoffe, dass es gleich vielleicht nach Räucherfisch riecht, denn trotz der offenen Fenster hält sich das Eau de Fisch hartnäckig. »Also …«, antworte ich zögernd, denn er spricht eindeutig von Cordula Stein.

»Das war die Chefin meiner Agentur. Sie hat deine Anzeige gesehen und war hier, um dich auszuspionieren.«

»Die Frau im grauen Kostüm war auf der Suche nach einem Mann. Ich hatte nicht das Gefühl, ausspioniert zu werden«, erwidere ich. »Ganz davon abgesehen, dass ich mit meiner kleinen Klitsche keine Konkurrenz bin.«

»Noch nicht, Paula. Aber scheinbar fürchtet sie, du könntest es werden. Als sie von der Anzeige erzählt und mich gefragt hat, ob ich wüsste, wer dahintersteckt, dachte ich sofort an dich. Als sie ankündigte, sich am Sonntag selbst einen Eindruck verschaffen zu wollen, bin ich ihr heimlich gefolgt. Ich habe dann im Auto gewartet, bis sie wieder rauskam.«

Toms Geschichte klingt für meine Ohren zu sehr nach Räuberpistole. Außerdem werde ich das Gefühl nicht los, dass in Wahrheit er ein Problem hat. »Gibt es noch mehr Gründe dafür, dass du hier aufgekreuzt bist?«

Er nickt schweigend, zieht an seinem Glimmstängel und drückt ihn dann in den Aschenbecher.

»Falls ich irgendwie helfen kann, lass es mich wissen«, biete ich an.

»Vielen Dank, vielleicht komme ich darauf zurück«, sagt er vage.

Tja, Männer reden ungern über ihre Probleme, da scheint Tom nicht anders zu sein, grüble ich, als es erneut an der Tür klopft.

Tom springt auf und entschuldigt sich. »Die einsamen Herzen verlangen nach deinem Trost«, sagt er augenzwinkernd. »Wir bleiben in Verbindung, ja?«

»Selbstverständlich, und du kannst mich zu jeder Tages- und Nachtzeit anrufen.« Beim Türöffnen pralle ich mit Karl zusammen.

Upps!

»Hallo, Paula.« Karl lächelt mich an, doch als er Tom erblickt, verfinstert sich seine freundliche Miene. »Na, wieder auf Beutezug?«, knurrte er unfreundlich.

Tom würdigt ihn keines Blickes, dreht sich noch mal zu mir um, und küsst mich auf beide Wangen. »Bis bald, Liebes.«

Liebes? Was ist denn jetzt los? »Ähm … mach's gut.« Ich spüre, wie mir das Blut ins Gesicht schießt. »Komm rein!«, wende ich mich dann an Karl. »Magst du was trinken?«

»Nein, danke«, antwortet er frostig. »Eigentlich wollte ich dir ein … « Er kratzt sich am Stoppelbart, den er sich während der Renovierungswoche hat wachsen lassen. »Ich … «

Gespannt blicke ich ihn an.

»Ach, egal, ist nicht wichtig«, muffelt er, dreht sich um und verlässt mich schon wieder, ohne weitere Erklärung.

Tja, verhaltensoriginell, um es mal milde auszudrücken. Aber, wo auch immer ihn der Schuh drückt, wenn er nicht redet, kann ich ihm nicht helfen.

Egal. Heute lasse ich mir nicht mehr die Laune verderben. Die Sonne scheint, der Laden brummt und die Fischschuppe bringt Glück. Was will ich mehr? Ich beschließe, den Erfolg mit allen zu feiern und irgendwo schick essen zu gehen. Paula zahlt. Karl wird natürlich auch eingeladen, in ein, zwei Stunden hat er sich bestimmt wieder beruhigt, und Biggi, Lukas. Und Pämela, wenn Herbert es genehmigt.

»Ah, das ist ja lustig«, freut sie sich, als ich sie auf dem Handy erreiche. »Ich wollte dich nämlich auch anrufen, um dir den Namen des Arztes meiner Freundin mitzuteilen.«

»Stimmt, das habe ich erfolgreich verdrängt. Und, wie heißt die Koryphäe?«

»Dr. Xenos. Ein Grieche, soll der Sspezialist auf dem Gebiet sein, er behandelt auch Kassenpatienten. Und, was wolltest du von mir?«

»Nach dem Arzt fragen«, sage ich ausweichend. Auch wenn Biggis Universum es gut mit mir meint und mich sofort zum Spezialisten der Stadt, dem griechischen Götterdoktor Xenos geführt hat, ist mir der Appetit auf Feiern vergangen.

21

Was ist denn das für ein Lärm zu dieser Unzeit? Woher kommen all diese Stimmen? Ruhe verdammt, ich bin müde.

»Paula!«

»Mama!«

»Pssst ... !«

»Mama?«

»Leise!«

Träge drehe ich den Kopf in die Richtung, aus der die Stimmen kommen, und blinzle in die Nacht. Nein, es ist längst Tag. Um mich herum ist alles hell, irgendwie zartgelb, sieht gar nicht aus wie bei mir zu Hause. Auch die Bettwäsche ist unangenehm steif. Schräg in der Ecke steht ein Bett, da liegt eine Frau. Moment, wieso steht Karl an meinem Bett? Mit Blumen! Und wieso fühle ich mich so entsetzlich schlapp? Ich öffne die Augen etwas mehr, sehe meine Kinder, Antonia ... Benny mit Merle ... Pämela ... Herbert ... Biggi ist auch da ... Traudl mit ihrem jungen Lover ... Warum gucken alle so seltsam bekümmert? Hab ich Kammerflimmern? Ist das eine Nahtoderfahrung? Gehe ich ins Licht? Bin ich tot?

Ich hebe die Hand. Aua! Da steckt eine Nadel drin, und ein Schlauch, der zu einem Beutel mit einer wässrigen Flüssigkeit führt ... Ah, jetzt dämmert's mir. Die Operation!

»Habe ich überlebt?«, krächze ich. »Ist mein Bein noch dran, oder bekomme ich einen Rollstuhl?«

»Scherzkeks!« Herbert guckt mich kopfschüttelnd an. »Was machst du nur für Sachen.«

»Paula ist einfach immer lustig«, bemerkt Pämela leise. »Sogar, wenn sie aus der Narkose aufwacht.«

»Wie fühlst du dich?«, haucht Karl, als habe mein letztes Stündlein geschlagen.

»Hmm ...« Ich versuche, meinen Körper zu erspüren. »Salsa geht noch nicht.«

»Sooo, meine Herrschaften, wenn ich Sie dann bitten dürfte!« Dr. Xenos rauscht ins Zimmer, gefolgt von zwei Krankenschwestern. »Für heute ist es genug. Frischoperierte brauchen Ruhe.«

Karl dreht verlegen den Blumenstrauß in den Händen und bleibt wie angewurzelt stehen.

»Auch der Gatte«, sagt Dr. Xenos zum ihm.

»Das ist nicht der Ehemann«, meldet sich Herbert zu Wort. »Wenn überhaupt, dann bin ich ...«

»Mein Ex-Mann«, erkläre ich eilig und gucke Pämela an, die aber vollkommen gelassen lächelt.

Dr. Xenos weist freundlich mit ausgestreckter Hand zur Tür. »Wie auch immer ...«

»Eine Vase für die Blumen finden Sie in der Kaffeeküche, schräg gegenüber«, informiert eine der Schwestern Karl.

Murmelnd setzt sich die Truppe in Bewegung. »Wir warten draußen«, sagt Benny zu mir. Antonia winkt beim Verlassen des Zimmers. Herbert hakt seine Kinder unter. Pämela tuschelt mit Biggi.

Ich schließe die Augen, wünsche mir, erst wieder aufzuwachen, wenn die Krankenhausnummer vorbei ist. Ich lebe zwar noch, fühle mich aber besch...

»Na, wie fühlen Sie sich?«, fragt die griechische Koryphäe im selben Moment.

Sie sind doch der Arzt, sagen Sie's mir, würde ich gerne meckern, brumme aber nur ein unwilliges »Hmm«.

»Schmerzen dürften Sie keine haben, der Tropf enthält Zaubermittel«, sagt er, meinen Puls fühlend. Nebenbei berichtet er, dass die Operation hervorragend verlaufen wäre. »Sie können bald wieder rumspringen.«

Die Schwester hebt die Bettdecke an, der Doc guckt auf den Verband. »Sie dürfen auch essen«, sagt er zu meinem Knie.

Wie bitte? Meinetwegen, er ist der Arzt. Aber wieso das Knie essen soll, frage ich mich und sinke zurück in den Schlaf.

Als ich am nächsten Morgen erwache, geht es mir wesentlich besser. Der Grieche scheint seinen Job zu verstehen. Na gut, ich spüre, dass mit dem Knie irgendetwas nicht stimmt. Liegt möglicherweise daran, dass die OP noch keine vierundzwanzig Stunden her ist.

Vorsichtig richte ich mich auf. Das Bett schräg gegenüber ist leer, ich bin alleine im Zimmer. Hach, das ist ja wie Erster Klasse. Kann man nicht meckern. Fehlt nur noch ein Drei-Sterne-Frühstück. Das wird etwas später auf einem Tablett mit Plastikhaube serviert. Die Schwester stellt es auf dem schwenkbaren Nachttisch ab. »Hunger?«, fragt sie und schüttelt mein Kissen auf.

»Riesenhunger«, antworte ich mit gierigem Blick.

»Gutes Zeichen«, meint sie beim Abdecken des Tabletts.

Upps! Ein Kassler-Frühstück. Kännchen Kaffee, eine blasse Semmel, ein Eckchen Schmelzkäse, zwei Scheiben Bierschinken, etwas Butter, Marmelade im Plastiktöpfchen.

Der Kaffee ist genießbar, alles andere natürlich auch, außerdem sind es ja nur ein paar Tage. Es wäre natürlich auch eine Gelegenheit, das Frühstück ausfallen zu lassen. Käme meiner Linie zugute.

Doch vor meinem inneren Auge taucht ein Berg duftender, knuspriger Butterbrezen auf. Eine Tasse Kaffee lang schaffe ich es, mich zu beherrschen, dann gebe ich auf. Wozu sich kasteien? Ich rufe einfach Biggi an, die soll mir eine Brezen mitbringen.

Entschlossen angle ich mein Handy aus der Schublade des hässlichen Nachttischs. Gerade, als ich Biggis Kurzwahl drücke, klopft es an der Tür. Sekunden später geht sie auf, Herbert tritt zaghaft ins Zimmer. Er hat sich in einen dunklen Anzug geworfen, als ginge er zu einer Beerdigung. Glaubt er vielleicht, er wäre mich losgeworden und bekäme seine Wohnung zurück? Als er sieht, dass ich wach bin, schreitet er entschlossen auf mich zu.

»Hab dir was mitgebracht!« Er hält mir eine »Wertheim«-Tüte entgegen.

»Butterbrez'n …«, hauche ich gerührt, als ich das Mitbringsel öffne. »Vielen Dank, damit machst du mir eine große Freude.« Um ein Haar hätte ich ihn Herbert-Bärli genannt.

»Die isst du doch so gerne«, entgegnet er, während er sich einen Besucherstuhl ans Bett zieht. »Wie geht's dir heute?«

»Danke, ganz gut. Ich konnte schon mit den Zehen wackeln. Auf Krücken, versteht sich. Bis ich wieder rumspringen kann, wird aber noch eine Weile vergehen.«

Herbert seufzt aus vollem Herzen. Ob aus Erleichterung oder Enttäuschung, will ich gar nicht wissen. »Ich bin total erleichtert, Paula … Du kannst dir gar nicht vorstellen, was ich durchgemacht habe …«

Genussvoll beiße ich in die Brezen. Herrlich. »Hmm … was ist denn passiert …?«, frage ich kauend. »Irgendwas mit dem Betrieb nicht in Ordnung?«

»Betrieb?« Er schüttelt müde den Kopf. »Ich hatte Angst um dich, ich bin fast gestorben, vor lauter Angst. Meine Paula, was wäre gewesen, wenn … ich darf gar nicht dran denken …«

Wie bitte? Jetzt wird er senil. Die arme Pämela. »Du übertreibst!«, sage ich betont heiter. »So eine Knie-OP ist doch wie Händewaschen … na ja, fast.«

Er streicht ungelenk über die Bettdecke. »Das sagst du so, und doch passiert es immer wied …«

»Sehr nett, dass du dir Sorgen machst«, schneide ich ihm das Wort ab. »Aber es ist wirklich unnötig. Wie du siehst, bin ich putzmunter und habe Appetit, was ein gutes Zeichen ist.« Demonstrativ beiße ich erneut in die Brezen.

»Ja!« Er seufzt abermals. »Was für ein Glück. Mein Glück, um genau zu sein …« Er blickt mich mit Schmachtaugen an. »Als du unterm Messer … habe ich gemerkt, wie sehr … ich will sagen … na ja, du bist die Mutter meiner Kinder … ähm, unserer …«

Heiliger Käsekuchen! Was ist denn mit dem los? Der ist ja klebrig wie ein Petit Four. Hat er 'ne Ladung Zuckersirup geschnüffelt? Er wird mir doch nicht um den Hals fallen wollen? Und, wo zum Rettich, ist das Sahnebaiser?

»Pämela ist nicht mitgekommen?«, wechsele ich das Thema.

Er lässt den Kopf sinken. »Wir haben …«, beginnt er und wird vom Klopfen an der Tür unterbrochen.

Gleich danach tritt Biggi ein, gefolgt von Marco. Was will denn die Maffiositorte hier? Egal, Hauptsache, ich bleibe nicht allein mit dem rührseligen Zuckerbäcker.

Nach dem üblichen »Wie geht's Dir?«, überreicht Biggi mir ein Säckchen mit Heilsteinen. »Damit die Wunde gut heilt.«

Und Marco eine Flasche mit giftgrünem Inhalt. »Ein Hundert-Kräuter-Likör, Frau Wertheim. Soll Wunder wirken.«

Tztztz, diese Italiener, den Kranken Alkohol einflößen. »Oh, vielen Dank. Wenn ich nicht schlafen kann, süffle ich den mit der Nachtschicht.«

»Erledige mal eben ein paar Anrufe.« Herbert schiebt den Stuhl geräuschvoll zurück. »Schau nachher noch mal rein.«

Offensichtlich nervt ihn die Störung. Ich dagegen bin hocherfreut, seiner klebrigen Anwandlung entkommen zu sein. »Setzt euch doch …« Ich deute auf die Stühle an der Wand. »Wie läuft's im Herzenszentrum?«, frage ich Biggi, die sich um alles kümmert, während ich in der Klinik liege.

»Ja, ja«, antwortet sie fahrig und beobachtet Marco, der mit zwei Stühlen reichlich bepackt aussieht.

»Erzähl, wie viele neue Anmeldungen gab es in den letzten Tagen?« Ich schiebe mein Frühstückstablett zur Seite. »Haben wir die Hundert bald geknackt? Und hast du Ede erreicht? Er und sein Freund wollten doch in die Kartei aufgenommen werden.«

Marco rückt die Stühle zurecht.

»Keine einzige Neuanmeldung.« Biggi setzt sich. »Leider. Bei Ede habe ich auf die Mailbox gesprochen.« Umständlich schlägt sie die Beine übereinander, zupft am weiten knallgrünen Sommerkleid und ordnet die Dreifachlage Glitzerketten, als gäbe es eine *Klinik-Vogue*, für die alle Besucher abgelichtet werden.

Marco schaut mich mit großen blauen Augen an. »Wir müssen Ihnen etwas beichten …«

Moment mal, hier stimmt was nicht! Wieso spricht der kleine Italiener plötzlich fehlerfreies Deutsch? Ist mir vorhin schon aufgefallen, als er den Likör überreicht hat. Gehirnwäsche an der Volkshochschule? Und was bedeutet: W-i-r? Wollen die beiden etwa heiraten? Hach, das wäre ja geradezu herzflimmrig schön. Die erste von mir gestiftete Ehe! Gespannt mustere ich die beiden.

»Nun, es hat sich …«, beginnt Biggi zögernd.

In der Nachttischschublade dudelt mein Handy. Mist, ausgerechnet, wenn's spannend wird. »Sekunde ...« Ich werfe einen Blick aufs Display. Oh, Kill Bill! Nachdem er damals aus dem Café so überstürzt aufgebrochen ist, möchte ich ihn jetzt natürlich gerne sprechen. »Dauert nicht lange ...«, entschuldige ich mich bei meinem Besuch. Die beiden begeben sich ans Fenster, ich drücke auf den Annahmeknopf. »Servus, Bill, was für eine Überraschung.«

»Hallo, Paula. Ich wollte mich bei dir für mein abruptes Verschwinden entschuldigen ...«, sprudelt er los. »Das war unverzeihlich ... normalerweise benehme ich mich nicht so unhöflich, aber es war ein Notfall ...«

»Schon vergessen«, entgegne ich. »Umso mehr freue ich mich über deinen Anruf. Wie geht's dir, was macht die Schulter?«

»Danke, danke, nach diversen Krankengymnastikstunden ist alles wieder im Lot ... Und bei dir, knirscht es noch im Knie?« Er lacht.

»Ausgeknirscht!« Ich liefere einen Minibericht der Situation.

Bill ist einige Atemzüge lang sprachlos, dann fragt er, was nun aus der Agentur wird.

»Läuft prächtig!«, behaupte ich selbstbewusst. »Wir hatten eine Anzeige in der Zeitung, worauf sich viele Interessenten gemeldet haben. Falls du also ...«

»Erinnerst du dich, dass ich von meiner Notfallfrau erzählt habe?«, unterbricht er mich.

»Ja, sehr gut.«

»Nun, das ist meine jüngere Schwester, die ganz wild darauf ist, sich wieder zu binden«, erklärt Bill. »Wenn du also wieder auf dem Damm bist, dürfen wir uns dann bei dir melden?«

Wir? Das bedeutet, er hat auch Interesse. »Sehr gerne! Ich freue mich.«

Nachdem ich das Gespräch beendet habe, setzen sich Biggi und Marco wieder zu mir.

»Der Bill aus dem Fitnessstudio?«, fragt Biggi zwinkernd.

Ich nicke.

Biggis Augen leuchten auf. »Aha, bahnt sich da was an?«

»Blödsinn, alles rein platonisch zwischen uns«, wehre ich entrüstet ab. »Bill hat eben angekündigt, dass er sich in der Agentur melden wird. Außerdem ist er der ideale Mann für Traudl, da gehe ich jede Wette ein. Die Sache mit diesem jungen Lover ist doch nichts weiter als eine kurzweilige Sexgeschichte. Aber lenk nicht vom Thema ab, ihr wolltet mir doch gerade etwas erzählen …«

»Marco hat ein geeignetes Ladenlokal gefunden«, erklärt Biggi stolz. »In Giesing, zu supergünstigen Konditionen.«

»Gratuliere herzlich!«, sage ich, doch dann fällt mir ein, dass ich ihn ja eigentlich als Begleiter vermitteln wollte. »Ändert sich unserer Abmachung dadurch?« Ich hebe die Augenbrauen. »Wo ist eigentlich Ihre italienische Sprachfärbung geblieben?«

Er wendet den Blick ab, als plage ihn das schlechte Gewissen. »Ich bin gebürtiger Rheinländer«, murmelt er.

Ein Jeck, ich fasse es nicht! »Ach, und die schwarze Lockenpracht ist gefärbt?«, folgere ich amüsiert.

»Hmhm!«, bestätigt er verlegen.

»Na, egal«, winke ich großzügig ab. »Hauptsache, Sie bleiben weiter als italienischer Begleiter verfügbar.«

Marco antwortet nicht. Stattdessen schubst er Biggi sanft an. »Ich muss dir leider sagen, dass ich sozusagen kündige … ähm … na ja, Marco und ich … also, wir wollen das Restaurant gemeinsam …«, stammelt sie.

»Verstehe ich das richtig, du willst dich an einen heißen Ofen stellen und Pizzen backen?«, frage ich entsetzt. »Nichts gegen der Deutschen liebstes Fastfood, aber Mafiositorten können doch unmöglich das Ziel deiner Träume sein! Oder hat dir dein allmächtiges Universum zugeflüstert, dass du dort dein Glück findest?«

Biggi verzieht beleidigt den Mund.

Die Tür fliegt auf, Traudl weht herein. Sie hat ein kleines Blumenbouquet in einer Hand, an der anderen schleift sie Sascha mit sich. Mama mit Buben, fährt es mir durch den Sinn. Einfach lächerlich. Noch alberner finde ich die gleichen hellblauen Jeans, die rosa All-you-need-is-Love-Shirts und die weißen Turnschuhe im Partnerlook.

Fröhlich lachend überreicht sie mir den Strauß. »Gute Besserung!«, zwitschert sie, als habe sie eine Überdosis Happypillen geschluckt.

»Vielen Dank.« Mehr fällt mir zu ihrem Auftritt erst mal nicht ein.

Biggi dagegen strahlt das junge Liebesglück begeistert an. »Wie geht's, und was machen eure Urlaubspläne? Wisst ihr schon wohin ihr wollt?«

Traudl wirft geziert ihren Pferdeschwanz zurück. »Guck mal, was wir uns haben machen lassen ...« Sie zieht den linken T-Shirt-Ärmel etwas hoch. Ein Tattoo kommt zum Vorschein. »›Sascha‹ in chinesischen Schriftzeichen«, erklärt sie. »Er hat sich ›Traudl‹ stechen lassen.«

»Hallooo«, gehe ich dazwischen. »Vielleicht kann ich mal erfahren, was hier los ist ...?« Gereizt strecke ich die Blumen in die Luft. »Eine Vase wäre auch ganz praktisch.«

»Wird sofort erledigt.« Marco springt auf. Allerdings habe ich eher den Eindruck, als wolle er dem hier entfliehen.

Traudl setzt sich auf den freien Stuhl neben Biggi.

»Sascha und ich planen eine längere Reise«, informiert Traudl mich nun.

»Drei Monate«, fügt Sascha an, dessen Hände auf ihren Schultern liegen.

Drei Monate!? Nur zwei Worte, die umso mehr aussagen. Ist mir auf der Vernissage schon aufgefallen, dass er nicht viel redet. Aber wie man weiß, sind stille Wasser tief.

»Sekunde, wolltest du nicht einen Secondhandladen eröffnen?«, erinnere ich sie.

Sie dreht sich zu Sascha um, der zärtlich ihre Schultern streichelt. »Wenn wir aus Neuseeland zurückkommen, stimmt's?«

»Vielleicht bleiben wir auch länger«, ergänzt der neue Herrscher über Traudls Leben. »Neuseeland ist voller Möglichkeiten.«

Jetzt ist es amtlich. Ich brauche ganz dringend ein Hörgerät. »Habe ich Neuseeland richtig verstanden? Dürfte ziemlich teuer werden, mit dem Taxi.«

»Sei nicht albern!«, lacht Traudl.

Trauertraudl, die seit Jahrzehnten mit Fritz auf dem Plüschsofa gesessen und im Urlaub höchstens an den Chiemsee gereist ist, möchte jetzt mit dem Flieger ans andere Ende der Welt. Ganz davon zu schweigen, dass sie damit auch Fritz in seinem Grab alleine lässt und mir ihre Hilfe mal eben so aufkündigt. »Hast du Herbert schon informiert? Ich meine, wegen des Ladens.«

»Alles geregelt«, antwortet sie, als ginge es lediglich darum, ein Zeitungsabo abzubestellen. »Ich hoffe, du bist nicht sauer, dass ich dich im Moment nicht unterstützen kann, aber du hast ja Biggi …«

»Ihr seid mir ja zwei saubere Freundinnen, lasst mich im Stich, während ich hilflos in der Klinik liege«, fahre ich die beiden an und schicke Traudl einen bösen Blick. Am liebsten würde ich ihr sagen, dass sie allein an all diesem Mist hier Schuld ist.

Marco kommt mit der Vase zurück, versorgt den Strauß und geht dann hinter seiner neuen Partnerin wieder in Deckung.

An Traudl verdampft mein wütender Angriff wie Sommerregen auf heißem Asphalt. Sie greift nach Saschas Hand auf ihrer Schulter. »Niemand kann alles vorhersagen«, säuselt sie.

»Das Universum hat eben manchmal andere Pläne«, stimmt Biggi ihr überflüssigerweise auch noch zu.

»Sag bloß! Ganz schön praktisch, so ein Überraschungsplan vom Universum. Damit lassen sich sämtliche Abmachungen locker kündigen!«, schnauze ich die beiden treulosen Tomaten an, bevor ich erschöpft in die Kissen falle. Wo ist der Notfallknopf, mit dem man solche Freunde auf den Mond schießen kann? Oder noch lieber, die Fernbedienung, um die Szene auf einige Tage vor der OP zurückzuspulen.

»Oh, du Arme bist sicher müde«, deutet Biggi mein Schnaufen. »Wir lassen dich jetzt schlafen, damit du schnell gesund wirst.«

»Und tschüss«, knurre ich. Nach diesen Botschaften habe ich überhaupt keinen Anlass mehr, schnell zu genesen. Ich kann genauso gut hier bleiben und verschimmeln. Würde kein Mensch merken.

Kurz nachdem die fürchterlichen Vier mein Krankenlager verlassen haben, taucht Herbert wieder auf.

»Ich habe mit dem Arzt gesprochen«, verkündet er mit gerunzelter Stirn. »Wenn du in zwei Tagen entlassen wirst, brauchst du jemanden, der sich um dich kümmert.«

»Wie bitte?«

Er setzt sich neben das Bett. »Du musst dich schonen und kannst anfangs nur auf Krücken gehen …« In seiner Stimme ist so ein sanfter, geduldiger Unterton, als sei ich schwerstbehindert. »Jemand muss für dich einkaufen, kochen, die Wohnung versorgen …«

»Warum bestellst du nicht gleich einen Sarg!«, belle ich wütend. »Dann seid ihr mich alle los.«

»Aber …« Herbert guckt entsetzt. »Ich will dich doch nicht loswerden, mein Scherzkeks, ganz im Gegenteil …«

Schon wieder dieser Fondantblick. »Wie soll ich denn das verstehen?«

Er fasst nach meiner Hand. »Ich wünsche mir, dass du zurückkommst. Zurück zu mir, in die Firma, die wir zusammen aufgebaut haben. Wir sind doch ein Dreamteam.«

Upps! Erschrocken entziehe ich ihm meine Hand. »Du hast mich wegen einer jüngeren Frau verlassen, schon vergessen?«

»Ein Fehler, ein großer Fehler«, jammert er und rauft sich das schüttere Fronthaar. »Pam ist eine tolle Frau, aber wir passen nicht zueinander. Wir haben uns gestern getrennt! Ich glaube, es war eine Midlifecrisis. Inzwischen habe ich erkannt, dass nur du die Frau meines Lebens bist.«

Getrennt!? Was für ein Irrsinn, denke ich und erinnere mich an Biggis Vorhersage. Vor Schreck bewege ich mich so heftig, dass mein Bein schmerzt. »Aua!«

»Siehst du«, hakt Herbert besorgt ein. »Du kannst dich kaum alleine bewegen. Ich werde zu dir in die Wohnung ziehen und dich rundum verwöhnen. Bei der Gelegenheit können wir einander neu kennenlernen.«

Neu kennenlernen? Da wird doch die Buttercremetorte sauer! Wenn ich jemanden wirklich gut kenne, dann diesen mopsigen Bäckermeister, mit dem ich fünfundzwanzig Jahre verbracht habe. »Dass du mich versorgen willst, weiß ich natürlich zu schätzen …«, hebe ich schnaufend an. »Aber …«

Herbert betrachtet mich zuckrigsüß. »Sag jetzt nichts, Paula. Denk drüber nach, erinnere dich, was wir alles gemeinsam durchgemacht, wie viel wir erreicht haben …« Er beugt sich zu mir, streicht mir über den Kopf und verabschiedet sich fröhlich winkend.

Als Mr. Zuckerblick die Tür hinter sich zugezogen hat, sinke ich vollkommen erledigt in die Kissen. Dreamteam? Das ich nicht lache! Er will mich nur zurück, weil er inzwischen gemerkt hat, was für ein zuverlässiges Arbeitstier ich bin. Aber das kann er vergessen, ich habe andere Pläne. Na gut, im Moment sieht es nicht danach aus, als würde ich es alleine schaffen. Als würde die Oldie-Szene auf Herzflimmern warten. Wenn ich ehrlich bin, riecht es sogar nach Totalflop.

Nach dieser Erkenntnis schließe ich die Augen, um eine längere Runde zu schlafen. Ich bin erschöpft. Besuch ist anstrengend. Nein, eigentlich waren es die Gespräche. Die frustrierenden Neuigkeiten von zwei falschen Schlangen, die ich für meine besten Freundinnen gehalten habe.

Es ist bereits später Nachmittag, als ich wieder aufwache. Genauer gesagt, vom Brummen meines Handys geweckt werde.

Herbert hat mir eine SMS geschickt:

Erhol dich gut, mein Scherzkeks, ich besuche dich morgen Vormittag wieder und bringe frische Butterbrezen mit. Küsschen, Dein Berti.

Berti! Das war meine Kosewort für ihn. Während ich auf die Schrift starre, wird mir ganz wehmütig zumute. Meine Augen werden feucht, und in Erinnerung an die alten Zeiten verkrampft sich mein Magen. Ja, wir waren ein tolles Gespann. Haben zwei wunderbare Kinder großgezogen, nebenbei eine Firma aufgebaut und … na ja, was ein Ehepaar in fünfundzwanzig Jahren eben so erlebt. Im Einzelnen alles aufzuzählen, würde zu weit führen. Jedenfalls waren wir ein Dreamteam.

Da hat Berti schon Recht. Ob sich das wiederholen ließe? Ich versuche, mir uns wieder als Paar vorzustellen. Wenn ich sein Pflegeangebot annehme, könnten wir …

Das Handy schrillt in meine Reflektionen. Zu meiner Verblüffung ruft Tom an. Als er hört, wo ich mich befinde, glaubt er zuerst an einen Scherz. Doch als ich berichte, dass es mir schon wieder ganz passabel geht, kündigt er seinen Besuch an. Er wolle etwas sehr Wichtiges mit mir besprechen. Mein Bedarf an Überraschungen ist für heute total gedeckt, deshalb passt mir das gar nicht. Aber noch während ich versuche, ihn jetzt gleich am Telefon auszufragen, klopft es stürmisch an der Tür. Nach meinem »Ja, bitte« stürmt Karl herein, der eine ungerahmte, kleine Leinwand in der Hand hält. Er sieht mal wieder zum Verlieben attraktiv aus, im Leinenanzug mit schwarzem Shirt und dunkler Hornbrille.

»Also dann, bis später, Tom«, verabschiede ich mich.

Karl schreitet entschlossen auf mich zu und legt mir das Gemälde auf die Bettdecke. Es ist *Herzblut,* in das ich mich auf der Vernissage verliebt habe. »Was wollte dieser Gigolo schon wieder von dir?«, fragt er in einem Tonfall, als wären wir verheiratet.

»Hallo, Karl«, übergehe ich schmunzelnd seine Frage. »Setz dich doch.« Eigentlich gefällt es mir überhaupt nicht, dass er so unangemeldet hier reinplatzt. Ich bin weder gewaschen noch frisiert und müsste mich unbedingt etwas schminken. Ich muss scheußlich aussehen, vielleicht müffel ich sogar ein wenig.

Karl scheint mein desolates Aussehen nicht wahrzunehmen, denn er starrt mich irgendwie liebevoll an. Ja, beinahe verliebt! Und mindestes so klebrigsüß wie Herbert am Vormittag. Was ist denn heute bloß los? Internationaler Fondantblick der Männer?

»Na, alles paletti?«, frage ich, um das Schweigen zu brechen, und freue mich über die gelungene Anspielung.

»Nein!« Zwischen seinen Brauen entsteht eine steile Falte. »Und ich sage dir auch, warum!«

Mist, Karl hat Probleme und ich mache hier blöde Witze. Eine Welle des Mitgefühls packt mich. »Tut mir leid, wenn ich dir irgendwie helfen kann …«

»Werde meine Frau!« Karl geht vor meinem Bett in die Knie.

Der Ausdruck: Blöd aus der Wäsche schauen, das trifft exakt auf mich in dieser Situation zu. Genauer gesagt, gucke ich ziemlich blöd aus der Krankenhauswäsche, als Karl vor mir kniet und mir mit seinen unglaublich türkisblauen Augen direkt in meine sieht.

»Aber … aber … das ist doch nicht … ähm … machst du Witze?«, stammle ich schließlich, während ich verlegen meine Haare befummle. Ohne Spiegel wird deren Aussehen aber nur schlimmer.

Karl nimmt meine Hand zwischen seine. »Mitnichten, Paula. Mir war noch nie etwas so ernst wie in diesem Moment. Ich war schon immer in dich vernarrt, und seit wir uns in letzter Zeit so oft gesehen haben, ist mir klar geworden, dass ich dich liebe. Ich kann dir kein Schloss bieten, auch kein Luxusappartement mit doppelt verglasten Fenstern und schöner Aussicht.« Er hält mir das Bild vors Gesicht. »Aber ich schenke dir mein Herz, eine Schulter zum Anlehnen und im Winter wärme ich deine kalten Füße. Ich möchte dein Freund sein, dein Gefährte, dein Mann. Ich möchte dich unterstützen, bei allem, was dir wichtig ist. Deine neue Agentur mit meiner Kundenkartei, einem werbewirksamen Plakat oder was immer in meiner Macht steht. Du bist mein fünftes Element, in deiner Nähe ist die Luft klarer, die Sonne strahlt heller, die

Musik klingt süßer und ich bin ein besserer Mensch. Ich würde alles für dich tun … Bankräuber überwältigen … gegen ein Rudel wilder Bestien kämpfen … eine Stadt bauen … Paula City …«

»Karl«, unterbreche ich seinen euphorischen Redeschwall, als er endlich mal Luft holt. »Du bist weder Polizist noch Jäger oder Architekt. Du bist Künstler.«

»Ich lasse mich umschulen!« Er rappelt sich hoch und schnappt sich einen der Stühle, die herumstehen. »Wenn es sein muss zum …«

»Ich weiß gar nicht, was ich jetzt sagen soll!«

»Es wird sowieso zu viel geredet!«, flüstert er, packt mich und küsst mich leidenschaftlich.

Im ersten Moment bin ich total überrumpelt. Dann lasse ich es einfach geschehen und schlinge meine Arme um seinen Hals.

»Oh! Stör ich?«

Es ist Toms dunkle Stimme, die Karl und mich ertappt auseinander fahren lässt.

Karl dreht sich zu Tom und verschränkt abweisend die Hände vor der Brust. »Du kommst zu spät, Kumpel! Für dich gibt's hier nichts mehr abzusahnen. Also, zieh Leine.«

Tom lässt die Hand mit dem Blumenstrauß sinken und geht ein paar Schritte auf uns zu. »Das würde ich gerne von Paula selbst hören«, entgegnet er mit stierem Blick auf Karl.

Kann mir mal jemand eine Durchblick-Spritze verpassen? Ich habe keinen blassen Schimmer, was hier gespielt wird! Es ist natürlich höchst schmeichelhaft, wenn einer fast sechzigjährigen, grauhaarigen Frau gleich von drei Verehrern an einem Tag der Hof gemacht wird. Noch dazu, wo sie halbinvalide im Bett liegt, mit keinen Killerwimpern klimpern kann und schon gar nicht aussieht wie das Covergirl der *Rentner-Bravo*. Das ist unheimlich, oder?

»Paula und ich werden heiraten!«, verkündet Karl nun mit donnernder Stimme. »Genügt Ihnen das?«

»Moment«, melde ich mich zu Wort. »Soweit ich mich erinnere, habe ich noch nicht ja gesagt.«

Ruckartig wendet sich Karl zu mir und wirft sich erneut auf die Knie. »Paula, das kannst du mir nicht antun!«

»Frauen mögen es nicht, wenn man sie bedrängt«, kommentiert Tom Karls Liebesbezeugung. »Damit erreicht man in der Regel keine positive Entscheidung.«

Karl atmet tief ein. »Ah, da spricht der Frauenversteher!«, schnauft er dann im Aufstehen.

Tom starrt ihn irritiert an. »Wie bitte?«

»Ich habe Sie auf der Homepage gesehen«, schnauzt Karl, und obwohl ich sein Gesicht nicht sehen kann, glänzen seine Augen sicher eiskalt. »Sie ... Sie Gigolo! So einen braucht Paula, wie ...«

»Es reicht!«, fahre ich dazwischen. »Was ich brauche, bestimme ich immer noch selbst.« Mein Anpfiff bringt die zwei wildgewordenen Gockel tatsächlich zum Schweigen. »Bevor ich irgendwelche Anträge annehme, denn auch mein Ex-Mann möchte mich zurückgewinnen, will ich erst mal hören, was Tom mit mir zu besprechen hat.«

»Der Zuckerbäcker wagt es ...?«, entfährt es Karl entsetzt. »Na, der hat Nerven. Erst verlässt er dich und nun kommt er wieder angekrochen?«

»Immerhin hat Paula eine fünfundzwanzigjährige Vergangenheit mit dem Mann«, stellt Tom fest.

»Wie auch immer, Tom«, relativiere ich und mustere ihn. »Viel mehr interessiert mich dein Anliegen.«

»Dann kann ich ja wohl gehen«, motzt Karl dazwischen.

»Bleiben Sie, damit Sie etwas lernen«, spöttelt Tom, der noch immer den Strauß in der Hand hält.

»Herrschaftszeiten!« Mir reißt endgültig der Geduldsfaden. »Benehmt euch, sonst drücke ich den Notrufknopf und lasse euch von der Oberschwester abführen. Karl, meinetwegen kannst du gerne bleiben.«

Er nickt, schnappt sich einen der Stühle und postiert sich am Fußende des Bettes wie ein Schiedsrichter. Um seinen Unmut zu demonstrieren, verschränkt er die Arme vor der Brust und linst streng zu uns herüber. Die Brille unterstreicht den Kontrollblick noch zusätzlich.

Tom nimmt auf dem zweiten Stuhl Platz. »Es handelt sich um ›Herzflimmern‹. Dazu würde ich dir gern einen Vorschlag unterbreiten«, beginnt er.

Also doch kein Heiratsantrag, schließe ich daraus. Schade. An drei Anträge pro Tag könnte ich mich gewöhnen. Oder an zwei und einen halben. Außerdem ist Tom wirklich unglaublich sympathisch, charmant, um einiges jünger und garantiert körperlich fitter als ich. Er könnte mich im Alter pflegen. Mal abgesehen von dem Spaß, den wir zwei im Bett hätten. Beim Videogucken und Essen, meine ich.

»Paulas Agentur geht Sie gar nichts …«, prustet Karl dazwischen.

»Bitte, Karl, lass ihn doch ausreden«, sage ich und sende ihm einen strengen Blick. Natürlich ist es schmeichelhaft, dass er sich so um mich sorgt, doch ich will jetzt endlich wissen, was Tom auf dem Herzen hat.

Karl hebt die Hände. »Bitte, bitte …«

Die Tür geht auf. Dr. Xenos betritt das Krankenzimmer. »Ah, Herrenbesuch«, stellt er grinsend fest. »Dann stimmt es also, dass Sie die umschwärmteste Patientin auf der Station sind.«

»Weiß Ihre Frau, dass Sie mit den Patientinnen flirten?«, erwidere ich.

»Ich bin nicht verheiratet.« Dr. Xenos blickt dann von Karl

zu Tom. »Aber wie ich sehe, muss ich mich in Ihre Warteschlange einreihen.« Er zwinkert lachend. »Zur Visite komme ich später noch einmal vorbei ...«

»Vielen Dank«, erwidere ich leicht errötend. Den fidelen Griechen werde ich auf jeden Fall anwerben. »Erzähl weiter«, wende ich mich an Tom, als der Arzt den Raum verlassen hat.

»Erinnerst du dich an die Gründe, warum ich für die Begleitagentur arbeite?«

»Finanzielle?«

Er nickt seufzend und berichtet von seinem Copy-Shop, den er vor zehn Jahren zusammen mit einem Freund gegründet hat. »Doch bald wurden die Drucker inklusive Kopierfunktion für den Privatgebrauch immer preiswerter, unsere Kunden weniger und mein Freund entpuppte sich als Betrüger. Das Ende war ein Haufen Schulden. Wenn Hella mir damals nicht geholfen hätte, wäre ich wegen Betrugs angeklagt worden. Ich habe ihre Hilfe sehr gerne angenommen, obwohl ihre Bedingung war, dass ich als Gegenleistung für sie arbeite. Inzwischen sind meine Schulden beglichen. Ich kann also endlich über einen Neuanfang nachdenken ...« Er sieht mich fragend an.

»Mit mir?«

»Vergiss es!«, donnert Karl dazwischen. »Nur weil du eine Nacht mit Paula verbracht hast, bedeutet das noch lange nicht, dass sie dich liebt.«

»Mach dich nicht lächerlich«, weise ich ihn zurecht. »Wir sind weder verlobt noch versprochen ...«

Karl schnauft erbost. »Aber du hast eine Nacht mit ihm verbracht. Deshalb wagt er doch überhaupt ...«

»Ja, und es war der lustigste Abend seit meiner Scheidung«, antworte ich trotzig, und verschränke ebenfalls die Arme. »Davon abgesehen, geht es dich eigentlich nichts an.«

»Es ist damals absolut nichts passiert zwischen uns«, sagt Tom freundlich und erklärt dem vor Eifersucht kochenden Karl, was wir in dem Hotelzimmer getrieben haben.

Karl blickt ungläubig zwischen uns hin und her. »Weshalb warst du dann … auch noch für Cash …«

Der arme Karl. Mit einem Mal komme ich mir richtig gemein vor. Das hat er nicht verdient. Ich beschließe, das Spielchen zu beenden. Geduldig erkläre ich, weshalb ich Tom an jenem Abend engagiert habe.

»Warum gibt er dann den Blumenkavalier und schwafelt von Neuanfang?«, beharrt Karl, immer noch nicht vollkommen überzeugt.

»Weil ich Paula eine Partnerschaft anbieten möchte«, erklärt Tom. »Ich fühle mich zu alt für den Begleitservice und erst recht zu alt, um irgendeinen andern Job zu finden, geschweige denn, einen neuen zu erlernen. Aber ich besitze fundierte Branchenkenntnisse, mit denen ich dich unterstützen möchte. Zusammen würden wir erfolgreich sein. Was meinst du, Paula?« Erwartungsvoll blickt er mich an.

Noch ein Angebot! Und was für eines. Vor Aufregung wird mir ganz schwindelig. Mit Tom als Partner könnte überhaupt nichts mehr schiefgehen.

»Brauchst du Bedenkzeit?«, hakt Tom nach, als ich nicht antworte.

Ich schüttle den Kopf. »Ich weiß genau, was ich will.« Doch das zu sagen, dazu komme ich nicht, denn ein leises Klopfen an der Tür unterbricht mich. Sekunden später wird sie vorsichtig geöffnet.

Meine wunderschöne Busenfreundin erscheint. Und sie sieht mal wieder zum Neidischwerden hübsch aus, in den schmalen Jeans, zu denen sie einen lila Sommerpulli trägt. Auch Karl und Tom starren sie bewundernd an.

Sie zögert. »Sstör ich?«

»Komm rein«, fordere ich sie auf. »Karl kennst du ja, und Tom, glaube ich, auch …«

»Von der Vernissage.« Sie lächelt Tom freundlich an. »Ich muss dir unbedingt etwas sagen, Paula.« Langsam kommt sie näher. »Wegen Herbert …«

»Ich weiß«, unterbreche ich sie. »Aber es ist alles in Ordnung, mach dir keine Gedanken. Nur schade um die Randale beim Hennenabend.« Dass ich fest mit einer neuen Einrichtung gerechnet hatte, behalte ich lieber für mich.

Pämela atmet erleichtert auf. »Du könntest selbst eine Hen Night veransstalten, wenn du wieder heiratest«, schlägt sie vor. »Ich helfe auch gerne bei der Ver…«

»Moment«, meldet Karl sich von seinem Beobachtungsposten. »Paula wird meine Frau!« Er funkelt wütend in die Runde.

»Nein, meine Geschäftspartnerin!«, entgegnet Tom.

»Ich nehme euch beide!«, beende ich das Gerangel.

Karl stürzt auf mich zu. »Ehrlich?« Er setzt sich auf den Bettrand.

»Ein Mann ist mir eben nicht genug«, antworte ich mit gespielt ernster Miene. »In meinem Alter hat man viele Bedürfnisse.«

»Du bist immer so lustig«, kichert Pämela mit einem Blick auf Tom, der sie nicht weniger interessiert ansieht.

Seltsam, die beiden werden doch nicht … Diesen Blick habe ich auf der Vernissage schon bemerkt … Meinetwegen. Die zwei würden gut zusammenpassen. Oh, da fällt mir noch etwas ein.

»Sag mal, Pämela, wärst du eventuell an einer Assistentinnenstelle in unserer Agentur interessiert?«

»Tolle Idee«, greift Tom das Angebot auf, während er den

Stuhl zurückschiebt. »Vielleicht unterhalten wir uns darüber bei einer Tasse Kaffee?«

Pämela nickt. »Ja, das müssen wir unbedingt ausführlich bessprechen.«

Tom verabschiedet sich von mir. »Lass mich wissen, wann du entlassen wirst, ich kann dich gerne abholen.

Karl hebt die Hand. »Das ist mein Job, Kumpel.«

»Na gut, ich räume das Feld«, grinst Tom und wendet sich Pämela zu. Wie zufällig legt er ihr die Hand in die Taille und schiebt sie sanft aus dem Zimmer. »Hat Ihnen schon mal jemand gesagt, dass Sie einen ganz bezaubernden Sprachfehler haben?«

»Nein, Sie sind der erste«, kichert Pämela, dreht sich auf dem Weg nach draußen noch mal kurz um und blinzelt mir zu.

Als wir allein sind, umarmt Karl mich liebevoll. »Und was sagst du dem armen Zuckerbäcker?«, flüstert er.

»Aus vertrockneten Lebkuchen lassen sich keine frischen Sahnetorten zaubern!«

Dank

Schreiben ist für mich der schönste Job der Welt, wenn auch oft ein sehr einsamer. Bis ein Buch im Laden liegt, vergehen viele Monate, die ich alleine am Schreibtisch verbringe und in denen ich mich täglich neu motivieren muss. Zum Glück unterstützen mich dabei viele liebe Menschen.

Deshalb möchte ich Dankeschön sagen:

Meiner Agentin Petra Hermanns, die so wunderbar aufheitern und alle Zweifel zerstreuen kann.

Stefanie Werk vom Aufbau-Verlag, die mich schon bei unserer ersten Zusammenarbeit mit ihren Ideen überrascht hat.

Meiner Lektorin Henriette Schimanski für die entspannte Zusammenarbeit.

Meinen Kolleginnen Heidi Rehn, Beatrix Mannel und Andrea Russo für ihre Freundschaft und die erbaulichen Telefonate. Leider sehen wir uns viel zu selten.

Salvatore Russo für seinen fachlichen Rat.

Allen Lesern, Leserinnen, die meine Bücher kaufen, mir viele nette Worte ins Gästebuch meiner Homepage schreiben oder mit einer Rezension den Tag vergolden.

Und nicht zuletzt allen Facebook-Fans und Buchbloggern, die mich unterstützen, meine Bücher auf ihren Blogs päsentieren, liebevolle Besprechungen samt Sterne verteilen und mich zum Weiterschreiben motivieren.

Lilli Beck

Liebe verlernt man nicht

Leseprobe aus:

Lilli Beck

Liebe auf den letzten Blick

Roman

Broschur
288 Seiten
ISBN 978-3-7466-2796-0

1

»Ach, komm schon, Mathilde! Es geht doch um *zwei* wichtige Anlässe.«

Irma flötet so süßlich, als wollte sie mir einen neuen Haarschnitt aufschwatzen. Wozu sie mich nicht überreden müsste. Meine beste Freundin ist seit vielen Jahren die Friseurin meines Vertrauens und außerdem eine bekannte Starstylistin. Für ihre Vorschläge wäre ich also jederzeit offen. Doch im Moment geht es nicht darum, mein kinnlanges brünettes Haar aufzupeppen.

Irma, Amelie, Gustl und ich sitzen beim Mittagessen in unserer Wohngemeinschaft, die wir vor einer Woche gegründet haben.

»Nein!«, widerspreche ich entschieden. »Ich habe keine Lust zu feiern. Ich werde sechzig, warum sollte ich das feiern? Zumal ich heute beim Duschen ein graues Schamhaar –«

»Und deshalb bist du so mies drauf?«, unterbricht Irma mich. »Ich spendier dir ein Brazilian Waxing. Ist jetzt auch bei Älteren ein Trend. Wir bieten das seit kurzem bei uns im Salon an.«

»Heißes Wachs auf meine Mumu?« Schockiert starre ich sie an. »Niemals! Und vor allem, für wen? Mich guckt doch kein Mann an. Nicht mal im bekleideten Zustand! Wozu brauche ich ein enthaartes Eroscenter?«

Ich kann nicht anders: Ich habe einfach massive Probleme mit dem Älterwerden. Da hilft es wenig, wenn ich mir immer wieder sage, dass die einzige Alternative keine Alternative ist.

Lebensmüde bin ich nämlich nicht. Meine Unzufriedenheit hat auch viel mit dem Verlust meines Jobs zu tun. Ich habe es immer noch nicht verwunden, dass ich in den Vorruhestand geschickt wurde. Sechs Monate ist das nur her. Vorruhestand! Was für ein schreckliches Wort. Klingt eindeutig nach jemanden, der vorzeitig schlappgemacht hat. Der es nicht bis ins Ziel geschafft hat.

Fünfunddreißig Jahre war ich in der Buchhaltung einer Textilfirma tätig, die letzten zehn als Chefbuchhalterin. Wie bei vielen mittelständischen Firmen wurde dann die Produktion ins Ausland verlegt, die Angestellten wurden entlassen. In meinem Fall immerhin mit einer netten Abfindung. Natürlich ist so ein finanzielles Polster ein angenehmes Trostpflaster. Das frustrierende Gefühl, ausgemustert und vollkommen nutzlos zu sein, ruiniert dennoch das Selbstbewusstsein.

Irma lässt die Gabel sinken. »Du benimmst dich, als wärst du steinalt und könntest dich nur noch mittels Rollator bewegen.« Sie schüttelt verständnislos den rotgefärbten Kurzhaarschopf. »Hier ist keiner alt. Sechzig ist doch das neue Dreißig! Ich weiß, wovon ich spreche. Immerhin bin ich schon zweiundsechzig. Und ich versichere dir, in meinem Kopf hat sich seit dem Dreißigsten nichts verändert. Ich bin immer noch die leicht durchgeknallte Irma. Wenn's drauf ankommt, kann ich jederzeit 'nen Gang höher schalten.«

Amelie kichert. »Denk nicht dran, Mathilde«, empfiehlt sie. »Stell dir einfach vor, du wirst mit jedem Tag jünger. Das macht glücklich!«

Amelie ist unsere Fachfrau für Esoterik und die Lebenslust in Person. Gestern schleppte sie zwei Kisten Prosecco an – damit wir für alle Eventualitäten gerüstet wären. Die Anspielung auf meinen Geburtstag war nicht zu überhören. Das erste Fläschchen wurde sofort geöffnet, nur zum Probieren. Amelie war früher meine Mitarbeiterin, aber obwohl sie wie ich in den Vorruhestand geschickt wurde, hat das ihrer guten Laune keinen Abbruch getan. Insgeheim nenne ich sie unseren esoterischen Glückskeks.

»Gute Idee, Amelie. Nach dieser Rechnung hätte ich morgen also gar nicht Geburtstag, und wir müssen den Tag auch nicht feiern, oder?«, kontere ich, schiebe mir ein Marzipan-Praliné in den Mund und nehme ein Schlückchen Portwein. Ich behandle meine schlechte Laune nämlich mit »natürlichen Drogen«. Und derartig frustrierende Gespräche ertrage ich nur mit einer Überdosis.

»Soll ich Tarotkarten für dich legen?«, wechselt sie eilig das Thema, wie immer, wenn es zu realistisch wird.

»Nein danke, aber vielleicht schaust du mal, wie die nächste Traubenernte für den Portwein ausfällt«, antworte ich betont freundlich.

Ich glaube nicht an Vorhersagen. Der ganze esoterische Kram ist sowieso Unfug. Amelie dagegen sieht in jeder Karte die große Liebe auf mich zukommen. Sogar in unserem Alter könne sie einem jede Sekunde über den Weg laufen, behauptet sie.

Dem letzten Mann, der mein Herz höher schlagen ließ, bin ich zwar erst vor einigen Tagen in der Weinhandlung begegnet, doch aus solchen Begegnungen wird ohnehin nie etwas. Als wir beide nach derselben Flasche Portwein griffen, berührten sich unsere Hände. Ich war wie elektrisiert, jedoch – wie immer – zu schüchtern, um ihn auch nur anzulächeln. Ich sollte Flirtunterricht bei Amelie nehmen. Doch machen wir uns nichts vor: Eher bricht der Weltfrieden aus, als dass eine Frau über fünfzig noch einen Mann findet. Männer in dem Alter sind entweder schwul oder verheiratet. Und wer sonst noch frei rumschlurft, sucht höchstens eine Krankenschwester. Ich für meinen Teil habe die rosarote Romantikbrille abgesetzt. Im Grunde braucht eine Frau einen Mann doch nur für zwei Dinge: Geld und Sex. Finanziell bin ich dank der Abfindung versorgt. Und Sex? In meinem Alter praktiziert man höchstens Extremsex – was soviel heißt wie: extrem selten.

»Also, mein Burzeldach im Oktober wird ganz groß gefeiert«, erklärt Amelie. »Ich lade alle meine Freunde ein, und wir lassen es richtig krachen. Da könnt ihr euch schon drauf freuen.«

Amelie stammt aus dem fränkischen Bamberg, wo man auf die Welt purzelt, was mir gut gefällt. Sie käme nie auf die Idee, diesen wichtigen Tag ausfallen zu lassen. Ein feucht-fröhlicher Abend mit möglichst vielen Männern – und ihre Welt ist himmelblau wie ihre Augen. Sie gehört zu den Frauen, die in männlicher Gesellschaft aufblühen wie eine ausgetrocknete Topfpflanze, die endlich gegossen wird.

»Zum dreißigsten Burzeldach,« wiederholt Gustl mit Augenzwinkern, » backe ich dir eine dreistöckige Torte, Mathilde. Für jedes Jahrzehnt eine Etage.«

»Herzlichen Dank, Gustl. Aber mir ist nicht nach Kuchen. Obwohl ich deine Torten sehr schätze. Sie sind wirklich die besten der Stadt.«

Die Kreationen unseres WG-Quoten-Manns, eines Konditors im Ruhestand, schmecken so lecker, dass ich mich glatt reinlegen könnte. Doch den eigentlichen Grund verschweige ich. Mein Stoffwechsel hat sich seit der Menopause auf fast null eingependelt. Die Zeiger der Waage mahnen mich zur Zurückhaltung, wenn ich wenigstens die Kleidergröße zweiundvierzig halten möchte. Im Grunde müsste ich mindestens einen Null-Diät-Tag pro Woche einlegen oder meinen Pralinenkonsum drastisch einschränken. Und natürlich den Portwein weglassen.

»Dann backe ich ein paar Haschkekse. Davon bekommst du auf jeden Fall bessere Laune.« Amelie zieht eine Schnute.

»Wenn ihr mir unbedingt ein Geburtstagsgeschenk machen wollt«, lenke ich um des lieben Friedens willen ein, »freue ich mich über ein frisch geputztes Bad und ein aufgeräumtes Wohnzimmer. Außerdem stehen im Flur noch Umzugskisten rum. Das nervt. Weiß jemand, wem die gehören?«

Die Anspielung gilt Irma, die gern verdrängt, wenn sie mit Putzen der Gemeinschaftsräume an der Reihe ist. Laut Abmachung war das gestern der Fall. Im Wohnzimmer sieht es aus, als wären wir heute erst eingezogen. Ganz zu schweigen vom chaotischen Badezimmer.

»Locker bleiben und keinen Stress, Mathilde«, sagt Irma. »Ich habe es nicht vergessen, falls du das glaubst. Obwohl ich mich noch im Urlaub befinde, bin ich dir zuliebe heute früher aufgestanden, um im Wohnzimmer Staub zu wischen.«

Verwundert mustere ich sie. »Und im Stehen wieder eingeschlafen?«

»Nein, ich konnte den Staubwedel nicht finden! Jemand muss ihn geklaut haben.«

Ungläubiges Schweigen breitet sich aus, in das sich Amelies Glucksen mischt.

»Hast du wieder *Tomatenkraut* geraucht?«, fragt Gustl mit zweideutigem Grinsen.

Irma zuckt gelangweilt mit den Schultern. Stumm schiebt sie ihren Teller beiseite und lehnt sich auf der Eckbank zurück. Mit einem zufriedenen Seufzen hält sie ihre Nase in die hereinscheinende Mittagsonne.

Amelie mustert Gustl neugierig. »Tomatenkraut kann man

rauchen? Das wusste ich gar nicht. Meine Mutter hat mit dem Gestrüpp immer die Beete abgedeckt.«

Wir sehen uns schmunzelnd an.

»Würde mir bitte mal jemand verraten, wo die Stelle zum Lachen ist?« Amelie blickt irritiert in die Runde und klimpert mit den Wimpern. »Gustl!«

»Na ja …« Gustl schiebt sich ein Stück Brezel in den Mund und nuschelt undeutlich, dass wir eigentlich über ihre Bemerkung lachen würden.

Sie hebt die Augenbrauen, grübelt einen Moment und fängt dann an zu lachen. »Ach ja, Rauschgift!«

»Pssst!« Ich bedeute ihr, leise zu sein.

Der Grund ist Cengiz, unser Hausmeister. Er ist sehr hilfsbereit und sympathisch, aber neugieriger als ein klatschsüchtiges Marktweib und taucht gern wie aus dem Nichts auf, um unschuldig den Kehrbesen zu schwingen, wenn man ihn ertappt. Ich befürchte sogar, dass er für den Hausbesitzer spioniert, weshalb ich extrem vorsichtig bin und nicht möchte, dass Irma in dem zur Wohnung gehörenden Garten ihre »Tomaten« züchtet. Meinetwegen könnte sie auch Fliegenpilze züchten. In unserer WG leben weder Hunde noch Katzen und schon gar keine Kinder, die sich vergiften könnten. Aber wenn das Cengiz mitbekommt, könnte es Ärger bedeuten.

»Wie dem auch sei«, wechsle ich das Thema. »Ich wäre euch dankbar, wenn wir einfach so tun könnten, als sei morgen ein ganz normaler Tag.« Ich schaue fragend über meine Brille, ernte aber von meinen Mitbewohnern nur verständnislose Blicke.

»Und was ist mit dem Sieben-Tage-Jubiläum unserer WG?« Amelie lässt nicht locker. »Sieben ist eine magische Zahl. Esoterisch gesehen ist es also ein superwichtiger Tag. Außerdem haben wir zunehmenden Mond. Wir *müssen* eine Zeremonie abhalten, das verscheucht die bösen Geister, bringt Glück und lässt einen guten Stern über unserer Wohngemeinschaft aufgehen.«

Ich hätte es wissen müssen. Amelie lässt keine Gelegenheit aus, um auf den Putz zu hauen. Notfalls bemüht sie eben den Mond, sämtliche Himmelskörper oder sonstige Magie.

»Ich fände es auch schade, zu tun, als wäre nix«, unterstützt Gustl sie. »Das Leben braucht Höhepunkte. Und die Tatsache, dass wir diese traumhafte Fünf-Zimmer-Wohnung in Friedhofsnähe gefunden haben, ist ein echter Glücksfall und muss gebührend gefeiert werden.«

»Sag ich doch.« Amelie nickt eifrig. »Nicht zu vergessen die Adresse: Nachtigalstraße! Bei der Besichtigung habe ich sofort die positiven Schwingungen gespürt und gewusst: Das ist unsere Wohnung, sie hat auf uns gewartet! Gemütliche Küche, zwei Bäder, Terrasse und Garten. Erinnert ihr euch, wie der Makler gegrinst hat, als er hörte, dass ich Specht heiße?«

»Das ausschlaggebende Argument bei der Wohnungsvergabe«, bestätige ich. »Amelie Specht, Nachtigalstraße, klingt aber auch zu schön. Jeder Brief an dich wird der Postbotin ein Lächeln auf die Lippen zaubern. Viel erstaunlicher finde ich jedoch, dass wir es schon sooo lange miteinander aushalten.« Ich gebe Irma einen freundschaftlichen Schubs.

»Stimmt.« Irma grinst verschmitzt, während sie mit dem Finger ein Herz aus den Brotbröseln formt – statt sie zusammenzuwischen. »Sieben Tage sind 'ne Ewigkeit für uns zwei … ähm … grundverschiedene Schrullen. Psychologische Analysen verkneife ich mir jetzt mal.«

Schweigend nicke ich. Niemand würde uns als Traumquartett bezeichnen. Müsste man jeden von uns mit wenigen Worten charakterisieren, könnte sich das ungefähr so anhören:

Amelie, die esoterische Naive.

Irma, die chaotische Kreative.

Gustl, der liebevolle Ruhepol.

Und ich, die akkurate Rationale.

Ich bin diejenige, die für Ordnung sorgt und den finanziellen Überblick behält. Ein ziemlich mieser und selten anerkannter Job, aber einer muss ihn ja machen.